다국적
시대의
우리 소설
읽기

다국적 시대의 우리 소설 읽기

김윤식 평론집

문학동네

쓰고 싶어 쓴 글과 씌어진 글

여기 실린 글들은 그 창작 동기에서 두 가지로 구분되오. 쓰고 싶어서 쓴 글이 그 하나이고, 써볼 수 있겠느냐에 응해 쓴 것이 그 다른 하나. 앞엣것에 속하는 것이 모두 네 편. 맨 머리에 놓인 「천지로서의 '외부'와 넋으로서의 '내부'의 시학」에서부터 순서대로 말해보고 싶소. 이 글은, 시사랑 문화인협회 주최 '한국문학과 종교적 영성' 세미나(2009. 8. 13)에서 발표했소. 김동리와 서정주의 연관성과 그 문학적 깊이를 천착해본 것.

「'말의 세계'와 '문자세계' 사이의 거리 재기」는 제14차 벽초 문학제 주제발표로 씌어졌소. 소설이냐 이야기이냐를 문제 삼을 때 만일 소설을 근대 시민계급의 산물이라는 시선에서 보면 『임꺽정』은 어떤 모습일까를 검토했소. 그때 드러난 것의 하나가 체제 도전이라는 중대 국면이었소. 좀도둑 꺽정 일당이 좀도둑으로서는 해서는 안 될 금기사항에 닿았음이 그것. 곧 선비 8명 중 5명의 처형이 이에 해당되오. 조선조의 역린(逆鱗)을 건드린 것. 꺽정 일당의 신세는 풍전등화. 벽초도 속수무책이 아니었을까.

「'물' 논쟁이 놓인 자리」는 계간 『대산문화』의 청탁에 응한 것. '가상 대담'이라는 특이한 형식에 공감했기 때문이오. 「하근찬 소설의 '준동화'적 성격」은 『본질과 현상』의 청탁에 의거한 것. '준동화'라는, 하근찬 자신이 규정한 용어에 따라 쓴 것.

「언어횡단적 실천과 현실환원적 실천」은 루쉰과 이광수의 관련성을 살핀 것. 근대를 수용하는 두 문인의 유형론에 해당되오. 어째서 이광수는 루쉰과는 달리 표현으로서의 문학을 포기하고 온몸으로 문학을 대신했는가. 이 안타까움이 참주제였소. 「이상의 일어 육필원고에 대하여」는 탄생 백 주년을 맞은 이상의 미발표 유고에 대한 소개에 해당되는 것. 방안지 총 64매로 된, 일어로 씌어진 육필이 그간 거의 번역 소개되었으나 그 실물(최상남씨 소장)의 표정을 드러내 보이고 싶었소.

「상하이, 1945년, 조선인 학도병」은 이병주론에 해당되는 것. 쑤저우(蘇州) 일본군 60사단 치중대(수송대)에 배치된 조선인 학병 이병주가 어째서 훗날 『지리산』을 쓸 수 있었는가를 탐구하는 과정의 일환으로 씌어진 것. 쑤저우와 상하이를 지난겨울(2009. 2)에 답사한 결과물이기도 하오. 「이호철의 '차소월선생 삼수갑산운次素月先生 三水甲山韻'」은 소월이 스승 안서에게 보낸 시에 비견하여 쓴 것. 분단문학의 대가 이호철의 면모를 옆에서 지켜본 독자인 나의 그리움〔悲〕이라고나 할까요. 「벽초와 이청준을 잇는 어떤 고리」는 이청준론이오. 「한국어로써 한국어 글쓰기의 넘어서기는 어떻게 가능한가」는 작가 김연수론이오. 다국적 시대의 작가의 고민을 모국어와의 관련성에서 검토한 것.

「샤머니즘의 우주화, 우주화된 샤머니즘」은 거작인, 박상륭의 『잡설품』(2008)의 독후감이오. 외람되게도 이 작품의 머리에는 졸고 「자라투스트라 박상륭을 기다리며」가 실려 있었소. 그 때문에 『잡설품』은 내겐 너무 무거웠소. 다섯 번을 읽고 썼소. 키 큰 평론가 고(故) 김현이 어째서 박상륭에 그토록 매료됐을까. 이 의문의 해설이라고나 할까요. 당초 한국적 샤머니즘(지방성)에 문학의 뿌리를 둔 스승(김동리) 밑에 두 사람의 특출한 제자가 있었소. 이문구와 박상륭이오. 스승은 이문구를 아끼고 박상륭을 멀리했소. 왜? 그 해답이 『잡설품』 속에 있소. 스승의 지방성을 세계성으로 극복했으니까.

「레이던에 뿌리내린 한국학」은 내가 좋아하는 학술기행. 제24차 AKSE(유럽한국학학회) 참가기. 내 글쓰기의 숨구멍이라고나 할까요.

여기 실린 글들은 모두 2009년에 씌어진 것이오. 쓰고 싶어서 쓴 글이라고 해서 만족스럽거나 심도 있다고 할 수 있을까. 청탁받아 쓴 것이라 해서 억지스러움이 묻어날까. 이 물음 앞에 나 혼자 아득해하고 있소. 독자의 판단이 두렵기 때문이외다.

2010년 12월

김윤식

차례

제1부

사이의 세계

천지로서의 '외부'와 넋으로서의 '내부'의 시학

— 김동리와 서정주

종교적인 것에서 한없이 멀어지기

내게 주어진 제목은 '한국문학과 종교적 영성'이오. 신령스럽게 총명한 품성(성질) 혹은 천부의 총명함을 가리키는 낱말 위에 '종교적'이라는 바위 같은 혹은 민들레 씨앗 같은 한정사가 누르고 있소. 여기에 한국문학이 얼마나 주눅 들었고 혹은 고무되었는가를 살펴보는 일이 가능할까. 만일 가능하다면 어떤 측면일까. '종교적'이라는 한정어만 없다면, 모든 것은 자명하겠지요. 한국문학, 그것은 물을 것도 없이 천부의 총명함의 산물이니까 논의의 여지가 있을 수 없으니까. 개개의 시인이나 작가는 신령스럽게 총명한 자들이었고, 그들의 총기의 산물이 한국문학인 까닭이오. 이를테면 영랑 시인이 후배시인 미당에게 이화중선의 총기를 일깨웠던 그 총기이니까. 문제는 그 위에 '종교적'이라는 제약이 주어져 있음에서 오오. 종교에 대해 깊은 공부도 없고, 신앙도 가져보지 못한 나로서는 실로 난감한 일. 한밤중까지 멍하니 앉아 있자니 서재 한구석에서 목소리가 들려왔소. 아가야, 너무 기죽지 말아라. 나만큼 그 문제에 고민한 경우도 드물 것이다. 이 사람을 잠시 보아라, 라고. 돌아보니 「무녀도」(1936)의 작가 그가 아니겠는가.

아가야, 나는 몰락 유생집안, 그러니까 유가에서 태어났고, 소년 시절을 기독교 속에서 자랐단다. 그러다 또 불교에 접근했다네. 그 결과 나는 아무것도 믿지 않고 아무것도 행위하지 않고 다만 모든 것을 생각하고, 생각하는 길밖에 없다고 생각하는 청년이 되었다네. 유교, 기독교, 불교, 그리고 도교(노장사상)까지 골똘히 공부했고, 도교를 빼면 직접 교단(教團)에 접근했던 것도 사실이라네. 가톨릭식으로 결혼했고, 내 무덤도, 와서 보면 알겠지만, 이 종교식으로 꾸며져 있을 정도. 그러나 오늘의 나는 그 어느 교에도 정식으로 귀의를 하지 않고 있단다. 그것은 그만큼 나의 정신, 나의 마음 전부를 기울일 만한 신앙의 대상이 되지 않기 때문이라네(김동리, 『생각이 흐르는 강물』, 갑인출판사, 1985, 284쪽).

「무녀도」의 작가는 이런 편력 끝에 마침내 독자적 문학관을 도출했음은 모두가 아는 일. 왈, 문학이란 '구경적 생의 형식'이라는 것. 이를 제일 가까이서 지켜본 평론가 조연현은 이렇게 지적했소. 벗이여 그게 어디 문학이랴. 그것은 종교가 아니겠는가. 문학이란 새삼 무엇이뇨. 사상이자 그 형상화가 아니었던가(『문학과 사상』, 세계문학사, 1948, 169쪽)라고. 이는 문협정통파 속의 내분을 의미하는 문학사적인 큰 논쟁거리였지요.(졸저, 『해방공간 문단의 내면풍경』, 민음사, 1997)

이 논쟁을 지켜보면서 표 나게 드러나는 것은 다음 한 가지. '구경적 생'의 지향성이 외부로 향하고 있다는 사실이 그것. 여기서의 '외부'란 인간 영혼을 '내부'로 규정함에서 온 아주 유치한 이분법에서 나온 것이오. 천지신명으로 표상되는 '외부'와 넋 또는 혼으로 표상되는 '내부'를 상정하고, 이 각각의 구경적 형식을 엿봄으로써 이 나라 근대문학의 시학의 거리를 재보고자 함이 이 글이 겨냥한 곳이오.

외부로서의 천지신명

신의 문제를, 그러니까 종교적인 과제를 나만큼 평생을 두고 생각한 사람은 없다는 「무녀도」의 작가는 『을화』(1978)를 쓰면서 '한국인의 생사관'이 그 탐구목표라 했소. 그렇지만 그것이 '구경적 생의 형식'에서 연역된 것이어서 어디까지나 '외부'에 강음부가 놓인 것이었소. 먼저 천지(외부, 세계)라 전제되어 있었으니까.

그것이 위에서 말한 구경적 삶(생)이라 일컫는 것이다. 여기서 인류는 그가 가진 무한무궁에의 의욕적 결실인 신명을 찾게 되는 것이다. '신명을 찾는다'는 말이 거북하면 자아 속에서 천지의 분신을 발견하려 한다고 해도 좋은 것이다.

이 말을 좀더 부연하면, 우리는 한 사람씩 한 사람씩 천지 사이에 태어나 한 사람씩 한 사람씩 천지 사이에 사라지고 있다는 사실을 통하여, 적어도 우리와 천지 사이엔 떠날래야 떠날 수 없는 유기적 관련이 있다는 것과 및 이 '유기적 관련'에 관한 한 우리들에게는 공통된 운명이 부여되어 있다는 것을 발견하게 되는 것이다. 우리는 우리들에게 부여된 우리의 공통된 운명을 발견하고 이것의 전개에 지향하지 않으면 안 된다. 우리가 이 사업을 수행하지 않는 한 우리는 영원히 천지의 파편에 그칠 따름이요, 우리가 천지의 분신임을 체험할 수는 없는 것이며, 이 체험을 갖지 않는 한 우리의 생은 천지에 동화될 수 없기 때문이다. 그리고 우리는 우리에게 부여된 우리의 이 공통된 운명을 발견하고 이것의 타개에 노력하는 것, 이것이 곧 구경적 삶이라 부르며 또 문학하는 것이라 이르는 것이다. 왜 그러냐 하면 이것만이 우리의 삶을 구경적으로 완수할 수 있는 길이기 때문이다.

— 김동리, 『문학과 인간』, 인간사, 1948, 100~101쪽

보다시피 김동리의 천부적 총명함이 지향한 곳은 천지 속의 나, 나와 천지의 유기적 관련이었소. 유기적 관련의 힘은 천지 쪽에서 오는 것이니까. 이와 흡사한 계보에 청마 유치환이 있소.

무종무시 한 가지 현상 한 가지 과정을 반복 지속하고 있는 우주와 자연의 대구성! 무한한 질서 속에 이 대우주와 자연을 존재 지탱하여 있게 하고 있는 어떤 절대한 의사! 능력! 이 절대한 뜻과 힘 없고서는 어찌 이 무량대한 만유와 구성을 무종무시 일사분란한 대질서 속에 지탱할 수 있다고 인정하겠는가. 이 절대한 의사와 능력을 인정만 한다면 그것을 무어라 이름 불러도 좋은 것이다. 나는 그것을 신이라 부른다.

우리의 눈앞에 펼쳐 있는 우주와 자연의 현실 속에 그 어느 하나가 이 신의 의사와 능력 속에 질서 잡고 있지 않은 것이 있는가. 이 질서 이 능력의 의사는 마침내 우리의 사유가 미칠 수도 없는 무한대한 시간과 공간에까지 뻗쳐 있는 것이다. 그리고 그것은 어디까지나 그 질서 그 능력 그 의사에만 있는 것이다.

이 질서 능력 의사를 지속함으로써 어찌해보자는 다른 의도가 있는 것이 아니다. 그러므로 어찌하여 이 철저냉혹한 의사와 질서 가운데 유독 인간만이—이 무량대한 구성 중 창해일속만도 아닌 인간만이 불멸하는 영생을 누릴 수 있는 은총을 베풀어 받았으리라고 생각할 수 있겠는가. 그러나 이 절대한 의사가 만유 중 인간에게 한하여 특별한 은총의 문을 열어주지 않는다고 해서 우리는 불평불복을 농(弄)할 수는 없는 일이다. 오히려 우리를 만유와 더불어 무에서 유로 좌정시켜준 데 대하여 겸허히 머리 숙여야 옳을 것이며 주어진 이 존재를 마음껏 힘껏 누려 받아야 할 책무가 있는 것이다.

—『청마 유치환 전집 5』, 국학자료원, 2008, 394~395쪽

김동리와 다른 점이 있다면 그것은 무엇일까. 김동리는 자연질서에 기꺼이 적응하여 이른바 '신명을 찾는다'에로 향한 적극성을 내세웠다면 청마는 보다시피 체념을 내세웠소. 절대적 허무를 느꼈던 결과이오. 그 때문에 청마는 인간의 겸허함을 내세웠소. 곧 윤리 쪽으로 기울어질 수밖에요. 『시인부락』(1936)의 동인 월하 김달진의 경우는 어떠했을까. 잠시 볼까요.

> 세계는 기실 우리가 아직 놀아보지 못한, 혹은 상상도 하지 못한 자유로운 공간으로서 우리의 생을 즐기게 할 수 있는 곳일 텐데. 그리고 우리가 보는 것보다 훨씬 넓은 곳일 텐데.
>
> 그러므로 지인(至人)의 눈에 비친 영상 속의 모든 사물은 선(善)도, 불선(不善)도 아닌 천진난만한 그런 것이리라. (…)
>
> 사람이 만일 우주의 삼라만상 속에서 그것과의 혈연적인 통일과 조화의 관계를 발견한다면, 혹은 그것을 의식한다면, 그것이 곧 해탈일 것이다.
>
> 해탈이란 하나의 갇혀진 결박으로부터 벗어나 완전한 자유의 자비를 깨닫는 것이다. 개인적 탐욕으로부터, 수리적 공식으로부터 완전한 자유로.
>
> —김달진, 『산거일기』, 문학동네, 1998, 155, 158쪽

'신명을 찾는다'계에 서긴 했으나 썩 소극적이오. 해탈을 꿈꾸었으니까. 요컨대 김동리 모양 춤추지 않았고, 청마처럼 허풍스런 수사학에서 벗어나 있어 보이오. 그도 그럴 것이 저 장자의 양생주(養生主) 노릇에 기울어졌으니까. 왈, "한없는 삶으로 한정 없는 앎을 따름은 위험한 일이다. 그러므로 그 몸을 보존하고 그 삶을 온전히 하는 도리를 알지 못하면 평생토록 허덕이며 마음이 육체를 따르기에 바쁠 것이다"(『장자』 제3편 「양생주」, 김달진 옮김, 문학동네, 1999, 44쪽).

내부로서의 '혼'과 '정신'

천지(세계)가 먼저 있고, 그 속에 혹은 그 질서 속에 '나'가 있다는 것. 이를 단지 논의의 편의상 '외부'라 한다면, 이에 대응되는 태도를 '내부'라 하면 어떠할까요.

悲哀! 너는 모양할수도 없도다.
너는 나의 가장 안에서 살었도다.

너는 박힌 화살 날지안는 새,
나는 너의 슬픈 울음과 아픈 몸짓을 진히노라.

너를 돌려보낼 아모 이웃도 찾지 못하였노라.
은밀히 이르노니—'幸福'이 너를 아조 싫여하더라.

너는 짐짓 나의 心臟을 차지하였더뇨?
悲哀! 오오 나의 新婦! 너를 위하야 나의 窓과 우슴을 닫었노라.

이제 나의 靑春이 다한 어느날 너는 죽었도다.
그러나 너를 묻은 아모 石門도 보지 못하였노라.

스사로 불탄 자리에서 나래를 펴는
오오 悲哀! 너의 不死鳥 나의 눈물이여!

—「불사조」, 『정지용시집』, 시문학사, 1935, 128~129쪽

이 작품에서 제일 표 나는 것은 "나의 가장 안에서 살었도다"에 있다

면 어떠할까요. 대체 "가장 안"이란 무엇인가. 이 작품에 대해 다음과 같이 평가했다면 어떠할까요.

> 훌륭한 시인이었던 지용은 결국 시각적 인상이나 이와 어울리는 감각적 언어만으로는 표현할 수 없는 심각한 경험을 하게 되었다. 그는 "청춘이 다한 어느날" 절망과 슬픔을 겪은 나머지 천주교 신자가 되었다. 종교가 베푸는 구제 없이 벗어날 수 없는 깊은 비애를 그는 「불사조」에서 다음과 같이 표현한다.
>
> —송욱, 『시학평전』, 일조각, 1963, 200쪽

"종교가 베푸는 구제 없이"에 주목할 것이오. 심장을 차지한 이러한 슬픔은 청춘이 다한 어느 날 죽는 것이지만 또한 사람이 살아 있는 동안 항시 불사조처럼 부활하는 것. 곧 인간 존재의 핵심에 있는 것이 슬픔인 만큼 "이러한 슬픔은 종교만이 덜어줄 수 있는 것이기에 그는 천주교에 들어갔으리라"고 이 평자는 토를 달았소. 과연 정지용의 천주교행이 그 때문인지의 여부는 헤아리기 어려우나, 내가 주목하는 데는 따로 있소. 시인의 "가장 안에"라는 대목이 그것이오.

대체 한 인간의 '가장 안에 사는 것' 또는 '가장 안에 있는 것'은 새삼 무엇인가. 시인은 우선 그 '가장 안에 있는 것'을 '심장을 차지한 것'이라 했소. 그것은 아마도 인간 존재의 핵심을 비유한 것이리라. 인간 존재의 핵심이란, 육신의 처지에서 보면 심장일 테지만, 의식의 측면에서 보면 어떻게 될까요. 『시학평전』의 저자가 바슐라르의 물질적 상상력을 설명하는 대목에서 사례로 든, 권위 있기로 소문난 앙드레 랄랑드(André Lalande)의 『철학용어사전*Vocabulaire technique et critiquedela philosophie*』(Paris: Presses universitaives de France, 1976, 42~43쪽)에 따르면 의식의 영역이 '혼'과 '정신'과 '마음' 등 셋으로 분

류되어 있소. 라틴어 'anima'에서 유래하는 혼(Âme)이란 생의 원리, 사고의 원리 또는 동시에 이 둘의 원리를 포함, "넓이 또는 차원과 무관한 본질을 지닌다"고 규정했소. 한편 마음은 실체적 비합리적이기에 이는 넓이 또는 차원과는 무관성의 측면에서 혼과 구별되며 정신은 "이념적 합리적"이기에 이 역시 혼자 구별된다고 규정되어 있소. 혼이 "넓이 또는 차원과 무관한" 생의, 사고의 또는 이 둘의 원리라면, 정신은 "이념적 합리적"이어서 혼과 구별되며 마음은 "실체적 비합리적"이어서 혼과는 뚜렷이 구별된다는 것. 다듬어 말해 혼은 실체임엔 틀림없으나 그것은 합리적이든가 이념적인 차원과는 무관하다는 것. 한편 정신은 이념적·합리적이라는 것. 이로 보면 '마음'이란 철학용에 미달한다는 것.

이와 매우 유사한 혼(Seele)과 정신(Geist)의 변별성을 신학적 개념에서 해방시켜 서정적인 것과 극적인 것의 장르에 견주어 검토한 경우도 있소. E. 슈타이거의 고명한 저술 『시학의 근본개념』이 그것이오.

> 우리가 영혼이라고 하는 것은 신체 속에 살고 있는 불멸의 인간 요소라는 관념과는 전연 별개다. 우리가 정신이라고 부르는 것은 신에 의해 타오르는 내면의 빛이 아니다. 오히려 양자에 있어서 문제되는 것은 존재자, 즉 열리어지는 대상과 상태들의 존재 방식(Wie) 외에 어떤 다른 실체를 지니고 있지 않은 본원적인 존재 가능성인 것이다. 영혼이란 회감(回感, Erinnerung) 속에 떠오르는 정경의 유동성이며, 한편 정신은 보다 큰 전체적인 것을 자체 속에 제시하는 기능적인 것(Funktionalität)이다.
>
> 무엇이 예로부터 신성히 여겨온 단어들에 하나의 새로운 의미를 부여할 권리를 우리들에게 주는가라고 물을 수 있을는지 모른다. 몇 마디로써 의미들이란 전혀 새로운 것이 아니고, 우리가 고래로 '정신(Geist)'

이니 '영혼(Seele)'이니 불러왔던 여러 가지 것에서 일정하게 선택한 것이라는 사실이 입증될 수 있을는지도 모른다. 인간의 정신을 찬양하는 자는 정신이 타자와의 아무런 관계도 없는 여러 가지를 끌어들일 수 있으리라고 생각한다. 기지(Witz)는 사실상 아무런 연관 없는 것을 끌어들여주는 까닭에 정신활동, 아마 '부적당한' 정신활동이라고 해도 되겠다. 정신은 냉엄하다. 오직 정신에 의하면 의했지 결코 영혼에 의해 창조되지 않는 것은 명쾌감을 펼쳐주되 따스함을 펼쳐주지는 못한다. 정신이 이룰 성과는 경탄을 자아낼 것이다. 영혼의 마력은 사랑받을 것이다. 영혼의 빛이 가득 담긴 눈동자, 영혼의 음향이 가득 담긴 목소리는 서정적인 상호 융화의 존재로서 극진히 쓰여지는 어쩔 수 없는 동감(同感, Sympathie)들을 창조해낸다.

바로 이러한 점에 있어서 영혼, 즉 서정적인 생명은 우리들에게 한층 뚜렷한 여성적인 기질을 품고 있는 것처럼 보이며, 또한 정신, 즉 극적인 생명은 보다 강건한 남성적인 기질을 품고 있는 듯이 보인다는, 예로부터 익혀온 언어 용법을 우리는 내버려둘 수 없다.

—『시학의 근본개념』, 이유영·오현일 옮김, 삼중당, 1978, 286~287쪽

본원적인 존재 가능성이 혼이라면, 정신은 보다 큰 전체적인 것을 자체 속에 제시하는 기능적인 것이며 따라서 전자가 따스함, 여성적, 음향적이라면, 후자는 냉혹함(명쾌함)이라는 것. 전자가 "아무런 위치관계도 없이 스스로 일어나는 것의 흐름과 하나가 되는 까닭"에 길을 잘못 들 수 없다면, 후자는 "참다운 것을 느낌과 직관에서부터 분리하여 표징과 말들과 저술 속에 포함하기 때문"에 오류를 범할 수 있다는 것.

이러한 견해가 기독교 신학의 압도적인 힘과 인간 내면의 생명력 사이에서 오는 긴장력의 소산일지 모르긴 하오. 문학 중에서도 인간 내면의 생명력의 가장 깊은 곳에 자리한 것이 서정적인 것이라면, 그

것은 필시 신학의 핵심에 놓인 혼의 개념에 유추될 수밖에 없지 않았을까요. 그렇다면 우리의 경우는 어떠할까. 또 말해 동양의 혼, 정신, 마음에 대한 생각은 어떠할까. 또 서정적인 것과의 관련성은 어떠할까요.

혼이 형식을 갖기까지

먼저 우리는 한국의 근대시라고 할 때, 그리고 근대시사라고 할 때, 그것이 한국시와 구별된다는 점에 주의를 기울일 필요가 있겠소. 가령, 김소월의 시를 예로 들어보기로 하오. 소월시는, 두루 아는 바와 같이 우리 시의 전통적인 정서와 민요적인 율조를 가진 것으로, 우리 시의 주류에 속하는 것으로 볼 수도 있을 것이오. 우리 근대 시인 중 소월만큼 널리 알려진 시인은 별로 없소. 그러나 소월시의 경우, 그것을 읽고 즐기는 일이 그것을 논의하는 일보다 일층 마음 편한 것이어서 논의하는 일에 대한 사람들의 관심은 비교적 엷었던 것이라 생각되오. 만해시라든가 육사 또는 매천의 시, 또 「오감도」의 이상시의 경우엔 논의하는 일이 즐기는 일보다 일층 무성하고, 또 경우에 따라서는 힘겹기까지 한 사실을 머리에 둔다면, 소월시를 논의한 그동안의 시사적 방법론의 어떤 경향을 엿볼 수 있소. 즉, 소월시를 논의하는 방식에는 여태까지의 성과로 보건대, 우리의 지적 흥미를 이끌 만한 요인이 상당히 결여되어 있소. 물론 상대적인 말이나, 거기에는 논리성이라든가 지적 조작이 모자라는 편이오. 매천, 만해, 육사 등의 시적 운영이란, 기능적인 측면 곧, 전체적인 상황을 염두에 둔 것이어서 이른바 역사·사회적 결단을 요구하는 것이 아니었던가. 그런 정신적인 것에 견준다면, 가령 소월의 전기 연구도 별로 신빙성이 없으며, 원본에 대한 실증적 검토에도 문제점이 많소. 잡지에 발표된 때와 시집에 묶였을 때의 차이도 아직 해명될 실마리가 없소. 소월이 사용한 평안북도 정주 지방의 방언에 대한 해명이 이기문씨에 의해 행해진 것도 있긴 하오(「소월시의 언어에 대하여」, 1982). 그러나 이처럼 소월시에 대한 실증적 검토의 모자람이 소월시를 이해함에 별다른 지장을 주지 않았다는 사실은 새삼 음미를 필요로 하오. 어째서 소월시의 경우, 논의하는 일보다 즐기는 일이 일층 마음 편한 것이었을까. 이 물음은 소월시의 성격이 우리 근대시사에서 어떤 자리를 차지할 것인가라는 물음에로 연결되게 만드오. 곧 우리 근대시는 정신적인 기능 면과 혼의 문제를 동시적으로 전개함으로써 그 주류를 이루었지요. 그렇기는 하나 만일 서정적인 것의 본태적인 것을 문제 삼는다면 그 중심부는 단연 소월시가 아니었던가. 어째서 그러한가.

127편이 수록된 소월시집 『진달래꽃』(1925)은 여러 항목의 소제목으로 묶여져 있소. 보통 소월시의 절창이라고 말해지는 「초혼」은 '고독'이라는 소제목에 묶인 5편 중 맨 끝에 해당되오. '고독'의 첫번 작품은 「열락悅樂」인데, 그것은 "어둡게 깊게 목메인 하늘"에 "시커먼 머리채 풀어헤치고 아우성하면서 가는 따님"을 노래한 것이오. 두번째 작품은 「무덤」이오. 그 다음에 이어 「비난수하는 맘」이 오고, 서낭당에 걸린 푸르스름한 달을 보는 「찬저녁」을 거쳐 드디어 「초혼」에 이르게 되오. 절제와 균형감각을 갖추고 있는 「산유화」라든가 「진달래꽃」과는 비견도 할 수 없을 만큼 일방적이고 위험할 정도의 깊이와 어둠을 지닌 작품군이 '고독'이란 소제목에 묶여 있는 셈인데, 그 절창이 「초혼」이라고 보는 처지에서 소월시의 본질을 문제 삼는다면 과연 어떠할까. 그럴 때 우리는 무엇보다 먼저 '고독' 속의 시들이 한결같이 '넋' 또는 '혼'에 관련되고 있음을 알아차리게 되오.

그누가 나를헤내는 부르는 소리
붉으스름한언덕, 여긔저긔
돌무덕이도 움직이며, 달빗헤,
소리만남은노래 서리워엉겨라,
옛祖上들의 記錄을 무더둔 그곳!
나는두루찻노라, 그곳에서,
형적업는노래 흘너퍼져,
그림자가득한언덕으로 여긔저긔,
그누구가 나를헤내는 부르는소리
부르는소리, 부르는소리,
내넉슬 잡아끄러헤내는 부르는 소리

—「무덤」 전문

산산이 부서진 이름이어!
虛空中에 헤여진 이름이여
불너도 主人업는 이름이어!
부르다가 내가 죽을 이름이어!

心中에 남아잇는 말한마듸는
씃씃내 마자하지 못하엿구나.

사랑하든 그사람이어!
사랑하든 그사람이어!

붉은해는 西山마루에 걸니웟다.
사슴이의무리도 슬피운다.

떠러져나가안즌 山우헤서
나는 그대의 이름을 부르노라.

서름에겹도록 부르노라.
서름에겹도록 부르노라.
부르는소리는 빗겨가지만
하늘과 짱사이가 넘우넓구나.

선채로 이자리에 돌이되여도
부르다가 내가 죽을이름이어!
사랑하든 그 사람이어!
사랑하든 그 사람이어!

—「초혼招魂」 전문

넋 또는 혼을 손짓하여 부르는 것을 두고 초혼이라 하오. 그 문헌적 근거는 초사(楚辭)계에 속하는 송옥(宋玉)의 「초혼」에서 오오. 초혼을 제도적 장치로 체계화한 것이 『예기禮記』요. 이에 따르면 '복(復)'이라는 절차를 먼저 내세웠소. "사람이 죽게 되면 집 위에 올라가 혼을 불러 말하길 '아무개 돌아오라' 하였다. 그래도 살아나지 않으면 죽은 사람에 대한 일로 행한다"(『예기』, 「예운禮運」편)라고. 혼이 육체에서 멋대로 분리되어 방황하는 혼들을 하늘의 상제께서 내려다보시고, 담당관을 시켜 이를 불러들이는 장면을 다룬 것이 송옥의 「초혼」이고 보면 소월시의 「초혼」의 자리가 어디인지 어느 수준에서 뚜렷해질 터이오.(소월이 송옥을 읽었다고 보는 것은 매우 자연스럽소. 소월이 한시 번역도 여러 편 했음에 주목할 것이오. 또한 그 무렵 이러한 복의 절차가 이 땅 곳곳에서도 실재하고 있어 소월의 창작에 앞선다고 보는 것이 자연스럽소.)

고도(古道)로 표현되는 유교적 법도가 삼강오륜임은 누구나 아는 일이오. 군신유의, 부자유친, 부부유별, 장유유서, 붕우유신 등 다섯 가지 덕목이 균형감각 위에 놓이는 것, 그것이 최고의 이상이자 도덕적 기반이었소. 그러나 1920년대 소월에 있어 이 균형은 벌써 파괴돼 있었소. 군신관계의 부재, 이 심리적·도덕적 불균형은 부부관계, 붕우관계로 집중되오. 결락 부분을 메우기 위한 과격성 혹은 적극성이 소월시의 핵을 이루는 것이오. 이것이 정상적 상태가 아니라 병적 미의식임은 새삼 말할 것도 없소. 군신관계, 장유관계의 부재는 부부관계와 붕우관계—한마디로 '님'의 병적 집착을 낳소.

작품 「초혼」이 초혼사상에 연하여 있고, 『예기』의 지적대로 고법에 속하는 하나의 의식임은 새삼 논의할 필요가 없을 것이오. 그런데 의식이라면 하나의 전체적인 구조와 그 진행과정의 완결성이 요청되오. 앞에서 우리는 죽음에 관한 의식과정을 부분적으로만 토막 지어 보였소. 이를 전체로 복원하면 이러하오.

사람이 죽는다. 그 첫 단계의 의식이 복(초혼)이다. 둘째 단계는 장례식이다. 3일이 지나야 장례식을 올리는데 그 절차나 격식 역시 복잡한 의식으로 된다. 마지막으로는 봉분을 하고 소나무와 잣나무를 무덤가에 벌여 심어 영원성을 기리는 절차가 놓인다. 이 세 가지 단계가 한 인간의 죽음에서 일관되어질 때 비로소 의식화의 본래적 의미, 그 균형감각이 확보되오. 이 균형감각이 문화요. 소월의 「초혼」, 그것은 이 균형감각의 파탄이기보다는 오히려 미달상태요. 죽음의 의식에서 첫 단계인 '복'만 있고, 장례라든가 무덤에의 완결단계가 없는 상태, 그것이 절창인 「초혼」의 세계요. 따라서 이 병적 미의식은 위험하오. 완결에서 안정감을 획득하는 장치가 문화라면 이 문화에의 미달 혹은 부재에서 드러나는 병적 지향성은 어떠할까. 굴원의 「초혼」에서처럼 혼은 끊임없이 방랑하면서 안정감으로 되돌아오지 못하오. 그럴 때 그 혼은 원귀가 되어 구천을 향해 호곡하며 사람에게 혀를 빼물고 해코지를 하오. 이는 문화의 차원에서 공포의 차원으로 이동된 것이오. 소위 혼의 물신성의 발생 근거가 이것이오. 가끔 그 노래가 이승뿐만 아니라 저승까지 울린다고 할 때 문화와 비문화의 접점을 지적하는 것으로 되오.

> 시새움에 몸이 죽은 우리 누나는
> 죽어서 접동새가 되었읍니다
>
> —「접동새」 중에서

이 「접동새」라는 작품이 그 접점을 보이는 것으로 파악되오. 원혼의 상태, 그것이 한이오. 그 원혼은 음향으로 변모되어 야삼경을 우오. 이 음향이 '노래'이기에 공포 저쪽이 아니라 문화 이쪽의 세계에 걸치게 된 것이오. 이렇게 말해놓고 보아도 물론 안전치 않소. 현저히 섬뜩함의 그림자에서 벗어날 수 없겠기 때문이오. 지금 우리는 분위기를 말하는 것이 아니라, 방법론을 논의하고 있는 것이오.

어째서 소월은 「초혼」을 그의 시집 『진달래꽃』에다 넣고 말았을까. '고독'이라는 소제목 속엔 「무덤」을 비롯하여 다섯 편의 시를 묶었는데 그 끝이 「초혼」이오. 이 「초혼」은 다음 시를 전제로 한 것이오. 그 제목은 「옛님을 따라가다 꿈깨어 탄식함이라」이오.

> 붉은 해 西山 위에 걸리우고
> 뿔 못 영근 사슴의 무리는 슬피울 때,
> 둘러보면 떨어져 앉은 山과 거츠른 들이
> 차례없이 어우러진 외따로운 길을
> 나는 홀로 아득이며 걸었노라,

불설업게도 모신 그 女子의 祠堂에
늘 한 자루 燭불이 타붙음으로.
우둑히 서서 내가 볼 때,
몰아가는 말은 원 암소래 댕그랑거리며,
唐朱紅漆에 藍絹의 휘장을 달고
얼른얼른 지나던 가마 한 채.
지금이라도 이름 불러 찾을 수 있었으면!
어느 때나 心中에 남아있는 한마디 말을
사람은 차마 하지 못하는 것을.

오오 내집의 헐어진 門樓위에
자리잡고 앉았는 그 女子의
畵像은 나의 가슴속에서 물조차 날건만은!
오히려 나는 울고 있노라.
생각은 꿈만을 지어주나니.
바람이 나뭇가지를 스치고 가면
나도 바람결에 부쳐 버리고 말았으면.

—「옛님을 따라가다 꿈깨어 탄식함이라」, 『영대靈臺』 5호, 1925. 1

촛불이 늘 타오르는 서러운 어떤 여인의 사당과 '나'의 만남, 견사 휘장 두른 가마 타고 시집가던, 사랑하던 그 여인, 그리고 그 여자의 화상을 문루에 걸어두고 보는 나의 지극한 한은 '심중에 마지막 한마디의 금제' 자체인 것이오. 어째서 부재 혹은 상실감의 대치물이 '님' '여인'이어야 하는가, 이 답변은 이미 앞에 나와 있소. 고도로서의 유교, 삶의 균형감각의 파탄에서 부부관계, 붕우관계만 남았던 세계에서는 그 둘(부부, 붕우)이 '님-여인'으로 과격하고도 병적 미의식에로 치달음은 논리적으로 명백하오.

우리는 흔히 「초혼」이 너무 절창이자 또한 압도적이어서 이를 대하는 순간 귀먹고 눈멀어 다만 멍청할 뿐이었소. 심중에 남은 한마디를 끝내 차마 하지 못한다는 사실 앞에 모든 논리는 일거에 무산되기 때문이오. 그것은 소월이 그의 시집에서 「초혼」에 이르는 중간단계의 길을 끊어버렸음에서 연유되오. 그 중간단계가 위에 인용된 「옛님을 따라가다 꿈깨어 탄식함이라」이오. 이 「옛님을 따라가다 꿈깨어 탄식함이라」로 말미암아 우리는 이제 「초혼」에서 당황할 필요가 없소. 이 진술은 동시에 소월의 「초혼」이 유혼상태에서 본래의 고장으로 귀환할 수 있는 문학사적 자리(의미장)의 확보 가능성을 의미하오. 왜냐면 소월은 "소리만 남은 노래"(무덤)를 염원했기 때문이오. "형적 없는 노래"의 세계는 "돌무더기도 움직이"는, 산도 떨어져나가는 그런 자리요. 이것이 무덤이오. 이 무덤 속에서 그는 놓여 있었소. 그 무덤 속에서 끊임없이 자기의 혼(넋)을 부르는 '소리'에 온몸을 떠오.

그누구가 나를헤내는 부르는소리
부르는소리, 부르는소리,
내넉슬 잡아끄러헤내는 부르는 소리

—「무덤」 중에서

이 부르는 '소리'가 형식을 찾는 행위, 그것이 소월의 시작행위이며, 그 '소리'(혼)가 형식을 발견했을 때 그 시가 탄생한 것이오. 예술에 있어 형식이 전부라고 말해지는 것은 아마 이런 경우를 두고일 것이오. 예술이 아닌 모든 것이 사실과 그 관련성을 제공하는 것이라면 예술이 제공하는 것은 혼과 운명이오. 혼과 운명이 형식을 발견한다는 것은 멋대로의 위험한 소용돌이 앞에 생이 노출되어 있음을 또한 날카롭게 드러내는 것이기도 하오. 형식이란 본질을 달리하는 사물이나 현상의 한계를 규정하는 것이기에 소월시에 있어 「무덤」→「옛님을 따라가다 꿈깨어 탄식함이라」→「초혼」은 단일한 형식이오. 문학은 운명에서 그 윤곽, 그 형식을 받소. 이때 형식이 운명으로 되오. 그 운명을 창조하는 원리이기에 그러하오.

'내부'의 가장 깊은 곳에 있는 것

혼과 형식의 관계를 가장 깊은 곳에서 바라본 것이 소월시라면, 그것은 E. 슈타이거의 방식으로 말해 '서정적인 것'의 제일 깊은 형식으로 될 터이오. 이 사실을 직관적으로 알아차리고 그것에 온몸으로 부딪쳐간 시인이 있다면 그는 누구인가. 이 물음은 썩 소중한데 왜냐면 소월시가 최고의 서정시라면 필시 그도 소월을 향하고 있었기 때문이 아니겠소. 여기 한 편의 시가 있소. 세 가지 점에 유의하면서 읽으면 어떠할까요.

피여. 피여.
모든 이별 다 하였거던
博士가 된 피여.
인제는 山그늘 지는 어느 시골 네갈림길
마지막 이별하는 內外같이

피여
紅疫같은 이 붉은 빛갈과
물의 연합에서도 헤여지자.

붉은 핏빛은 장독대옆 맨드래미 새끼에게나
아니면 바윗속 굳은 어느 루비 새끼한테,
물氣는 할수없이 그렇지
하늘에 날아올라 둥둥 뜨는 구름에….

그러고 마지막 남을 마음이여
너는 하여간 무슨 電話 같은걸 하기는 하리라.
인제는 아주 永遠뿐인 하늘에서
지정된 受信者도
소리도 이미 없이
하여간 무슨 電話 같은걸 하기는 하리라.

—「무제無題」, 『미당 서정주 시전집』, 민음사, 1991, 209쪽

첫째는 마지막에 남은 것은 무엇인가에 대한 것. 이 시인의 출발점인 「자화상」(1937)에서 42년여의 거리가 여기 놓여 있소. "애비는 종이었다"라고 소리 높여 외치며 스물세 해 동안 바람이 키웠다는 사실을 생의 추진력 삼았는데 그것의 실체를 피와 이슬의 합성에 두고 있었소.

찬란히 티워오는 어느 아침에도
이마 우에 언친 詩의 이슬에는
몇 방울의 피가 언제나 서꺼 있어
볕이거나 그늘이거나 혓바닥 느러트린
병든 숫개마냥 헐덕어리며 나는 왔다
(此一第昭和十二年 丁丑 歲仲秋作 作者時年二十三也)

—「자화상」, 『미당 서정주 시전집』, 35쪽

이러한 패악에 가까운 외침이 세속적 현실적임은 모두가 아는 일. 그 현실적 삶의 원동력의 궁극적 형태랄까 그 실체는 과연 무엇이었을까. 이 물음에 이르기까지 시인에겐 40여 년의 세월이 요망되지 않았을까. 따지고 보면 원래 피란 민들레나 홍보석에서 잠시 빌려온 것이며 또 이슬이란 구름에서 옮겨온 것. 이 몸 또한 오온(五蘊)이라 공(空)에 지나지 않는가. "천만에!"라고 시인은 말하고 있소. 마지막 가장 본질적인 것이 실체로 있다고 시인은 말하고 있어 보이오. "마지막 남을 마음이여"라고 했으니까. 여기서 "마음"이라 했거니와 이는 종교적 문맥에서 혼을 해방시킨 슈타이거의 용법으로 하면 바로 '혼'에 해당될 것이외다. 왜냐면 "마지막으로 남은 것" 곧, 사람의 가장 깊은 곳에 있는 그 무엇을 가리킴이니까요. 성리학에서 말하는 심(心)도 이런 용법일지 모르오. 지용이 말한 "너는 나의 가장 안에서 살었도다"의 그 "가장 안"에 있었던 것 말이외다.

둘째, 그런데 그 "마음"이란 따지고 보면 "지정된 수신자도" 없고, "소리도 이미" 없다고 하지 않겠는가. 주체도 객체도 없이 오직 "마음"이란 것만이 있다는 것. "하여간 무슨 전화 같은걸 하기는 하리라"는 것. 퐁당! 하고 연못에 뛰어드는 개구리 소리를 두고, 객체(소리 행위자)도 주체(소리 듣는 자)도 없고 오직 "퐁당!"만 있다는 사사무애(事事無礙)의 경지와도 다르다고 할 수 없을까. "퐁당!"도 이미 없다고 했으니까. 그럼에도 "하여간 무슨 전화 같은걸 하기는 하리라"는 새삼 또 무엇일까.

셋째의 독법도 있을 법하오. "전화 같은걸 하기는 하리라"란 최후로 남은 혼이기보다는 불교에서 말하는 '무표업(無表業)'에 해당되는 그런 것이 아니었을까. '무표업'이란 새삼 무엇인가. 인과관계(업)를 설명함에서 이 문제만큼 심오하고도 까다로운 것은 따로 없어 보이오. 현재의 업은 그 자체로 끝나지 않는 것. 과거의 업인(業因)이 현재의 업인을 낳는 것처럼 현재의 업이 끝난 뒤에 그것을 인(因)으로 한 미래의 업과(業果)도 생기겠지요. 그렇지만 그것을 가능케 하기 위해서는 업이 끝난 뒤에 여세(餘勢)라고 할 어떤 힘만은 남아서 다음의 과(果)를 생기게 하는 것이 아닐까. 이러한 기대 위에 나타난 것이 무표업 또는 무표색(無表色)의 사상이라 하오.(사사키 겐쥰, 『업의 사상』, 제삼문명사, 1980, 143쪽)

문학예술을 논의하는 자리라면 위의 세 가지 물음들만큼 결정적인 것은 많지 않을 터이오. 어째서? 종교와 최후의 헤어짐 또는 건널 수 없는 경계선이 바로 여기로 보이기 때문이오. 종교의 구경적 경지가 해탈이라면 문학예술의 그것은 무엇일까. 이 물음 앞에 시인 미당이 서 있지 않았다면 저 "전화 같은걸 하기는 하리라"고 어찌 감히 토를 달았으랴. 그는 이 마음의 마지막 '끈'을 끝내 놓칠 수 없었던 것이오. 시인이란 미당에 있어 새삼 무엇이었을까. "거짓말 왕궁"의 주민이 아니었던가. "거짓말 왕궁"이 자꾸 헐어지기에 가장 좋은 봄날이면 이를 메우는 족속이 아니었던가. 바람과 구름 또 뻐꾸기와 더불어 "거짓말 왕궁" 헐린 데를 메우기. 그 이상 "거짓말 왕궁"이 놓일 자리가 어디 따로 있겠소.

내 거짓말 王宮의
아홉 겹 담장 안에
김치 속 속배기의
미나리처럼 들어 있는 나를

놋날같은 봄 햇볕 쏟아져 나려
六韜 三略으로
그 담장 반남아 헐어,

내 옛날의 막걸리 친구였던
바람이며 구름
仙女 치마 훔친 버꾸기도 불러,
내 오늘은
그 헐린 데를 메꾸고 섰나니….

—「봄볕」, 『미당 서정주 시전집』, 181쪽

뻐꾸기 소리가 놓인 곳—'외부'와 '내부'의 만난 곳

'한국문학과 종교적 영성'이란 주제 앞에 내가 주눅 들지 않았다면 이는 거짓말이오. 두 사람이 내게 용기를 주었소. "나는 신을 평생 추구했으나 끝내 어느 신도 경배하지 않는다"는 「무녀도」의 작가 김동리가 그 한 분. 다른 한 사람은 『시학의 근본개념』의 저자 E. 슈타이거. 그는 인간 가장 안에 있는 것이 영혼인바, 이 용어를 종교에서 분리해서 사용해도 된다고 내게 속삭였소.

이 두 사람의 안내를 따라가서 내가 만난 것은 이러했소. 김동리는 신을 찾되 '외부'에로 눈과 귀를 돌리고 있었소. 이를 그는 천지신명 찾기라 규정했소. 질서 속에 한 점 자기를 인식했을 따름. 이 점에서 그는 누구보다 민첩했소. 적극성이 그 증거요. 신을 외부에서 찾는 유형은 청마, 월하 등도 같았소. 그러나 청마가 윤리성에, 월하가 양생에 기울어진 점에서 김동리와는 구별되어 보였소. 슈타이거의 경우는 어떠했던가. 신을 찾되 '내부'에로 눈과 귀를 돌리고 있었소. 그 결과 그는 인간의 제일 깊은 내부에 놓인 것을 혼이라 했소. 종교에서 이 말을 이끌어왔지만 이미 탈종교적 용법으로 규정했소.

'외부'에서의 절대성과 '내부'에서의 절대성의 범위 안에 문학예술이 있다면 어떠할까. 이때 문학예술의 모험 중의 모험이란 어떠해야 했을까. '내부' 및 '외부'의 절대성에 각각 육박해가는 것, 그 접점에까지 나아가는 것에 그 모험의 의의가 있었을 터이오. 이때 그 모험이란 형언할 수 없이 위험할 수밖에요. 죽음, 소멸이 그것이오. 경계선을 넘어서면 문학예술 따위란 흔적도 없이 사라지기 마련이니까. 소월시란 "우리가 상대하고 있는 현실의 관문을 깨치고 나와 그것의 확장으로서 유계(幽界)까지를 현실화하고 있다"(『서정주 문학전집2』, 일지사, 145쪽)라고 한 것은 이를 가리킴이오. 그것은 귀신의 세계, 문화 저편의 영역이라 통제불능인 곳. 이러한 소월시를 제일 깊이 파악한 것이 바로 미당시가 아니었던가. 그도 "유계까지 현실화"하고자 했지만 소월보다 현대인이기에 "무슨 전화 같은걸 하기"라 했소. 대체 이 "무슨 전화 같은걸 하기는 하리라"의 그 전화 같은 것이란 과연 무엇일까. "소리도 이미 없"는 전화 같은 말이외다.

바로 이 장면에서 '외부'의 김동리는 '내부'의 미당과 마주하고 있지 않았을까. 끝내 어느 신도 경배할 수 없게 되었다는 『을화』의 작가는 이렇게 주장했소.

> 없음 속에 내재된 있음의 가능성, 또는 있음 속에 내재된 없음의 가능성, 이것을 나는 리듬이라고 명명(命名)한다. 따라서 리듬엔 언제부터 언제까지나 어디서부터 어디까지라는 한계가 없다. 왜냐면 그 가능성은 무한이기 때문이다. (…) 인간이 땅 위에 살고 있는 것처럼 인간을 포함한 천지(우주)도 또한 살아 있다고 했다. 살아 있다는 말은 생명이 있다는 뜻인데 그 생명의 본질이 곧 리듬이다. 왜냐하면 있음(없음)의 가능성, 즉 리듬에서 생명이 왔기 때문이다.
>
> —『생각이 흐르는 강물』, 갑인출판사, 1985, 333쪽

생성·소멸이 리듬이라는 것, 그러기에 반복의 지속이 생명이며 천지의 본질이기도 하다는 이러한 경지에서 문학예술은 그러니까 생성의 측면에서의 리듬으로 설명될 수 있소. 그렇다면 이 리듬은 이미 '외부'가 아니라 '내부'라 해도 되지 않을까.

빼꾹새 울음소리
그대 어깨를 어루만져 내려서
그대 버선코를 돌아오고 있을 때……
열 번을 스무번을 돌아오고 있을 때……

그대 옛 결혼날의 황금 가락지.
지금은 전당포에 잡히어 있는
기억 속 가락지의 금빛 선을 돌아서
돌아서 돌아서 울려오고 있을 때……

네갈림길에 선 검으야한 소나무가지
종노릇 가는 그대 어린것의 길을 가르치는
소나무가지를 씻어 비껴가고 있을 때……

—「빼꾹새 울음」, 『미당 서정주 시전집』, 330쪽

요리조리 피해오던 것, 언젠가 어차피 진작 부딪혀야 했던 그 빼꾸기는 어떠했을까. 빼꾹새 울음이 부드러운 손이 되어 어깨를 어루만지고 또 버선코까지 돌아든 그 유연한 반복의 끝없음이 아니겠는가. 빼꾹새 울음이 '나'의 육신을 에워싸고 어루만지기의 되풀이에 그치지 않고, 삶의 실체라든가 그 인연인 결혼식 날의 황금가락지까지도 똑같이 에워싸고 어루만지기의 되풀이가 아니겠는가. 어찌 그뿐이랴. 자손 대대로 종노릇 가는 길목에까지 내려와 그 자식의 어깨와 버선코로 또 그 자식의 결혼날의 가락지를 에워싸고 어루만지며 끝없이 반복하기 아니었던가. 이 대목이 미당 시학의 절정이라 판단함에는 적지 않은 또 한 번의 설명이 요망되오. 뻐꾹새 울음소리가 쉼 없이 울려와 모든 삶이 그 속으로 용해되어버리고 있기 때문이오. 어째서 뻐꾹새 울음이 지속적으로 삶 속을 관통해서 울리고 있어야 했던가. 대체 울림이란 무엇일까. 어떤 감정적인 것은 물론, 지적 통제력도 미치지 못하는 그런 경지를 가리키는 메타포가 뻐꾸기 울음이란 말일까. 이를 미당은 또 이렇게 말했소.

> 뻐꾸기 소리를 듣고 있으면, 내 갈 길은 한정없이 먼 것이 다시 생각나고, 먼 길을 두고 쓸데없이 도중에서 한눈을 팔고 있던 것이 생각히고, 두 귀는 훨씬 멀리로 튄다. 누구한텐가 붙잡혀 와서 개 새끼들 틈에서 얼쩡거리고 살던 한 마리 사자 새끼가 어느 맑은 날 사막 너머 어미 사자의 으르렁거려 부르는 소리에 귀를 곧추세우듯, 아니 그보다도 훨씬 더한 자력으로 그 소리는 나를 이끌어간다.
>
> —『서정주 문학전집5』, 279쪽

그래도 모자랄까봐 "아마 내가 앞으로 내 생애를 다해도 영 풀이해보지 못하고 말 것이 이 뻐꾸기 소린 것 같다"(『서정주 문학전집5』, 280쪽)라고 했소. 이 "뻐꾸기 소리"란 무엇일까. 혹시 이는 수취인도 없는데 우주에서 들려오는 '마음'의 전화선 같은 것이 아니겠소. '울림' 그것이 아니었던가. 천지간에 울리는 울림이란 이복이모와의 운명 앞에 절망한 성기 청년이 듣던 뻐꾸기 소리(김동리, 「역마」, 『백민』, 1948. 1, 74쪽) 그 '울림'이 아니었을까. '외부'와 '내부'를 함께 우러르는 것, 그 경계가 사라지는 그런 것의 표상이 아니었을까. 또 그것은 저 라마교의 “옴 마니 반메훔” 그것이 아니었을까. 몽고 영향 밑에 놓였던 시절에 들여온 저 천수경(千手經)의 “옴 아라남 아라다” 그것이 아니었을까. 왜냐면 뻐꾸기 소리, 그것은 저 “옴 마니 반메훔”처럼 도무지 달리 어찌해볼 방도가 없으니까.

'말의 세계'와 '문자세계' 사이의 거리 재기

— 다국적(문화) 시대의 '임꺽정' 읽기

눈이 환해진 세계

객 : 선생 책상 위엔 임꺽정에 대한 기간 연구자료는 물론 인간 벽초에 대한 연구자료도 제법 많이 모여 있군요. 선생의 고민은, 아마도 이 두 자료의 상승 작용에 있겠는데요. 그 때문에 양쪽 모두 손해를 보았을까요, 혹은 그 반대일까요. 한갓 이야기책 『임꺽정』이 거인 벽초의 빛을 받아 필요 이상으로 번쩍거렸는지도 모르며, 반대로 거인 벽초가 『임꺽정』으로 말미암아 동네 사랑방 영감으로 인식되었을지도 모르겠는데요. 북조선 제1차 내각의 부수상이자 조국평화통일위원회 위원장인 벽초이고 보면 『임꺽정』이란 대체 무엇일까요.

주 : 그런 물음에는 나보다도 더 잘 말해준 분이 있지요. 그대로 옮겨볼까요.

두번째 읽으면서 눈이 환해졌다. 그렇구나. 꺽정이는 굳이 의적이 될 필요도, 저항의 화신이 될 필요도 없었다. 그저 자신의 길을 거침없이 갔을 뿐이다. 벽초 홍명희는 다만 그것을 있는 그대로 그렸을 뿐이고. 그런데 왜 우리는 꺽정이를 그렇게 계급적 저항에 불타는 민중적 영웅으로 기억하고 싶었던 것일까? 80년대를 풍미한 리얼리즘과 민중문학의 명제들이 그렇게 명령했기 때문이다. 알다시피 이 명제들은 어디까지나 '근대적 소설'을 바탕으로 한 이론이다. 허나 김윤식 선생님 말씀처럼 『임꺽정』은 소설이 아니다. 대하소설 『임꺽정』이 소설이 아니라구? 그렇다. 소설이 아니라 '이야기'다. 이야기란 근대 이전 구술문학 시대의 서사양식이다. 작가가 "순 조선적 정조"로만 쓰겠다고 했을 때 바로 이 점을 염두에 두었던 것이리라. 이야기와 소설, 둘 사이에 우열 같은 건 없다. 사건과 서사를 조직하는 방법이 다를 뿐이다.

—고미숙, 『임꺽정, 길 위에서 펼쳐지는 마이너리그의 향연』, 사계절, 2009, 6쪽

객 : 소설이 아니라 '이야기'라고 했을 때 눈이 환해졌다고 했군요. 다른 말로 하면 『임꺽정』을 '소설'로 읽을 때도 많은 독자들의 눈이 환해졌을 터. 리얼리즘론이 풍미하던 1980년대의 독자들 말이외다. 헤겔, 루카치 노선에서 논의된 시민적 서사시로서의 소설양식의 출현, 성장과 시민사회의 초극으로서의 인류사의 진행과정에로 나아가는 리얼리즘론에서 보면 양극체제 및 분단 상황 아래서의 『임꺽정』은 분명 눈이 환해질 수도 있었을 터. 북조선 부수상이 쓴 『임꺽정』이었으니까. 조선의 3대 천재(벽초, 육당, 춘원)이자 그중에서도 단연 맏형 격인 벽초가 썼으니까. 그러고 보니 소설로 『임꺽정』을 읽으면 눈이 환해지는 시대도 있고, '이야기'로 읽으면 또 눈이 환해지는 시대도 있다는 것. 여기까지는 알겠는데, 대체 선생은 무슨 근거로 백주에 '이야기다!'라고 규정했습니까. 백 미터 경주에서 일등을 못 하니까 거꾸로 뛰자고 외쳤을 리는 만무해 보이니까요.

주 : 시대에 따라 독법이 달라진다는 것은 한갓 상식. 『걸리버 여행

기』『동물농장』 등이 그런 사례. 중요한 것은 어느 시대에도 살아남는다는 것. 『임꺽정』을 소설로 읽을 때 눈이 환해지는 사람과 그런 시대도 있는 법. 가령 이런 경우.

징이 울린다 막이 내렸다
오동나무에 전등이 매어달린 가설 무대
구경꾼이 돌아가고 난 텅 빈 운동장
우리는 분이 얼룩진 얼굴로
학교 앞 소줏집에 몰려 술을 마신다
답답하고 고달프게 사는 것이 원통하다
(…)
보름달은 밝아 어떤 녀석은
꺽정이처럼 울부짖고 또 어떤 녀석은
서림이처럼 해해대지만 이까짓
산구석에 처박혀 발버둥친들 무엇하랴
비료값도 안 나오는 농사 따위야
아예 여편네에게나 맡겨 두고
쇠전을 거쳐 도수장 앞에 와 돌 때
우리는 섬섬 신명이 난다
한 다리를 들고 날나리를 불꺼나
고갯짓을 하고 어깨를 흔들꺼나

—신경림, 「농무」, 『창작과비평』, 1971년 가을호

이 얼마나 눈이 훤해지는 경지이랴. 이만하면 『임꺽정』에겐 공평하지 않겠소. 내가 진작 '이야기다!'고 떠든 근거를 대라고 했는데, 내 대답은 간단명료하오. 총 10권(사계절 판)을 모조리 읽어보라고. 정작

'이야기다!'고 한 것은 벽초 자신이니까. 이 경우 10권의 독법에 주의할 점이 있소. 첫번째 독법은 촘촘히 읽을 것. 그때 보이는 것은 세부의 촘촘함, 현장의 생동감. 그것이 강할수록 이에 압도되어 이야기가 보이지 않는 법. 두번째 독법은 빠른 속도로 장을 넘기기. 조감도식 독법이라고나 할까요. 『전쟁과 평화』(톨스토이)에서, 또 「황토기」(김동리), 「날개」(이상)에서 보여준 그 조감도식 시선 말이외다.

이야기체의 성립 배경

객 : 두번째 독법, 그러니까 망원경으로 보기이겠소그려. 뭐가 제일 멀리 그리고 잘 보입니까.

주 : 10권 전체가 이야기체이지만, 작가가 일부러 드러낸 곳을 간추려보겠소.

> (A) 돌이(꺽정이의 아비—인용자)의 어머니는 골골하는 병객이나 돌이의 아버지는 육십 넘은 늙은이가 기운이 좋아서 젊은 사람만 못지 아니하던 것이다. 그 기운 좋은 늙은이가 김서방을 보고
>
> "돌이란 놈이 집에 좀 붙어 있었으면 나도 나다닐 틈이 있겠는데, 병객 하나만 남겨두고 집을 비울 수가 있어야지. 틈 있거든 놀러와서 재미있는 서울 이야기나 좀 들려주소. 나도 시골 이야기를 들려줄 것이니."
>
> 돌이 아버지는 고담이 일수라고 같이 갔던 주삼이가 김서방에게 말하였다.
>
> —『임꺽정1』, 사계절, 2008, 83쪽*

---

* 이하 『임꺽정』은 사계절판을 인용하며, 본문에는 권수와 쪽수만을 표기한다.

(B) 늙은이는 꺽정이더러

"너 그래 그에게 무얼 배웠니? 글 배웠니?"

하고 물으니 꺽정이가,

"병서(兵書)를 배웠소. 내가 글을 못하니까 이야기로 배웠소"

하고 대답하였다.

"병서를 이야기로 배워? 그래 잘 알겠디?"

"대강이야 알지요."

"어려운 병서를 이야기로 가르치는 사람도 용하지만 이야기만 듣고 아는 너는 더욱 용하다"

하고 늙은이는 꺽정이를 칭찬하였다.(2권, 227~228쪽)

(C) 남자가 입을 열었다.

"나는 박유복이란 사람인데……"

하고 이야기를 시작하여 자기 아버지가 노가의 모함에 죽은 것을 이야기하고 자기 어머니가 남편 원수를 못 갚아서 한을 품고 죽은 것을 이야기하고, 또 자기가 앉은뱅이로 세월을 허송한 까닭에 부모의 원수 일찍 갚지 못한 것을 이야기하는 동안에 아잇적에 서울서 지낸 일도 이야기하고, 또 그 외에 병 고친 이야기와 표창질 이야기도 다 하여 이야기 갈래가 많아서 초 한 자루가 다 닳았다. 초 심지가 타느라고 부지지 소리가 날 때 여자가 일어나서 벽에 걸린 등잔에 불을 당겨놓고 촛대는 한구석에 치우고 앉았던 자리에 다시 와서 앉았다. 유복이가 이야기를 다시 계속하여 강령서 원수 갚고 배천 와서 성묘하고 벽란나루를 건너와서 양주로 가다가 못 가고 덕적산으로 들어온 곡절을 일일이 이야기하였다. 여자는 정신놓고 이야기를 듣다가 이야기가 끝나며 곧

"부모의 원수 갚는 것도 죄가 되나요?" 하고 물으니 유복이는

"글쎄 모르지. 더구나 다른 사람을 상해놓아서 잡히면 무사할 수 없

을걸"

하고 대답한 뒤

"지금 내 사정이 이러하니 어떻게 했으면 좋겠나?"

하고 돌이켜 물었다.(4권, 167~168쪽)

(D) 서림이가 단천령에게로 가까이 나와 앉아서 이런 말 저런 말 붙이다가

"우리 청석골 자랑 좀 들어보실랍니까?"

하고 말한 뒤 꺽정이와 길막봉이가 호도와 잣을 엄지, 식지 두 손가락으로 깨기 내기하던 것을 이야기하고 이봉학이와 배석돌이가 을묘년에 전공 세운 것을 이야기하고 박유복이가 원통하게 죽은 아버지의 원수 갚은 것을 이야기하고 황천왕동이가 여색에 근엄한 덕으로 김산이 칼에 죽지 않은 것을 이야기하여 단천령의 귀를 흠씬 소승기어 놓고 곽오주의 이야기를 시작하였다. (9권, 114쪽)

(A)는 이장곤이 김서방으로 변성하여 봉단에게 장가든 직후 양수척인 돌이 아비와 대면하는 장면. 시골 이야기와 서울 이야기의 두 축이 소설 전체를 지탱한다는 것. (B)는 기인 갖바치에게서 수련한 꺽정이와 노인의 대화 장면. 일자무식인 꺽정이 배운 병서란 이야기로 배운 것. 문자를 말로 바꿀 수 있는 능력이 갖바치란 기인에 있듯 작가 벽초 역시 그러하다는 것. (C)와 (D)는 설명 불요. 이야기타령이니까.

객 : 잠깐, 갖바치(봉단의 삼촌, 양주팔)라면 칠장사에 머물다 죽은 그 도사 아닙니까. 예언가라기보다는 그야말로 동양의 도사에 꼭 알맞은 위인. 허무맹랑, 황당무계한 짓을 하는 인물 아닙니까. 꺽정이에게 칼쓰기 기타를 가르친 신비한 인물이지만 실로 상식 밖의 인간형. 『홍길동전』식 동양식 도사. "임꺽정이가 그 사람의 재주를 다 배웠으면 호

풍환우(呼風喚雨)두 할는지 모르구 둔갑장신(遁甲藏身)두 할는지 모르구 백리 천리 밖 일두 앉아서 환히 내다볼는지 모릅니다"(9권, 71쪽)는 그 장본인 말이외다.

주 : 그가 임꺽정에 남긴 유서를 좀 보실까요.

삼년적리관산월(三年笛裏關山月). 구월병전초목풍(九月兵前草木風). 부상서지봉단석(扶桑西枝封斷石). 천자정기재안중(天子旌旗在眼中). (6권, 302쪽)

칠언절구. 목불식정의 꺽정에게 그것도 최고의 문자 경지인 글귀를 유서로 남겼던 것. 아이러니치고는 걸작인 셈. 청석골 도적떼 중 그나마 글귀를 안다는 책사 서림조차도 비록 한문 문리는 난 사람이나 두보의 시를 짜깁기한 이 절구를 알 턱이 없지요. '관산의 달'이란 변방의 달, '부상'이란 큰 뽕나무까지는 짐작되나 '단석'은 알 수 없었고. '삼 년 저 소리 속에 관산달이요 구월 병장기 앞에 초목바람일러라'까지는 짐작되나 그 다음이 막혔던 것.

객 : 비록 서출계이나 저 왕실 종친급 신분인 단천령도 끝내 풀지 못한 그 구절이군요.

주 : 맞소. 꺽정이 손궤짝에 깊이 감추어둔 칠언절구를 받아본 단천령의 장면은 아무래도 그대로 옮겨놓는 것이 좋겠소. 작가 벽초의 감추어진 얼굴이니까.

단천령이 한참 들여다보다가 그 종이를 접은 금대로 도로 접어서 꺽정이 앞으로 밀어놓았다.

"그 뜻을 아시겠소?"

꺽정이가 묻는데 단천령은 대답없이 고개를 가로 흔들었다.

"글하는 이들이 모두 모른다니 무슨 글이 뜻이 그렇게 어렵단 말이오."

"글뜻은 별루 모를 것이 없지만 유서루는 뜻을 땅뗨두 못하겠소."

"대체 글뜻은 무어요? 아는 대루 말씀 좀 하우."

"그게 당나라 두보(杜甫)의 글을 모은 것이오. 첫구 안짝은 삼 년 동안 이별했단 뜻이구, 바깥짝은 만국에 난리 났단 뜻인데 원래는 만국인 것을 구월이라구 고쳤구려. 그러구 낙구 안짝은 동쪽에서 서쪽으루 간단 뜻이겠구, 바깥짝은 천자의 깃발이 눈에 보인단 뜻이오."(9권, 107쪽)

객 : 두보의 시를 조금 비틀어놓은 장본인은 도사 갖바치가 아니라 벽초 홍명희라는 사실. 다듬어 말해, 꺽정에게 무술을 가르친 스승이란 벽초 자신이라는 것.

주 : 문제는 분명하지요. '문자의 세계'를 '말의 세계'로 번안해놓기, 그것이 『임꺽정』을 낳게 한 원구상이라는 것. (여기서 주의할 점은 이것이 『야생의 사고』(레비-스트로스) 또는 『타자의 기호학』(토도로프) 등에서 말하는 '무문자세계'와 '문자세계'의 대립(역전)이라든가 이것이 근대(진보성)의 비판이라는 견해와는 구별된다는 것.)

객 : 문자세계란 그러니까 공맹의 도, 곧 문명사회의 법도와 질서를 가리킴이겠는데, 이를 말의 세계로 옮겨놓기란, 그러니까 개념적 형이상학적 세계를 일상적 삶의 현장으로 옮겨놓기라는 것. 이 두 세계의 '오고 가기'에서 생기는 이런저런 갈등이랄까 마찰이 『임꺽정』을 낳은 원동력이라는 것. 그러고 보니, (C)에서 온통 '이야기' 타령으로 채워놓았습니다그려. 만나기만 하면 이야기하기로 『임꺽정』 전체가 그냥 이야기 덩어리인 셈. 이야기로 시작하여 이야기로 이어지고 이야기 갈래가 많아서 초 한 자루가 다 닳자 등잔에 불을 옮기고, 그래도 끝나지

않는 이야기들. 그런데 이런 이야기들이 신바람이 난다는 것, 밤새는 줄 모를 정도라는 것. 그래봤자 문자의 세계의 위대함을 거꾸로 조명해놓는 것이 아니겠는가. 이야기의 세계가 압도적이고 절묘하고 목숨보다 소중하면 그럴수록 그것은 저 문자세계의 그리움에, 그림자에 다름 아닌 것. 바로 여기에 『임꺽정』의 저자의 본 얼굴이 있다고 선생은 주장하고 싶은 모양이오그려.

말의 세계와 문자세계

주 : 내가 주장하다니요. 벽초 선생이 주장하고 있지 않았던가요. 『임꺽정』 전편을 통해 가장 중요한 인물을 들라면 나는 이봉학을 꼽고 싶소. 물론 중심인물은 꺽정이고, 그 옆에 종사 서림이 버티고 있고. 이를 삼각형 도표로 보일까요.

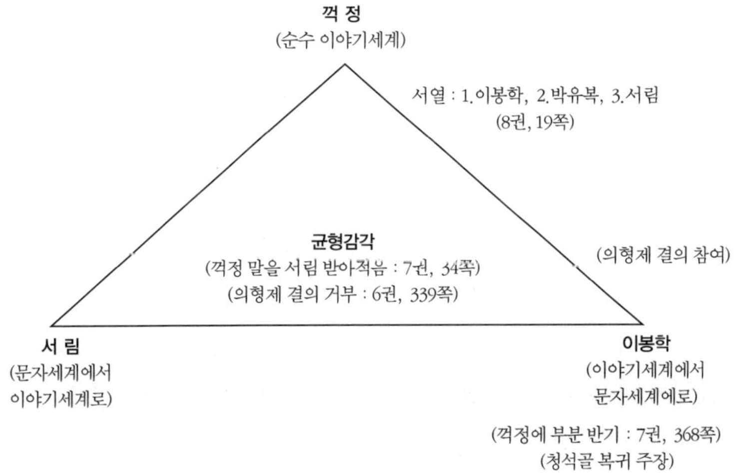

꺽정과 그 일당들이 이야기세계밖에 모르는 부류라면, 그러니까 병서도 이야기로 배운 자들이라면, 서림과 이봉학은 문자세계에 한 발을 들여놓았다는 점에서 선을 긋고 있소. 종실 서자 후손 출신 이봉학은 활의 명수인 무장이지만 동시에 문자세계에 속하는 인물. 청석골 중대 결정에서 꺽정이 맨 나중 의사를 묻는 인물이 바로 이봉학. 그만큼 꺽정이도 신뢰한 인물인 증거. 한편 서림의 경우도 사정은 비슷합니다. 문자의 세계가 먼저 있고 이야기세계가 뒤따랐다는 점에서 이봉학과 대조적. 이 두 중간적 인물이야말로 『임꺽정』의 균형감각의 추라고나 할까. 삼각형이야말로 안정된 것. 이 삼각형은 서림의 이탈로 붕괴되기 시작합니다. 이야기세계 몰락은 시간문제.

객 : 잠깐, 선생은 벽초의 속마음이랄까 보이지 않는 창작의도에 주목하고 있어 보입니다그려. 꺽정이 양반체제 흉내내는 게임에서 실패했다는 것. 그 과정에 서림과 이봉학이 버팀목 노릇을 했다는 것. 문자세계의 시선에서 보면 꺽정과 그 도당들의 행동이 선명하게 보인다는 것.

주 : 꺽정이라는 인물의 '양반흉내게임'이란 이야기세계에서 문자세계 닮아가기의 과정인 것. 다음 장면도 그런 사례. 권위와 군기, 질서 체면 유지를 위해 꺽정이 행하는 저 '가짜 효수'를 보시라.

> 가짜 효수란 것이 본래 효수 시늉인데다가 곽오주의 가짜 효수는 시늉이라 양편 귀 뒤에 화살은 찔렀지만 양편 팔죽지를 잡아서 끌어내가는 것은 양편에서 부축하고 나가게 되고 사방에 회술레시키는 것은 도회청(청석골 사령부—인용자) 대문 밖에 나서고 말게 되었다. 그러나 곽오주가 가짜 효수의 시늉을 한번 당하는 것도 착실한 본보기가 되어서 그렇게 많던 쑥덕공론들이 다 쑥 들어가버리고 아무 소리 없이 군령대로 반이할 준비들을 차리게 되었다. (7권, 45쪽)

문자세계의 학습을 문자 없는 곳에서 시행하기, 그런 학습장이 『임꺽정』인 셈. 작가 벽초의 가장 잘할 수 있는 영역인 까닭. 이를 돕는 문자 쪽의 인물이 서림이라면 이야기 쪽의 인물이 이봉학인 셈.

객 : 사람들이 입만 벌리면, 당장 벽초의 다음 말을 인용하지 않습니까.

> 그것은, 조선문학이라 하면 예전 것은 거지반 지나(중국—인용자)문학의 영향을 많이 받아서 사건이나 담기어진 정조들이 우리와 유리된 점이 많았고, 그리고 최근의 문학은 또 구미문학의 영향을 많이 받아서 양취(洋臭)가 있는 터인데 '임꺽정'만은 사건이나 인물이나 묘사로나 정조로나 모두 남에게서는 옷 한 벌 빌려 입지 않고 순조선 거로 만들려고 하였습니다. '조선 정조에 일관된 작품', 이것이 나의 목표였습니다.
>
> —『삼천리』, 1933년 9월호, 73쪽

이 대단한 결심. 그렇다면, 그 '조선 정조'란 무엇일까. 이 경우 조선의 표현일 수는 없겠지요. 서울말 일색이니까. 진짜 서울말로써 청석골뿐 아니라 제주도 평안도까지 휩쓸었으니까. 일찍이 이 점에 대해서는 연변 작가의 지적이 없지 않았던가.

> (A) 내 말이 미덥지 않거든 '임꺽정'을 한번 뒤져보라. 맨 '에요' 투성일 테니. '임꺽정'에서는 황천왕동이의 아내가 "제가 무슨 생각이 있에요"라는 말을 하는가 하면 황천왕동이도……
>
> — 김학철, 『김학철작품집』, 연변인민출판사, 1987, 308쪽

> (B) 우리는 자신이 '지방작가'라는 것을 항시 잊지 말아야 한다. (…) 우리의 말을 그저 보통 아무나 하는 그런 말이 아니라 죽어라 하고 닦달

질을 해 영롱한 광채가 나는 '문학적 언어'여야 하기 때문이다.

—김학철, 『사또님 말씀이야 늘 옳습지』, 료령민족출판사, 2002, 110쪽

그렇다면 뭐가 '조선 정조'일까. '장내기' '뜨내기' '원뒤짐' '까막뒤짐' 등 도둑 전용어 따위(4권, 198쪽) 조선말일까. 혹은 "봉산읍에서 황주읍까지 칠십리에 거의 오십리는 산골길인데 중간에 동선령(洞仙嶺)이 있고 새남〔舍人岩〕이 있으니 동선령은 봉산읍에서 삼십리요, 새남은 황주읍에서 삼십리다. 새남 남쪽에서 서남쪽으로 벌려 있는 한철산(漢鐵山)과 발양산(發陽山)은 봉산 땅이요, 북쪽으로 더 들어가는 무인지경 산골은 황주 땅이요, 동쪽에 있는 삼봉산(三峰山)과 서쪽에 있는 정방산(正方山)은 모두 두 골의 접경이다"(5권, 235쪽)와 같은 지리적 정확성 또는 칠장사 위치와 명칭의 정확성 따위일까. 그런 것은 '조선 정조'의 터전이긴 해도 그대로의 '조선 정조'라 하기엔 무리. 그렇다면 아주 유별난 '너미룩내미룩' '가리산지리산' '빽쓰다' '왕청뜨게' '잘코사니' 등일까. 그런 것은 우리말이긴 해도 그대로 '조선 정조'의 표현이라 하기엔 역부족. 제주 기생 계향이도 평양 기생 초향이도 서울 기생 소흥이도 서울 표준어 '세요'를 쓰고 있는 판이니까. 그렇다면 혹시 저 '이야기체' 그러니까 '야담'이야말로 진짜 '조선 정조'가 아닐 것인가. 그것도 서민용의 야담 말이외다.

주 : 문명의 옷을 알몸인 이야기세계에 입혀놓기, 그것에 '조선 정조'의 목표가 놓였다는 것. 문자세계의 병장기에서 조직체계 용어문제 등 모든 것을 이야기세계에다 전이하기, 바로 그것. 제도, 언어, 법속 등의 전이도 이런 범주에 드는 것.

(A) 칼이 한쪽 날 양쪽 날 두 가지요, 창이 여느 창, 삼모창, 양지창, 삼지창 네 가지요, 도채가 여느 도채, 긴자루도채 두 가지니 칼, 창, 도

채가 도합 여덟 가지요, 거기다가 활, 소뇌, 철편, 철간, 방패, 작살, 몽치 일곱 가지를 넣고 또 올가미치는 법, 손질하는 법, 발길질하는 법 세 가지를 넣으면 모두 열여덟 가지 아닙니까. 그런데 작살과 올가미치는 법과 발길질하는 법을 빼구 그 대신 철퇴와 사슬낫과 총이라구 불질하는 것이 들기두 한답니다. (7권, 30쪽)

(B) 이튿날 식전 조사 끝에 꺽정이가 군령판을 들이라고 하여 군령을 내리는데 서림이가 글로 받아 썼다. (…) 서림이가 군령판에 쓰기를 마치고 한번 내려 읽어서 꺽정이는 말한 것과 대의가 틀림없는 것을 안 뒤에 영을 내돌리게 하였다. (7권, 34쪽)

(C) 졸개들은 머리에 수건을 질끈질끈 동이고 두목들은 머리에 벙거지를 썼을 뿐이고 여러 두령과 두 시위는 산수털 벙거지를 쓰고 군복을 입었고, 종사관 서림이는 탕건에 진사립을 눌러 쓰고 창의를 입었고 꺽정이는 머리에 쓴 것은 금관이요 몸에 입은 것은 홍포였다. (7권, 376쪽)

문자세계의 언어, 법도, 위계질서가 고스란히 청석골에로 전이되고 있음이란, 따지고 보면 작가의 얼굴이 아니겠는가. 정작 호풍환후, 둔갑장신술의 괴인이자 신비적 도사 갖바치란 바로 벽초 그 사람이 아니었겠는가. 서림은 물론 그 대단한 학경골의 피리명인 단청령조차 땅띔도 못 하겠다고 한 갖바치의 유서의 마지막 구절 '천자정기재안중(天子旌旗在眼中)'도 신간회운동에서 옥살이하는 벽초 자신의 환각 바로 그것이 아니었겠는가.

『임꺽정』의 작가와 「아Q정전」의 작가

객 : 잠깐, 헷갈릴 법도 하니까 정리하고 넘어가지요. '조선 정조'란 경국대전을 비롯 조선조의 문자세계의 총칭이 이야기체로 전이되는 과정에서 발생하는 '모종의 정조'를 가리킴이라는 것. 문자의 이야기화 또는 '문자의 야담화'로 이를 정리할 수 있겠는데, 정작 벽초 자신은 어떻게 생각했을까요. '이야기'(야담) 아닌 '소설'이라 우겼는지도 모르지 않습니까. '머리 말씀'을 잠시 볼까요.

> 자, 임꺽정이의 이야기를 붓으로 쓰기 시작하겠습니다. 쓴다 쓴다 하고 질감스럽게 쓰지 않고 끌어오던 이야기를 지금부터야 쓰기 시작합니다.
>
> 각설, 명종대왕 시절에 경기도 양주 땅 백성의 아들 임꺽정이란 장사가 있어…….
>
> 이야기 시초를 이렇게 멋없이 꺼내는 것은 이왕에 유명한 소설 권이나 보아두었던 보람이 아닙니다. 『수호지』 지은 사람처럼 일백 단팔마왕이 묻힌 복마전(伏魔殿)을 어림없이 파젖히는 엄청난 재주는 없을망정 『삼국지』같이 천하대세 합구필분이요, 분구필합이마고, 별로 신통할 것 없는 말쯤이야 이야기 머리에 얹으라면 얹을 수 있겠지요. (1권, 7쪽)

이 첫 대목은 저 루쉰(魯迅)의 「아Q정전」과 견줄 때 얼마나 다른가.

> 내가 阿Q를 위하여 정전(正傳)을 쓰려고 한 것은 벌써 일이 년의 일이 아니다. 그러나 써야겠다 써야겠다 생각은 하면서도 쓰려고 하면 그만 망설여지고 마는 것이다. 그것은 내가 그 말을 후세에 전할 만한 사람이 못 되기 때문이다. 옛부터 불후(不朽)의 붓만이 불후의 인물을 전

하는 걸로 되어 있다. 그리하여 사람은 글에 의해 전해지고, 글은 사람에 의해 전해진다. 그리되면 대체 누가 누구에 의해서 전해지는 것인가가 점차 애매해진다. 결국 阿Q전을 쓰게 되었다는 데에 생각이 미치고 보니 어쩐지 내가 귀신에게 홀린 듯한 기분마저 든다.

아무튼 불후의 문필은 못 되나 이 한 편의 문장을 쓰기로 작정하고 붓을 들긴 들었는데, 들자마자 곧 여러 가지로 곤란을 느끼게 되었다. 첫째로 문장의 명목(名目)이다. (…)

둘째로 전기의 통례로서 첫머리에는 대개 '아무개. 자(字)는 무엇이며, 어느 곳 사람이다'라고 쓰는 것이나 나는 阿Q의 성이 무엇인지 전혀 모른다. 한번은 그의 성이 조인 것 같았으나 그 다음날에는 곧 모호해졌다. (…)

셋째로 나는 阿Q의 이름을 어떻게 쓰는지조차도 모른다. 그가 살아 있을 때는 사람들은 모두 그를 阿Quei라고 불렀다. 죽은 뒤론 누구 하나 阿Quei를 입에 올리는 사람조차 없어졌다. 하물며 '죽백(竹帛)에 기록한다'는 일이 어찌 있을 수 있겠는가? 만약 '죽백에 기록한다'고 논할진댄 이 문장이 아마 최초가 될 것이므로 먼저 이 제1의 난관에 부닥친 것이다. 나는 일찍이 곰곰이 생각해보았다. 阿Quei—아계(阿桂)일까, 그렇지 않으면 아귀(阿貴)일까? (…)

아들인 무재(茂才) 선생에게 물어본 적이 있으나 이러한 박학한 분도 결국 별수가 없었다. 그의 결론에 의하면 진독수(陳獨秀)가 '신청년(新青年)'을 발행하고 서양 문자를 제창했던 까닭에 국수(國粹)가 파괴되었으므로 조사할 수가 없게 되었다는 것이었다. 나의 최후의 수단은 다만 같은 고향의 어느 친구에게 의뢰하여 阿Q의 범죄 조서를 조사해달라는 것이 고작이었다. 8개월 후에야 겨우 회신이 있었으나 조서 중에는 阿Quei와 비슷한 음을 가진 사람은 없다는 것이었다. 정말로 없었는지, 그렇지 않으면 조사도 해보지 않고 없다고 했는지는 모르나 이제는 그 이상 별다른 방법이 없었다. 주음자모(主音子母)는 아직 일반적으로 통용되지 않는 것 같으니 부득이 서양 문자를 써서 영국류의 철자법으로 阿Quei라 쓰고, 약해서 阿Q로 하는 수밖에 없었다. 이것은 '신청년'에 추종하는 것 같아 자신도 매우 유감이기는 하나 무재 선생도 모르는 것을 나라고 해서 별수 있겠는가?

—『아Q정전阿Q正傳 · 광인일기狂人日記』, 이가원 옮김, 동서문화사, 73~76쪽

이중 주목되는 것은 셋째 항목. 阿Quei란 음성(말소리)을 문자화하기. 阿貴일까 阿桂일까, 어느 쪽도 불가. 말소리 그대로 阿Quei라 쓰고 약해서 阿Q라 할밖에. 이 장면을 두고 어떤 연구자는 「아Q정전」을 리얼리즘의 틀에서 구출하여, '나'라는 화자의 창출에 이 소설의 의미가 있다고 했더군요. "내가 주장하는 바는 루쉰의 이야기가 阿Q만 만들어낸 것이 아니라 그 주인공을 분석하고 비평할 수 있는 능력을 가진 중국인 화자(서양소설의 화자—인용자)를 만들어냈다는 점"(리디아 리우, 『언어횡단적 실천』, 민정기 옮김, 소명출판사, 1996, 146쪽)이라 했더군요. (선생은 이 책을 읽고, 논문 한 편을 썼더군요. 「언어적 실천과 현실환원적 실천—루쉰과 이광수」, 서울대 BK21, 제2회 국제학술회의, 2009. 2. 13)

이번엔 벽초와 루쉰을 비교검토할 유혹을 느꼈을 법하네요. 벽초는 '이야기'에만 주목하고 있다는 것. 가끔 '소설' 쪽도 기웃거렸다는 것. 그러나 전체적으로는 '이야기'라고 일관하고 있긴 합니다. '각설'도 그러하며, 특히 『수호지』와 『삼국지』를 내세웠음이 그러합니다. 『수호지』에 미치지 못하지만 『삼국지』 흉내는 낼 수도 있다는 것. 그러니까 『수호지』에 도전하겠다는 것. 그런데 잇달아 또 이렇게도 말해놓았습니다그려.

이야기를 쓴다고 선성만 내고 끌어오는 동안에 이야기 머리에 무슨

말을 얹을까, 달리 말하면 곧 이야기 시초를 어떻게 꺼낼까 두고두고 많이 생각하였습니다. 십여세 아잇적부터 이야기듣기, 소설보기를 좋아하던 것과 삼십지년 할 일이 많은 몸으로 고담(古談) 부스러기 가지고 소설 비슷이 써내게 되는 것을 연락을 맺어 생각하고 에라 한번 들떼놓고 인과관계를 의논하여 이야기 머리에 얹으리라 벼르다가 중간에 생각을 돌리어, 그럴 것이 없이 문학이란 것을 보는 법이 예와 이제가 다르다고 옛사람이 일신(一身) 정력을 들여 모아놓아 그 깨끗하고 거룩하던 상아탑이 여지없이 무너지고 그 속에 있던 뮤즈란 귀신의 자취가 간 곳 없이 사라졌다는 것을 그럴싸하게 꾸며가지고 이야기 시초로 꺼내보리라 맘을 먹었습니다. (1권, 8쪽)

보십시오. '이야기' '소설' '문학'이란 말이 나란히 나오지 않습니까. '고담'을 '소설 비슷이 써내게 되는 것'. 이야기가 소설 비슷하다는 것. 야담이 소설 비슷하다는 것. 그런데 '문학'이란 또 무엇인가.

주 : 이 경우 있는 그대로 받아들이면 안 되겠소. (A) 이야기란 소설 비슷하나 정작 소설 그것이 아니라는 것. 당겨서 말해 『수호지』나 『삼국지』도 소설 비슷하나 소설이 아니라는 것. (B) 이야기와 소설의 인과관계를 고려하고 또 '삼십지년 할 일 많은 몸'으로 그 할 일을 하는 대신 고담 부스러기에 빠지고 만 경위를 들어 그 인과관계를 맺는 글쓰기를 겨냥했다는 것. 그랬다면 필시 그것은 인과관계에 바탕을 둔 리얼리즘계 소설이 되었을 터.

객 : 잠깐, 그러니까 벽초 앞에 당당한 국가와 그 제도가 있었다면 어째 고담 부스러기에 몸 바쳐 허송세월했겠는가. 온갖 재주와 역량을 발휘하고 또 모자라는 것을 배우고 기워 대신도, 장군도, 홍문관 대제학도 될 수 있었을 터. 그런데 보라, 망국민이 아니었던가. 춘원의 표현으로 하면, "그까진 졸업은 해서 무얼 해?"라고 대성중학(大成中學)

을 버리고(5학년 2학기) 귀국한 벽초였지 않았던가(『이광수전집7』, 우신사, 229쪽). 「카인」(바이런의 장시)에 몰두하기도 했고, 3·1운동, 신간회 등으로 옥살이도 빈번했고, 특히 러시아의 작가 A. 쿠프린(그의 단편집의 구성방법으로 장편화하는 기법을 배워 『임꺽정』을 구상할 수 있었다. 임형택·강형주 엮음, 『벽초 홍명희와 '임꺽정'의 연구자료』, 사계절, 1996, 223쪽), 또 메레슈코프스키의 삼부작에 반하고, 톨스토이를 숙독했던 것. 그리고 『수호지』 『삼국지』는 유년기에서부터 몸에 밴 것이니까. 『수호지』와 쿠프린, 메레슈코프스키를 작가 자신의 그동안의 삶의 경륜으로 인과관계를 맺는 글쓰기를 모색했다. 이는 소설 쪽에 가까울까 이야기 쪽에 가까울까, 라고 고민한 바 있었다. 그런데 그게 잘 되지 않았다?

주 : 조심스럽게 말씀했습니다그려. 동감이오. 방법은 하나. 정면 돌파! '문학' 자체를 뛰어넘을 것. 소설이란 근대(시민사회)의 산물인 것. 옛날엔 이야기가 있었고 근대엔 소설이 생겼다. 옛날엔 문학이 있었고, 근대에도 문학이 있다. 이 둘은 닮았지만 또 별종이 아닐 수 없다. 근대(국민국가, 자본제생산양식) 속에 알뜰히 살 수 있는 판이라면 당연히도 문학은 근대문학이어야 하고 이야기는 소설이어야 한다. 그런데 벽초의 처지에서 보면 그 '근대'가 없거나 결여상태가 아니겠는가. (춘원이나 육당에겐 근대가 있었고, 이를 믿고 그들은 '근대문학'을 했다. 그 근대가 가짜〔환각〕였음을 육당도 춘원도 훗날 통렬히 깨달아야 했다.) 이에 대응하는 방도는 무엇일까. 두 가지 문학 자체의 부정, 이야기와 소설의 동시적 부정, 또는 초월하기에다 좌표를 둔 글쓰기, 그것이 『임꺽정』이다. 그러니까 동서고금의 어떤 글쓰기의 잣대로도 잴 수 없는 물건이 아닐 것인가.

객 : 그래봤자 부처님 손바닥이라고, 『수호지』의 손바닥이 아니겠습니까. 적어도 어떤 부분에서는.

(A) 이야기의 머리말씀을 한 회 마치려고 인종, 명종 때 일을 조금 자세히 설명하여야 할 것도 다 못하고 바로 본이야기로 접어들려고 합니다. (1권, 11쪽)

(B) 이것은 뒷이야기라 그만두고 꺽정이가 그 다음에 김륜이를 내려다보며…… (3권, 34쪽)

(C) 여줄가리 뒷날 이야기는 고만두고 인종 초상 난 뒤로 당시 조정 판국이 험악하던 것을 대강 이야기하겠다. (3권, 46쪽)

(D) 이황이 형의 옥사를 지낸 뒤로는 (…) 유림의 종장으로 이름이 일국에 떨친 것은 뒷날 이야기다. (3권, 113쪽)

이런 식의 이야기 이음 방식은 『수호지』와 닮은 것 아닐까요. "이 이야기는 여기서 멈추기로 한다"라든가 "장황한 이야기는 빼버리고……" 라는 대목들이 원본(120회분) 『수호지』엔 그대로 나오지 않습니까(駒田信二, 『水滸傳』, 平凡社, 1962). 그런데 『임꺽정』 전편을 통해 '문자세계'의 이야기체화를 문제 삼을 때 제일 주목되는 대목을 들라면 선생은 어떤 장면을 내세우겠습니까. 이 점이 제일 궁금한데요.

주 : 돌팔매질의 명수인 김해 출신 배돌석이 한때 비부(계집종의 남편)노릇할 때 겪은 삽화를 들면 어떠할까요? 어떤 양반집에 배돌석이 비부쟁이로 들어갔습니다. 주인마님이 시집올 때 데리고 온 계집종을 주인마님이 배돌석에게 시집보냈던 것. 이 경우 비부는 계집종과 같은 신분으로 다루어지는 법. 그런데 비부노릇을 해보니, 온갖 심부름에다 기묘한 것은 아내인 계집종이 주인마님 몰래 주인사내의 애첩노릇도 하지 않겠는가. 어느 날 계집종과 주인사내의 간통현장을 덮친 배돌석

이 여차여차한 장면을 조금 길게 따옵니다.

죽이지 않고 어떻게 곤욕을 보일까 생각하는 중에 문득 자자해줄 생각이 났네. 자자(剌字, 얼굴이나 팔뚝에 흠을 내어 죄명을 먹칠하여 넣는 일—인용자)를 할라니 바늘도 없고 송곳도 없어서 주저하다가 서방님이란 자가 옷고름에 장도 찬 것을 보고 그 장도를 옷고름에 달린 채 잡아 떼었네. 칼날을 끝만 뾰조록이 남기고 옷고름으로 감아서 손에 쥐고 먼저 계집더러

"네년의 눈이 사내를 홀리게 생겼으니 눈에다 치장을 더 내주마"
말하고 곧 대들어서 한손으로 머리채를 잡아서 고개를 벌떡 젖힌 뒤에 한손만 가지고 일변 칼끝으로 눈자위를 돌려 쑤시며 붓으로 먹을 칠해 넣었네. 계집의 두 눈에 왕방울을 쑤시어 만들고나서 그 다음에 서방님이란 자에게

"네놈은 계집을 좋아하니 이마에 하나 붙여줄 것이 있다"
말하고 한손으로 상투를 잡고 한손으로 이마 위에 계집의 밑구녕 모양을 쑤시어 만들었네.

"모양이 어떠냐? 너희들끼리 서루 봐라. 자, 나는 어디루든지 갈 테니 너희들 연놈이 맘놓구 같이 살아라."

그 뒤에 나는 동여놓은 남녀를 그대로 두고 밖으로 나왔네. 달은 아주 서쪽으로 기울어지고 닭은 홰를 잦치는데 새벽바람이 차기가 살을 에이데. 나는 어디로 갈 작정을 못한 까닭에 한동안 찬바람을 무릅쓰고 밖에서 서성거리다가 이왕 도적놈 소리를 들은 바에는 길양식이나 훔쳐가지고 떠나려고 생각하고 사랑 뒤로 들어가서 안뒷담을 넘어 안으로 들어갔네. 개가 짖고 내닫다가 난 줄 알고는 짖지 않고 꼬리를 치데. 내가 안광에 들어가서 자루를 찾아가지고 독에 있는 쌀을 자루에 퍼넣는데 안방 지게문 여는 소리가 나서 나는 깜짝 놀라 독 뒤에 몸을 숨기고

있었네.

"광문이 어째 열렸을까? 그년들이 어젯밤에 광문도 안 닫고 나간 게로군."

아씨란 계집이 광 앞으로 오다가 말고 종종걸음을 쳐서 부엌 뒤로 가는 것이 새벽 뒤보는 버릇이 있다더니 뒷간 가기가 급하든 모양이데. 나는 태평 맘을 놓고 쌀을 한 자루 넣어서 어깨에 엇메고 안중문을 열고 나오다가 아씨를 보고 간단 말 한마디 하고 갈 생각이 나서 다시 돌쳐서서 안뒷간 앞으로 들어갔네. (…)

"제가 삼씨오쟁이를 짊어지구 하소연할 데가 아씨밖에 더 있습니까?"

"사내녀석이 기집 하나를 잘 거느리지 못하고 밤낮 딴짓을 하게 한단 말이냐?"

"아씨는 제가 못난 줄루 아십니다그려."

"그렇지 무어야?"

"그럼 잘난 아씨는 왜 서방님을 밤낮 딴짓하게 하시오?"

"내게다 오금을 박는 게야?"

"오금 좀 백혀두 좋지요. 실상 내가 이놈의 더러운 꼴을 보는 것이 아씨 덕 아니오."

"잘 알았다. 고만 나가거라."

"그러지 않아두 하직하구 가겠습니다."

"하직하구 가다니?"

"비부쟁이 노릇 고만 할랍니다."

"서방님이 너 온 것을 아셨느냐?"

"아시다뿐인가요?"

"그런데 그저 행랑에 계시단 말이 될 말이냐?"

"내가 행랑에 붙들어 두었습니다."

"붙들어 두었어? 어떻게?"

"궁금하거든 나가 보시지요. 내가 광에 있는 쌀독에서 길양식을 좀 퍼가지고 가니 간 뒤에 도둑놈 소리나 마십시오" (…)

하고 말한 뒤 곧 쌀자루를 집어들고 나왔네. 나는 그날 새벽 김해 고향을 하직하고 서울로 올라와서 이삼 삭 동안 백사지에서 죽을 고생 다했네. 호구할 도리가 없는 판에 마침 아는 양반이 금교찰방으로 오게 되어서 나는 자원하고 하인일체로 따라왔었네. (5권, 308~313쪽)

위 장면은 배돌석이의 평생의 고생한 이야기를 닭울녘까지 곤한 줄도 모르고 천왕동이에게 들려준 것. 바로 직접화법. 듣는 자는 오직 천왕동이 한 사람. 그러니까 독백에 가까운 이야기체. 자기 얘기인만큼 어찌 막힘이 있으랴. 신바람날 수밖에.

객 : 그런데 똑같은 이야기를 이번엔 독백체 아닌 제3자들에게 들려준다면 어떻게 될까. 간접화법 말이외다. 천왕동이의 장인 이방, 장모, 그리고 처 옥련 등이 그들이겠는데요.

천왕동이가 중간에서 대답하고 이방이 안으로 들어올 때 천왕동이는 뒤를 따라 들어왔다.

"어젯밤에 그 손하고 무슨 이야기를 그렇게 오래 했니?"

"그 사람의 소경력 이야기를 들었습니다."

"무슨 소경력이 그렇게 많든가?"

"기막힌 이야기를 다 들었습니다."

"호랭이 잡은 이야기냐?"

"아니에요."

"그럼 무슨 이야기야?"

이방이 안방에 들어와서 앉은 뒤에 천왕동이는 양반과 계집을 자자시킨 이야기와 양반 여편네 욕보인 이야기를 대강대강 옮기어 들리었다.

"간통한 남녀를 등시포착해서 죽이지 않구 자자했단 말은 금시초문이다."

이방의 말끝에

"기집년이 눈자위에 자자를 하고 얼굴을 어떻게 들겠소? 죽는 신세만 못하지."

이방의 아내가 뒤를 달았다.

"눈에 왕방울은 오히려두 낫지. 그 양반의 꼴을 생각해보게. 그야말루 죽느니만 못하지."

"자자한 건 생전 가시지 않소?"

"가죽이나 벗겨내면 없어질까. 저절루는 가실 리 없지."

"자기 남편을 그 꼴을 만들고 그 여편네 맘이 어떨까."

"그 여편네두 봉변이지만 그 봉변은 표나 없지."

"양반의 여편네가 그런 일을 당했으면 자처해 죽을게요."

"자처해 죽을 여편네두 있겠지만 아닌보살하구 살 여편네가 더 많을걸."

장인 장모의 수작하는 말이 끝난 뒤에 천왕동이가 마루로 나오는데 옥련이가 (…) (5권, 318~319쪽)

그런데 궁금한 것은 어째서 같은 사건을 직접화법으로(독백체로) 했고 또 이를 타인 앞에서의 대화체(간접화법)로 객관화해 보여야 했을까.

주 : 궁금하기는 마찬가지. 이야기체란 원래 독백체라는 것. 저 원시인 때부터 동굴에서 꽃피기 시작한 그 말하기의 이야기체. 인간 본능이라고나 할까요. 청중이 있다는 것, 그리고 그 청중은 '그래서?'만을 바란다는 것. 절대로 '어째서?'라고는 하지 않는다는 것.

객 : 잠깐, '어째서?'라고 하면 벌써 이야기하는 자의 신바람이 손상

된다는 것입니까?

주 : 아마도. 여기에 이야기체로 일관한 벽초의 의도, 곧 권위, 또 '자유'가 있지 않았을까.

객 : 그렇다면 어째서 그 배돌석의 독백을 네 사람 앞에서 다시 해야 했을까요. 그중 누군가가 '어째서?'라고 했다면 어쩔 텐가요?

주 : 글쎄요. 근대소설을 익히 알고 있던 벽초니까, 두 가지 '체'를 다 보여주고자 했을지도 모릅니다. 아마도 벽초 자신의 자의식 왈, 결벽성이랄까요. 그러나 자세히 보십시오. 4명 중 아무도 '어째서?'라 하지 않지요.

역린(逆鱗)에 닿다

객 : 설사 그렇더라고 거작 『임꺽정』 앞에 서면 지금까지의 우리의 대화란 가생이를 빙빙 돈 느낌인데요.

주 : 그럴 수밖에요. 알맹이가 빠졌으니까.

객 : 알맹이라? 작품 『임꺽정』의 소설적인 알맹이라? 혹시 작품의 주제 말입니까?

주 : 이렇게 말해보면 어떠할까요. 어째서 '꺽정이'였느냐고.

객 : 그야 이렇게 되어 있지 않습니까.

섭섭이의 사내 동생이 꺽정이니 꺽정이도 섭섭이와 같이 별명이 이름이 된 것이다. 처음의 이름은 놈이었던 것인데, 그때 살아 있던 외조모가 장래의 걱정거리라고
"걱정아, 걱정아"
하고 별명을 지어 부르는 것을 섭섭이가 외조모의 흉내를 잘못 내어 꺽

정이라고 되게 붙이기 시작하여 꺽정이가 놈이 대신 이름이 되고 만 것이다. (2권, 183~184쪽)

고리백정의 장남으로 태어난 아이가 조부의 보물인 활을 망가뜨리지를 않나, 글방에서는 싸우고 뛰쳐나오지를 않나, 도무지 그 야성스런 힘을 주체할 수 없었지요. 바로 이게 아기장수 설화의 모티프이겠는데요.

주 : 바로 그렇소. 일찍이 아기장수 설화는 김동리의 대표작 「황토기」(1939)에서 선명했던 것. 태어난 아이 억쇠가 힘이 장사라 훗날을 두려워한 부모가 아이의 어깨를 찍어 힘을 견제케 했고, 그 아이는 끝내 힘쓸 곳이 없는 세상에서 허무와 씨름할 수밖에 없었던 정황을 그린 「황토기」는 최인훈에 와서 크게 증폭되어 나타났지요. 양간도(洋間島) 미국생활 3년을 청산하고 귀국하게끔 망명 작가 최인훈을 부추긴 결정적인 요인이 바로 이 아기장수 설화(장수 잃은 용마의 울음)였던 것. 미국 도서관에서 본 평북 도지(道誌)에 실린 마시암(장수 잃은 용마의 울음 바위) 설화에 받은 충격이란 무엇인가. 날갯죽지를 가진 아기를 낳은 부부는 관가 몰래 아기를 죽일 수밖에. 마을 전체가 몰살당할 테니까. 부부는 그 아기의 죽음과 함께 용마의 울음소리를 듣는다(『화두1』, 민음사, 1994, 457쪽). 이것이 어째서 부모형제를 양간도에 둔 채 최인훈으로 하여금 귀국하지 않을 수 없게 만들었을까.

그 해답이 귀국한 직후에 쓴 극시(희곡) 『옛날 옛적에 훠어이 훠이』(1976)입니다. 산문(소설)을 송두리째 포기할 만큼 강렬한 메시지였지요. 그것은 그러니까 7, 80년대 속에 던지는 초정치적 메시지였던 것.

객 : 그렇다면 주인공 임꺽정은 그런 아기장수급의 설화 축에 낄 수 없다는 뜻입니까?

주 : 그런 뜻이 아니라 상황 설정 자체가 다르다는 것. 실상 임꺽정

은 한갓 도적이며 그 무리도 한갓 도둑떼에 지나지 않는 것. 평안감사의 봉물을 훔친 것이 전부이며 봉물이라고는 하나, 그것도 한갓 시골감사가 중앙관리에 바치는 뇌물이 아니었던가. 작품 전체를 통해 조선통보(세종 때 사용된 엽전) 같은 엽전이 등장하지 않음도 그 증거. 금이나 은 따위도 없지요. 기껏해야 물물교환으로, 광목 같은 것이 전부. 그것을 몽땅 털어봐야 한갓 '좀도둑' 수준이 아니었던가. 이런 좀도적이란 작가의 표현대로 조선 팔도 곳곳에서 벌어졌던 것.

> 이때 조선 팔도에 도적이 없는 곳이 없으되 그중에 황해도가 우심하였다. 황해도 일경은 변동 도적의 소굴이었다. 황해도 민심이 타도보다 사나우냐 하면 그런 것도 아니고 황해도 관원이 탐학과 아전의 작폐가 타도보다 심하냐 하면 그런 것도 아니건만…… (7권, 8쪽)

객 : 그러니까 중앙에서 볼 땐 도적 걱정 따위도 대수로운 것 아니다, 그런 뜻입니까?

주 : 중앙의 반응을 보실까요.

> 운달산 절굴에서 평양 진상봉물이 형적도 보지 못하고 네 골 수령이 각기 환관한 뒤 황해감사가 연유를 비변사에 보하였더니 조정에서 다시 개성유수에게 청석골 적굴을 소탕하라고 명하였다. 유수는 아무 계책도 없이 당장 경력에 군사 몇십 명을 주어 보내고…… (6권, 91쪽)

객 : 조정에서는 그따위 도적떼는 한갓 좀도둑이고 말로만 잡아들이라 명했을 뿐, 우습게 보고 있었다? 잡아들여도 그만, 안 그래도 그만?

주 : 그따위 물건 조금 축내는 도둑떼란 조정의 처지에서 보면 별것 아닌 것. 공물 따위란 있어도 그만 없어도 그만, 체제 유지엔 아무 손

상 없지요. 꺽정의 최대의 실수는 이따위 좀도적 짓에 있지 않았지요. 이른바 조정의 역린을 건드렸기 때문.

객 : 통치자의 역린을 건드렸다? 요컨대 '체제'에 도전했다?

주 : 두 가지 실수. 하나는 선비 학살. 과거에 낙방된 봉산 선비와 평산 선비들이 주막에서 수작하다 청석골 도둑떼에 이야기가 미쳤지요. "꺽정은 힘만 세고 꾀 없는 놈" "서림은 그에 붙은 창귀"라고. 그 자리에 서림이 있었지요. 서림이 분해 모두 잡아들이자 꺽정이 왈 "그까짓 낙방거지들"을 잡아들이다니라고. 어쩌면 좋은가고 묻자 잡아온 자 마음대로 하라고 하지 않겠는가. 서림이 혼구멍 정도 내고 석방하고자 마음먹고 선비들을 문초하자, 정선비 왈.

"임장군은 만부부당지용을 가지셨구 서모사는 지모가 제갈공명 같으시다구 말씀해야 옳을 것을 그렇게 말씀 안한 것이 잘못인 줄 깨닫구 복복사죄(僕僕謝罪)하지 않았습니까. 항자는 불살이라니 잘못했다구 사죄하는 걸 죽이는 법이 있습니까."

"그놈 더러운 놈이다. 빨리 내다 목을 비어라!"

하는 천둥 같은 호령이 대청 안침에서 나왔다. 꺽정이가 호령한 것이다. 좌우에 벌려 섰던 졸개들 중에 오륙 명이 일시에 내달아서 정생원을 잡아 일으켜세우는데, 정생원은 벌벌 떨면서 서림이를 치어다보고

"그저 목숨이나 살려주시면 결초보은하겠습니다"

하고 우는 소리를 하였다.

"목숨은 되우 아까운가 부다, 그렇게 살구 싶거든 요순우탕 문무주공 공자 맹자 주자 하늘에 기신 여러 조상님네 굽어 살피셔서 잔명을 보전하게 해줍소서 해봐라. 혹 살는지 모르니."

서림이가 조롱하느라고 한 소리를 정생원은 살 욕심에 눈이 어두워서 조롱인 줄도 모르고 주문 외듯 그대로 옮기었다. 서림이가 한바탕 깔

깔 웃은 뒤

"그놈 삼천육부지자로구나. 참말 더러운 놈이다. 그놈을 대장 명령대루 끌어내다가 목을 비구 그러구 다른 놈을 하나 끌어오너라"

하고 분부하여 정생원은 여러 졸개들에게 끌려나갔다. (9권, 34쪽)

그 다음은 평산 선비 차례.

정생원 다음에 평산 선비 하나가 잡혀왔다. 뜰아래 맨땅에 꿇어앉아서 대청 위 교의에 걸터앉은 서림이를 치어다보며 자기는 말 한마디 잘못한 일이 없는데 무슨 죄가 있는지 죄목이나 알아지라고 말하였다.

"네 얼굴빠대기를 보니 양반 자세하구 동네 백성들에게 행학(行虐) 많이 했을 게다. 그 죄가 죽어두 마땅하다."

서림이가 죄를 얽어서 으름장을 놓으니 그 선비는 행학한 일 없다고 누누이 발명하고 또 살려달라고 구구이 빌었다.

"용서없이 죽일 것이로되 인생이 불쌍해서 약약히 볼기깨나 때려 용서할 테니 그리 알아라."

"유죄무죄간 때리면 맞는 것이지만 이왕 맞을 바엔 형문을 맞겠습니다."

"상사람이면 혹 형문두 치지만 양반은 반드시 볼기를 치는 것이 우리의 법이다."

"그럼 할 수 있습니까. 볼기라두 맞겠습니다."

서림이가 졸개들에게 형틀과 태장(笞杖)을 내놓으라고 분부할 때 꺽정이가 뒤에서

"여보 서종사, 볼기는 다 무어요? 그놈두 먼저 놈같이 목 비게 내주우"

하고 말하여 그 선비도 마침내 여러 졸개들에게 끌려나가서 망나니 구

실하는 졸개 손에 머리를 넣게 되었다. 그 선비 뒤에 봉산 선비 둘과 평산 선비 하나가 차례로 잡혀와서 대개 먼저 선비와 어슷비슷하게 애걸복걸하다가 모두 참혹한 죽음들을 당하였다. (9권, 34~36쪽)

객 : 선비를 죽였군요. 그것도 비굴하다는 이유 한 가지로. 정작 선비 서림은 거저 혼찌검 정도로 생각했는데, 꺽정은 실로 의외로군요.

주 : 다음 장면도 그렇지요.

장생원부터 여섯째 번에 잡혀온 사람은 한생원인데, 졸개들이 먼저 다섯 사람과 같이 잡아 꿇리려고 하니 한생원은 딱 버티고 서서 앉으려들지 아니하였다.

"빨리 꿇어앉혀라."

"빨리 꿇어앉히랍신다."

"녜이."

호령 소리, 긴대답 소리 바로 무시무시한데 한생원은 꿇어앉히려고 애쓰는 졸개들을 뿌리치면서

"양반이 죽으면 죽었지, 도둑놈들 앞에 무릎은 꿇지 않는다"

하고 소리질러 꾸짖었다. 막된 것들 여럿이 약한 선비 하나라 한생원이 마침내 서 있지 못하고 주저앉았으나 한 무릎도 꿇지 않고 두 다리를 앞으로 내뻗었다. 마른 정강이를 연해 걷어채여서 부러질 것같이 아프건만 이를 악물고 다리를 오므려들이지 아니하였다.

"그걸 꿇리지 못한단 말이냐!"

하는 호령을 듣고 졸개들이 곧 다리를 분질러 접치려고 드니 한생원은 뒤로 벌떡 드러누워 몸부림을 치고 발버둥을 쳤다. 한생원이 한사코 꿇어앉지 않는 것을 서림이가 보고

"그대루 일으켜 앉혀놔라"

하고 분부하여 졸개들이 한생원을 잡아 일으켜서 마음대로 앉게 두고 한옆으로 물러섰다.

"양반 고집은 쇠고집이라더니 너두 반명이라 고집이 무던하구나."

서림이가 놀림조로 말을 하니 한생원이 눈을 부릅뜨고 서림이를 똑바로 보며

"이놈, 네가 누구를 놀리느냐! 내가 너희 같은 도둑놈들에게 놀림받을 사람이냐! 너희가 나를 죽이기는 할지라두 놀리지는 못한다"

하고 통통히 호령하였다. (…)

한생원의 말이 끝나자마자, 꺽정이가

"여보 서종사, 그 사람은 사내요. 그 사내는 내가 살려 보내겠소. 이때까지 잘못했습니다 살려줍시오 소리에 욕지기가 나서 못 배기겠드니 인제 속이 좀 시원하우"

하고 말하였다. (9권, 36~38쪽)

그 다음은 신진사 차례. 그 역시 당당.

"그게 무슨 소린고? 사가살불가욕(士可殺不可辱)이라니 선비를 죽이면 죽이지 욕보일 법이 없는데 계하에 꿇려 욕을 보이려 들고 또 언사에 하대하고 욕설까지 하니 그럴 데가 어디 있을까? 어, 고약한지고. 나는 그대네가 적당이라두 서절구투(쥐나 개처럼 몰래 물건을 훔치는 것—인용자) 좀도적과 달라서 바른말을 바르게 들을 도량들이 있을 줄루 믿었더니 내가 너무 지나치게 믿었군"

하고 준절하게 책망하였다. (9권, 39쪽)

객 : 평산 봉산 선비 8명 중 3명은 살아 남았군요. 또 봉산 선비 하나는 살려달란 말도 못할 정도의 위인이라 그냥 둘 수밖에. 뿐인가. 한생

원 신진사 두 선비는 노수까지 주어 보냈고, 또 상목 5필까지 주었군요. 당연히도 한생원은 촌촌 걸식하여 갈망정 도둑놈의 재물은 거절. 신진사는 호송 졸개에게 주었던 것.

그러고 보니 영문소설 『순교자』(1964, 김은국)의 경우가 연상됩니다그려. 북한군이 평양목사 14명을 고문했는데, 그중 12명은 총살했고, 둘만 생존. 그 진상은 이렇더군요. 신을 거부하라고 고문을 가하자 12명은 신을 저주했다. 그 자리에서 총살. 고문에 못 이겨 미친 자가 있었다. 미친 자라니 당장 석방. 그런데 신목사는 끝까지 신을 증거하며 버티었다. 석방할 수밖에. 그 이유를 포로된 고문자 괴뢰군 정소좌는 이렇게 말하더군요.

> "그는 내게 감히 대항해온 유일한 친구였어. 난 당당하게 싸우는 걸 좋아해. 그자는 용기가 있더군. 내 얼굴에 침을 뱉을 만큼 배짱 있는 친구는 그자 하나뿐이었어." (도정일 옮김, 시사영어사, 151쪽)

주 : 임꺽정이 저지른 또 하나의 실수. 종실 단천령에 대한 것. 태종의 별자 익령군의 증손이요 글 잘하고 거문고 잘하던 수천부정의 손자. 이름은 억순. 자는 주경. 피리의 명수. 이 단천령이 평양 기생 초향의 가야금을 듣고자 길을 나섰다가 탑고개에서 꺽정도당에게 잡혔것다. 잔치가 벌어졌고, 단천령은 비장의 무기인 학경골 피리로 꺽정 이하 도적떼를 그야말로 황홀경으로 몰아갔것다. 꺽정은 이 대단한 인물에게 갖바치의 유서를 내보였것다. 꺽정은 단천령을 후히 대접하고 석방했것다.

객 : 선비 학살 사건과 단천령 사건. 이게 바로 체제 도전이다?

주 : 단천령 사건은 그것이 그대로 조정에 직통했던 것. 조정의 화제의 중심이 될 수밖에. 동시에 선비 학살이 사건의 중심일 수밖에.

"단천령 이야기가 요새 파다하든데 어째 대감께선 이때까지 못 들으셨습니까?"

"파다한 이야기를 인제라도 좀 듣게 이야기하게."

그 문객이 단천령 이야기를 몰라서 빼기도 하고 꾸며 보태기도 하여 일장을 마치자 다른 문객 하나가 그 뒤를 받아서 황해도 선비들의 소조를 이야기하는데 주워들은 소문이라 죽은 사람과 살아간 사람의 수효가 다 틀릴뿐더러 사실과 뒤쪽으로 말을 뻣뻣하게 한 사람들은 모두 죽고 창피하게 애걸복걸한 사람은 살아갔더라고 이야기하였다. 단천령 이야기가 번지어 나왔는데, 꺽정이 이야기라고 태반 터무니도 없는 이야기를 여러 문객들이 받고 치고 지껄인 끝에 먼저 단천령 이야기하던 문객이 주인 대감을 보고,

"꺽정이 같은 근고에 없는 큰 도둑놈을 조정에서 얼른 잡아 없앨 도리를 차리지 않는 것이 웬일이오니까?"

하고 물은즉 권판서는 잠자코 쓴입맛만 다시었다. (…)

권판서가 재상 몇 사람과 서로 의논하고 같이 예궐하여 위에 알현을 청하여 편전에서 면계로 아뢰기를

"황해도 대당 근포하올 방책은……" (9권, 136~137쪽)

객 : 마침내 조정에서 임꺽정에 대해 관심을 가졌습니다그려. '단순한 좀도둑'이 아니라는 것. 체제에 대한 도전자라는 것.

주 : 선비란 비굴하든 강직하든 상관없이 '절대로' 멸시하거나 죽여서는 안 되는 성스러운 존재. 이것이 조선조 건국 이념 이른바 국시(國是)가 아니었던가. 이에 대한 도전이란 반역이 아닐 수 없는 것. 조정이 총동원하여 박멸에 나설 수밖에. 왕이 직접 나설 수밖에.

위에서 간관들의 계시대로 하라 처분을 내려서 이삼 일 후에 김덕룡

이란 재상이 유지선을 대신하여 황해감사로 나서게 되었고, 새 황해감사는 봉산군수 윤지숙이 적당에게 수치당한 것을 들어 아는 까닭으로 도임 초에 장파하고 그 대신 신계현령 이흡례가 봉산군수로 수차하게 되었다. (9권, 139쪽)

재상이 직접 황해감사로 나설 수밖에. 이 국가적 토벌작전에 청석골 7명의 도둑떼란, 풍전등화 신세. 시간문제였던 것. 작가 벽초도 속수무책. 청석골을 버리고 자모산성으로 간다고 해놓고, '이만 미완'이라 할 수밖에.

버들잎 로맨스의 상상력

객 : 재물 나부랭이 그것도 봉물 따위를 훔치는 좀도둑을 둘러싸고 청석골과 조정 사이에 벌이는 게임이란, 원래 비대칭적인 것이니까 오락성을 유발했다고 선생은 우기고 싶은 모양이군요.

주 : 이 게임의 관객을 상정해보십시오. 양반과 서민들 아닙니까. 봉물을 조금 뺏기는 양반 관객으로 보면 조금 쓰리긴 해도 그냥 견딜 만한 것. 물건이란 또 징발하면 되는 것이니까. 그 자체로도 재밋거리니까. 한편 서민 측 관객으로 보면 어떠할까. 양반을 놀리기도 털어먹기도 하는 도둑들의 행동은, 양반에 대한 증오심을 유발, 강화시키는 것이기에 앞서 우선 통쾌한 법. 증오심을 '해소'시키고 있었으니까. 이게 바로 오락성이지요. 서민들이 『임꺽정』을 읽고 즐기는 것은 바로 이 때문.

객 : 선생은 하고 싶은 말이 아직 많이 남았겠지요?

주 : 많지요. 작가와 작품의 분리문제. 작가와 작품이 분리 불가능하

다고 하더라도 그 '거리'는 어떤 수준에서 측정되어야 하는가. 이 과제는, 『임꺽정』의 작가의 경우가 제일 난감하니까. 톨스토이의 경우와 견주어보시라. 후자는 평생 소설가로 군림했으니까. 어째서 월북했고 북한체제를 선택했느냐의 문제, 또……

객 : 그야 작품 바깥의 문제 아닙니까.

주 : 작품 안의 문제도 난감하기는 마찬가지. 일찍이 임형택·강영주 두 분이 편한 『벽초 홍명희와 '임꺽정'의 연구자료』엔 명종실록의 기록에서부터 기타 사실(史實)에 대한 자료가 풍부히 실려 있어 고미숙씨의 표현으로 하면 팩션(『임꺽정, 길 위에서 펼쳐지는 마이너리그의 향연』) 일 법하지요. 그중에서 제일 감동적인 것은 「이장곤전」.

객 : 감동적인 사실이라? 그러니까 창작동기(이른바 기필의욕)이겠습니다그려.

주 : 야담집 『대동야승』에 실린 '기묘록 보유' 속의 「이장곤전」, 또 『청구야담』의 「이학사의 망명」은 같은 이야기로 볼 수 있겠는데, 기묘사화를 앞뒤로 하여 조정의 이교리가 함경도로 망명하는 도중에 일어난 사건. 양수척(楊水尺, 고리백정, 최하천민) 무리에 의해 구출되는 장면.

연산조 때 사화가 크게 일어났는데 이씨 성의 어떤 사람이 교리로 망명하여 보성 땅에 이르렀다. 마침 갈증이 매우 심하여 마침 한 계집아이가 냇가에서 물을 긷는 것을 발견하고 쫓아가서 물을 달라고 하였다. 그 계집아이는 바가지에다 물을 뜬 다음 냇가에 있는 버들잎을 훑어 물에 띄워서 주는 것이었다. 마음속으로 이상하다고 생각하여 그 여자에게 묻기를,

"지나가는 길손이 갈증이 매우 심하여 급히 물을 먹고 싶었는데 어찌하여 버들잎을 물에 띄워서 주느냐"

하니 그 여자는 대답하기를,

"제가 지나가는 길손을 보건대 (…)"

하였다. 그 사람은 깜짝 놀라 어느 집 딸이냐고 물었더니 그 여자가 대답하길 "저 유기장(柳器匠) 집의 딸입니다" 하였다. 그 사람은 계집아이의 뒤를 따라 유기장의 집으로 가서 사위가 되기를 청하여 몸을 의탁하였다.

—『벽초 홍명희와 '임꺽정'의 연구자료』, 476쪽

이 삽화는 단연 로맨스급이지요. 『임꺽정』 전편은 이 '버들잎'(고리백정)과 관련된 얘기. 이 '버들잎'의 로맨스 빛깔이 살아 있는 동안은 신선하고 즐겁지요. 이 버들빛깔이 바래지기 시작하면(꺽정이 첩을 셋이나 거느리기 등) 작품이 칙칙해질 수밖에. 보십시오. 이야기의 출발이 얼마나 상쾌한가.

개버드나무 아래서 처녀 하나가 빨래를 하는데 그 옆에 바가지가 놓인 것을 보고 염치를 볼 사이가 없이 물을 한 바가지 떠달라고 청하였다.

그 처녀는 헐떡거리는 나그네를 한번 흘끗 돌아보더니 바가지에 물을 떠서 한 손에 들고 한 손으로 머리 위에 늘어진 버들가지에서 잎사귀를 따서 물바가지에 띄운 뒤에 외면하며 바가지 든 팔을 내밀었다. (…) 그 처녀는 분홍 적삼에 청베치마를 입었는데 적삼은 낡아서 군데군데 미어졌고 (…) 그 집주인은 아랫방이 불 안 때는 방이라 덥지는 않다고 과객을 인도하여 이 교리가 그 아랫방에 들어와서 보니 이 구석 저 구석에 버들 일거리가 늘어놓였다. 다 만든 모코리, 동고리도 있고, 날개를 꾸미지 아니한 키바탕도 있다. 이 교리는 선뜻

"백정의 집이구나"

짐작하고 자기가 삼한갑족의 양반으로 백정의 집에 와서 자는 것을 창피하게 여기거나 또는 옥당 문관의 신분으로 백정의 집에 와서 자게 된

것을 한심하게 생각하느니보다도

'그 처자가 백정의 딸이라니 개천에서 용 나는 격이다.'

처녀의 본색이 미천한 것을 의외 일로 생각하며

'그 처자의 그 버들잎이 본색을 가리키는 군호이었구나.'

처녀의 의사를 자기 마음대로 추측하고 그 총명을 기특하게 생각하였다. (1권, 55~61쪽)

객 : 그 처녀가 바로 '봉단'이겠는데요. 훗날 부부가 된 이교리와 처녀의 대화.

봉단 : 학자면 학자지 백정학자란 건 다 무언지. 미친놈들이지.

이교리 : 여보, 과하오. 그러면 버들학자라고 할까?

봉단 : 지각 좀 채리세요.

이교리 : 어른더러 지각을 차리라니 버릇없어 못쓰겠군. 버들학자 좋지 않아? 처음 만날 때 가르쳐준 것이니.

봉단 : 누가 가르쳐요.

이교리 : 왜 버들잎으로 군호했었지?

봉단 : 군호는 다 무어요? 딱도 하시오. 그때 당신 모양이 보기에 하도 황당하기에 급히 자시지 말라고 일부러 버들잎을 띄웠지요. 군호는 무슨 군호. (1권, 87쪽)

여기 나오는 봉단의 사촌오빠(돌이)의 장남이 꺽정이겠는데, 고리백정과 양반의 연결고리가 '버들잎의 군호'라 했것다. 낭만적 상상력이라고나 할 법합니다그려. 그런데 딱한 것은, 그것이 사실(史實)에 근거되었다는 점. 순간 작가의 상상력은 물거품이 되는 것입니까. 팩션과 픽션의 관계 말이외다.

주 : 내가 그것까지 알면 얼마나 좋겠소. 다만 자료 하나를 첨부해두고 싶을 뿐이외다.

18~19세기를 대표하는 사실주의적 시인 김려(1766~1821)의 『담정유고』 보유집(권지 12)에는 「장원경의 처 심씨를 위하여 지은 고시古詩爲張遠卿妻沈氏作」가 들어 있소. 176수의 5언 절구로 된 이 민중 서사시는 총 3520자. 불행히도 완결되지 못한 것이기는 하나 민중 서사시의 장르 복원을 가능케 하는 작품이지요(김하명, 「김려의 시창작과 서사시 '방주의 노래'에 대하여」, 1989, AKSE 런던 대회). 내용은 이렇습니다. 백정 외딸 이름은 방주(蚌珠). 미모와 재주를 갖추어 사씨전을 읊을 정도. 어느 무더운 여름 북쪽으로 말을 달려온 파총(무관벼슬)이 목이 말라 냇가에 빨래하는 방주에게 물을 청하자, 방주는 공손히 물을 떠받쳤고, 방주의 집에 이르자 바로 양수척의 집단지가 아니겠는가. 쓰라린 과거를 가진 파총과 방주의 아비는 서로 마음이 통해 사돈을 맺기에 이른다는 것.

문제는 양수척에 있습니다. 그러니까 '버들잎의 군호'는 끝을 맺기 어렵지요. 담정이 버들잎 군호를 야담에서 건져내어 시작품화했다면 벽초는 그것을 소설화했다는 것. 이 점에서 어느 수준에서는 장르상에서 서로 마주 보고 있다는 것.

벽초에 있어 일본어란 무엇인가

객 : 아직도 할 말이 남았소?

주 : 멍석이 깔렸으니까. 강영주씨의 연구에 경의를 표하면서 이 어수선한 대화를 마치고 싶소. 강씨의 「홍명희의 '임꺽정'과 쿠프린의 '결투'」(『제10회 홍명희문학제 기념 학술논문집』, 사계절, 2005)는 심도

있는 논문. 대체 『임꺽정』이 리얼리즘계인가 조선 정조계인가. 이 물음에는 각각 근거가 있겠지요. 그러나 역사소설, 근대소설, 리얼리즘 등등을 들먹이고, 때로는 루카치의 이론(『역사소설론』, 1937)까지 끌고 들어오지만(루카치는 특수장르로 역사소설을 부정하면서도 역사소설은 W. 스콧 이전으로 올라갈 수 없다, 곧 현대의 전사前史라야 한다는 모순 속에 빠져 있어 보임) 거기에는 어차피 한계가 노출되겠지요. '조선 정조'라 하나, 이 역시 일정한 한계가 있기 마련. 적어도 오늘날은 다문화·다국적 시대, 곧 '민족적인 것(ethno)'의 넘어서기를 지향하고 있으니까. 왜냐면 '이야기'에 대한 흥미란 인간 개개인의 욕망에 뿌리를 둔 것이니까요.

객 : 작가인 벽초도 그 정도의 사실을 몰랐을 이치가 없지요.

주 : 동감. 강씨의 논문의 중요성이 이에서 옵니다.

홍 : 『임꺽정전』은 사실 아라사문학을 읽은 덕이지요.

설 : 그것 재미있는 말씀인데요.

홍 : 『임꺽정전』은 저 러시아 자연주의 작가 쿠프린의 '……담(譚)'이라는 것이 있지 않아요. 그게 장편소설인데 토막토막 끊어놓으면 모두 단편이란 말야. 그러니까 이건 단편소설이자 곧 장편소설로도 재미가 있단 말야. 그래서 『임꺽정전』의 힌트를 얻었지요.

설 : 사실 저도 그런 것을 하나 구상 중입니다. 그런데 러시아 소설을 원본으로 보셨는가요.

홍 : 웬걸, 번역으로 보았지요. 노어는 배우다 말았지요. 내 외국어는 형편없지. 일본말이 그래도 제일 나았어. 그것은 잊어버리려도 안 잊어버려져. (웃음)

—「홍명희, 설정식 대담기」, 『신세대』, 1948. 5,
『벽초 홍명희와 '임꺽정'의 연구자료』 수록, 223쪽

객 : 알겠소. 선생의 말하고자 한 것. 벽초에 있어 (A) 우리말 (B) 한문은 날 때부터 익힌 생래적인 것. 그러니까 (A)는 말로서의 모국어, (B)는 문자로서의 모국어인 셈. 그런데 (C) 일본어란 무엇인가? '그것 역시 생래적이다!'라고 선생은 우기고 싶은 모양인데요? 일본어를 문제 삼을 때 오히려 일본의 강담문학(講談文學)을 고려할 수 없을까, 라고. 맞습니까?

주 : 이 문제는, 우리가 '기다/아니다'라고 끼어들지 말고 벽초학의 개척자인 고명한 강영주 교수께 물어보면 어떻겠소? 원전으로 쿠프린을 읽지 않고도 그런 읽음을 두고 '문학적 영향'이라 할 수 있을까. 일본어가 소화해낸 러시아문학의 역량이나 수준을 묻는 것도 함께.

제2부

시대 속의 작가

언어횡단적 실천과 현실환원적 실천

— 루쉰과 이광수

루쉰과 이광수의 비교 근거

동아시아 근대문학의 관련성을 문제 삼을 경우 일본의 나쓰메 소세키(夏目漱石, 1867~1916), 중국의 루쉰(魯迅, 1881~1936), 그리고 한국의 이광수(李光洙, 1892~1950)를 우선적으로 거론할 수 있다. 그 이유는 다음과 같다.

첫째 이들이 각각 자국의 근대문학을 대표하는 소설가라는 점. 나쓰메의 『산시로三四郎』(1908), 루쉰의 「아Q정전」(1926), 그리고 이광수의 『무정』(1917)이 모두 그러하다. 둘째 이들 작품이 세 나라의 문학적 성격을 규정했다는 점. 셋째 이들이 비슷한 시기에 일본이라는 특정 지역에서 근대를 체험·학습했다는 점. 이 중 소세키의 경우는 영국 체험으로 말미암아 근대를 나름대로 내면화할 수 있었다는 점에서 계몽주의 일변도로 치달은 루쉰이나 이광수와는 일정한 거리를 갖는 만큼 비교 논의란 부적절해 보인다. 루쉰과 이광수는 어떤 점에서 비교 논의가 가능한가. 이 글은 이 물음에 대한 논의의 근거를 찾아보기 위해 씌어지거니와, 그 중심 개념은 「아Q정전」의 연구에서 도출해낸 '언어횡단적 실천'(리디아 리우, 『언어횡단적 실천』)과 이에서 도출된 필자의 '현실환원적 실천'에 둔다. 이 글이 논증이기보다 정황적 해석 쪽에 기울어진 것은 이런 연고에서 온다.

루쉰의 이〔虱〕 잡기와 이광수의 이 잡기

한국이 해방되기 직전인 1944년 『원효대사』의 작가 이광수는 이광수론을 쓰고자 찾아온 후배에게 이렇게 말했다는 기록이 남아 있다. "쓰려거든 「아Q정전」처럼 쓰시오"(김소운, 『삼오당잡필』, 진문사, 1955, 113쪽)라고. 스스로를 "나는 阿Q다!"라고 주장했던 소치이다. 한국을 대표하는 지식인이자 작가인 이광수는 어째서 스스로를 하필 아Q에 비유했을까.

이름도 성도 알 수 없는 웨이주앙(未莊) 마을의 한 청년이 온갖 못난 짓을 일삼다가 마침내 혁명에 연루되어 죽임을 당한다는 이 작품은 중국인을 좁지만 깊이 있게 다룬 걸작으로 평가되고 있거니와 이 작품 속에는 아Q와 왕털보가 담장 양지쪽에서 옷을 벗고 이를 잡아 입에 넣고 소리 내서 깨물고 있는 장면이 들어 있다.

> 어느 해 봄 그는 얼근해가지고 거리를 걷고 있었다. 그러자 담장 밑 양지쪽에 왕털보가 웃통을 벗고 이를 잡고 있는 것이 눈에 띄었다. 그것을 보니까 그도 몸이 가려웠다. 이 왕털보는 대머리에다 텁석부리이므로 사람들로부터 왕나호(王癩鬍)라 불리고 있었으나 阿Q만은 거기에서 나(癩)자를 빼고 불렀으며, 특히 그를 경멸하고 있었다. 阿Q의 생각으로는 대머리는 기이할 것이 없으나 이 구레나룻만은 정말 아주 기묘해

서 볼품이 없다는 것이다. 阿Q는 그와 나란히 앉았다. 만약 다른 한인(閒人)들이었다면 阿Q도 감히 마음놓고 앉을 수는 없었겠지만 이 왕털보 곁이라면 무슨 두려움이 있겠는가? 정말이지 그가 앉았다는 것은 그래도 그를 추켜올려준 셈이 되는 것이다.

阿Q도 누더기 겹옷을 벗고 뒤집어 보았으나 빨아 입은 지가 얼마 안 된 탓인지, 그렇지 않으면 대충 훑어본 때문인지, 오래 걸려서 겨우 서너 마리 잡았을 뿐이었다. 왕털보는 보니까 한 마리 또 한 마리, 두 마리, 또 세 마리, 이렇게 입 속에 넣고는 툭! 툭! 소리내어 깨물고 있었다.

阿Q는 처음에는 실망했으나 나중에는 약이 올랐다. 보잘것없는 왕털보도 저렇게 많은데 자기에게는 이렇게 적다니 이래 가지곤 완전히 체면 손상이다! 그는 한두 마리 큰 놈을 발견하려고 기를 썼으나 암만해도 없다. 간신히 중치를 한 마리 잡아 밉살스러운 듯 두툼한 입술 속에 집어넣고 힘껏 깨물었으나 툭! 하는 소리도 왕털보의 소리에는 미치지 못하였다.

그의 나창파(종기난 자국—인용자)는 하나하나 새빨개졌다. 옷을 땅 위에 내동댕이치며 "칵!" 침을 뱉고 말했다.

"이 털버러지야!"

"대머리 개새끼! 누구보고 욕하는 거냐!" 왕털보는 경멸하듯 눈을 치켜뜨며 말했다.

—『아큐정전·광인일기』, 이가원 옮김, 동서문화사, 1975, 82~83쪽

이를 잡아 이빨로 깨무는 이러한 장면은 이 작품 특유의 것, 그러니까 우발적인 것이 아니었는지도 모른다. 인류가 옷을 입기 시작한 이래 불가피하게도 이〔虱〕와 더불어 살지 않으면 안 되었다. 위로는 황제, 아래로는 시인 묵객이 이에 대해 읊은 시문을 수집하여 정밀히 음미한 글을 쓴 것은 루쉰의 아우 저우쭤런(周作人)이었다. 그는 이 글에서 이

를 잡아 날것으로 깨물어 먹는 고금의 사례들을 중국 고전문집들에서 찾아 고증하면서 그의 의견까지 덧붙인 바 있다. 어째서 사람들은 이를 잡아 이빨로 깨물어 먹는 풍습에 이르게 되었을까. 색깔이 희고 살이 쪄서 구미가 당겼는지도 모를 일이라고 저우쭤런은 해석까지 덧붙였다(周作人, 「虱」, 『周作人隨筆』, 富山房百科文庫, 1996). 냄새나는 빈대, 높이 튀는 벼룩과는 달리 어쩌면 이는 인간 몸의 분신처럼 느껴졌는지도 모를 일이다. 털보이자 대머리인 왕털보는 아Q와 같은 떠돌이이지만 이를 잡아 깨무는 사업엔 위풍당당했고, 그만큼 그것은 즐김에 속하는 도락이었다. 이 도도한 게임에서 여지없이 패배한 빈약한 몸집의 아Q는 어떤 태도를 취했을까. 왕털보를 향해 시비를 걸었고 주먹다짐을 하려다 도리어 여지없이 얻어맞게 된다. "군자는 말로 하지, 손을 대지 않는 거야!"라고 해봐야 아무 소용이 없었다. 당초 시비를 건 쪽은 아Q였으며 또 왕털보는 군자와는 거리가 먼 존재였기 때문이다.

이러한 아Q와 비슷한 시기에 속하는 이광수의 자전소설에서도 양지볕에서 이를 잡는 장면이 있다.

> 어떤 겨울날 나는 조부의 집을 향하고 오던 길에 선밀고개라는 고개를 넘어서서 양지쪽 골짜기를 찾아 들어가서는 눈 녹은 자리를 가리어서 바지를 벗어서 이를 잡고 그리고는 바지로 웃통을 가리우고는 저고리를 벗어서 이를 잡고 있었다. 이것은 내가 다른 집으로 갈 때마다 하는 버릇이었다.
>
> "수경이 와 자더니 이가 올랐어."
>
> 이런 소리를 아니 듣자는 것이다. 산에 눈이 하얗게 덮였지마는 양지쪽은 따뜻했다. 나는 옷의 이를 다 잡아 입고 머리의 이를 잡노라고 눈 위에 툭툭 머리를 털고 앉았노라니 웬 보지 못하던 사람이 곁에 서 있는 것을 발견하였다. 그는 이러한 촌구석 사람 같지는 않게 해사하게 생긴

사람이었다. 눈에 볕이 강하게 비치어서 그는 눈이 부신 모양이었다.

"너 남궁석이 아니냐?"

하고 그는 부드러운 소리로 물었다.

—이광수, 「그의 자서전」, 『이광수전집6』, 우신사, 1979, 322~323쪽

이를 잡되 혼자서였고, 또 입에 넣어 씹지 않았음에서 아Q와는 구별된다. 아Q 쪽은 어디까지나 남 앞에 잘난 척하기 위해, 달리 말하면 체면(face)에 관한 문제로서 이 잡기 경쟁에 뛰어들었지만 이광수의 경우는 고아로서의 생존전략이었기에 「아Q정전」과는 직접적인 관련이 없다. 훗날 이광수가 "나는 아Q다!"라고 스스로 말했다는 점과 이를 막바로 연결시킬 수 없음은 물론이다. 그러나 이 장면은 아Q에게도 중요했듯, 이광수에게도 그러했다. 왜냐면 이 잡기의 장면이 고아 이광수의 운명을 바꾸어놓았던 때문이다. 동학 간부 박찬명 대령(직위)에 의해 구제된 소년 이광수는 동학의 이념을 배워 근대 문명세계에 뛰어들었고 드디어 동학 파견 일본 유학생 대열에 설 수 있었다. 이광수는 루쉰보다 조금 늦게 루쉰처럼 근대문명의 출장소와 흡사한 일본에서 근대적 교육을 받았고 둘 다 계몽주의적 작가로 군림할 수 있었다(김윤식, 『이광수와 그의 시대』, 솔, 1999).

'언어횡단적 실천'과 『무정』

「아Q정전」은 여러 층위에서 분석될 수 있겠지만 화자인 '나'에 초점을 두고 분석될 때 그 위상은 어떠할까. 모두가 아는 바 이 작품의 서두는 "내가 阿Q를 위하여 정전을 쓰려고 한 것은 벌써 일이 년이 아니었다"로 되어 있다. 작가는 이어서 어째서 상당한 기간 동안 이 작품의

집필에 머뭇거리지 않으면 안 되었는가를 아래와 같이 아주 까다롭게 또 아주 난감하게 말해놓고 있다.

> 나는 일찍이 곰곰이 생각해보았다. 阿Quei란 아계(阿桂)일까, 그렇지 않으면 아귀(阿貴)일까? 만약 그의 호가 월정(月亭)이거나 혹은 8월에 생일잔치를 한 적이 있다고 한다면 그것은 반드시 아계일 것이다. 그러나 그에게는 호가 없었고 호가 있었을지도 모르나 다만 아무도 그걸 아는 사람이 없었다. 또 생일잔치에 초대하는 회장(回狀)을 돌린 적도 없으므로 아계라고 쓰는 것은 독단이다. 또 만약 그에게 아부(阿富)라는 이름의 형이나 아우가 있었다면 그 자신은 틀림없이 아귀(阿貴)이다. 그러나 그에겐 형제가 없으므로 아귀(阿貴)라고 부를 근거가 없다. 그 외에 Quei라고 발음하는 어려운 문자로서는 더욱 들어맞지 않는다. 전에 나는 조 나으리의 아들인 무재(茂才) 선생에게 물어본 적이 있으나 이러한 박학한 분도 결국 별수가 없었다. 그의 결론에 의하면 진독수(陳獨秀)가 『신청년』을 발행하고 서양문자를 제창했던 까닭에 국수(國粹)가 파괴되었으므로 조사할 수가 없게 되었다는 것이었다. 나의 최후의 수단은 다만 같은 고향의 어느 친구에게 의뢰하여 阿Q의 범죄 조서를 조사해달라는 것이 고작이었다. 8개월 후에야 겨우 회신이 있었으나 조서 중에는 阿Quei와 비슷한 음을 가진 사람은 없다는 것이었다. 정말로 없었는지 그렇지 않으면 조사도 해보지 않고 없다고 했는지 주음자모(注音字母)는 아직 일반적으로 통용되지 않는 것 같으니 부득이 서양문자를 써서 영국류 철자법으로 阿Quei라 쓰고, 약해서 阿Q로 하는 수밖에 없었다. 이것은 『신청년』에 추종하는 것 같아 자신도 매우 유감이기는 하나 무재 선생도 모르는 것을 나라고 해서 별수 있겠는가?
>
> —『아큐정전·광인일기』, 76~77쪽

'손님언어(guest language)'의 '주인언어(host language)' 되기에서 오는 뒤틀림인 이 장면을 사례로 하여 「아Q정전」 및 루쉰의 글쓰기의 특징을 '언어횡단적 실천'이라 규정한 연구에 따르면 여기에는 다음 네 가지 언어 층위가 있다.

(1) 선교사 스미스의 층위, (2) 이를 번역한 일본어의 층위, (3) 폴란드어(센키비치), 그리고 (4) 현대 중국어 백화 등이 그것이다(리디아 리우, 『언어횡단적 실천』).

대체 「아Q정전」이란 무엇인가. 이 작품이 좁지만 심도 있게 중국인의 폐부에 닿은 작품(고바야시 히데오, 「만주의 인상」, 『고바야시 히데오집』, 筑摩書房, 1975, 463쪽)이라든가, 국민성이 아니라 민중성에 닿았다든가 하는 논의 못지않게 언어횡단적 실천의 시선에서 분석함은 단연 새롭다. 이 시선에서 「아Q정전」을 분석할 때 거기에는 그만큼 유연성이 확보되기에 그러하다. 이 언어횡단적 실천에서 주목되는 것은 '나'라는 화자의 등장이다. 루쉰의 이야기가 阿Q를 창출해낸 것이 아니라 그 주인공을 분석하고 비평할 수 있는 능력을 가진 화자인 '나'를 만들어냈음에 이 작품의 중요성이 있다는 것이다. 이러한 '나'의 투입은 중국인의 성격에 관한 선교사 스미스(『중국의 국민성』의 저자)의 전체화 이론을 의미심장하게 대체하며 중국의 문학적 근대성의 맥락에서 선교사 담론을 철저히 다시 쓰는 것으로 이어진다. 阿Q와 같은 무지한 패배자로 대표되는 하층 계급과 대비되는 중국의 문학적 엘리트의 역할을 재규정하기야말로 루쉰 글쓰기의 핵을 이루었다. 그렇게 함으로써 루쉰은 자기 역사의 주체이자 추동자로 부상하기를 염원한 것으로 된다.

그러면 이광수의 경우는 어떠했을까. 그 역시 한국적 계몽주의자로 자처했다는 점에서 역사의 주체이자 추동자로 부상하기를 염원했다고 할 수 있을 터이지만, 방법론상에서는 당연히도 루쉰과는 일정한 거리가 있었다. 계몽주의적 글쓰기인 『무정』의 서두에는 「아Q정전」의 서두 부분과 흡사한 아래와 같은 장면이 펼쳐져 있다.

다른 사람갓흐면 이러한 경우에 다만 "급히 좀 볼일이 잇셔" 하면 그만이려니와 원악 정직하고 나약한 형식이라 조곰이라도 거짓말을 못 하야 한참 쥬져쥬져하다가

"셰시부터 개인교슈가 잇셔."

"영어?"

"응."

"엇던 사람인데 개인교슈를 밧어."

형식은 말이 막혓다. 우션은 남의 폐간을 께뚤러볼뜻한 두 눈으로 형식의 얼골을 유심하게 드려다본다. 형식은 눈이 부신드시 고개를 숙인다.

"응 엇던 사람인데 말을 못하고 얼골이 붉어지나 응."

형식은 민망하야 손으로 목을 쓰러만지고 하용업시 우수며

"녀자야."

"요-오메데또오. 이이나즈께(약혼한 사람)가 잇나보에그려. 웁나루호도(그러려니). 그러구두 내게는 아모 말도 업단말이야. 에, 여보게" 하고 손을 후려친다.

형식이 하도 심란하야 구두로 땅을 파면서

"안이야 져 자네는 모르겟네. 김장로라고 잇느니……."

"올치 김장로의 딸일셰그려. 응 져 올치 작년이지 정신녀학교를 우등으로 졸업하고 명년 미국 간다는 그 쳐녀로구면. 베리 꾿."

"자네 엇더케 아는가."

"그것 모르겟나. 이야시꾸모 신문기쟈가. 그런데 언졔 엥게지멘크를 하얏는가."

—『무정』, 매일신보, 1917. 1. 1

경성학교 영어교사 이형식이 김장로 딸의 영어 개인교수로 가는 첫날 우연히 길에서 만난 친구인 신문기자 신우선과 수작하는 이 장면에서는 오메데또, 이이나즈께, 나루호도, 이야시쿠모 등의 일어와, 영어 인게이지먼트, 베리굿 등이 쓰였다. 도쿄 유학생으로 영어선생인 이형식이기에 일어와 영어를 능히 사용할 수 있는 층위이거니와 여기에는 신문기자라는 저널리즘도 포함되어 있다. 작품상에서는 과거로서의 일본, 현재로서의 조선, 그리고 미래로서의 미국이 설정되어 있다. 그 사이를 횡단하는 것이 '오메데또'와 '인게이지먼트'이다. 그러나 이 언어횡단에는 실천력이 없다. 신우선은 단지 유행어로서 일어와 영어를 썼을 뿐이며 그것은 또 자연스럽게 첨단적 시대성(모더니티)에 관련된 것이었다. 거기에는 이러한 말을 뒤틀거나 역이용하고자 하는 자의식 또는 비판의식이 결여되어 있다. 근대문명 그것에 대한 전면적인 긍정의 처지에 섰기에 거기에 대한 자의식이 없다. 이를 언어횡단적 실천에로 이끌어갈 힘이 당초 결여된 형국이다.

언어의 횡단이 겉으로는 있지만 그것에 대한 자의식의 결여로 인해 실천에로 향하지 못한 『무정』의 위상은 루쉰의 「아Q정전」 속의 이 잡기와 이광수의 이 잡기에 각각 대응된다. 루쉰의 경우 역시 이 잡기의 본기능은 이를 잡아 없앰에 있지만 통통한 이를 깨물어 그 맛을 음미(소리·촉각)함이란 정신 작용, 곧 일종의 사치에 해당된다. 정신의 작용인 이 사치의 존재야말로 루쉰 특유의 풍자정신이며 글쓰기의 긴장감의 원천이며 그 자체 비평정신이었다. 이광수의 이 잡기란 단지 해충인 이를 제거함에 그 목적이 있다. 그것은 물론 고아인 그가 남의 눈총을 받지 않기 위한 방편이었을 뿐 그 이상도 이하도 아니었다. 정신 작용이란 아주 미미한 타자의 시선 영역이었던 것이다. 루쉰의 경우 그 정신 작용이란 왕털보와의 직접적 대결에서 그 긴장력이 드높지만 이광수의 경우는 사랑방 사람들의 눈치를 살피기 위한 고아의 생존전략이었을 뿐이라는 벌레 자체에 대한 즐김과는 무관한 것이었다.

그럼에도 어째서 이광수는 스스로를 일러 "나는 阿Q다!"라고 규정했을까. 다시 말해 언어횡단적 실천에까지는 감히 나아가지도 못했고 이를 잡아서 그것을 음미할 만한 정신력도 없는 이광수인데 어째서 스스로를 감히 루쉰과 비교해보고자 했을까. 이 물음만큼 결정적인 것은 달리 없는바, 그것은 일본인의 시선에 알게 모르게 또 많건 적건 관련되었음에서 왔다.

『개조』와 『중앙공론』

1930년대에서 40년대에 걸쳐 일본의 독서계는 종합잡지 『개조』, 『중앙공론』, 『경제왕래』, 대중잡지 『킹』, 『주간조일』, 사상·철학 잡지 『사상』, 『철학연구』, 『이상』 등으로 구성되어 있었는바, 이 중 지식인이 제일 많이 읽는 잡지가 종합잡지였다. 사상·철학 잡지와의 비율을 대학생의 경우에서 엿보면 아래의 표와 같다.

학 부	법학	경제	의학	공학	문학	이학	농학
종합잡지	46.0	47.7	18.4	11.8	17.3	10.5	20.6
대중잡지	1.2	0.6	2.0	2.5	0.5	1.1	1.4
사상·철학잡지	0.2	0.6	0	0.3	7.1	0	0

*교토제대 학부별 애독잡지, 1932년도
(다케우치 요竹內洋, 『교양주의의 몰락』, 中公新書, 2003, 103쪽)

이 중 지식인의 선호도에서 『개조』와 『중앙공론』이 상위에 있었고 상호경쟁적 위치에 있었음도 잘 알려져 있었다. 그 『중앙공론』에서 이광수에게 원고를 청탁한 바 있고, 그 원고가 결국 실리지 못한 사건이 있었다. 이 사건이 얼마나 난감했는가는 아래 기록에서 선명하다.

中央公論의 편집자가 나를 통해서 춘원의 글 하나를 청했다. 직접으로 편지를 보내는 것이 옳으련마는 무슨 생각인지 군이 내게 중간 역할을 해달라는 얘기다. 나는 춘원께 편지를 써서 中央公論社의 청을 전달했다.

원고는 두어 주일 후에 中央公論社로 부치어져왔다. 속달로 기별이 있어 나도 鎌倉에서 東京으로 나왔다.

그 원고 내용은 中央公論에서 기대했던 것과는 너무나 거리가 멀었다. 적어도 魯迅급의 관록있는 수필 하나를 청한 것인데, 춘원이 보낸 그 원고는 "그대와 나와 한 잠자리에 자면 빈대 한 마리가 네 피도 내 피도 같이 빨아 먹는다"는 '내선일체 신앙론'이었다. 講談社의 『킹』이면 모르되 中央公論쯤 되어서 이런 원고를 반가워할 리가 없다.

편집자는 몹시 어려워하면서 내 의견을 묻는다. 이미 그들은 그 원고의 냄새에 질려서 반환할 구실을 찾고 있는 기색이다.

"이 글이 실리는 것은 나도 반대입니다. 염려 마시오. 내 손으로 원고는 도루 돌려보내지오."

그렇게 대답하고 나는 그 원고에다 편지 한 장을 붙여서 이삼일 후에 서울로 도루 돌렸다. 中央公論社가 내게 중간 역할을 청한 의미를 그제야 나는 알아채었다. 대가에게 실례를 하게 될 이런 경우를 그들이 미리부터 예상에 넣고 있었다는 것은 나 혼자의 추측만이 아닌 듯하다.

그 원고가 그 뒤 경성일보에 「기미또보꾸」라는 제목으로 실렸던 바로 그 글이다. 나는 선배에 대해서 이런 객쩍은 중간 역할을 하게 된 내 위치를 한탄하지 않을 수 없었다. 더욱이나 춘원의 이런 지나친 '망령'에 대해서 짜증과 불만과 안타까움이 뒤섞인 형언치 못한 감정을 한동안 감당할 도리가 없었다.

—김소운, 『삼오당잡필三誤堂雜筆』, 진문사, 1955, 112~113쪽

『중앙공론』이 적어도 "루쉰급의 관록있는 수필 하나"를 청한 것이라 했는데, 이 경우 수록을 거절케 한 것이 김소운의 개인적 판단인지 『중앙공론』 측에서 한 말이었는지의 여부는 확인하기 어렵다. 분명한 것이 있다면 『중앙공론』 측이 이광수의 글을 싣지 않았다는 사실이다. 어째서 『중앙공론』은 거절했을까. 그 이유는 위 인용에서 자명하다. '내선일체'의 신앙론이었던 까닭이다(이 글은 '기미또보꾸'가 아니라 '동포에 보낸다'라는 제목으로 경성일보(1940. 10. 1~9)에 실린 것이다. '기미또보꾸'라 김소운이 쓴 것은 착오인 듯).

그대여 내 집에 와서 함께 저녁을 먹지 않겠는가. 그리하여 때묻은 내 이불을 펴 비좁은 온돌방에서 나와 베개를 나란히 하여 자면서 은밀히 얘기한다면 어떠할까. 그리하여 그대 가정의 아름다운 안방에 받아들여다오. 그리하여 서툰 내 예의범절을 고쳐주시게나. 그대 집의 솔직하고 따스하고 친절하고 부드러움에 나를 젖게 해주시게나. 이것뿐이라네. 결국 이것뿐이라네.

—「동포에 보낸다」, 경성일보, 1940. 10. 9

이렇게 끝나는 「동포에 보낸다」를 『중앙공론』이 싣지 않은 것은 김소운의 처지는 물론 당시 사상계의 처지에서 보면 너무도 자명하다. 천황제 군국주의를 비판하는 지식인 저널리즘의 전통 위에 섰고 그 때문에 제일 탄압을 많이 받은 것이 『개조』와 『중앙공론』이었다(제일 많이 검거된 사원이 『중앙공론』 쪽이었고 『개조』와 더불어 군부에 의해 『중앙공론』이 폐간된 것은 1944년 7월이었다). 이시카와 다쓰조(石川達三)의

소설 「무한작전」(1939. 1)으로 말미암아 작가는 기소되고 『중앙공론』은 일시정간된 바 있다(사토 다쿠미佐藤卓己, 『언론통제』, 中央新書, 2004).

이러한 『중앙공론』이 이광수의 수필 「동포에 보낸다」를 실을 수 없었음은 너무도 자명하다. 『중앙공론』은 저 『문예춘추』계의 문학지 『문학계』와는 격이 달랐다. 실상 이광수는 「행자行者」라는 수필을 『문학계』의 중심인물인 고바야시 히데오에게 보냈을 때 고바야시는 즉각 그것을 실었다. "조선인이 일본인으로 되고자 함에는 먼저 종래의 조선적인 마음을 뿌리부터 버리지 않으면 안 되오"(『문학계』, 1941. 3)라는 식으로 씌어진 「행자」를 『문학계』의 대표 격인 고바야시는 망설임도 없이 실었다. 그만큼 『문학계』는 『중앙공론』의 정치적 감각과는 달리 인간적 고뇌의 깊이 쪽에 기울어졌던 까닭이었으리라. 실상 「행자」는 동우회 사건에 걸려 재판중인 한 문인의 심정고백, 달리 말해 정치적 민족적 이유로 덫에 걸린 한 인간의 단말마적 고뇌의 목소리였다. 고바야시는 이 목소리를 알아차릴 귀를 가졌던 것으로 볼 것이다(김윤식 편역, 『이광수의 일어 창작 및 산문선』, 역락, 2007. 이하 『일어 창작』으로 약함).

이러한 대단한 종합지의 하나인 『개조』는 일찍이 신인작가 현상모집에서 조선인 장혁주의 「아귀도」(『개조』, 1932. 4)를 이석으로 뽑은 바 있다. 계급사상에 기초를 두고 식민지 조선의 현실을 다룬 「아귀도」를 뽑은 것은 현상소설 공모의 일환이었을 터이나 이광수의 소설 「만영감의 죽음」(1936. 8)을 실은 데는 어떤 곡절이 있었을까. 아마도 그것은 『무정』으로 알려진 조선 근대문학의 선구자에 대한 지적 호기심과 결코 무관하지 않았을 터이다. 이러한 추측 속에는 응당 중국 근대문학의 선구자인 루쉰에 대한 지적 호기심도 들어 있었을 터이다. 중요한 것은 『개조』와는 경쟁관계에 있는 『중앙공론』 쪽에서도 이 사실을 익히 알고 있었을 것이다. 「만영감의 죽음」을 『개조』가 실었다는 사실은 언젠가는 『중앙공론』에서도 이광수의 글이 실릴 수 있는 개연성을 높이고 있었다고 볼 것이다. 그렇기는 하나 시국이 시국인 만큼 조선인 문사 이광수의 발언엔 매우 신중할 필요가 있었다. 김소운이라는 매개항이 요망되었음은 이 사정에서 왔을 터이다.

「만영감의 죽음」이 놓인 자리

「만영감의 죽음」은 어떤 작품일까. 이 물음은 두 가지 측면에서 고찰될 수 있다. 이광수에게 있어 이 작품은 무엇인가가 그 하나. 일본 독자에게 무엇이었을까가 다른 하나이다.

무엇보다 여기에는 이광수가 일본의 최고 종합지를 무대로 했음이 고려될 사항이다. 일본 최고의 지식인층을 향해 조선의 최고 현역 작가의 작품을 처음으로 선보인다는 점은 작가의 가슴을 설레게 한 사건이라 할 만하다. 그가 유학 시절 교지에 일어로 발표한 처녀작 「사랑인가」(백금학보, 1909. 12)는 약간 평판이 있었다 하나 한갓 중학생 수준의 습작에서 멀어진 것은 못 된다. 귀국한 그가 『무정』을 쓰고 또 『개척자』(1923), 『흙』(1933), 『사랑』(1938) 등을 씀으로써 조선 근대문학의 기둥으로 군림했지만, 종주국인 일본문단의 처지에서 보면 한갓 식민지 지방성 문단의 일에 지나지 않았다. 이광수의 작가적 야망을 고려할 때 「만영감의 죽음」이 작가 측에 특별한 의의가 있었다고 보는 것은 썩 자연스럽다. 말을 바꾸면 이 작품을 통해 작가는 조선인의 전형을 묘파코자 했을 터이다. 그것은 비유컨대 루쉰의 「아Q정전」에 준하는 그런 것이었을 터이다.

이광수에 있어 「만영감의 죽음」이 그러한 숨은 의도를 가졌다면 정작 일본 독자들에게 이 작품은 무엇이었을까. 적어도 이 작품은 이와 같은 또다른 측면이 고려 대상으로 될 터이다. 대체 「만영감의 죽음」은 어떤 작품일까. 그 첫 장면을 보이면 다음과 같다.

북한산 기슭의 초여름밤은 저 애를 끊는 듯한 뻐꾸기 소리와 또 그와 반대로 참으로 명랑한 꾀꼬리 소리로 밝는다.

오늘 아침은 이상스럽게도 나의 빈약한 살림살이 서재 겸 침실 바로 앞 수풀에서 꾀꼬리가 울고 있으며, 뻐꾸기의 뻐꾹뻐꾹 하는 구슬픈 소리도 함께 들려왔다. 매일 아침 나는 뻐꾸기 소리를 듣고는 있지만 아직 그 모습을 본 적이 없다. 이 새는 비둘기와 비슷하나 비둘기보다는 몸집이 작다고 들어왔지만 그 정체는 사람 눈에 잘 띄지 않는다고들 한다. 무어랄까, 끝날 줄 모르는 구슬픔, 원망스러움을 호소하는, 원통히 죽은 혼의 외침 같은 그 가련함 속에 일종의 처절함을 띠고 있는 소리다.

"당신 아직 일어나지 않았어요?"

아내가 뒤뜰에서 나를 불렀다.

"웬일이야?"

"저 옆집 만영감이 미쳤어요. 그 여자 때문이에요. 불쌍하게도 그렇지만 기분이 좋지 않군요. 무서운 얼굴을 하고 있어요."

라고 말하는 것이었다.

—『일어 창작』, 27쪽

세 가지 점이 지적된다. (A) 장소가 서울 근교 북한산 자락이라는 것, (B) 뻐꾸기 소리가 주변 분위기를 압도하고 있다는 것, (C) 서재를 갖고 있는 '나'가 화자라는 것. (A)에서 주목되는 것은 작가 이광수가 실제로 세검정 근처 홍지동에 새로 집을 짓고 살았음에 관련된다. 그만큼 작위적 설정과는 거리가 먼 자연스러움이라 할 것이다. (B)에서 주목되는 것은 압도적인 뻐꾸기의 '혼의 외침' 같은 소리의 울림이다. (C)에서 그것은 물을 것도 없이 조용한 곳에 집필실을 마련한 작가의 처지를 드러낸 것이다(동아일보 편집국장, 조선일보 부사장직을 떠나 홍지동에 산장을 지은 것은 1934년 8월이었다. 『이광수전집 별권』, 177쪽).

이 작품에서 먼저 따져볼 것은 서술자인 '나'의 처지이다. 서재를 가진 '나'는 이곳에 집을 짓고 이사온 지 3년째로서 그동안 이 마을에서 일어난 사건 하나를 이야기한다. 곧 주인공 만영감의 삶과 죽음이 그것이다. 50세가 넘은 만(万)의 성은 최씨. 그의 형의 이름은 용(龍)이며 누이가 하나 있고 또하나의 형이 있었는데 아들 셋을 두고 일찍 죽었다. 만영감은 세 명의 조카 중 막내인 삼길(三吉)을 양자로 삼았다. 삼길은 이제 19세 청년. 만영감의 직업은 채석장의 인부이며, 무당인 아내가 가출한 후엔 어디서 여자를 얻어와 동거하곤 했지만 여자들은 번번이 도망쳤다. 친구도 이웃도 사귀지 않고 오직 소처럼 일만 하는 이 만영감에게 절대로 없어서는 안 되는 것이 여자였다. 그러나 여자들은 오래 버티지 못했다. 그 여자 중 마지막 여자를 둘러싼 이야기가 이 작품의 중심 사건이다. 이 여인은 젊고 아름다울 뿐 아니라 꽤 멋도 부릴 줄 아는 까닭에 누가 보아도 이 소 같은 만영감에겐 어울리지 않을 뿐 아니라 이 마을과도 어울리지 않는 이단자였다. 서울의 직업소개소에서 식모를 얻어온 이 여인은 아이도 있고 남편이 도망쳤다는 풍문도 있었으나 모두 확실치 않았다. 좌우간 이 여인으로 말미암아 만영감은 한동안 꿈 같은 세월을 보냈으나 위의 인용에서 보듯 그녀가 도망쳤고 절망한 만영감이 발광 직전에 이른 것이다. 그런데 만영감에겐 기적 같은 일이 일어났다. 그녀가 돌아왔기 때문이다. 실상은 그녀가 자기의 짐가방을 챙기러 온 것을 만영감이 붙든 것이었다. 이번엔 절대 놓치지 않겠다는 만영감은 여자와 모종의 약속을 했다. (1) 전등불을 설치하고, (2) 자개 박힌 장롱과 왜식 경대를 사준다는 것이었다.

하루벌이 만영감은 고리빚을 얻지 않을 수 없었다. 그의 전 재산은 집과 작은 과수원 땅, 도합 6백원 정도의 재산뿐이었다. 그녀가 도망치지 못하게 일터로 갈 땐 만영감은 집 자물쇠를 채울 정도였다. 그런데 (3) 호적에 여인을 올리기, 그것은 전 재산을 준다는 것을 의미했다. 이로써 그녀와의 타협이 이루어졌다. 그런데 이 사실을 양자인 삼길이 알게 되어 온 문중이 들고일어났다. 이 분란 속에서 그녀는 마침내 아주 도망치고 말았다. 만영감이 드디어 발광했고 식칼을 들고 형을 비롯 친척들을 살해코자 덤볐다. 가까스로 친척들에게 붙들린 만영감은 기둥에 묶였다. 부정한 물건 왜경대를 따라 악귀가 씌었다 하여 친척들은 굿을 했고, 만영감의 도장을 찾기에 혈안이 된다. 만영감이 죽자 양자인 삼길은 빚을 내어 장례를 치렀다. 법적으로 재산은 양자에게 있다고 믿었던 것이다. 화장된 만영감의 가루는 뒷산 관음봉에 뿌려졌다.

이상이 만영감의 일대기이거니와 중요한 것은 이에 대한 서술자인 '나'의 견해이다. 작가는 이 작품의 결말을 이렇게 처리했다.

> 만영감이 죽은 지 벌써 일 년이 지났다. 나는 그의 제삿날을 기억하지는 못한다. 이를 기억하는 것은 아마도 호적부밖에 없으리라. 용영감마저 술에 취해 만영감에 대해서는 알지 못하게 되었으며 살아 있을 적에조차도 몽롱한 존재였던 만영감은 지금은 아무도 생각하고 있지 않을 것이다.
>
> 다만 삼길만이 저 어두침침하고 불길한 집에서 술집에서 사귄 여자를 아내로 삼아 부부싸움을 하기도 하고 여자가 도망가는 소동도 피우면서 만영감의 유산과 운명을 인수하여 살고 있는 모양이었다. 만영감이 가져와 옮겨심어준 우리집 뜰의 사철나무는 뿌리를 박아 왕성히 새싹이 돋았다.
>
> "쓰라린 한평생이구나. 저 세상에 가서는 좋은 데로 가거라."

라고 하던 용영감의 기도를 나도 만영감을 위해 기도했다.

양자 삼길의 삶이란 새삼 무엇인가. 그것은 그의 양부 만영감의 삶의 형태에서 한 치도 벗어나지 않은 반복 그 자체이다. 이에 대해 '나'의 태도는 어떠했던가. 이 물음의 중요성은 그것이 작가 이광수의 태도이기도 함에서 온다. 삼길의 삶이 만영감의 삶의 반복에 더도 덜도 아니라는 이 사실을 작가는 긍정하고 있는가, 아니면 비판하고 있는가. 이도 저도 아니라면 단지 방관하고 있는 것일까. 이 물음에 관련된 것은 다음 대목이다.

"만영감이 가져와 옮겨 심어준 우리집 뜰의 사철나무는 뿌리를 박아 왕성히 싹이 돋았다"에 들어 있는 바의 함의는 과연 무엇일까. 이 사철나무가 소와 같은 만영감의 호의임은 분명하며 또 그것이 만영감을 인간적인 면에서 상징하는 것이라면 그것이 "이제 뿌리를 박아 왕성히 새싹"을 뿜어내고 있음이란 과연 무엇일까. 뜰에 있는 한갓 관상용 사철나무에 지나지 않는 것일까. 그렇다면 그것은 방관적 존재일 것이다. 그러나 그것에서 "왕성한 새싹이 돋았다"라 했을 땐 관상용의 방관적 태도 이상의 생명력을 인정하는 것으로 된다.

「만영감의 죽음」에서 작가는 '나'의 시선을 통해 그 짐승 같은 만영감을 비판하고 있었을까. 아마 그럴 것이다. 만영감은 실로 어리석었다. 그러나 작가는 이 어리석음을 다음 두 가지에 연결시킴으로써 그것을 스스로 철회하고 있었다.

(A) 아침이 만영감의 창에 비쳤다. 꾀꼬리와 뻐꾸기가 요란하게 울고 있다.

(B) 저 세상에 가서는 좋은 데로 가거라.

만영감이 죽었을 때 우는 뻐꾸기 울음이란 새삼 무엇인가. 자연의 질서 바로 그것이 아니었을까. 이승과 저승의 설정이란 불교적 윤회사상이 아니었을까. 만영감이 여자 때문에 미쳤을 때 마을 사람들은 "전생에 또 한평생에 죄가 많아 그 죄값음 때문"이라 했던 것도 같은 맥락에서이다.

자연적 질서관이란 새삼 무엇인가. 그것은 근대가 침입하기 이전의 세계를 가리킴이다. 불교적 연기설 역시 근대의 합리주의적 세계와는 거리가 먼 것이다. 사철나무로 상징되는 생명사상이 작가 이광수의 서 있는 장소라면 이는 단지 방관자적 시선이라 하기 어렵다.

(C) 만영감은 어린애처럼 수줍어 하면서 그 년이 전등불이 있었으면 하는굽쇼.

(D) 그가 말한 바에 의하면 여자를 위해 자개 박힌 장롱과 왜식 경대를 사기 위해서는 몇백 원의 돈을 빌리지 않으면 안 되었다.

전등이나 왜식 경대란 근대라는 인공적인 세계에 해당되는 것.

(E) 무당말에 의하면 남쪽에서 나무로 만든 물건이 이 집에 들어올 때 그와 함께 젊은 여자의 원귀가 와서 그 원귀가 만영감의 병으로 되었다는 것이다.

자연질서, 샤머니즘, 그리고 불교적 연기설에 대한 작가의 호감이 스며 있음은 물론이다. 그렇다고 전등으로 표상되는 근대주의를 대놓고 비난하는 것도 아니다. 이 점에서 작가는 방관자적이다. 전체적 처지에서 보면 작가는 방관자적이긴 해도 만영감 쪽에선 호의적이라 할 것이다. 이것이 조선 최고의 작가 이광수가 서 있는 세계관의 자리였다.

아Q와 가야마 미쓰로(香山光郎)

그렇다면 조선의 작가 이광수가 『개조』 독자에게 선보인 「만영감의 죽음」을 정작 일본인들은 어떻게 수용했을까. 여기에 대한 어떤 기록도 현재로서는 알아내기 어렵다. 더욱 이상한 것은 이광수 자신이 처녀작 「사랑인가」에 대해서는 회고문 곳곳에서 언급했지만 「만영감의 죽음」에 대해서는 어떤 곳에서도 언급한 바 없음이다. 내선일체에 입각한 일어소설을 여러 편 쓴 한참 뒤인 1944년에 가서도 이광수는 일어로 수필은 쓸 수 있으나 소설 쓰기란 불가능하다는 발언을 한 바 있다(최남선·이광수, 「동경대담」, 『조선화보』, 1944. 1 ; 『일어 창작』, 228쪽). 이러한 작가 이광수가 어떤 곡절로 인해 "나는 阿Q다!"라고 자조하기에 이르렀을까.

루쉰과 이광수의 비교란 일본유학을 했다는 점, 비슷한 시기에 활동했다는 점, 자국 근대문학의 개척자였다는 점에서 유사성이 어느 수준에서 인정될 뿐 아니라, 앞에서 살핀 대로 몇 가지 소재상에서도 그 유사성이 쉽사리 입증된다. 소재상의 유사성 앞자리에 오는 것이 이 잡기 사건이다. 그러나 이 사건에서 주목되는 것은 그 지향성이 매우 다르다는 점이다. 루쉰에게 이 잡기란 일종의 미학, 곧 쾌락을 동반한 정신 작용이었음에 비해 이광수의 그것은 단지 남의 시선에서 벗어나기 위한 동기에서 왔다. 외견상의 유사성 두번째에 해당되는 것이 「아Q정전」과 『무정』의 서두 부분에 드러난 '언어횡단적 실천'의 문제였다. 루쉰에 있어 「아Q정전」이란 중국 민중성 또는 국민성의 표상일 수도 있겠지만 작가의 의도상에서는 언어횡단적 실천이라는 것, 여기에 루쉰적 글쓰기의 본질이 있었다면, 『무정』은 이 점에서 비자각적이며 따라서 결여성을 보였다. 『무정』이 그나마 언어횡단적 실천의 외관을 갖추었다는 점에서 근대소설적 면모에 접근된 것이지만 정작 이광수의 작가적 본질은 이런 쪽에 있지 않았다. 그 증거의 하나로 「만영감의 죽음」을 들 것이다. 이 작품에서 보듯 작가의 선 자리는 방관자적인 곳이었다. 자연적 질서로 표상되는 사철나무의 생리에도 관심을 두지만 동시에 전등불로 표상되는 근대주의에도 긍정적 시선을 보이고 있었다. 언어횡단적 실천의 글쓰기와는 인연이 먼 이른바 자연주의적 글쓰기라 규정함이 오히려 타당하다. 이렇게 보면 당초 이광수의 글쓰기는 언어횡단적 실천과는 무연한 것이었음이 판명된다.

그렇다면 이광수가 일본 비평가 고바야시 히데오에게 공개적으로 이렇게 고백한 것은 대체 무엇일까.

> 천황 폐하 만세만세 만만무궁세, 출정장병 만세만세 만만무궁세, 그 다음엔 내선일체 동포상애 만세만세 만만무궁세라고 신 앞에 일제히 목소리 높여 반복할 때 나는 울고 싶어 울고 싶어 방도가 없었소.
>
> —「행자」, 『일어 창작』, 108쪽

총독도 아닌 같은 문인끼리조차 이런 기묘한 목소리를 낸 이광수의 행위란 대체 무엇일까.

> 성수무강 하옵시고
> 황실이 안태하시옵소서
> 문무백관이 심신청정하야
> 멸사봉공의 충성을 효(效)하고
> 출정장병이 백전백승하야

금년에 적을 격멸하여지이다.

—「새해의 기원」, 『신시대』, 1944. 2, 16쪽

이렇게 소원을 빈 이광수의 목소리란 또 무엇인가. 심지어 풍문이긴 하나 이런 기록도 남아 있어 말을 잊게 할 정도이다.

춘원은 자하문 밖에 있을 때부터 서재에 커다란 일본 국기를 달고 있었다. 부인 영숙은 어처구니가 없어서 그 이유를 물었고 춘원은 이렇게 대답하였다고 한다.

"세상 사람들이 이광수를 친일파라고 하지 않소. 그럴 바에야 뚜렷이 표적을 내는 게 오히려 낫지 않겠소."

"당신 정말 그렇게까지……."

"그게 무슨 소리요? 당신이나 나나 우리 아이들이나, 또 모든 한국 사람이 고생하는 것이 저것(일본 국기) 때문이 아니겠소. 매일 저렇게 바라보고 있으면 울화가 다소 풀리는 거요. 원수진 사람도 늘 곁에 있으면 미운 정일지라도 드는 법이오."

이와 같은 춘원을 방문한 사람의 눈에 그가 철저한 친일파로 비친 것은 물론이었다.

또 한 가지 부인 영숙을 찾아온 어떤 부인이 이런 말을 하더라는 것이다. 남대문 로타리에 이르렀을 때 마침 정오 사이렌이 울렸는데 그 로타리 한복판에서 묵도를 하는, 두 손을 합장까지 하며 묵도하는 '국민복' 중년이 있었는데 바로 그 사람이 춘원이더라는 것이다.

—박계주·곽학송, 『춘원 이광수』, 삼중당, 1962, 453~454쪽

이러한 기묘한 행위는 희극적이라고 하기엔 크게 모자란다. 굳이 비교하자면 다음 장면이라 할 것이다.

대청의 광경은 모두 전과 같았다. 상좌에는 여전히 까까머리 노인이 앉아 있었다. 阿Q도 역시 어제처럼 꿇어앉았다.

노인은 부드럽게 물었다.

"너 무슨 더 할 말은 없는가?"

阿Q는 생각해보았으나 별로 할 말도 없었으므로 "없습니다" 하고 대답했다.

그러자 긴 두루마기를 입은 한 사람이 종이 한 장과 붓 한 자루를 가지고 와 阿Q 앞에 놓고 붓을 그의 손에 쥐어주려고 했다. 阿Q는 이때 거의 혼비백산하도록 깜짝 놀랐다. 왜냐하면 그의 손이 붓과 상관하기는 이번이 처음이었기 때문이었다. 그는 어떻게 쥐는 것인지 정말 몰랐다. 그랬더니 그 사람은 또 한 군데를 가리키며 그에게 서명하라고 했다.

"저는…… 저는…… 글을 쓸 줄 모르는뎁쇼."

阿Q는 붓을 덥석 움켜잡고는 황송하고 부끄러운 듯이 말했다.

"그러면 너 좋은 대로 동그라밀 하나 그려라!"

阿Q는 동그라미를 그리려고 했으나 붓을 잡고 있는 손이 떨리기만 했다. 그러자 그 사람은 그를 위해 종이를 땅 위에 펴주었다. 阿Q는 엎드려 평생의 힘을 다 들여 동그라미를 그렸다. 그는 남들에게 웃음거리가 될까 두려워 동그랗게 그리려고 마음먹었으나 이 밉살스런 붓이 지나치게 무거운데다 또 말을 듣지 않아 떨면서 간신히 그려 거의 아무리려 할 때 붓이 위로 솟구쳐 수박씨 모양이 되고 말았다.

阿Q는 자기가 동그랗게 그리지 못한 것을 부끄럽게 생각했으나 그 사람은 문제 삼지도 않고 재빨리 종이와 붓을 가지고 가버렸다. 여러 사람이 또 그를 재차 목책문 안에 처넣었다.

그는 다시 목책문 안에 들어갔어도 그리 고민하지 않았다. 그의 생각으론 사람이 이 세상에 태어난 이상 때로는 감옥에 들어가는 일도 있을 게고, 또 때로는 종이 위에 동그라미를 그려야 할 때도 있을 것이다. 다만 동그라미가 동그랗게 그려지지 않은 것만은 그의 행장(行狀)상의 하나의 오점이라고 생각했다. 그러나 오래지 않아 곧 석연해졌다. 아무짝에도 쓸모없는 놈이라야만 동그라미를 그릴 것이라고 그는 생각했다. 그래서 그는 잠들고 말았다.

—『아큐정전·광인일기』, 113~114쪽

아Q의 사형 직전에 벌어진 이 장면을 두고 한 연구자는 루쉰이 아Q라는 인물을 만들어낸 것이 아니라 "그 주인공을 분석하고 비평할 수 있는 능력을 가진 화자를 만들어냈다는 점"에서 루쉰적 글쓰기의 본질을 찾고 이를 '언어횡단적 실천'이라는 특수용어로 규정했다(리디아 리우, 『언어횡단적 실천』, 141쪽). 이는 아Q가 그리는 동그라미의 희극적 양상이 갖는 윤리적 의의를 문제 삼는 쪽이 아니다. 그러한 희극적 양상을 분석·비판할 수 있는 화자 '나'를 만들어낸 언어횡단적 실천에 문학사적 의의를 발견한 것이다.

이에 견주어볼 때 이광수의 저러한 희극적 몸짓이란 대체 무엇인가. 작품 「아Q정전」 속의 루쉰이 창조한 인물 아Q와 흡사하다고 할 수 없겠는가. 만일 그렇다면 아Q가 작품 속에서 걸어나와 조선의 작가 이광수로 환생하여 서울거리를 활보하고 있는 형국이다. 이를 두고 '현실환원적 실천'이라 부를 것이다. '언어횡단적 실천'에 대응되는 '현실환원적 실천'을 문제 삼을 때 제일 중요한 사실은 작가 이광수가 「아Q정전」을 알게 모르게 언어횡단적 실천으로 느꼈음에서 온다. 작품 속의 아Q가 작품 속에서 빠져나와 가야마 미쓰로(香山光郎)라는 이름으로 조선천지를 활보하고 있었던 까닭이다. 창씨개명한 이광수는 香山光郎이자 동시에 아Q였다. 말을 바꾸면 이광수에 있어 아Q란 두번째 창씨개명이었다. "나는 아Q 같은 그런 바보라오"라고 김소운 앞에서 스스로 말했을 때 이광수는 '현실환원적 실천'을 어느 수준에서 연출한 형국이었다. 루쉰은 그가 배운 서구적 지식으로 '언어횡단적 실천'을 감행함으로써 한 중국인을 아Q스런 인간으로 만들어냈지만 그런 정신력의 훈련이 결여된 『무정』의 작가 이광수는 스스로 아Q스런 인간을 연출함으로써 무엇을 얻고자 했을까. 이 '현실환원적 실천'이란 루쉰의 저 굉장한 '언어횡단적 실천'과 견주어보면 어떠할까. 적어도 전자가 후자와 맞서거나 오히려 후자를 뛰어넘은 경지라 할 수도 있다. 춘원이란 이름으로 쓴 장편 『원효대사』(매일신보, 1942. 3~10) 속에 그 해답의 실마리가 담겨 있는지도 모를 일이다. "나는 阿Q다!"라고 자처했을 때 그 지향성은 문학이 아닐 수 없다. 아Q란 문학이 만들어낸 허구인 까닭이다. 이광수가 스스로 아Q라 했을 때 가야마 미쓰로는 그 자체로 허구적인 것이 아니면 안 되었다. 그는 이 사실을 현실 속에 실천코자 했다. '언어횡단적 실천'에 서지 않고 '현실환원적 실천'에 전면적으로 노출되어 있었기에 그러하다.

‘물 논쟁’이 놓인 자리

—「비 나리는 품천역品川驛」의 사상

우정과 신념

김윤식: 잘 계시는지요. 2008년 우리 문단은 선생에 대한 많은 논의를 했소. 탄생 백 주년이었으니까. 이상하게도 논의를 할수록 선생의 존재는 우리 후배들로 하여금 아득함을 느끼게 하기에 모자람이 없었소. 그도 그럴 것이 선생을 규정할 만한 어떤 범주나 규칙도 우리가 갖고 있지 못했던 까닭이오. 무엇보다 선생은 시인이 아니었던가. 그것도「현해탄」의 시인.

예술, 학문, 움직일 수 없는 진리……
그의 꿈꾸는 사상이 높다랗게 굽이치는 東京
모든 것을 배워 모든 것을 익혀
다시 이 바다 물결 위에 올랐을 때
나는 슬픈 고향의 한밤,
홰보다 밝게 타는 별이 되리라

청년의 가슴은 바다보다 더 설레었다.

—「해협의 로맨티시즘」 중에서

이 점에서 보면 선생은 저 육당의 꿈에 빠진 소년배들의 하나임에 틀림없소. 아무도 그 수심(水深)을 가르쳐주지 않기에 겁도 없이 달려갔다가 날개 젖은 공주 꼴이 된 소년배(기림)도, "나의 청춘은/나의 조국"이라 외치며 자기 몸을 상실된 조국 자체라 여기고 자기 몸의 감각에 매달려 간 소년배(지용)도, 날개를 찾아 갔다가 날개는커녕 박제가 되어버린 소년배(이상)도 있었소. 선생은 이들과는 썩 달랐소. "홰보다 밝게 타는 별"이 되고자 했으니까. 하늘에 있는 별 말이외다. 문제는 이런 낭만에 있지 않소. 우리를 난감케 하는 것은 선생께서 이를 믿어 의심치 않았다는 점. 이성의 힘으로 세상을 바람직한 쪽으로 바꿀 수 있다는 신념의 행동화.

임 화: 신념 없는 시대의 후배 청년이여. 그대는 내게 그런 질문을 던질 자격이 없다. 이미 해답을 알고 묻는 형국이니까 비례(非禮) 아닌가. 두 가지 이유에서 그러하다네. 그대가 여러 곳에서 「문학자의 자기반성」(『인민예술』 2호)에서의 나의 발언, "내 속에 강잉히 숨어 있는 생명욕이 승리한 일본과 타협하고 싶지 않았던가"라는 대목을 인용하곤 했음이 그 하나. 다른 하나는 나와 백철의 우정관계. 그대는 망설임도 없이 적었다. 백철은 많은 글을 썼지만 알맹이가 없다. 왜? 새로운 사조가 들어오면 대번에 웰컴! 하고 받아들였으니까. 어떤 신념도 헌신짝처럼 버리고 또 받아들이기의 명수가 비평가 백철이라고. 그대는 어리석게도 『임화 연구』(1989)라는 아주 둔중한 책을, 그도 모자라 그런 식의 『백철 연구』(2008)를 썼거니와 이 두 책 속에 나와 백철의 우정관계를 아주 소중히 다루지 않았던가. 그대는 이미 알고 있었다. 어째서

저 타기할 만한 웰컴주의자와 내가 그토록 곡진한 우정을 지속했는가를. 월북(1947)할 때 내가 백철에게 귀띔했음도 그대는 알고 있었다. 그런데도 내게 신념 운운할 수 있겠는가. 나는 그렇게 존대하지 않다. 시인일 뿐. 조금 어려운 시대의 시인.

「비 나리는 품천역」을 둘러싸고

김윤식: 좀 현명한 질문을 하라는 말씀이군요. 단도직입적으로 묻고 싶은 것이 있소. 나카노 시게하루(中野重治)의 시 「雨の降る品川驛」(『改造』, 1929. 2)은 한일 계급문학상에 하나의 시금석으로 놓여 있는 것. 식민지 시대 한일 간의 문학을 논의할 때 절대로 비켜갈 수 없는 걸림돌 아닙니까. "조선의 사나이요 계집아이인 그대들/머리끝 뼈끝까지 꿋꿋한 동무/일본프롤레타리아트의 앞잡이요 뒷군"이라는 대목 말이외다. 이는 분명 민족차별이 아니겠는가. "만국의 노동자여, 단결하라. 그대들은 쇠사슬밖에 잃을 것이 없다"(「공산당선언」)에 비추어 보라. 어째서 조선 무산자가 일본 무산자의 앞잡이고 뒷군이랴. 이러한 반론에 정작 나카노 자신도 훗날 시인할 수밖에 없었다. 실수였다고. 선생께선 이 시에 화답하여 저 유명한 「우산 받은 요코하마의 부두」(『조선지광』, 1929. 9)를 썼지 않았던가요. "항구의 계집애야, 이국의 계집애야!"로 시작되어 "항구의 나의 계집애야!/그만 도크를 뛰어오지 말아라/비는 연한 네 등에 내리우고 바람은 네 우산에 불고 있다"로 끝나는 이 장시(단편서사시)는 나카노의 것에 비해 품격을 갖춘 것. 민족차별의 그림자를 남녀사랑으로 승화시켰던 것이니까요. 그런데 우리가 알고 싶은 것은 따로 있소이다. 정작 나카노의 그 시가 우리말로 번역되었다는 사실. 「비 나리는 品川驛 —×××기념으로 李北滿, 金

浩永에게」(『무산자』 3권 1호, 1928. 5)가 그것. 이 한국어역의 소중함은 강조되어도 지나침이 없는 것. 어째서? 원시 자체가 검열로 인해 복원 불가능한 상태였던 만큼 이 한국어역이 거꾸로 훗날 원시 복원에 기여했기 때문. 궁금한 것은 이 시의 역자이겠는데요.

임 화: 그대는 그 역자가 나라고 우기고 싶은가. 이북만(카프동경지부장), 김호영일 수도 있지 않겠는가. 또 김삼규일 수도 있고. 하기야 연극 공부차 나도 거기 가 있었으니까 나일 수도 있겠지. 더구나 나는 시인이고, 「감옥에서 죽은 여석」(『무산자』 3권 2호)을 싣기도 했으니까. 어리석은 후배여, 그게 뭐 그리 중요한가. 내가 역자이면 어떻고 또 아니면 어떤가. 그대의 공부하는 방식이란 '그 사실 자체'의 밝히기인 모양인데, 그래서 어쩌겠다는 것인가. 그대의 공부에 깊은 울림이 없는 것도 그 때문. 보다 소중한 진실을 건너뛰고 기껏 쇄말주의에 매달렸기 때문.

김윤식: 소중한 진실을 건너뛰었다?

임 화: 그대는 나와 백철의 우정의 깊이를 알고자 했다. 그러면서도 번번이 실패했다. 우정과 정치의 관계항에 대한 깊은 통찰력이 없었다. 책상물림인 증거. "코리아 바렌티노"(조선일보, 1933. 1. 21)라 불린 내가 연극 공부차 도일한 것은 1929년. 백수건달인 내가 몸을 맡긴 곳은 이북만의 아지트였다. 셋집(東京府 下吉祥寺 2554번지, 여기에 카프동경지부 간판을 달았다)을 얻어 아내와 누이와 함께 살고 있던 이 대단한 프롤레타리아 이론분자이자 실천가인 이북만은 재동경조선노동자총동맹 주최 조선노동자위안회를 주도한 인물. 나카노가 주도하는 기관지 『프롤레타리아 예술』(1927. 12)에 이북만은 보고서를 실을 정도.

요컨대 이북만의 조직력은 대단했고 그 조직 속에 나도 끼어들었다네. 식객이라고는 하나 나도 모르게 조직훈련을 몸에 익혔고, 마침내 이북만의 누이(이귀례)와 결혼까지 했다네. 이 무렵 내 앞에 눈부시게 나타난 존재가 있었다네. 이름은 백철. 일본프롤레타리아 시단에 「누이여」「우박이 내리던 날」「추도」 등의 시와 슈프레히콜(당시 신식 발표 방식)인 「다시 봉기하라」 등을 발표한 백철, 평론 「프롤레타리아 시의 현실문제」 등을 발표한 조선청년 백철이야말로 눈부신 존재였다네. 알고 보니 혜성처럼 나타난 이 조선청년은 나와 동갑내기. 놀랍게도 일본 최고교육자 양성기관인 동경고등사범학교 학생 신분이 아니겠는가. 나는 평생을 두고 백철을 친구이자 동시에 선생(나보다 앞선 존재)으로 여겼다네. 일본프롤레타리아 문단을 휩쓰는 것만큼 조선인으로 통쾌한 일이 다시 있겠는가. 없다! 라고 그때 나는 직감했다네. 나는 보성중학 중퇴생이며 영화배우 노릇이나 하고 「우리 오빠와 화로」(1929) 같은 한국시를 썼지만, 그것이 얼마쯤 호평을 받았다 치더라도 저 백철에 비해 대체 무엇이겠는가. 이 학력 콤플렉스야말로 우정의 거멀못이었다네.

김윤식: 잠깐. 동시에 그것이 정치 콤플렉스이겠습니다그려.

임 화: 내가 귀국하여 카프(조선프롤레타리아문학동맹) 서기장이 되었을 때 백철도 귀국했다네. 이 대단한 백철은 귀국하자마자 천도교 언론기관의 비호 아래 신문·잡지에 정신없이 평론을 써제끼지 않겠는가. 그런데 서기장인 나로서는 참으로 딱했다네. 백철의 글이란 도대체 종잡을 수 없는 것. 프롤레타리아 문학을 외치다가도 금방 부정하기를 일삼았으니까. 계급사상으로 글을 쓰라고 외쳐놓고 동시에 문학이란 개성적이어야 한다고 외치지 않겠는가. 카프 논객들이 가만히 있

을 이치가 없었다. 그래도 백철은 눈도 깜짝하지 않더군. 결국은 서기장인 내가 나설 수밖에. 「동지 백철군을 논함」(조선일보, 1933. 6. 14~17)이 그것. 나는 그 글에서 분명히 적었다. "불행히 백군에게 있어서는 우리들이 알고 있는 당시 동경에 있던 학생들과 같이 조직활동의 훈련 가운데서 생활할 기회를 그다지 못 가졌다고 한다. 이것은 백군에게 있어서 불행한 가운데도 최대의 불행의 하나"라고. '조직훈련 전무'와 '학력 전무'의 우정, 이를 두고 백철은 나와 노선을 달리하는 해방공간에서조차 「정치와 문학의 우정에 대하여」(『대조』, 1946. 7)라 했더군. 나라고 해서 어찌 문학이 개성의 소산이며 상상력의 힘임을 모르겠는가. 나 역시 백철만큼 자유분방한 시인이었다. 그렇지만 내겐 조직훈련의 경험이 있었고, 그 속에서 나와 내 문학을 단련시켰다. 이 조직훈련의 힘이야말로 가장 인간적인 것이 아니겠는가. 문사 아무개 집 부엌엔 숟가락이 몇 개 있음을 아는 것, 이게 또 휴머니즘이 아니겠는가. 서양책 속의 지식으로 외치는 백철의 「웰컴! 휴머니즘」(1937. 1)과 족히 맞설 수 있는 것. 어쩌면 그보다 더 직접적인 것. 이 조직훈련에 단련된 문사라면 누구보다 나를 기억하리라 믿고 싶다네. 그 조직훈련의 현장에서 「비 나리는 품천역」이 한국어역으로 나온 것. 그러니까 조직훈련 속의 한국어역이 아니겠는가. 어떤 특정 역자를 내세우지 않았음이 어찌 괴이하랴. 카프 동경지부, 그 기관지 격인 『무산자』라는 조직 전부가 역자일 수밖에.

물 논쟁 · 자존심 · 오기

김윤식: 선생은 지금도 여전히 모종의 선생이십니다그려. 그렇더라도 제가 쉽사리 「비 나리는 품천역」의 역자 찾기를 포기하리라 여기지

마십시오. 오기가 아닙니다. "신(神)은 세부(細部) 속에 있다"는 명제도 소중하다고 믿으니까요. 그런 훈련 속에서 내가 오랫동안 살아왔으니까.

임 화: 그대가 내게 무슨 말을 하고 싶은지 짐작한다네. 그대는 오랫동안 관악산에서 '한국근대비평론'(3학점 단위)을 가르쳤다. 나는 지켜보았다네. 카프문학 연습 자료 묶음의 맨 첫번째가 '물 논쟁'이었다네. 대체 물 논쟁이란 무엇인가. 1933년 전후 나는 신문에 창작월평을 매달 썼다네. 소설 월평을 쓴 이유는 소설이야말로 현실반영이라 믿었던 까닭. 그게 리얼리즘이 아니겠는가. 한국 현실의 반영을 다룬 소설 읽기야말로, 또 작가들의 창작방법론의 지시(방향성)야말로 비평가의 고유한 몫이라 믿었으니까. 그 6월평에 김남천의 소설 「물!」(1933. 6)을 거론했다. 재건공산당 사건에 기소되어 실형 1년 반을 살고 나온 김남천이 자기의 감옥살이 체험을 소설화한 것. 감옥살이를 해보니 이데올로기 따위보다 물 한 모금이 훨씬 소중하다는 것. 이를 소설에 담았던 것. 그런 것은 삼척동자도 아는 것. 대체 김남천은 어쩌자고 이런 따위를 작품이라 썼을까. 내가 혹평할 수밖에. 아무리 물 한 모금이 소중한 감옥살이에서도 이데올로기 제일주의로 생리적 욕구를 물리쳐야 비로소 작품급에 드는 것. 그런데 김남천은 생리 쪽을 우선했다. 이는 패배주의가 아니겠는가. 김남천의 반론이 나올 수밖에. 임화, 너는 감옥살이를 해봤느냐. 기껏해야 종로 유치장에서 미결수로 몇 달 있었을 뿐. 그런데 봐라. 카프 문사 중 기소되어 진짜 옥살이를 한 자는 나 김남천뿐이 아닌가 하고 대들더군. 이 장면에서 그대는 학생들 앞에서 제법 민첩하게 행동하더군. 임화 쪽이 옳다고. 조직운동의 처지에서 보면 생리적 조건(목숨까지도)이 아무리 다급하고 소중하더라도 '이론'에 앞설 수 없는 법. 그런데 그때가 바로 7, 80년대 군부 독재와 싸우던 민

중운동 한복판이 아니었던가. 물 논쟁이란 그러니까 당시로서는 아주 현실적인 과제였던 것. 교실의 분위기가 숙연해졌음을 나는 지금도 기억한다네.

김윤식: 그야 뭐, 제가 아니더라도 당시로서는 누구나……

임 화: 적어도 내 안목에서 보면 꼭 그렇지만은 않아 보인다네. 그 증거로 시카고 대학 주최 '동아시아에서의 프롤레타리아문학 심포지엄'(2002. 11. 1~2)에서 그대가 발표한 논문 「한국근대문학사의 시선에서 본 카프문학」을 들고 싶네. 동아시아적 시각에서 1930년대 전후 계급문학의 상호관련성(영향관계)을 겨냥한 이 심포지엄에서 그대는 당연히도 「비 나리는 품천역」과 「우산 받은 요코하마의 부두」를 내세워야 했을 것(그대가 쓴 『한국근대문예비평사연구』의 부록 「임화론」의 일본어역에 의해 미즈노 나오키水野直樹 씨가 「비 나리는 품천역」의 한국어역이 있음을 알고 그것을 찾아냈으니까 그만큼 그대에겐 친근한 과제였던 것). 그런데도 그대는 이 과제를 언급하지 않았더군. 무엇보다도 그대는 카프문학의 중심부에 물 논쟁을 내세우지 않았던가.

김윤식: 선생의 자존심의 근거, 바로 그 소식훈련. 조식훈련이 휴머니즘이라는 신념. 백철 선생에겐 결여된 것. 그렇지만 선생은 백철 선생을 한없이 부러워했음도 사실 아닙니까.

임 화: 그대가 또 무슨 말을 하고 싶은지 알겠네. 그대는 한동안 나를 이식문학론자라 하여 비판해 마지않았다. 내가 쓴 「조선신문학사」 때문. 「개설조선신문학사」(1939~40)를 쓰면서 그 방법론으로 「신문학사의 방법」(1940. 1)을 썼다네. 그 첫 줄에 나는 이렇게 썼다네. "신문

학사의 대상은 물론 조선의 근대문학이다. 무엇이 조선의 근대문학이냐 하면 물론 근대정신을 내용으로 하고 서구문학의 장르를 형식으로 한 조선의 문학이다"라고. 그러니까 "서구문학의 장르"가 그 형식 조건이라는 것. 따라서 그것은 저 일본이 먼저 도입한 서구장르라야 한다는 것. 그러고 보니 자연 "신문학사란 이식문학의 역사"일 수밖에. 일본의 명치(明治), 대정(大正)기의 이식일 수밖에. 육당, 춘원이 그러하지 않았던가. 민족문학사론이 민중주의 문학과 더불어 팽배한 문화 풍토에서 볼 때, 나의 이론 주장은 난처했으리라 짐작된다. 이에 대해 그대는 이럴 수도 저럴 수도 없이 머뭇거렸다. 누구보다 그대는 「비 나리는 품천역」을 속속들이 알고 있었으니까.

김윤식: 선생께서 무슨 말을 하고 싶은지 조금 짐작됩니다그려. 백철 콤플렉스가 아니겠습니까.

임 화: 그렇다네. 나는 신문학사를 쓰지 말았어야 했는데 결국 쓰고 말았다네. 그러자니 자연 방법론이 문제되지 않을 수 없었고, 또 방법론을 문제 삼자니 문학제도사를 문제 삼지 않을 수 없었고…… 이게 어째서 백철 콤플렉스인가. 여기에는 많은 설명이 따를 수밖에.

김윤식: 뭣하시면 제가 조금 설명해볼까요. 선생께서 신문학사를 쓰고자 한 것은 다음 두 가지 이유가 아니었을까요. 하나는, 나아갈 지평이 막혔음. 카프 전주 사건(1934~35) 이후 나아갈 지평이란 아무 데도 없어 보였고, 그러니까 뒤돌아볼 수밖에. 다른 하나는, 이 점이 바로 콤플렉스에 관여된 것인바, 신남철(申南澈)의 논문 「최근 조선문학사조의 변천—신경향파의 대두와 그 내면적 관련에 대한 한 개의 소묘」(『신동아』, 1935. 9)가 발표되었을 때 선생은 매우 충격을 받지 않았던

가요. 선생이 쓴 「조선신문학사론서설」(조선중앙일보, 1935. 10. 9~11. 13)은 이에 대한 반론의 성격을 갖고 있습니다. 경성제대 법문학부 철학과 출신인 신남철의 이 논문을 선생은 참기 어려웠으리라 짐작됩니다. 신경향파 문학을 논했기 때문. "비상히 유치한 수법, 졸렬한 취재, 미숙한 문장, 초보적인 자각의식을 가지고 시를 쓰고 소설을 지었음에도 불구하고" 이들이 이광수의 유려한 작품보다 낫다는 것을 신남철이 증명하고자 덤비고 있는 것까지는 좋은데, 그런 주장을 국외자인 신남철이 해도 되는가?

임 화: 제국대학은커녕 보성중학 중퇴인 나지만, 이 학력 콤플렉스에 도전해볼 수밖에. 이게 단지 오기에서 나온 행동일까. 국외자의 개입에 대한 자기방어일까.

김윤식: 카프가 해체된 마당이지만 적어도 한때 그 서기장이었으니까 오기일 수도 있을 법하네요.

임 화: 오기이기보다는 조직에 대한 그리움이라 하면 어떠할까. 전체를 아우르고자 하는 의지.

김윤식: 문학사 기술보다는 시를 짓거나 월평을 했더라면 어떠했을까요. 아니, 꼭 그렇지도 않을지 모릅니다. 탈근대, 근대의 초극론에서 보면 이식문학사론이란 한층 문제적일 수도 있으니까요. 이중어 글쓰기 공간 말이외다.

임 화: 그대 마음 씀이 고맙기는 하나 굳이 나를 위로할 필요까지는 없다네. 임제의 말(『임제록』)처럼 '시절 인연'에 의한 것이니까.

김윤식: 그런 뜻이 아닙니다. 시간이 지나면 다시 만나 뵙고 싶다는 그런 뜻에 지나지 않습니다. 하늘과 땅이 아득하여 앞이 잘 보이지 않을 때, 이럴 때 선생은 어떻게 말하고 행동할까, 또 어떻게 읊을까. 그런 뜻으로 한 말이외다.

이상의 일어 육필원고에 대하여

— 번역소개과정론

『현대문학』지의 유고 발굴과 그 번역과정

"우연한 일로 이상의 미발표 유고가 발견되었다. 이것이 발견되고 또 그것이 나의 수중에 들어오게 된 경위는 다음과 같다"(『현대문학』, 1960. 11)라고 서두를 삼은 조연현(1920~1981, 당시 『현대문학』 주간)씨는 이 노트가 어째서 「오감도」(1934), 「날개」(1936)의 작가 이상(1910~1937)의 것인가를 다음과 같이 고증했다.

(1) 필체가 이미 그의 전집 속에 발표되어 있는 것과 동일한 것.

(2) 작품의 특성이 이상의 그것과 같다는 것.

(3) 이상이 즐겨 사용하는 '十三' '方程式' '三次角' 등의 용어로서 작품이 구성되어 있는 점.

(4) 이상이 일본어로써 시를 많이 습작한 사실.

(5) 초고중의 연대가 1932년 또는 1935년 등으로 되어 있는데 이 시기는 이미 발표된 그의 미발표 유고와 시기가 일치되고 있는 점.

(6) 이와 같은 원고는 타인이 조작해 창작할 이유가 없는 점.(163쪽)

제일 먼저 (1)에 주목했다는 점은 그 고증의 신뢰도를 높인 것으로 볼 것이다.

임종국의 『이상전집』(전3권, 태성사, 1956)에는 자당 박세창씨 소장의 이상의 편지(육필) 및 미발표 유고 9편의 육필이 수록되어 있는 만큼 비록 이번 노트와 그 규격이나 용지의 체제가 다르긴 해도 육필의 본질에서는 동일한 것으로 씨는 판단했다. 이연복(한양공대 야간부 재학생)씨가 조씨에게 가져온 원자료를 조씨는 '노오트'라 했으나 실상은 방안지(方眼紙)로 된 건축 설계용 용지였다. 과연 이 유고가 이상의 것이냐의 여부에 대해서는 저 후설의 내재(內在)와 초월(超越)의 논리를 들어 얼마든지 시비를 걸 수는 있다.

가령 여기 커피가 있다고 치자. 만져보고 맛을 보고 향기를 맡아도 틀림없어 보이지만 아무리 그렇더라도 그것이 한갓 과학적 합성물일 가능성을 '완전히는' 배제할 수는 없다. 의식이란 작가의 대상 존재의 타당성을 따지지만 그 타당성에는 반드시는 절대적인 확신을 초월하는 가능성은 남는다. 이를 초월이라 한다. 이에 대해 내가 커피를 맛볼 때 그 '맛이 좋다'고 느꼈다면 그 느낌의 감각 자체는 '맛이 좋지 않았는지는 모른다'는 의심은 결코 남지 않는다. 진짜 커피가 아닐지라도 그 맛은 절대적인 것으로 남는다. 이를 내재라고 후설의 현상학은 말하고 있다. (후설, 『이덴1』, 42절)

조연현씨는 이 유고를 그가 주간으로 있는 『현대문학』지에 그 일부를 시인 김수영 역으로 소개했다. 이 경우 소개된 자료 선택권이 조연현씨에 있었는지 김수영씨의 안목에 맡겨졌는지는 헤아리기 어려우나, 소개된 작품은 모두 5편으로 아래와 같다.

① ☆(원문에 제목 없음) ☆표는 현대문학측이 붙인 것.

모두 7행으로 된 이상 특유의 아포리즘적인 시구. "손가락 같은 女人

이 입술로 지문을 찍으려 한다. 불쌍한 四人은 영원의 낙인을 받고 건강을 해쳐간다" 등.

②「1931년(작품 제1번)」

이 작품은 一, 二, 三에서 十二까지 분절된, 4면에 걸친 자전적 요소를 내포한 아포리즘집.

"나의 肺가 맹장염을 앓다. 제4병원에 입원. 주치의 도난—망명의 소문나다."(一)

"이는 1932년 7일(부친의 死日) 대리석 발아사건의 전조이다"(三)

"나의 방의 시계가 별안간 十三을 치다. 그때 號外의 방울소리 들리다. 나의 탈옥의 記事."(十) 등에서 이상 특유의 어법이 선명하게 드러났다.

③「얼마 안 되는 辨解(혹은 一年이라는 제목)」'몇 舊友에게 보내는'이라는 부제를 달고 있는 이 작품은 밀도 높은 자전적 수필이다. "배선공사의 '一年'을 보고하고 눈물의 양초를 적으나마 장식하고 싶다"로 서두를 삼은 이 긴 글의 집필 날짜는 1932년 11월 6일로 되어 있다.

④「☆」(원문에 제목 없음)

"따뜻한 공기는 실내에 있다. 부부와 부모자식을 잠재운다. 그리고 街路에서는 차디찬 공기가 자웅 異株의 生物을 학대하고 있다"를 시두로 한 이 작품은 23년 동안의 자기의 자전적 요소를 추상화하고 있다고 볼 법도 하다.

⑤「☆」(원문에 제목 없음)

"役員이 가시고 오는 第三報—역시 없습니다"로 시작되어 "상수가 붙은 함수방정식"으로 끝나는 작품. 집필 날짜는 1932년 11월 15일.

위의 5편에서 주목되는 것은 「☆」라는 『현대문학』식 무제 표기 방식에 있다.

어째서 이상은 '제목 없는 작품'을 써놓았을까. (뒤에 다시 설명하겠지만) 이런 방식은 이 미발표 노트의 구성 방식과 일정한 관련성 아래 이루어진 것으로 보인다.

『현대문학』(1960. 12)지는 이어서, 김수영 역으로 수필 「이 아해들에게 장난감을 주라」「모색暮色」「☆」(무제), 연달아 1961년 1월호에 「구두」「어리석은 석반」 또 이어서 1961년 2월호에 「습작 쇼윈도 수점」을 실었다. 이로 볼진댄 이상의 유고 번역에 김수영 역이 맨 먼저임을 알 수 있다.

이 첫번째 번역에서 6년 뒤에 두번째 번역을 『현대문학』(1966. 7)이 시도했는바, 이번엔 시인 김윤성 역 「　」(아무 제목 표시 없음), 김수영 역 「애야哀夜」 두 편이 그것이다.

이를 실으면서 주간 조연현씨는 3편을 싣게 되었다는 것, 한 편은 김윤성, 다른 한 편은 김수영씨의 역이며 나머지 한 편은 원문대로 싣는다고 밝혔다.(14쪽)

원문대로 보인 것이 「悔恨ノ章」이며 뒷날 『문학사상』(1976. 6)에서 유정씨가 이를 번역했다.

『문학사상』의 유고 발굴과 그 번역과정

이상 미발표 유고 번역 속편은 월간 『문학사상』지로 옮겨졌다. 이상의 장편 『12월 12일』의 발굴(1975. 9~12)을 계기로 이상 관련 자료(유품, 앨범, 그림 등)의 발굴(1976. 6)과 함께 『문학사상』은 유정 역으로 다음 4편을 실었다.

① 「悔恨ノ章」(이것은, 앞에서 적었던 『현대문학』, 1966. 7, 24쪽)에 일

어 원문대로 실린 것을 번역한 것.

②「단장斷章」

③「습작 쇼오윈도우 수점」(1932. 11. 14. 밤)

④「무제」(1931. 11. 3) 이것은 『현대문학』(1966. 7)에서 김윤성 역「 」의 일부에 해당되는 것.

이어서 『문학사상』(1976. 7)은 유정 역으로 다음과 같은 작품을 실었다.

①「첫번째 방랑」(장문의 여행기)

②「각혈의 아침」(1933. 1. 20)

③「獚의 記—作品 제2번」

④「作品 제 三番」

⑤「與田準一」(요다 준이치는 1930년대 일본의 동요시인—역자 주)

⑥「月原橙一郎」(쓰키하라 도이치로 역시 1930년대 활동한 일본의 현대 시인—역자 주)

⑦「불행한 繼承」(미발표 소설)

이로써 파이프를 문 이상의 초상화(구본웅 화)를 창간호(1972. 10) 표지로 내건 『문학사상』은 응분의 사명감을 유감없이 발휘했다.

"우리는 역사의 새로운 언어와 문법을 만들어가는 이 작은 잡지를 펴낸다"고 세상에다 대고 소리친 이어령 주간의 『문학사상』의 창간 취지는 '새로운 언어의 창출'로 다 말해진다.

> 그리하여 상처진 자에게는 붕대와 같은 언어가 될 것이며 폐를 앓고 있는 자에게는 신선한 초원의 바람 같은 언어가 될 것이며, 역사와 생을 배반하는 자에겐 창끝 같은 도전의 언어, 불의 언어가 될 것이다. 종(鐘)의 언어가 될 것이다. 지루한 밤이 가고 새벽이 어떻게 오는가를 알려주는 종의 언어가 될 것이다.(창간사)

민족과 전통을 내세운 『현대문학』 발간 취지와 비교할 때 언어 중심의 『문학사상』의 위상이 확실해진다.

이 경우 '새로운 언어 창출'의 모델로 상정된 것이 바로 「오감도」 「날개」의 이상 문학이었다.

미발표 이상의 노트 소개를 『현대문학』이 선점하고 그것을 두 차례에 걸쳐 소개했다면, '새로운 언어 창출'을 내건 『문학사상』이 이를 자기 영역으로 이끌어들임에 적극적이었음은 당연한 일이 아닐 수 없다. 더욱이 『문학사상』은 이상의 처녀작 장편 『12月 12日』을 비롯 앨범, 그림 등을 독점적으로 발굴 소개한 마당이고 보면, 노트까지를 탐내었음도 실로 당연한 일이었을 터이다.

이에 대해 정작 『현대문학』 측은 어떤 반응을 보였을까. 이 물음은, 이 미발표 노트의 성격과 관련된 것이어서 검토의 대상이 아닐 수 없다. 정작 유고 소장자이자 『현대문학』 주간 조연현씨는 『문학사상』에 실린 「미발표 이상의 유고 해설」에서 이렇게 썼다.

> 본지(『문학사상』)에 소개하는 이상의 일문유고는 1960년에 입수하여 그 일부를 『현대문학』(1960년 11월부터 익년 1월호)에 발표하고 그 나머지를 내가 보관하고 있었던 것이다. 원고가 산란하여 문맥의 연결을 맞추기 어려운 몇 편만은 그대로 나에게 남아 있다. 이번에 소개하는 것 중에도 문맥을 찾기 어려운 것이 몇 개는 들어 있다. (…) 이번에 『문학사상』에 소개된 유고는 번역하기 상당히 까다로운 글이 아닌가 싶다. 이 유고를 넘기면서 이것이 일문이 아니고 국문으로 된 것이었다면 얼마나 더 좋았을까 하는 생각이 들었다
>
> —『문학사상』, 1976. 7, 219쪽(밑줄은 인용자)

세 가지 점이 지적될 수 있다.

첫째, 소장자 조연현씨는 더는 이 유고에 흥미를 잃었다는 점. 『현대문학』에 계속 소개하기를 포기했음을 암시하고 있기 때문이다.

둘째, 『현대문학』으로서는 그 유고를 더이상 소개하기를 꺼린 이유로, 유고의 판독에 난점이 있다는 점. '번역하기에 상당히 까다로운 글'이라고 조연현씨는 보았다.

셋째, 유고 중 '문맥의 연결을 맞추기 어려운 몇 편'은 자기가 보관하고 있다는 것.

이로 볼진댄, 유정씨의 번역도 조연현씨의 안목으로 볼 땐 '번역하기 상당히 까다로운 글'이라는 것, 그보다 더 까다로운, 그러니까 문맥을 맞추기 어려운 유고는 자기가 그냥 보관하고 있다는 것으로 정리될 수 있었다.

그런데 부주의하게도 유정씨의 이번 번역엔 착오가 생겼음을 『문학사상』(자료조사연구실)에서는 이렇게 밝혔다.

> 다만 상편(1976. 6)에서 「회한의 강」 「단장」 「습작 쇼오윈도우 수점」 「獚」 네 편이 미발표 시로 소개되었는데 이것은 위본 제공자와 역자가 기발표분에 표시를 해놓은 것을 착각한 데서 비롯된 실수이다.
>
> —『문학사상』, 1976. 7, 220쪽

이렇게 볼 때 『문학사상』(유정 역)에 소개된 유고는 위의 4편(『현대문학』에 이미 소개된 것)을 뺀 나머지라 할 것이다. 조연현씨의 말에 따른다면 유정씨와 『문학사상』은 '번역하기에 상당히 까다로운 글'에까지 나아갔다고 평가될 수 있겠다.

그런데 『문학사상』은 이에 멈추지 않고 이 유고 번역에 두번째로 도전했다. 최상남(조연현 선생 미망인)씨가 나머지 부분을 『문학사상』(1986. 10)에 번역했음이 그것이다.

「공포의 기록」(서장), 「공포의 성채」 「야색夜色」 등 산문 3편(128~140쪽)을 소개하면서, 최상남씨는 이렇게 썼다.

『현대문학』에 번역, 발표하고 남은 몇 편을 70년대에 와서 『문학사상』지에 마저 발표하고 원문을 알아보기 힘들고 미완성인 몇 편이 남아 있던 것을 이번에 번역, 발표하게 되었다. 남편이 이 원고들의 발표를 미루어온 정확한 이유를 나는 알 수 없지만 이번에 발표하는 작품들이 일부 심하게 낙서가 되어 있어서 알아보기 힘든 부분이 있었다는 것과 완성된 것이 아니라고 본 때문이 아니었나 생각된다.

이번에 『문학사상』지에서 이러한 점을 감안하고도 굳이 이것을 발표하는 것은 문학적 가치는 차치하고라도 문학사적인 측면에서 이상을 연구하고자 하는 많은 분들에게 도움을 드리기 위한 것이 아닌가 생각된다. 습작원고 한 줄이라도 소홀히 다루어서는 안 될 만큼 우리 문학사에 있어서 이상의 비중이 막중함을 새삼 느끼지 않을 수 없었다.

—『문학사상』, 1986. 10, 141쪽

당시 『문학사상』은 발행자가 이어령씨에서 임홍빈씨로 바뀌었고, 주간은 평론가 정현기씨였다. (필자는 주간 정씨에게, 유고 원고 소장자가 조연현씨라는 것, 나머지 부분 번역 소개의 중요성을 누차 역설한 바 있었다. 그 무렵 필자는 이상 연구 및 전집 편집에 몰두하고 있었던 까닭이다.)

이상의 일어 유고 64장의 실상

우연히 발견된 이상의 미발표 유작 번역 소개의 공적은 단연 『현대문학』과 『문학사상』에로 돌아갈 것이며, 소장자 조연현씨의 소임도 이로써 훌륭히 수행되었다고 볼 수 있음은 물론이다. 그렇기는 하나, 이상 문학의 연구자의 처지에서 보면 유고에 대한 궁금증은 여전히 물리치기 어렵다. 그것은 일종의 물신적 성격을 텍스트가 차지하고 있음과도 결코 무관하지 않다. 연구자의 유혹인 이러한 갈등이랄까 물신적 요소가 연구자의 열정에 관련된 것이기도 하기 때문이다.

이러한 필자의 요청에 최상남씨가 흔쾌히 유고 원본을 열람케 해주었고, 필자는 유고 일부를 수록함으로써 『이상 문학 텍스트연구』(서울대 출판부, 1998)를 완성할 수 있었다.

대체 이상의 유고란 무엇이며 어떻게 씌어졌고, 또 구성되어 있었을까. 또 종이는 어떠하며 글씨는 또 어떠했을까. 구두점은 또 어떠했을까. 그리고 조연현씨가 지적했듯이 문맥을 잇기 어렵다든가, 번역하기 까다롭다는 것 등등은 대체 어떤 것을 가리킴일까. 이러한 물음을 필자 나름대로는 어느 수준에서 가늠할 수 있다. 이를 나름대로 정리해 보이면 대략 아래와 같다.

(A) 지질

대학 노트 크기의 방안지. 네모난 칸으로 촘촘히 채워진 것으로 이는 건축 설계용으로 제작된 것.

(B) 분량

원본에는 아무런 숫자와 페이지 표시가 없으나 총 면수는 64쪽. 원본 상단엔 누군가(조연현씨로 추정됨)에 의해 아라비아 숫자로 △1에서 △64로 매겨져 있음. 그러니까 유고의 총 면수는 필자가 본 바로는, 64면인 셈.

(C) 독법

왼쪽에서 오른쪽으로 읽게 되어 있음. 일본식 표기이기에 세로쓰기이며, 구두점 역시 일어 표기식임. 띄어쓰기 역시 같은 방식임.

(D) 수정 부분

오자를 바로잡기도 하고, 빠진 부분을 첨가한 대목도 더러 보이나, 놀라울 만큼 완벽한 문체로 되어 있음. 건축 설계도의 기하학적 구성을 연상시킴.

(E) 길이

제일 짧은 것은 두 행으로 된 「與田準一」이며 제일 긴 것은, 「第一ノ放浪」(「첫번째 방랑」, 유정 역)으로, 원본 번호 △50에서 △60까지 총 10장에 해당됨.

성천(成川) 기행의 체험에서 얻어진 것으로 추정되는 기행 수필문. 판독상태가 제일 확실한 것으로 보이는바, 기행문인 까닭. 경성, 평양 등 지명을 비롯 기차를 탄 내용과 기타의 정황이 뚜렷하기 때문. (『현대문학』에서 조연현씨가 이 수필을 번역 소개하지 않은 것은 시라든가 단상 또는 이상 특유의 문학적인 밀도 높은 것으로 인정하지 않았던 까닭이 아닌가 추측됨.)

(F) 판독 불능

심한 제3자의 낙서로 판독 불능의 상태에 놓인 것으로는 △13 △14 △16 등등.(158~159쪽 참조)

아마도 이러한 낙서들은 문학에 관심 있는 누군가가 이 유고의 여백에다 매우 서툰 필체로 이를테면, 자기식 메모를 한 것으로 추정됨. 가령 △12이나 △16의 사례. 殺人者, The Killers, Ernest Hemingway, The door of the Henrys lunch room opened and come two men. 등등. 조금 특이한 것은 △25의 오른쪽 하단에 서툰 위와 같은 제3자의 필체와는 다른 달필의 낙서가 있는바, '李箱'으로 표기된 한자 흘림체이다. 그러나 이 역시 이상이 직접 사인한 것으로는 보기 어렵다. 또 다른 제3자(아마도 이 유고를 본 조연현씨거나, 역자)들이 아닌가 추측됨.

유고 입구에 버티고 있는 토종 누렁이(獚) 한 마리

총 64면으로 된 이상 유고의 외형상의 특징은 (A)~(F)로 대충 정리될 수 있고, 그 판독 가능한 것들은, 두 차례의 『현대문학』과 두 차례의 『문학사상』에 의해 거의 다 번역 소개되었다고 볼 것이다.

역자인 김수영, 김윤성, 유정, 제씨들은 그들의 뛰어난 문학적인 안목에 의해 이 유고를 통찰하고, 그중 제일 이상답고 또 의의 있는 것으로 판단된 것을 골라 역출했을 터이다. 이런 순서로 볼진댄 마지막 역자인 최상남씨의 경우가 썩 곤혹스러웠던 것으로 추정된다. '원문을 알아보기 힘들고 미완성인 몇 편이 남아 있던 것'을 번역했기 때문이다. 최상남씨는 또 이런 감회도 적어 놓았다.

> 남편(조연현)은 언젠가 시간이 나면 이 유고들을 세밀히 검토해서 이상의 문학에 대해 새로운 조명을 시도해볼 작정으로 있었던 것 같다. (…) 수다한 숙제를 못 다한 채 그는 떠났고 나는 남아 되지도 않은 것을 하고 있는 느낌이다.
>
> —『문학사상』, 1986. 10, 141~142쪽

위의 여러 역사들의 관심 사항을 이로써 대강은 추단해볼 수 있다. 김수영, 김윤성 제씨는 이상 유고 중 제일 밀도 높고 또 판독이 비교적 확실한 것들을 선별하여 역출했다면 유정씨의 경우는 시, 단장은 물론 수필까지 포함한 폭넓은 시도를 했고, 최상남씨의 경우 나머지 수필(산문)만을 역출했다고 볼 것이다. 이로써 유고 총 64편 중, 판독될 수 있는 것은 거의 우리말로 역출된 셈이라 할 만하다.

이러한 번역과정에서 일어난 문제점 한 가지를 음미함으로써 필자는 이 어수선한 글을 끝내고 싶다. 왜냐면 이 문제된 대목이 이상 유고 원본을 이해함에 있어 지름길의 하나로 판단되기 때문이다.

앞에서도 이미 지적했거니와 『문학사상』(1976. 7)은 「회한의 장」 「단장」 「습작 쇼오윈도우 수점」 「獚」 네 편이 미발표 시로 소개되어 있는데 이는 "원본 제공자와 역자가 기발표문에 표시해놓은 것을 착각한데서 비롯된 실수"(22쪽)라 밝혔다. 『현대문학』에 이미 발표된 바 있음을 몰랐다는 뜻이다. 이러한 착각 또는 실수는, 단지 정보의 둔함에 있을 뿐 그 자체가 이상 유고의 본질과는 무관한 일이다. 그렇기는 하나, 그중 「獚」(유고에는 제목이 없음)에 대한 것은, 주의를 요할 만한데, 이상 유고의 구성과 모종의 관련성을 안고 있어 보이기 때문이다.

먼저 김윤성씨의 번역(제목 표시도 없음, 「무제」라는 표시도 없음)을 보이면 아래와 같다.

(1)

고왕(故王)의 땀…….

베수건에 씻기인…….

술잔에 넘치는 물이 콘크리트 하수도를 흐르고 있는 것이 말할 수 없이 그리워 나는 매일 아침 그 철조망 밖을 서성거렸다.

기괴한 휘파람 소리가 아침 이슬을 궁글렸다.

그리고 순백의 유니폼 그 소프라노의.

나의 산책은 자꾸만 끊이기 쉬웠다.

십(十) 보(步) 혹은 사(四) 보, 마지막엔 일(一) 보의 반(半) 보…….

눈을 떴을 때는 전등불이 마지막 걸치고 있는 옷을 벗어던지고 있는 참이었다.

땀이 꽃 속에서 꽃을 피우고 있었다.

문밖을 나섰을 때 열풍이 나의 살갗을 빼앗았다.

기러기의 분열(分列)과 나란히 떠나는 낙엽의 귀향, 산병(散兵)들…….

몽상하는 일은 유쾌한 일이다…….

제천(祭天)의 발자욱 소리를 작곡하며 혼자 신이 나서 기뻐했다. 차디찬 것이 나의 뺨에…….

기괴한 휘파람 소리는 또다시 아궁이에서 생나무를 지피고 있다.

눈과 귀가 토끼와 거북이처럼 그 철조망을 넘어 수풀을 헤치며 갔다.

제일(第一)의 현지(玄墀, 넓은 돌을 깔아 만든 뜰이나 마당)·녹이 슨 금환(金環)·가을을 잊어버린 양치류(羊齒類)의 눈물·훈유래왕(薰蕕來往)

아침 해는 어스름에 등즙(橙汁)을 띄운다.

나는 제이의 현지에다 차디찬 발바닥을 문질렀다.

금환은 천추의 한을 돌길에다 붙들였다. 돌층계의 각자(刻字)는 안질(眼疾)을 앓고 있다……. 백발 노인과 같이…… 나란히 앉아 있다.

기괴한 휘파람 소리는 눈앞에 있다. 과연 기괴한 휘파람 소리는 눈앞에 있었다.

한 마리의 개가 쇠창살에 갇혀 있다.

양치류는 선사시대의 만국기처럼 쇠창살을 부채질하고 있다. 한가로운 아방궁(阿房宮)의 뒷뜰이다.

문패—나는 이 문패를 간신히 발견해냈다고 하자.—에 연호(年號) 같은 것이 씌어져 있다.

새한테 쪼인 글씨 의외에도 나는 얼마간의 아라비아 숫자를 읽을 수 있었다.

황(獚)

시계를 보았다. 시계는 서 있다.

……먹이를 주자……. 나는 단장을 분질렀다. ×아문젠 옹(翁)의 식사와 같이 말라 있어라 ×순간,

……당신은 MADEMOISELLE NASHI를아십니까, 저는 그녀에게 유폐당하고 있답니다……. 나는 숨을 죽였다.

……아냐, 이젠 가망없다고 생각하네……. 개는 구식처럼 보이는 피스톨을 입에 물고 있다. 그것을 내게 내미는 것이다……. 제발 부탁이네, 그녀를 죽여다오, 제발…… 하고 그만 울면서 쓰러진다.

어스름 속을 헤치고 공복(空腹)을 운반한다. 나의 안 자루袋는 무겁다……. 나는 어떻게 하면 좋을까……. 내일과 내일과 다시 또 내일을 위해 나는 깊은 잠 속에 빠져들었다.

발견의 기쁨은 어찌하여 이다지도 빨리 발견의 두려움으로 또 슬픔으로 전환한 것일까, 이에 대해 나는 숙고하기 위해서 나는 나의 꿈까지도 나의 감(龕)실로부터 추방했다.

우울이 계속되었다. 겨울이 지나고 머지않아 실〔糸〕과 같은 봄이 와서 나를 피해 갔다. 나는 피스톨처럼 거무스레 수척해진 몸을 내 깊은 금침 속에서 일으키는 것은 불가능했다.

꿈은 공공연하게 나를 학사(虐使)했다. 탄환은 지옥의 건초(乾草) 모

양 시들었다. —건강체(健康體)인 그대로—

(2)

나는 개 앞에서 팔뚝을 걷어붙여 보였다. 맥박(脈搏)의 몬테 크리스토처럼 뼈를 파헤치고 있었다……. 나의 묘굴(墓堀)…….

사월(四月)이 절망(絶望)에게 MICROBE(미생물)와 같은 희망을 플러스 한 데 대해 개는 슬프게 이야기했다.

꽃이 매춘부의 거리를 이루고 있다.

……안심을 하고…….

나는 피스톨을 꺼내 보였다. 개는 백발 노인처럼 웃었다……. 수염을 단 채 떨어져나간 턱.

개는 솜(綿)을 토했다.

벌(蜂)의 충실(忠實)은 진달래를 흩뿌려 놓았다.

내 일과(日課)의 중복(重複)과 함께 개는 나에게 따랐다. 돌과 같은 비가 내려도 나는 개와 만나고 싶었나. ……개는 나를 기다리고 있을 것이다……. 개와 나는 어느새 아주 친한 친구가 되었다.

……죽음을 각오하느냐, 이 삶은 그대로 받아들이지 않을 수 없느니라……. 이런 값 떨어지는 말까지 하는 일이 있다, 그러나 개의 눈은 마르는 법이 없다, 턱은 나날이 길어져 가기만 했다.

(3)

가엾은 개는 저 미웁기 짝 없는 문패(門牌) 이면(裏面) 밖에 보지 못한다. 개는 언제나 그 문패 이면만을 바라보고는 분만(憤懣)과 염세를 느끼는 모양이다. 그리고 괴로워하는 모양이다.

개는 눈앞에서 그것을 비예(睥睨)했다.

……나는 내가 싫다……. 나는 가슴속이 막히는 것을 느끼지 않을 수 없었다. 그러나 그렇게 느끼는 그대로 내버려 둘 수도 없었다.

……어디……?

개는 고향 얘기를 하듯 말했다. 개의 얼굴은 우울한 표정을 하고 있다.

……동양(東洋) 사람도 왔었지. 나는 동양 사람을 좋아했다, 나는 동양 사람을 연구했다. 나는 동양 사람의 시체로부터 마침내 동양 문자(文字)의 오의(奧義)를 발굴한 것이다…….

……자네가 나를 좋아하는 것도 말하자면 내가 동양 사람이라는 단순한 이유이지……?

……얘기는 좀 다르다. 자네, 그 문패에 씌어져 있는 글씨를 가르쳐 주지 않겠나?

……지워져서 잘 모르지만, 아마 자네의 생년월일이라도 씌어져 있었겠지…….

……아니 그것뿐인가……?

……글쎄, 또 있는 것 같지만, 어쨌든 자네 고향 지명 같기도 하던데, 잘은 모르겠어…….

내가 피우고 있는 담배 연기가, 바람과 양치류 때문에 수목과 같이 사라지면서도 좀체로 사라지지 않는다.

……아아, 죽음의 숲이 그립다……. 개는 안팎을 번갈아 가며 뒤채어 보이고 있다. 오렌지빛 구름에 노스탤지어를 호소하고 있다.

—『현대문학』, 1966. 7, 김윤성 옮김, 14~18쪽(이해의 편의를 위해 권영민, 『이상전집4』에 의거)

역자 김윤성씨는 번역 끝에 각주(19쪽)를 하나 달았다. '獱'이란 '누른 개'의 뜻일 듯하다는 것. 김윤성씨가 본문 속에 불쑥 튀어나온 '獱'이 큰 글자(주변의 글의 약 4배 크기)로 되었음에 당황했을 터이지만, 동시에 한 가지 착오를 범했는데 (1)의 말미에 적힌 "一九三一, 一一, 三"과 (3)의 말미에 적힌 "一九三一, 一一, 十五"를 지나친 점이 그것이다. 뒷날 유정씨는 이 점을 밝히는 대신, (2), (3)을 별개의 작품으로 보고, (2), (3)을 표기한 착오를 범했다고 볼 것이다.

유정 역을 보이면 이러하다.

無題

故王의 땀……모시수건으로 닦았다……술잔을 넘친 물이 콘크리트 수채를 흐르고 있는 게 말할 수 없이 정다와 난 아침마다 그 鐵條網 밖을 걸었다.

야릇한 헛기침 소리가 아침 이슬을 굴리었다　　그리고 純白 유니폼의 소프라노

내 산책은 어째 끊기기 일쑤였다　　열 발짝 또는 네 발짝 나중엔 한발짝의 반 발짝……

눈을 떴을 땐 電燈이 마지막 쓰개(被物)를 벗어버리고 있는 참이었다
　땀이 꽃 속에 꽃을 피우고 있었다

閉門時刻이 지나자 烈風이 피부를 빼앗았다

기러기의 分列에 더불은 歸鄕散兵……夢想하기란 유쾌한 일이다……祭天의 발소리를 作曲하곤 혼자 흐뭇해 기뻐 하였다 차거운 것이 빰한가운데를 깎았다 그리고 그 鐵條網엘 몇 바퀴나 가서 低徊하였다

야릇한 헛기침소리는 또다시 부뚜막에 생나무를 지피고 있다 눈과 귀가 토끼와 거북처럼 그 鐵條網을 넘어 풀숲을 헤쳐갔다

第一의 玄墀·녹슬은 金環·가을을 잊어버린 羊齒類의 눈물·薰 아직도 來往

旭은 曛을 닮아 橙汁을 불태운다

나는 第二의 玄墀에게 차거운 발바닥을 비비었다 金環은 千秋의 恨을 샛길에 물들였다·階甃의 刻字는 눈을 앓고 있다—白×와도 같이……나란히 있다

야릇한 헛기침소리는 眼前에 있다 羊齒類는 先史時代의 萬國旗처럼 무쇠우리를 부채질하고 있다·한가로운 阿房宮 뒷뜰이다

門牌—나는 이 門牌를 가까스로 발견했다고나 할까—에 年號 비슷한 것이 씌어 있다 쪼아먹힌 文字 말고도 나는 아라비아 數字 몇 개를 읽어낼 수 있었다

獚

時計를 보았다 時計는 멈춰 있다

……모이를 주자……나는 短杖을 부러뜨렸다 아문젠翁의 食事처럼 매말라 있어라 × 아하

……당신은 Mademoiselle Nashi를 아시나요 난 그 여자 때문에 幽閉돼 있답니다……나는 숨을 죽였다

……아니야 영 틀린 것 같네……개는 舊式스러운 拳銃을 입에 물고

있다

그것을 내 앞에 내민단 말이다……제발 부탁이니 그 여잘 죽여다오 제발 부탁이니……하고 쓰러져 운다

을 도려내어 空腹을 나르는 나의 隱袋는 무겁다……나는 어떡허면 좋을까……내일과 내일과 다시 내일을 위해 난 깊은 寤寐에 빠졌다

發見의 기쁨은 어찌하여 이다지도 빨리 發見의 두려움으로 하여 슬픔으로 바뀌었는가에 대하여 나는 熟考하기 위해 나는 나의 꿈마저도 나의 龕室로부터 追放했다

憂鬱이 계속되었다　　겨울이 가고 이윽고 다람쥐 같은 봄이 와서 나를 다　　나는 拳銃처럼 꺼멓게 여윈 몸뚱이를 깊은 衾枕에서 일으키기란 불가능했다

꿈은 여봐라고 나를 부려먹었다　탄알은 地獄의 마른 풀처럼 시들었다

—健康體인채—(1931. 11. 3)

—『문학사상』, 1976. 6, 155~156쪽, 유정 옮김

유고 원문 '麻布'가 '베수건'이냐 '모시수건'이냐는 차치하고, 다시 말해 두 번역 중 어느 쪽이 정확하냐를 따지기에 앞서 드러나는 것은 다음 두 가지. 첫째는, 김윤식씨가 이 작품의 (3)으로 된 전문을 역출했음에 비해 유정씨는 그중 (1)만을 역출했다는 점. 말미(1931. 11. 3)를 보았기 때문일까. 그렇더라도 유정씨는 (1)에 이어진 (2), (3)을 보고도 어째서 나머지를 포기해버렸을까. (특별히 이 유고가 까다롭거나, 판독하기 어렵지 않고 또렷함을 염두에 둘 때 이런 의문을 누르기 어렵다.)

둘째, 이 점이 중요한데, (1)의 한가운데 놓인 큰 글자로 된 '獚'이라는 단어의 정체이다. 사전에도 없는 이 글자는 대체 무엇이며, 어째서 이상은 이것을 누렁이 개(犬)의 이름으로 사용했고, 또 스스로를 '獚'

이라 여기는 화자(주인공)를 내세웠을까. 더욱 중요한 것은 어째서 작품 제목을 달지 않고, (1)의 한가운데에다 큰 활자로 '獚'이라고 내세웠을까. 제목보다 크고 굉장한 이 비석처럼 단단한 '獚'이란 대체 무엇이며 무슨 의도로 한가운데 배치했을까. 제목보다 한층 소중한 그 무엇이 이것임을 과시한 이유는 무엇일까.

여기까지 이르면, 이 작품의 유고 원본을 직접 검토할 수밖에 없다.(151~159쪽 참조)

작품 제2번, 獚의 정체

이 유고의 전체 특징은 다음과 같다.

(A): 유고 전체 64매 중 獚이 들어 있는 것은 △1에 속한다는 점. 그러니까 입구인 셈이며, 이 입구를 통해 유고 전체에로 진입할 수 있음을 암시하고 있다.

(B): 왼쪽에서 오른쪽으로 씌어졌다는 점.

(C): 말미에 집필 날짜와 연도가 기록된 것이 많다는 점. 또 그것은 한자 숫자로 되어 있다는 점.

제일 빠른 것이 '一九三一. 一一. 三'이며 제일 마지막이 '一九三五. 八. 三'(「공포의 성채」)에 걸쳐 있다는 것.

이 유고 원본을 검토해보면 어째 유정씨가 (1)만을 역출했는가가 짐작된다. (1)의 말미에 '一九三一. 一一. 三'으로 뚜렷이 표기되어 있기 때문이다.

그러니까 (1)만으로 독립된 작품이라 볼 가능성도 있었다고 볼 수 있다. 김윤성씨의 경우는 (1)~(3)까지를 한 작품으로 본 것이다. (3)

의 말미엔 '一九三一. 一一. 十五'로 되어 있었다. 그러니까 (1)에서 (3)까지 걸친 집필 시간은 12일간인 셈이다.

그러나 참으로 중요한 것은 따로 있다고 볼 것인데, 그것은 이 유고의 입구에 해당되는 '獚'의 정체에로 수렴될 성질의 것이다. 어째서 이상은 스스로를 또는 작중 주인공을 한마리의 '개'로 내세웠을까. 「조감도」에서 획수 하나를 뺌으로써 총천연색에서 「오감도烏瞰圖」라는 흑백 세계를 조작했고, 어린아이 동해(童孩)에서 아이의 해골인 「동해童骸」를 조작한 이상의 기발한 기호 놀이의 연장선상에 黃犬(누렁이 개) '獚'이 놓인다는 것은 쉽사리 추측된다. 그렇다면 개란 무엇인가.

"개는 구식처럼 보이는 피스톨을 입에 물고 있다. 그것을 내게 내미는 것이다"에서 피스톨이 성기를 상징함은 물론이다. 개란 그러니까 화자인 '나'의 육체성을 가리킴인 것. 정신의 측면인 '나'는 육체인 '개'를 동시에 안고 있어, 이 이분법의 갈등 속에서 사사건건 괴로워하고 있다. "가엾은 개는 저 미웁기 짝 없는 문패 이면 밖에 보지 못한다"에서도 이 점이 선명하다. 이 '개'를 '나'는 어떻게 처리하고 다스리고 또 그와 조화롭게 지낼 것인가. 바로 이것이 이상 유고 작성의 심층부에 놓인 기본 동기일 터이다. 그 증거로 내세울 수 있는 것이 다음 작품 「황獚의 기記— 작품 제2번」이다.

이 작품을 검토하기에 앞서 지적될 것은 부제 격인 '작품 제2번'이라 규정한 점이다. 그러니까 '작품 제1번'을 전제하고 씌어졌음을 가리킴이 아닐 수 없다. 그렇다면 대체 '작품 제1번'은 어느 것을 가리킴인가. 이 물음 앞에 조연현씨도, 최초 역자 김수영씨도, 김윤성씨도 어쩌면 유정씨 역시 당황했음에 틀림없어 보인다. 그중에서도 제일 날카로운 시인 김수영의 안목은 어떠했을까. 김수영씨는, 제일 먼저 제목 없는 작품(원본 번호 △4)의 아포리즘 7행을 역출했다.

"손가락 같은 여인이 입술로 지문을 찍으며 간다. 불쌍한 수인은 영원의 낙인을 받고 건강해간다"를 비롯 제7행은 "고향의 산은 털과 같다. 문지르면 언제나 빨갛게 된다"는 유명한 대목이 들어 있는 것.

이 7행의 아포리즘이야말로 진짜 이상 투의 작품이라 김수영씨는 보았을 터이다.

이 천재적인 아포리즘 앞에 탈모하는 모더니스트 김수영씨의 모습이 선연하다고 할 만하다. 그러나 문제는 그 다음 단계에서 왔다.

이 유고의 순서는 1931년에서 1935년에 걸쳐 있다. 그런데 △1에서 △64의 순번을 매긴 이는 조연현씨(?)가 아니었을까 추측되거니와(왜냐면 대학 노트가 아니고, 낱장으로 된 방안지 묶음이니까) 이 유고를 처음 대면한 김수영씨 앞에 육박해오는 것이 제목 「1931년—작품 제1번」이었다. '1931년'이라는 제목이 뚜렷한 데다 '작품 제1번'이라고 이상 자신이 명시해놓았기 때문이다. 위의 7행 아포리즘 다음 차례도 '1931년'을 역출하는 것이 순리라고 김수영씨는 믿었을 법하다.

"나의 폐가 맹장염을 앓다. 제4병원에 입원, 주치의 조난—망명의 소문나다…"를 (一)로 하고, (十二) 항으로 된 이 작품은 누가 보아도 이상의 것이 아닐 수 없다. 김수영씨가 이 유고의 입구에 있는 제목 없음인 번호 1.을 무시하고 건너뛴 것은 이로써 설명될 수 있다.

그러나 김윤성씨의 경우는 사정이 달랐다. 김수영씨에 의해 걸러진 다음 차례에 선 김윤성씨가 주목한 것은 유고 입구에 비석처럼 버티고 있는 제목 없음이었다. 이 비석을 씨는 비켜갈 수 없었다.

두 가지 이유로 추정되는바, 하나는 이 비석이 유고 전체의 성격을 규정한다는 것이고, 다른 하나는, 김수영씨가 역출한 '작품 제1번'인 '1931년'의 서두랄까, 전제하고 본 것이다. 곧, '누렁이 개 한 마리'로서의 출발점이 그것. 작품 본문 한가운데에다 사전에도 없는 토종 누렁이 개 '獚'을 대문자로 세워놓았음이란 움직일 수 없는 의지의 표명이 아니었던가. 이 유고의 임자는 스스로를 한 마리 토종이되 별종의 '누렁이 개'였다. 우울한 누렁이 한 마리. 다음처럼 누렁이 개=이상의 표식이 선명하다.

가엾은 개는 저 미웁기 짝 없는 문패 이면밖에 보지 못한다. 개는 언제나 그 문패 이면만을 바라보고는 분만과 염세를 느끼는 모양이다. 그리고 괴로워하는 모양이다.

개는 눈 앞에서 그것을 비예(곁눈으로 흘겨봄)했다.

……나는 내가 싫다……. 나는 가슴속이 막히는 것을 느끼지 않을 수 없었다. 그러나 그렇게 느끼는 그대로 내버려 둘 수도 없었다.

'獚'에 대한 본론—「獚의 記」 전문

김수영씨가 건너뛰었고, 김윤성씨가 주목한 제목 없음에 새삼 주목했다면, 그 후속편에 해당되는 작품을 역출한 장본인이 세번째 역자인 유정씨였다. 유고 번호 △18 △19에 해당되는 「獚の記」를 유정씨가 역출했다는바, 많은 정보를 담고 있는 이 작품의 전문을 보이면 아래와 같다. (154~155쪽 참조)

獚의 記　　　　作品 第 二番

—獚은 나의 牧場을 守衛하는 개의 이름입니다

(1931년 11월 3일 命名)

記一

밤이 이슥하여 獚이 짖는 소리에 나는 熟眠에서 깨어나 屋外 골목까지 獚을 마중나갔다.　　주먹을 쥔채 잘려 떨어진 한 개의 팔을 물고 온 것이다

보아하니 獚은 일찌기 보지 못했을만큼 몹시 蒼白해 있다

그런데 그것은 나의 主治醫 R醫學博士의 오른팔이었다.　　그리고 그 주먹 속에선 한 개의 勳章이 나왔다

—犧牲動物供養碑 除幕式記念—그런 메달이었음을 안 나의 記憶은 새삼스러운 感動을 받지 않을 수가 없었다

두 個의 腦髓 사이에 생기는 連絡神經을 그는 癌이라고 완고히 주장했었다　　그리고 定期的으로 그의 참으로 뛰어난 메스의 技巧로써

그 神經腱을 잘랐다　　그의 그같은 二元論的 生命觀에는 실로 철저한 데가 있었다

지금은 故人이 된 그가 얼마나 그 記念章을 그의 가슴에 장식하기를 주저하고 있었는가는 그의 葬禮式 중에 분실된 그의 오른팔—현재 獚이 입에 물고 온—을 보면 대충 짐작하고도 남음이 있을 것이다

그래 그가 供養碑 建立期成會의 會長이었다는 사실은 무릇 무엇을 의미하는가?

不均衡한 建築物들로 하여 뒤얽힌 病院構內의 어느 한 귀퉁이에 세워진 그 供養碑의 쓸쓸한 모습을 나는 언제던가 공교롭게 지나는 길에 본 것을 기억한다　　거기에 나의 牧場으로부터 護送돼 가지곤 解剖臺의 이슬로 사라진 숱한 개들의 恨많은 魂魄이 뿜게 하는 殺氣를 나는 느끼지 않을 수가 없었다　　나는 더더구나 그의 手術室을 찾아가 例의 腱의 切斷을 그에게 依賴해야 했던 것인데—

나는 獚을 꾸짖었다　　主人의 苦悶相을 생각하는 한 마리 畜生의 人

情보다도 차라리 이 경우 나는 社會 一般의 禮節을 중히 하고 싶었기 때문이다—

그를 잃은 후의 나에게 올 自由—바로 현재 나를 染色하는 한 가닥의 눈물—나는 흥분을 가까스로 鎭壓하였다

나는 때를 놓칠세라 그 팔 그대로를 供養碑 近邊에 묻었다　죽은 그가 죽은 動物에게 한 本意 아닌 契約을 반환한다는 形式으로……

記二

봄은 五月　花園市場을 나는 獚을 동반하여 걷고 있었다　玩賞花草種字를 사기 위하여……

獚의 날카로운 嗅覺은 播種後의 成績을 소상히 豫言했다　陣列된 온갖 種字는 不發芽의 不良品이었다

허나 獚의 嗅覺에 합격된 것이 꼭 하나 있었다　그것은 大理石 模造인 種子 模型이었다

나는 獚의 嗅覺을 믿고 이를 마당귀에 묻었다　물론 또 하나의 不良品도 함께 試驗的 태도로—

얼마 후 나는 逆倒病에 걸렸다　나는 날마다 印刷所의 活字 두는 곳에 나의 病軀를 이끌었다

知識과 함께 나의 病집은 깊어질 뿐이었다

하루 아침 나는 食事 定刻에 그만 잘못 假睡에 빠져들어갔다　틈을 놓치려 들지 않는 獚은 그 金屬의 꽃을 물어선 나의 半開의 입에 떨어뜨렸다　時間의 습관이 食事처럼 나에게 眼藥을 무난히 넣게 했다

病집이 知識과 中和했다—세상에 巧妙하기 짝이 없는 治療法—그후 知識은 급기야 左右 兼備하게끔 되었다

記三

腹話術이란 결국 言語의 貯藏倉庫의 經營일 것이다

한 마리의 畜生은 人間 이외의 모든 腦髓일 것이다

나의 腦髓가 擔任 支配하는 사건의 大部分을 나는 獚의 位置에 貯藏했다

—冷却되고 加熱되도록—

나의 規則을—그러므로—리트머스紙에 썼다

배—그 속—의 結晶을 加減할 수 있도록 小量의 리트머스液을 나는 나의 食事에 곁들일 것을 잊지 않았다

나의 배의 發音은 마침내 三角形의 어느 頂點을 정직하게 출발하였다

記四

獚의 裸體는 나의 裸體를 꼭 닮았다　　혹은 이 일은 이 일의 反對일지도 모른다

나의 沐浴시간은 獚의 勤務시간 속에 있다

나는 穿衣인채 浴室에 들어서 가까스로 浴槽로 들어간다—벗은 옷을 한 손에 안은채—

언제나 나는 나의 祖上—肉親을 僞造하고픈 못된 충동에 끌렸다

恥辱의 系譜를 짊어진채 내가 解剖臺의 이슬로 사라질 날은 그 어느 날에 올 것인가?

皮膚는 한 장밖에 남아 있지 않다

거기에 나는 파랑잉크로 함부로 筋을 그렸다

이 초라한 包裝 속에서 나는 생각한다—骸骨에 대하여……墓地에

대하여 영원한 景致에 대하여

달덩이 같은 얼굴에 여자는 눈을 가지고 있다
여자의 얼굴엔 입맞춤할 데가 없다
여자는 자기 손을 먹을 수도 있었다

나의 食慾은 一次方程式같이 簡單하였다
나는 곧잘 色彩를 삼키곤 한다
透明한 光線 앞에서 나의 味覺은 거리낌없이 表情한다
나의 空腹은 音響에 共鳴한다—예컨대 나이프를 떨군다—

여자는 빈 접시 한 장을 내 앞에 내어놓는다—(접시가 나오기 전에 나의 味覺은 이미 料理를 다 먹어치웠기 때문이다)
여자의 嘔吐는 여자의 술을 뱉어낸다
그리고 나에게 대한 體面마저 함께 뱉어내고 만다(오오 나는 웃어야 하는가 울어야 하는가)
料理人의 단추는 오리온座의 略圖다
여자의 肉感的인 부분은 죄다 빛나고 있다 달처럼 반지처럼
그래 나는 나의 身分에 걸맞게시리 나의 表情을 節約하고 謙遜하고 하는 것이었다
帽子—나의 帽子　나의 疾床을 監視하고 있는 帽子
나의 思想의 레텔　나의 思想의 흔적　너는 알 수 있을까?
나는 죽는 것일까　나는 이냥 죽어가는 것일까
나의 思想은 네가 내 머리 위에 있지 아니하듯 내 머리에서 사라지고 없다

帽子 나의 思想을 掩護해 주려무나!

나의 데드마스크엔 帽子는 필요 없게 된단 말이다!

그림달력의 薔薇가 봄을 준비하고 있다

붉은 밤　보라빛 바탕

별들은 흩날리고 하늘은 나의 쓰러져 客死할 廣場

보이지 않는 별들의 嘲笑

다만 남아 있는 오리온座의 뒹구는 못〔釘〕 같은 星員

나는 두려움 때문에　나의 얼굴을 變裝하고 싶은 오직 그 생각에 나의 꺼칠한 턱수염을 손바닥으로 감추어본다

정수리 언저리에서 개가 짖었다　不誠實한 地球를 두드리는 소리

나는 되도록 나의 五官을 取消하고 싶다고 생각한다

心理學을 포기한 나는 기꺼이—나는 種族의 繁殖을 위해 이 나머지 細胞를 써버리고 싶다

바람 사나운 밤마다 나는 차차로 한 묶음의 턱수염 같이 되어버린다

한줄기 길이 山을 뚫고 있다

나는 불 꺼진 彈丸처럼 그 길을 탄다

봄이 나를 뱉어낸다　나는 차거운 壓力을 느낀다

듣자 하니—아이들은 나무밑에 모여서 겨울을 말해버린다

화살처럼 빠른 것을 이 길에 태우고 나도 나의 不幸을 말해버릴까 한다

한 줄기 길에 못이 서너개—땅을 파면 나긋나긋한 풀의 準備—봄은 갈갈이 찢기고 만다

(3월 20일)

이 작품에 담긴 정보 중 의미 있는 것은 다음과 같은 집필 날짜 '三. 二十'과 서두에 적힌 '一九三一. 一一. 三'이다. 獷이란 무엇이뇨. '나의

목장을 수위하는 개의 이름'이다. 이 개의 이름을 '獚'이라 붙이게 된 날짜는 '一九三一. 一一. 三'이니까 바로 유고 입구인 △1에 놓인 제목 없음이 씌어진 그날에 해당된다.

이로써 분명해지는 것은 다음 두 가지. 유고 집필 시기가 1931년 3일 이후라는 점이 그 하나이고, 출발점에 놓인 것이 특이한 '누렁이 개'라는 점이 그 다른 하나이다.

'나'의 목장을 지키는 개의 이름이 獚이거니와 구체적으로 '나'와 獚의 관계는 어떠할까. 그것은 '記一'에서 '記四'에 걸쳐 역시 아포리즘식으로 짜여져 있다. 이 獚이 물고 있는 것은 '나'의 주치의이자 고인이 된 R의학박사의 오른팔뚝이 아니겠는가. R박사는 무수한 개들을 해부한 장본인. 개들의 두개골 뇌수 사이의 연락 신경줄을 잘랐던 것.

그 복수를 하느라 獚이 R박사의 오른팔뚝을 물고 오지 않았겠는가. '나'는 어째야 할까. 獚을 꾸짖는 시늉을 한다.

인간적 세속적인 관점에서 보면 죽은 자의 팔을 물어뜯는 것은 비례(非禮)에 속하니까. 그러나 세속을 떠난 제3의 시선(정신계, 근대과학)에서 보면 어떠할까. '나'가 있는 목장, 그 수위 격인 獚은 이제 신경줄을 다시 이어야 할까. 그대로 두어야 할까. 이게 문제일 수밖에.

① "복화술이란 결국 언어의 저장창고의 경영일 것이다"

② "한 마리의 축생은 인간 이외의 모든 뇌수일 것이다"

③ "나의 뇌수가 담임 지배하는 사건의 대부분을 나는 獚의 위치에 저장했다—냉각되고 가열되도록—"

④ "獚의 나체는 나의 나체를 꼬옥 닮았다 혹은 이 일은 이 일의 반대일지도 모른다"

이상에서 보듯 이상 문학의 시발점인 장편 『12月12日』의 기본구도인 대칭성(기하학적 대치구도)이 선명하다. 그 대칭구도란, 시 「거울」에서 보듯 좌우가 바뀐 것이지만 추상적 기하학적 측면에서 보면 엄밀한 등가이다. 이 엄밀한 기하학적 등가에 안주하고자 하는 욕망(지향성)과 이것이 삶의 현장(세속)에서는 좌우가 뒤바뀐 것임에서 오는 부조리. 이 어긋남 속에서 어떻게 탈출하느냐에 있는 것이 이 유고의 원점이자, 동시에 이상 문학 전체의 원점이 아닐까.

「獚의 記」에서 이어지는 번호 △20에 놓인 것이 「작품 제3번」이다. 유정씨는 잇대어 이것 역시 역출했지만 보다시피, 특징적인 것은 獚에서 벗어났음에서 찾아진다.

목장에는 수위하는 파수꾼 獚이 이젠 없다. 목장에 혼자 남은 문지기 '나'는 스스로 흙 속에다 모발을 심지 않으면 안 된다. 이러한 獚을 둘러싼 해석은 이 유고만이 가진 의미 영역이 아닐 수 없다.

作品 第三番

口腔의 色彩를 알지 못한다—새빨간 사과의 빛깔을—

未來의 끝남은　　面刀칼을 쥔채 잘려 떨어진 나의 팔에 있다　　이것은 시작됨인 「未來의 끝남」이다　　過去의 시작됨은 잘라 버려진 나의 손톱의 發芽에 있다　　이것은 끝남인 「過去의 시작됨」이다

1

나 같은 不毛地를 地球로 삼은 나의 毛髮을 나는 측은해한다

나의 살갗에 발라진 香氣 높은 香水　　나의 太陽浴

榕樹처럼 나는 끈기 있게 地球에 뿌리를 박고 싶다　　사나토리움의 한 그루 팔손이나무보다도 나는 가난하다

나의 살갗이 나의 毛髮에 이러 함과 같이 地球는 나에게 不毛地라곤 나는 생각지 않는다

잘려진 毛髮을 나는 언제나 땅 속에 埋葬한다—아니다 植木한다

※譯者主—榕樹:日本 琉球(현재의 오키나와) 特産의 나무. 細工에

쓰임.

2

留置場에서 즈로오스의 끈마저 빼앗긴 良家집 閨秀는 한 자루 가위를 警官에게 要求했다

—저는 武器를 生産하는 거예요

이윽고 자라나는 閨秀의 斷髮한 毛髮

神은 사람에게 自殺을 暗示하고 있다……고 禿頭翁이여 생각지 않습니까?

나의 눈은 둘 있는데 별은 하나 밖에 없다　廢墟에 선 눈물—눈물마저 下午의 것인가 不幸한 나무들과 함께 나는 우두커니 서 있다

廢墟는 봄　봄은 나의 孤獨을 쫓아버린다

나는 어디로 갈까?　나의 希望은 過去分詞가 되어 사라져버린다

廢墟에서 나는 나의 孤獨을 주어 모았다

봄은 나의 追憶을 無地로 만든다　나머지를 눈물이 씻어버린다

낮 지난 별은 이제 곧 사라진다

낮 지난 별은 사라져야만 한다

나는 이제 발을 떼어놓지 아니하면 아니되는 것이다

바람은 봄을 뒤흔든다　그럴 때마다 겨울이 겨울에 포개진다

바람 사이사이로 綠色 바람이 새어 나온다　그것은 바람 아닌 香氣다 나는 나의 모든 것을 묻어버리지 아니하면 아니된다 나는 흙을 판다　흙속에는 봄의 植字가 있다

地上에 봄이 滿載될 때　내가 묻은 것은 鑛脈이 되는 것이다

이미 바람이 아니불게 될 때　　나는 나의 幸福만을 파내게 된다

봄이 아주 와버렸을 때에는 나는 나의 鑛窟의 문을 굳게 닫을까 한다

男子의 수염이 刺繡처럼 아름답다

얼굴이 수염 투성이가 되었을 때 毛根은 뼈에까지 다달아 있었다

(158~159쪽 참조).

2천 점이 실린 또 다른 유고의 행방을 위하여

이로써 조연현씨 소장의 이상 유고는 김수영씨의 「작품 제1번」에서 김윤성의 번역을 거치고 유정씨의 「獚의 記—작품 제2번」과 「작품 제3번」이 역출되었고 최상남씨의 「야색」(산문)으로 총 64편의 유고가 거의 마무리되었다고 볼 것이다. 나머지는 낙서와 판독 불능 및 문맥 부재로 어찌해볼 도리가, 지금으로서는 별로 없어 보인다. 일찍이 이렇게 정리하고 난 필자는 다음과 같은 의문을 줄곧 누르기 어려운 바 있었다. 이 점을 조금 언급함으로써 이 어수선한 소개의 글을 마칠까 한다.

앞에서 보았듯 유고의 집필 연도는 1931년 11월 3일에서 1935년 8월 3일(「공포의 성채」에 나와 있는 집필 날짜 표준) 전후이다.

그러나 이상 문학의 본질이 담긴 것으로는 입구에 놓인, '獚'이 버티고 있는 유고 △①과 「1931년—작품 제1번」과 「獚의 記—작품 제2번」 그리고 「작품 제3번」이 아닐까 싶다. 기타의 산문, 단장 등은 수필적 산문이거나 기타의 기록일 뿐 그다운 시적 밀도를 내포하고 있지 않다. 그렇다면 가장 이상 작품다운 저 「오감도」 유고는 어디에 있는 것일까.

이러한 필자의 의문을 부추긴 것은 다음과 같은 이상의 항변에서 왔다. 「오감도」(조선중앙일보, 1934. 7. 24~8. 8)는 시제1호에서 15호까지

만 발표되고 중단되었는바, 이에 대한 작자 이상의 항변 전문을 보이면 이러하다.

> 왜 미쳤다고들 그러는지 대체 우리는 남보다 수십 년씩 떨어져도 마음 놓고 지낼 작정이냐. 모르는 것은 내 재주도 모자랐겠지만 게을러빠지게 놀고만 지내던 일도 좀 뉘우쳐보아야 아니하느냐. 여남은 개쯤 써보고서 시(詩) 만들 줄 안다고 잔뜩 믿고 굴러다니는 패들과는 물건이 다르다. 이천 점(點)에서 삼십 점을 고르는 데 땀을 흘렸다. 31년 32년 일에서 용(龍) 대가리를 떡 끄내어 놓고 하도들 야단에 배암 꼬랑지커녕 쥐 꼬랑지도 못 달고 그만두니 서운하다. 깜빡 신문(新聞)이라는 답답한 조건을 잊어버린 것도 실수지만 이태준(李泰俊), 박태원(朴泰遠) 두 형이 끔찍이도 편을 들어준 데는 절한다. 철(鐵)—이것은 내 새 길의 암시요 앞으로 제 아무에게도 굴하지 않겠지만 호령하여도 에코가 없는 무인지경은 딱하다. 다시는 이런—물론 다시는 무슨 다른 방도가 있을 것이고 위선 그만둔다. 한동안 조용하게 공부나 하고 딴은 정신병이나 고치겠다. 「오감도烏瞰圖」 작자(作者)의 말.
>
> —박태원, 「이상의 편모」, 『조광』, 1937. 6, 303~304쪽

이 기록에 따르면 당초 이상의 원고는 2천 점에 이르렀음을 알 수 있다. 2천 점의 작품 중 30점을 고르는 데 땀을 흘렸다는 것. 그 30점을 절반만 발표하고 중단된 데에 대한 이상다운 항변이거니와 그렇다면 그 2천 점이 실린 원고의 행방이 궁금하지 않을 수 없다.

이 2천 점이 실린 유고(그러니까 1085편)가 발견된다면 이상 문학 연구에 획기적인 전환점이 될 수 있을 것임에 틀림없다. (단지 30편을 준비했음에 대한 이상다운 허풍인지 기록자 박태원의 과장인지 여부는 별도로 하고) 이 유고를 찾을 수 없는 오늘의 시점에서 단지 확인할 수 있는 것

은 다음 사실이다. 곧 조연현씨 소장의 현존하는 이상의 유고는 이 2천 점의 유고와는 거의 무관하다는 사실, 굳이 말한다면 그 2천 점으로 향하는 입구에 해당된다. 따라서 이 유고는 결코 2천 점의 출구일 수는 없어 보인다.

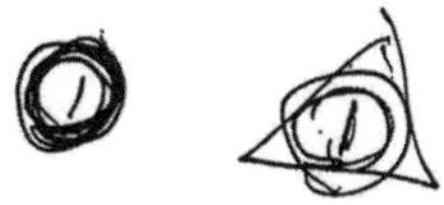

一九三一、一一、三、

夢ハ大ビラニオレヲ虐使シタ。弾丸ハ地獄ノ枯草ノ様ニ痿ビ…—健康体ノマヘ—
夏草ガ潰エタ　冬ガ過ギテ躯ガ木ノ様ナ春ガ来テオレヲ蘇ッタ　オレハピストルノ様ニ黒ズミ痩セタ躯ヲ含根深クカラ起スコトハ不可能デアッタ
発見ノ悦ビハ苛ミテ斯クモ迅ク発見ノ悔シミニ哀シミヘト転ビタコトデアラウ　ニ憩ハテオレハ熱考ニタメニオレハオレノ夢迄モオレノ籠カラ追放シタ
瞳ヲ抉リ剥イテ空腹ヲ運ブオレノ腸袋ハ重タイ……オレハドウスレハヨイノダラウ……明日ト明日ト更ニ明日ノタメニオレハ深イ穽ニ落チタ

……いやとこもだめだと思ふね……犬ハ愚ライぴすとるヲ銜ヘテイル　ソレヲオレノ前ニ突キ出スノダ……おれがひた彼女を殺してくれ　おねがいだ……ト泣キ崩レ
……あなたはMAHEMOISER NASHIと知り合ひですか　私はかのじよのために幽閉されて居るんですノ……オレハ急チ殺シタ
……えさをやらう……オレハすてっきヲ折ッタ×あむんせん公羽ノ食事ノ如ク乾キビテアレ×　嗚嗟
時計ヲ覩タ　時計ハ止ッテイール

猶ハ

表札！オレハコノ表札ヲ辛ウジテ発見シ得タトスルハグーニ年号ラシイモノガ書イテアル　吸ハレタ文字以外ニオレハアラビヤ数字ノ幾ツカヲ読ミ得タ
一匹ノ犬ガ鉄檻ニ囲固サレテイール　羊歯類ハ先史時代ノ万国旗ノ様ニ鉄柵ヲ擁イデイル・長閑ナ阿房宮ノ後庭デアル

奇怪ナ嘯声ハ眼前ニアル。果シテ奇怪ナ嘯声ハ眼前ニアルッタ
オレハオニノ玄擇ニ冷ヘタ足蹠ヲ擦リ付ケタ　金環ハ千秋ノ根ヲ径ニ染メタ、階段ノ刻字ハ眼ヲ病ミテイルー白戴ノ如ク……並ンデイル
旭ハ瞳ニ似テ橙汁ヲ迸ナス

オ一ノ玄擇・錆ビ付イタ金環・杖ヲ忘レタ羊歯類ノ涙、薫猫来往

奇怪ナ嘯声ハホモ竈ニ青薪ヲクベテイル　眼ト耳ガ鬼ト亀ノ様ニソノ鉄條網ヲ越ヘテ叢ヲ踏分ケタ
削ッタ　ソシテソノ鉄條網ヲ幾廻トナク寄リ徘徊シタ
雁ノ分列ニ連立ッ落葉ト帰郷勧兵ニ…夢想像スルコトハ倫快ナコトダ……祭天ノ跫音ヲ作曲シ独リ悦ニ入ッテ喜ンダ　冷イモノガ頬ノ央ヲ

門限ヲ越エタ時烈風ガ肌ヲ奪ッタ
月ヲ醒マシタ時ハ竜行ガ最后ノ被物ヲ脱ギ捨テ、イル所デアッタ　汗ガ花ノ中ニ花ヲ咲カセテイタ

オレノ散策ハ兎角途断レ易カッタ　十歩　或ハ四歩果ハ一歩ノ半歩……
奇怪ナ嘯声ガ朝露ヲ贅カシタ　ソシテ純白ノ言ヲオームノえぷらの
故王ノ汗……麻巾ニ拭ハレタ……觴ヲ溢レル水ガコンクリートノ下水ヲ流レテイルノガ云ヒ様ナイ懐シイノデオレハ毎朝トナリ　ソノ鉄條網ノ外ヲ歩イタ

○ 1

②

・・・・ああ　夜の森が悲しい・・・・だが　表ヲ裏ニシテ見セタリ裏ヲ表ニシテ見セタリシテイル　オレンヂ色ノ雲ニ　のすたるじやあヲ訴ヘテイタ
オレノ吹カシテイル煙草ノ煙ガ風ト半歯顔トノセイデ並木ノ様ナ消ヘ方ヲシナガラ　仲々消ヘナイ
・・・・さあ　又ある様だが　まあ君の故郷の地名か何かにしくもあるが　どこもわからない・・・・
・・・・たった　それ丈か・・・・
・・・・消へてよく知らないが　多分君の生年月日でも書いてあるんだろう・・・・
・・・・許は違ふ　君　その表ニ示シ書イテアルコトヲ教ヘテくれないか・・・・
・・・・君がおれを好くのも「おい　おれが東洋人であるといふ　単たる理由からだね・・・・
・・・・東洋人も来たんだ　おれは東洋人ヲ好イタ　おれは東洋人を研究した　おれは東洋人の風俤から遂に東洋文学の奥義ヲ発掘したんだ・・・・
犬ハ故郷ヲ読ム様ニ読ンダ　犬ノ顔ハ憂鬱ヲ表情シテイル

3

・・・・どれ　つ？・・・・
・・・・おれはあれがきらいだ・・・・　オレハ胸ノ還ニ塞ガルノヲ感ゼザルヲ得ナカッタ　シカシ感ジタママニナル訳ニモ行カナカッタ
犬ハオレノ面前デ　ソレヲ激シク睥睨シタ
憐ムベキ犬ハ　アノ日憎キ表札ノ裏ヲシカ見得ナイ　犬ハイツモ　アノ表札ノ裏ヲ眺メテハ　憤満ト敵意トヲ感ゼルラシイ　ソシテ苦シンデイ

一九三一、一一、三

・・・・死ヲ覚悟スルカ　是生ヲシテ生タシメナル涙ト云ハザルベカラズ・・・・　コンナ孤独ヲミツメヘアル。然シ犬ノ眼ハ乾イタコトガナイ　頭ハ日ニ日ニ鳥ツ張リヲ増シテ行ッタ
オレノ日課ノ重複ト共ニ犬ハオレニ馴レテ来タ　石ノ様ナ雨ガ降ッテモ　オレハ犬ニ逢ヒタカッタ・・・・犬ハオレヲ待ッテイルデアラウ・・・・犬トオレハイツノマニヤラスッカリ友達ニナッタ。

絆ノ忠実ハ　連翹ヲ咲キ散ラシタ

犬ハ綿ヲ吐イタ

オレハピストルヲ出シテ見セタ　犬ハ獣白ノ様ニ笑ッタ・・・・鬚髯ヲ有ッタママノ腹顔
・・・・安心して・・・・
胃ガ絶望ニMICROBEノ様ナ希望ヲ　ぶらさげたまま泣イテ犬ハ悲シゲニ語ッタ　花が売春婦ノ町ヲナシテイル
オレハ犬ノ前デ服ヲマクッテ見セタ　肋骨ガモミテクルスレノ様ニ骨ヲ露シテイタ・・・・　おなかはからぽり・・・・

2

一九三二、十一、十五。

③

（腐蝕ノ待ツタ函数方程式）
生死ノ超越——存ルコトトハ　生死　何方ニ属スルデアラウ　ソレハ　プロトンノ　一次方程式解　未知解ナ運算デアツタ
コノ事ハ　プロトンノ　暗示デアツタ
毒嘴モ遂ニ加熱ニ　支座ナク　溢マルコトモナカツタ

——国ニ於テ五号ハ　犬ノ死体ノ　血液ハ　幾許　加熱シテモ遂ニ　溢ヲナカツタ　トイフコトデアル　私ハ収メ来タ所ノ毒嘴ノ分析ヲ急グ必要ヲ感ジタ
私ハ感ゼズニハ　イラレナカツタ
私ハ菫歯トシテ溺死ニテ見ル。事実　私ノ躯殻一匹ニ　犬共ノ夢ノ放射線ノ波長ノ直径ヲ以ツテ知レヌ穿孔ノ痕跡ヲ
イヤ私ハ貴下ノ去就ヲサヘ疑ツテイタ位デス。何卒　悪シカラズ——
私ハ今迄　ココニ居タノデス。果テ　今貴下ノ顔面表情カラ見テ　アレハ　私ノ　ファンタージー　デアツタコトデシヤウカ？
ココニ多クノ　私ハ本当ニ吃驚シマシタ。貴下ハ数百匹ノ犬ヲ貴下ノ室内デ咬ミ殺シテイルノヲ私ハ目睹シテイタカラデス——
——貴下ハ　キツト　猿ヲ恐レタ悲シミカラ　遂ニ発狂シタモノニ違ヒナイト思ヒマシタ。　私ハ第五号ヲ解剖シタソノ一夜以后　貴下ノ戸ヲ叩キ
ヲ
翌日　私ヲ訪レタ役員ハ　随心ナ様化ナデ次ノ如ク語ツタノデアル

——ソノマニ帰ツテ来タ　猿ハ　閉シタ瞳ヲ月光ニ　肉カセナガラ　田熟睡ノ犬共ヲ　母ノ様ニ　護ツテイル　私ハ　懊悩トシテ立チスクンデイタ
私ハ猿ノ代理ヲ勧メナラテナラナイ。三度　私ハ牧場ヘ出タ　ガコレハ又　私ハ吃驚ヲガルヲ得ナカツタ
私ハ深度ノ沈思ニ落入ツタ　月ガ　一枚ノカレンダーヲ公表シテイル

一ノ・包！

私ハ自棄的ニ私ノ発見シタ　アラユル函数常数ノ　コムマ以下ヲ　切リ捨テタ——丁度　私ノ右腕ニ刺刀ヲ当テタマ、前ヲ捨テタ様ニ——
人間デアルコト　（ノアヒダ）　モハ　限ラレタ整数ノ整数ハ　便宜サレタ習慣ヲ　0ノ整数倍ノ役割デ重複スルコトデハナカツタカ？
絶対ニ集マルコト　エスプリガ放射性ヲ抛棄スルコト　乗リ遅レタ私ハ四次元ノ展望車ノ上デ淡ナガラ見送リ母ノ憶ヲ寄セタ
いレハマイナス　カラ　0ニ到達スル級数運動ノ　時間的現象デアツタ
地球ノ切線ト一致スベキ　地球引力ノ補角ノ数量ノ計算シタ飛艇ハ　咬ミ殺サレタ犬ノ　エスプリヲ載セタマ、作用シテイタ——速度ヲ——
——ソレダケハ　オカシイデス　ヤハリ　アリマシタ　タシカデス　タシカデスガ　マツタク　ワカラナイコトデス——
役員ノ顔ヲ　加四号、
——ヤハリ　ナイノデス——
役員　顔ヲ　第三号

春ハ五月 花園ノ市場ヲ私ハ獏ヲ伴ニ歩イテイタ。 玩賞草花ノ種子ヲ購フ目的デ……
獏ノ鋭イ臭覚ハ播種后ノ成績ヲ仔細ニ予言シタ。アラユル陳列サレタ種子ハ不発芽ノ不良品デアツタ
が獏ノ臭覚ニカナフ者ガ只一ツアツタ ソレハ大理石デ模造サレタ種子ノ模型デアツタ

記二

私ハ時ヲ逃ガサズ瞬ソノマヽヲ供養碑附近ニ埋メタ。死セル彼ガ死セル動物ニ不本意ノ契約ヲ反履スルトヰフ形式デ……
彼ヲ失ツタ后ノ私ニ来ルベキ自由ノ現ニ私ヲ染色スル一節ノ淡ノ—私ハ興奮ヲ幾分ニシテ鎮圧シタ
私ハ獏ヲ叱ッタ 主人ノ苦悶ヲ思フ一匹ノ畜生ノ人情ヨリモ寧ロコノ場合私ハ世間並ノ礼節ヲ重ンジタカッタカラデアル—

ズニハ居ラレナカッタ。私ハイヤガ上ニモ彼ノ手術室ヲ訪レ例ノ腱ノ筋断ヲ彼ニ頼マナケレバナラナカッタノデアルガ—
コトヲ思出ス ソコニ私ノ牧場カラ護送サレテハ解剖台ノ露ト消ヘタ幾多ノ犬ドモノ冤メシキ魂ノ殺気ヲ私ハ感ゼ
不肖甚ナ建築物ノ格ニデ混合ッタ病院構内ノトアル一隅ニ建テラレテアル リノ供養碑ノ寂シキ姿ヲ私ハイツカタマヽ通過スル
因ニ彼ハ供養碑建立期成会ノ会長ダッタ シコトハ概シテ何ヲ意味スルカ?
此ニ獏ノ銜ヘテ来タ所ノ一ヲ見テ瞭ニ察スルニ余リアル所デアル
今ハ故人トナッタ彼ガ如何ニシテ記念章ヲ彼ノ胸ニ飾ルコトヲ躊躇シテイタカハ綬ノ紛失サレテ中ニ紛失サレタ彼ノ右腕—
ソノ神聖ナ腱ヲ切ッタ 彼ノ断ル二元論的生命観ニハゲニ徹底シタ所ガアッタ。ソレニ定期的ニ彼ハ世ノ中ノ河ヘタメスノ技巧ヲ以テ
二個ノ脳髄ノ間ニ出来ル唯俗ナ物ヲ彼ハ確実デアルト頑固ニ主張シタ
ノ儀性動物供養碑除幕式紀念—ノメタルデアッタコトヲ知ッタ私ノ記憶ハ今更ノ感ニ打タレザルヲ得ナカッタ
而シテソレハ私ノ去後獣医学博士ノ右腕デアッタ リシテソノ握拳ノ中カラハ一枚ノ勲章ガ出テ来タ。
見ルト獏ハ嘗テニ見タコトノナイ迄非度ク蒼ク褪メテイル
夜深 獏ノ吠声ニ私ハ熟睡カラ醒マサレ戸外ノ路次迄獏ヲ迎ヘタ 握拳ダヽハ断リ落サレタ一本ノ遊腕ヲ銜ヘテ来テイル

記一

—獏ハ私ノ牧場ヲ守衛スル犬ノ名マヘデス— (一九三一・二・二三日命名)

獏の記

作品第一番

(10)

恥辱ノ系譜ヲ荷ッタママ、私ガ解剖台ノ露ト消ヘル日ハ何時ノ日ニ来ルデアラウ？
何時モ私ハ私ノ祖先ノ肉親ヲ侮辱スル悪行動ニカラレタ

私ハ寝衣ノママ、浴室ニ入リ辛ラジテ浴槽ニ入ルノ脱衣ヲ片手ニ抱イタマヽ—
私ノ入浴時間ハ獚ノ勤務中時間中ニ限ル
獚ノ裸体ハ私ノ裸体ヲ似テイル 或ハ写ルコトハコノコトノ逆デアルカモ知レナイ

記四

私ノ腹ノ發芽ハ遂ニ三角形ノ或ル頂点ヲ正面ニ出発シタ
腹ノ内ノ結晶ヲ放擲スベク 小量ノリトマス液ヲ私ハ私ノ食事ニ添ヘルコトヲ私ハ忘レナカッタ
私ノ規則ヲ一ツ犯ス為ニ 私ハリトマス紙ニ書イタ
私ノ脳髄ノ偽作ヲ脱スル事件ノ多部分ヲ私ハ獚ニ[illegible]貯蔵シ冷却サルベク加熱サルベク—
一匹ノ畜生ハ人間以外ノ総テノ脳髄デアラウ
腹話術トハ[illegible]究竟 言語ノ貯蔵倉庫ノ[illegible]デアラウ

記三

病軀ガ智識ニ中和シタノ世ニモ巧妙ヲ極メタ治療法ノ后智識ハ遂ニ右左ヲ兼備スル様ニナッタ。
落ト入ッタ 時間ノ習慣ガ食事ノ様ニ私ニ服薬ヲ受難ニサセタ
一朝私ハ食事ノ定時ニ誤ッテ服薬ニ遅レテイタ 隙ヲ逃サナイ獚ハソノ金属ノ花ヲ銜ヘ 私ノ半角ノ口ニ
智識ト共ニ私ノ病軀ハ深マル一方デアッタ
間モナク私ハ逆倒病ニ犯サレタ 私ハ毎日トモ印刷所ノ活字置場ニ私ノ病軀ヲ引摺ッタ
ガ果シテソノ大理石ノ種子ガ遂ニ発芽ヲ見セタ。ノミナラズ夏ノ入初ニ金属ノ花サヘ咲イタ
私ハ獚ノ臭覚ヲ信ジ之ヲ庭隅ニ埋メタ 勿論モ一ツノ不良品ヲモ一緒ニ私ハ試験的ニ埋メタ—

整理スル根気ガナクナッテイタ。私ハモウ口ヲ噤ンデイルヨリ外ハドウスルコトモ出来ナカッタ。
私ハ何故コンナニ疲レテイルカニ就イテ考ヘテ見タ。昨日ハ一昨日ノ故デモアリ果又明日ノ故デサヘアル。私ハ私ノ記憶ヲ
飛行機トイフ重宝ナ交通機関ノアルコトヲ知ラヌカノ故デアル。
京城新義州六時間二十分スピードアップノ國際列車ニアヅカレバ彼ヲ満足サセルコトハ出来ナイトイフ。
（無関心デナイ）コトニ事件ガナイラシイ。旅ハ道伴レ――ト彼ハ自ラ進ンデ彼ノ満洲行ノ如何許長途ノ旅デアルカラ説明シタ。然シ彼ハ未ダ
彼ハ斯ク云フ不気嫌ナ私ニ向ッテ矣ニ剽シタ会釈ヲシタ。私ハ努メテ款ニ笑款ヲ作リ乍ラ一時面倒ヲ避ケテイタ。彼ハソンナ
私ノコノ訳ノ分ラナイ旅ニ付テ言訳ヲスルノハ本当ニ私ニ苦シイコトデアル。私ハ汽車ノ中デモ誰ニモ会ハナイトイ、ト願ッタ。
家ヲ立ッ時、私ハ駅デ又汽車ノ中デ誰ニモ遭ハナケレバイ、ト思ッタ。幸ヒ駅デハ誰モイナイ。私ノ知ッテイル人ハ誰モイナカッタ。
表ヘ出ルコトハ出来ナイ。私ハ口ヲ噤ンデ只気暗ニ苛ミシテイル外ハナカッタ。
私ノ旅行ハ本当ニモウパッサン式デアルコトチ彼ニ説明シテヤリタイ。ガ私ノ乱レタ頭脳ハソレヲ如何ニ説明スレバイ、カ難ナイコトダ。
ミジメナ風体ヲ如何ニ弁明スレバイ、カヲ知ラナイ。彼ハ私ノ貪欲ナ装束ヲ嗤フニ違ヒナイ。私ニトッテソレハ堪ヘ難イコトダ。
私ハ詭ニシテ彼ヲ感激サセルベキ何物モナイ。私ノ詭ハ彼ヲシテ只怪作ナ思ヒヲサセル許リデアラウ。第一私ハ私ノ見窄
彼ト話シテイルコトハ限リナク私ヲ沈黙ニサセルコトデアル。彼ノ話ニ一一感心シテイナケレバナラナイカラデアル。

江山ノ称アル平壌ニ半日遊ビタイト云ッテイタ。平壌ノ妓生ハ美シイガ遊ビ相手ニハトムヤラ妓生デハナイラシイト見ヘタ。
彼ノ小ジンマリシタ一回ニ三円程度モット小規模ニ五六十銭ノ道楽ハ正ニ飽ク所ヲ知ラナイラシイ。彼ハ又第一線備
アルラシイガ　私ハ又私デ實ノ所彼ノ色ニ●ノ物語ニ素直ニ敬意ヲ表シナイ訳ニハ行カナイノデアッタ。
イルトイフコトヲ見セビロラカスコトニ依ッテ彼ノ生来ノ道楽好キナ性分ニ如何ニ甘ダルイ優越感ヲ感ジ得ルト云フ魂膽ヤ
ソレ等ニ関スル固有名詞ヲ並ヘ上ゲテハ私ヲ吃驚サセタリ又引イテハ斯界ノ従業者デアル私ヨリモ斯ノ如ク多イヲ知ッテ
私ハ彼ノ言葉ニ一一領イテ見セタ。實ハ私ハソノ方面ノコトハヨク知悉シテ居相デチットモカウデハナイノデアルガ彼ハ頻リニ
實ニ身ニ浸ミテイ、ト云フ。通化ハ田舎ダカラ娯楽機関一彼ノ言葉ニ従ヘバ一ナニカテンデナイノデ寂シイト云フ。
久シ振リデ帰ッテ来タ京城ハ●ナツカシイモノダト云フ。京城ヲ離レタクナイ。カフェー　ソシテ勝負ノ香リモ豊カナバー等ハ
人ダト思ッテイル、彼ヲ軽蔑スル意志モ資格モ私ニハモ頭アリハシナイ、ソノ（コトト同ジク）彼ハ今満洲通化トイフ所ヘ転勤シテイルトイフノダ。
鐘路ノ金融組合ニ勤メテイタ。彼ガ私ヲ何ト思ッテイルカハ知ラナイガ私ハ彼ヲ人ノ至極イ、罪ノナイ人情味タップリナ
彼ハ小柄ナソシテ小奇麗ナ男デアル。眼鏡ヲカケルコトガ髪ニポマードヲツケルコトハハイカラナコトダト思ッテイル彼ハツイコノ間迄
テハイカト思ッタ。私ハ又彼ニ阿片ヲ見タコトガアルカト聞イテ見タ、彼ガ何ンナ返事ヲシタカハッキリ忘レテシマッテイル。
通化ハ田舎ダトイフ。ソシテ未ダニ危険ダトイフ。彼ハ陣刀ノ形ヲシタ鍔ノ付イタ杖ヲ持ッテイタ。私ハソレガ今ニ抜身ヲ見セル

出發

第一の放浪

内部ニ於テ既ニ助カラナイ程度迄ニ發狂シテイロナイト由 誰ガ保證シ得ル、

退屈 所在ナサ ト云フモノハ致命的ナ負傷ヨリモ 人間ニ取ッテ尚ホ[illegible]的デアルラシイ。 現ニ私自身ヲ見ヨ。 私ハ或ハ

イツ迄 経ッテモ コノ子ラハ コノ馬鹿ラシイ遊戯ヲ止メナイ。 オヤ コレデコノ子ラハ 本當ニ發狂スルノデハナイカ。

私ハ涙 コノ憫ムベキ喧騒ノ傍ニイテ 魂ノ遠クナルヲ覚ヘタ。

コレデモ遊戯カ—面白イカ—コノ狂的ナ下等ナ光景ニ 程ニ 睫毛ヲ沾ラシタ。

ソシテ 何レノ品詞ニモ属シナイ奇妙ナ叫声ヲ挙ゲテ 恐ラク 自暴自棄ニ騒ギ立テ出シタ。 氣ノ毒ニモ増ル出鱈目デアル。

両手ヲ差延バシタリ 跳ネ回ッタリ 一ッ所ニ踏ミシテ 体ヲ ヒネラセタリ コレハ 全ク 律動的デナイ仕草デアル。

ヤ、アッテ彼等ハ發明スル。 玩具ナシニ 遊ベル術ヲバ—

絶体絶命—(我ニハコレデ ヤハリ子供デアラウカ。)

サラバ、遊戯ノナイ子供ハアリ得ナイ。 遊戯ヲ主張スル。 遊戯ヲ要求スル。

小サク ソシテ 澁ラナク悲シイ 彼等ノ頭脳ガ暫ク ドウスレバイイ、カヲ 考ヘル。

遊戯ヲ離レタ子供ト云フモノガアルダラウカ ト。

彼等ノ不潔ナガラ斬新ナ手ハ空ッポニナッテシマッタ。

(彼等ハ痕ニメチャクチャニ切ラレタ草ノ葉ヲ、カレラガ無雑作ニ撒ラベッテイル。)

嗚呼 コノ子等ニ玩具ヲ与ヘヨ。

彼等ハコレ等ノスベテニ飽イテシマッテイル。 家屋ト着旗ト(血ノツキカリト) 涯モナイ野原、彼等ノウンコヲ食ベデ廻ル 犬ケラ 等、等 彼等ハ趣味ノ出口ハナイ。 彼等ハ全意識ニ遠方ニクレテシマッタ。

積ニスケールノ大キ過ギ

特異デモ何デモナイ。 子供ハ何カ彼等ヲ吃驚サセル様ナ特異ナモノガ欲シイノデアル。 ガ見渡セバ 現在ノ彼等ノタメニハ

無論彼等ハ全然去勢サレテイルノデハナイ。 草ヲ捥リ取ッテ来テ ソレヲイジクリ作遊ンデ見ル。 永遠ノ緑—緑ハ彼等ニ取ッテ

嗚呼 子供ラハ如何ニシテ遊戯スレバイイカヲ知ラナイラシイ。

見ヘル子供達ガ私ノ待ッテイル傍デ遊ンデイルデアル。 暮色ガ彼等ノ死屍ノ様ナ不潔ヲ薔薇色ニトシテイル。

子供ラガ叫ビ声ヲ挙ゲ乍 コノ私ノ快イマトロミヲ根コソギ攪乱シテシマフ。 私ハ吃驚シタ。 二三人ノ赤茶化タ男子ラガ

私ハ海洋ノ様ナ退屈ノ中ヲ泳イデイル。 鰭ハ微温ノ中ニアル。

子供ラハ先天的ニ石コロヲ拾ハナイ。

土地一帯ハ玄武岩質カラ成ッテイルノデ 中、南鮮ニ多イ花崗岩質ニ比ベルト 甚ダシク美的デナイ。 ソレ故ニ土塊ノ

コノ子ラニ玩具ヲ与ヘヨ。

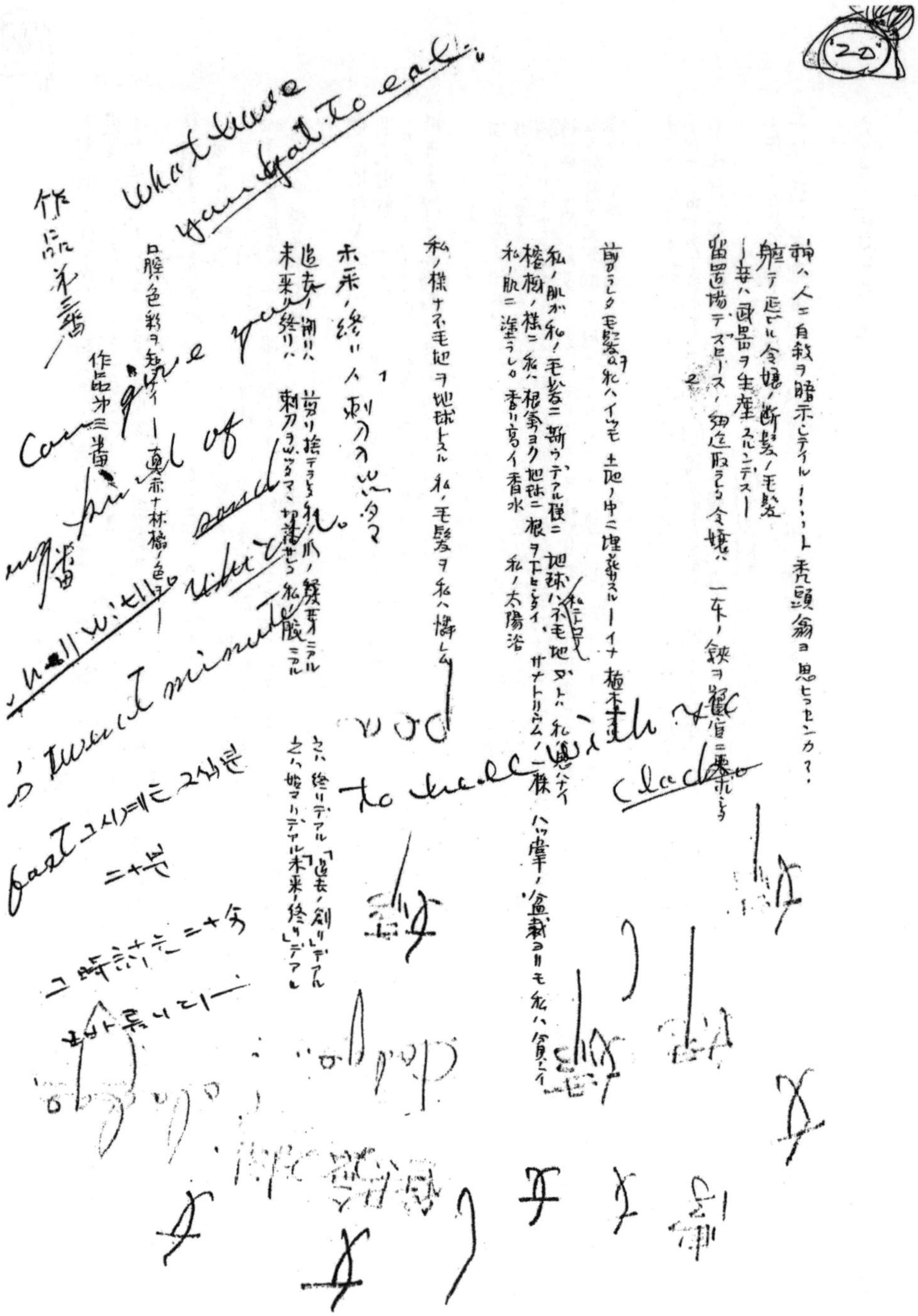

神ハ人ニ自殺ヲ暗示シテイル……ト禿頭翁ヲ
令嬢ノ断髪ノ毛髪
妾ハ武器ヲ生産スルンデス—
留置場デスピースノ細迄取ラレタ令嬢ハ 一本ノ鋏ヲ
土地ノ中ニ埋葬スル—イナ 植木
私ノ肌ガ私ノ毛髪ニ
地球ハ不毛地ダトハ
根ヲ下ロシタイ、
サナトリウムノ一株
私ノ肌ニ塗ラレタ香リ高イ香水 私ノ太陽浴
私ノ様ナ不毛地ヲ地球トスル 私ノ毛髪ヲ私ハ憐レム
赤系ノ終リハ 剃刀ノ出タマ
過去ノ削リハ 剪リ捨テラレタ私ノ爪ノ発芽デアル
未来ノ終リハ
作品第三番
真赤ナ林檎ノ色
what have
your fat to eat
clock

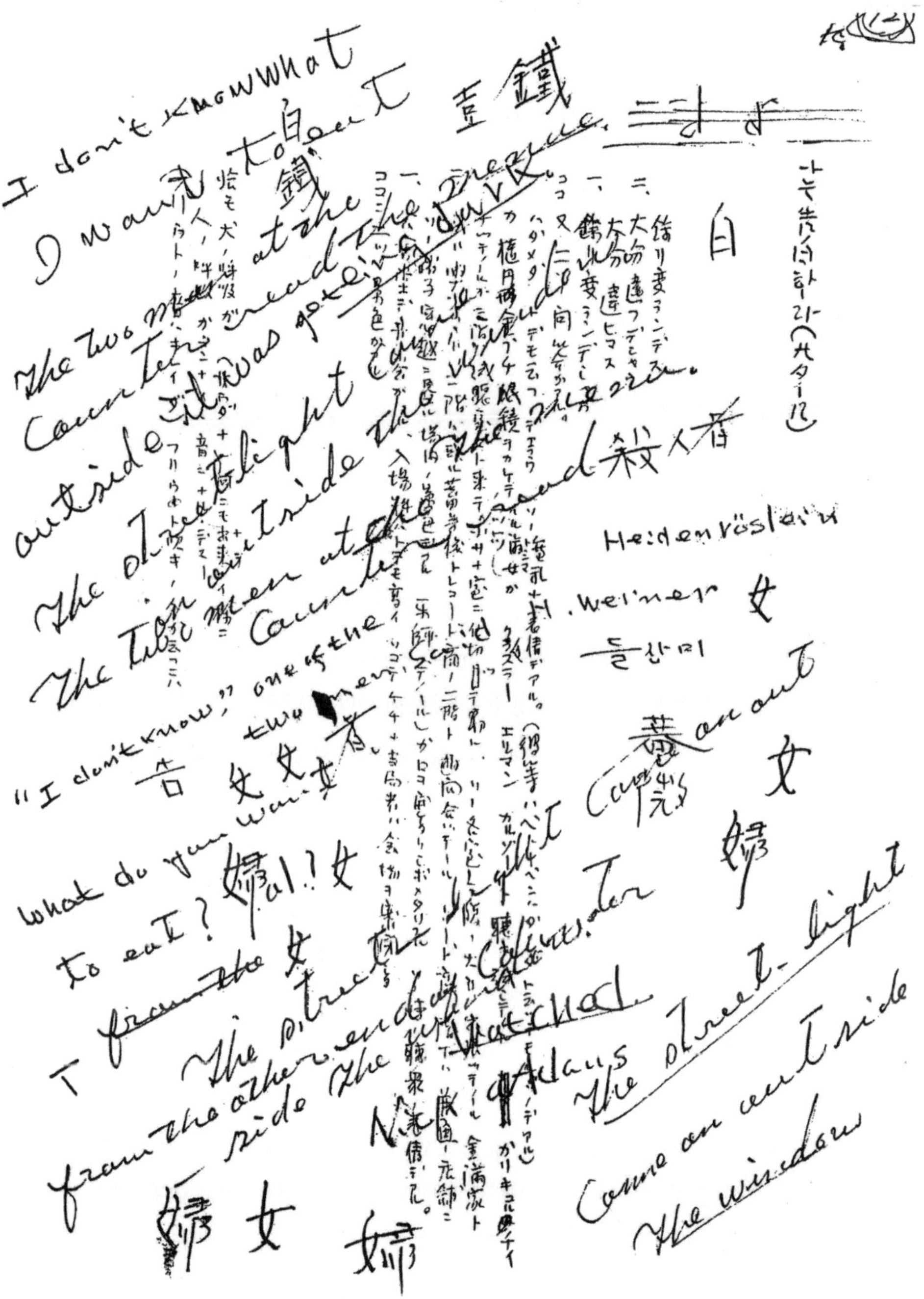
I don't know what
Heidenröslein
H. Werner
What do you want to eat?
The street light
Come on out side
The window

상하이, 1945년, 조선인 학도병

— 이병주론

1944년 1월 20일

일제가 조선 육군 지원병령을 공포한 것은 1938년 2월 26일이었고, 동 4월 3일에 시행했고 1940년 2월 11일엔 창씨개명을 실시했고 1940년 8월 10일 조선·동아일보 등 민간신문을 폐간했고 1942년 10월 1일 조선어학회사건을 일으켰고, 1942년 11월 20일 조선 징병제 실시요강을 결정, 1943년 3월 1일에 징병제를 공포했고, 동 8월 1일에 시행했다. 일본 육군성이 조선 학생의 징병유예를 폐지하고 학병제를 강제 실시한 것은 1943년 10월 20일이었고 징집영장이 나간 것은 동 11월 8일(문과계 대학, 전문 고등학교 해당, 사범계 및 공과계는 제외)이었고 일제히 입영된 것은 1944년 1월 20일이었고, 당시 재학생 총 5천여 명 중, 4385명이 입대했다. (숫자 부분은 김준엽, 『장정』, 나남출판사, 1987, 60쪽)

조선군 사령부(서울, 용산)는 제19사단(나남) 제37여단(함흥) 제38여단(나남) 제20사단(용산) 제39여단(평양) 제40여단(용산)으로 구성돼 있는바, 1931년 이후엔 다시 1개 사단이 증가됐고 말기에는 약 23만명으로 증강되었는바, 학병들은 용산, 평양, 대구 등의 일본군 소재지에서 입대했다.

이들의 입대에서 훈련과정까지는 보름 정도가 고작이었는바, 개중에는 5개월에 걸친 경우도 있었다. 버마의 임팔작전에 투입되기 위한 이른바 늑대사단은 용산부대에서 5개월을 훈련받았다. 조선인 학도병은 네 가지 행선지에 나눠졌는바, 하나는 중국전선으로 신상초, 김준엽, 장준하, 최덕휴 등이 여기에 속했고, 다른 한 갈래는 일본 본토행이었는바, 한운사, 김문택 등이 이에 속했고, 또다른 갈래는 남양 방면으로 김수환 등이 이에 속했고, 또다른 갈래는 버마전선행으로 박수동, 이가형, 차주환 등이 이에 해당된다. (김윤식, 『일제말기 한국인 학병세대의 체험적 글쓰기론』, 서울대출판부, 2007)

그렇다면 이병주의 경우는 어떠했을까(메이지 대학 전문부 문과文科 별과別科를 大山으로 창씨한 이병주가 졸업한 것은 1943년 9월 25일이었다). 이병주가 안영달의 경우와 함께 1944년 1월 20일 대구연대를 거쳐 천하 절경으로 소문난 중국 쑤저우에 있는 일본군 60사단 치중대(수송대)에 배치된 것은 2월 초순이었다.(「별이 차가운 밤이면」, 『민족과 문학』, 1991년 가을호, 114쪽) 처녀작인 「내일 없는 그날」(장편, 부산일보, 1957~8년 연재)에서도 작중인물인 성유정 교수의 입을 빌려 이렇게 적었다.

> 유정은 천년 묵은 쑤저우(蘇州)성 위에 일본제의 총칼을 들고 선 10년 전의 자기를 조각달 속에서 봤다.
>
> — 부산일보, 145회

작가 이병주에 있어 이 학병으로서의 쑤저우 체험을 떠나면 어떤 논의도 그 핵심을 잃어 무의미해지게 마련인 만큼 이에 대한 응분의 음미는 이병주론에서는 본질적인 대목이 아닐 수 없다. 이 글은 조선인 학병 이병주가 어떤 곡절을 겪어 이른바 '노예의 사상'의 주박에서 벗어나기 위해 전개한 '위신을 위한 투쟁'과 그 실천으로서의 글쓰기의 특이성을 밝히기 위해 씌어진다.

8월을 사상화하기

1980년 『지리산』의 작가 이병주는 자전 단편 「8월의 사상」을 썼다. 그는 처음이자 마지막으로 큰 감투를 썼는데 쑤저우회 회장직이 그것이다.

쑤저우회란 37년 전 일본의 학병으로 강제 징발되어 중국 쑤저우에 있었던 일본군 60사단 수송부대에 입대한 전력을 가진 놈들이 만든 모임의 이름이다.

몇 해 전 이런 모임을 갖자고 합의를 보고 이름을 쑤저우회라고 하기로 한 것인데 그때 내가 재빠르게 선언하고 나섰다.

"쑤저우회의 회장은 내가 할끼다. 쑤저우회의 회장은 나다."

이 선언에 모두 아연했다. 온순하기로 두메의 처녀 같은 내가 그런 대담한 선언을 할 줄은 아무도 상상조차 못했던 터였다. 선언이 있자 조금 후에 누군가가 그래도 일단 회장의 선출 방안에 관해서 의논은 있어야 할 거구 어쩌구 하며 불평을 하기도 했는데 모두들 하는 방향으로 의견이 일치되었다.

그 결의를 기다려 나는 한술을 더 떴다.

"쑤저우회의 회장은 종신직이니 앞으로도 아예 엉뚱한 소릴랑 말아라. 생각도 먹지 말구."

그러나,

"그건 너무하다."

"저 자식에게 저런 독재자적 소질이 있는 건 몰랐네."

하는 따위의 반대가 잇따랐다.

—이병주, 「8월의 사상」, 『그 테러리스트를 위한 만사』, 한길사, 2006, 274~275쪽

대체 쑤저우회의 멤버는 얼마나 되었을까. 당시 쑤저우 60사단 소속 조선인 학병은 총 60여 명이었다. 거기서 죽은 사람은 3명 정도. 6·25 때 수십 명이 죽었고 현재 인원은 30명 정도.

어째서 '나'는 쑤저우회 회장직에 목숨을 걸고 매달려야 했을까. 쑤저우회 회장직이 아니면 살 수도 없을 뿐 아니라 죽을 수조차 없는가. 그 이유는 이러했다.

내가 중국 쑤저우에 있었을 때의, 그 2년간은 연령적으로도 내 청춘의 절정기였다. 그 절정기에 나의 청춘은 철저하게 이지러졌다. 일제 용병에게 어떤 청춘이 허용되었을까. 용병은 곧 노예와 마찬가지이다. 노예에게 어떤 청춘이 허용되었을까. 육체의 고통은 차라리 참을 수가 있다. 세월이 흐르면 흘러간 물처럼 흔적이 없어지기 때문이다. 그러나 정신이 받은 상흔은 아물지를 않는다. 우선 그런 환경을 받아들인 데 대해 스스로를 용서할 수 없기 때문이다. 그런데 일제 용병의 나날엔 육체적 정신적인 고통이 병행해서 작동하고 있었다. 일제 때 수인(囚人)들은 고통 속에서도 스스로를 일제의 적으로서 정립할 수는 있었다. 그런데 일제의 용병들은 일제의 적으로서도, 동지로서도 어느 편으로도 정립할 수가 없었다. 강제의 성격을 띤 것이라곤 하지만 일제에게 팔렸다는 의식을 말쑥이 지워버릴 수 없었으니 말이다.

눈물을 흘리기도 하고 흘리지 않기도 하면서 나는 쑤저우에서 얼마

나 울었을까. 누구를 위해 누구를 죽이려고 이 총을 들고 있느냐는 양심의 아픔이 어느 정도였을까. 모른다. 분명히 말할 수 있는 것은 그때 내가 흘린 눈물이 부족했다는 것과 보다 더한 아픔을 느꼈어야 했을 것인데, 하는 뉘우침이다.

일본 군대의 관습에 따라 우리는 수월찮게 얻어맞기도 했다. 신체발부(身體髮膚)는 수지부모(受之父母)이니 감불훼상(敢不毁傷)의 효지시(孝之始)란 전통 속에 자란 우리가 하찮은 놈들로부터 빰을 맞고 있을 때…….

아아, 나는 평생 남에게 성 한번 내어보지 못하고 말겠다고 이를 악물었다. 강한 놈들로부터 받는 수모는 견디면서 상대방이 호락호락하면서 수모를 견디지 못한다면, 내가 나를 모욕하는 행위를 제곱하는 것으로 된다고 믿었기 때문이다.

자기의 얼굴은 씻지 못하면서 말발굽을 씻고 기름을 바르고 있을 때, 어느 날엔가 나는 돌연 놈들이 시키니까 마지못해 하는 것으로서가 아니라 진정으로 이 동물을 내가 사랑해야겠다고 마음먹었다. 그 동물에게 사랑을 쏟음으로써 시궁창에 빠진 인간으로서의 나의 위신을 보상하는 것으로 될 거라고 믿었기 때문이다. 애절한 이야기이다.

—「8월의 사상」, 276~277쪽

원한에 사무치는 이 장면에는 설명이 없을 수 없다. 치중대(輜重隊)란 과연 무엇인가. 일본군 병과 분류의 명칭인 이것은 오늘의 표현으로 하면 수송대이다. '치'란 글자 그대로 '말에 실은 짐'을 가리킴이거니와, 당시 일본군은 제일 중요한 무기인 산포(山砲)를 비롯 기타의 병기 수송은 말에 의존하고 있었다. 치중병의 역할은, 당연히도 말을 돌보는 일이 제일 앞섰다. 치중병으로 배치된 조선 학병 고현의 하루를 작가 선우휘는 이렇게 묘사한 바 있다.

마구간 당번을 하게 되었다. 때로는 손으로 말똥을 긁어모아야 했다. 어느 달 밝은 밤. 말 다리 밑에 기어 들어가 말똥을 긁어모으고 있다가 유난히 비쳐드는 달빛에 고개를 들었다. 둥근 달이 말의 배 밑에 느러진 거대한 것 끝에 걸려서 마치 손자비가 검은 놋주걱 같이 보였다. 현은 히히히 하고 저도 모르게 웃었다. 덩그란 마구간 안에 웃음소리가 반향을 이르키는 것이 기괴한 감을 주었다. 갑자기 말한테 조롱당한 것 같은 모욕을 느꼈다. 이 자식한테! 치밀어 오르는 홧김에 삽을 들어 힘껏 그것을 후려 갈겼다. 놀랜 말이 껑충 뛰자 현은 뒤로 쓰러졌다.

—「불꽃」, 『문학예술』, 1957. 7, 44쪽

작중인물인 고현에 있어 이 장면은 단지 한갓 에피소드로 정리될 따름인데, 왜냐면 작가 선우휘는 학병체험이 없기 때문이다. (연령상으로는 학병세대에 들지만 사범계인 까닭에 그는 면제되어 있었다.) 이에 비해 정작 치중대 근무자인 이병주의 경우는 사정이 크게 달랐다. 체험자인 이병주에 있어 말 시중들기란 그야말로 절대적이었다. 그 절대적인 것을 논리로서가 아니라 체험에서 획득한 것이었다.

논리적으로라면 누구나 대번에 저 헤겔의 『정신현상학』(1807) 속의 '주인·노예 변증법'을 떠올리게 된다. 위신을 위한 투쟁(Prestige-kampt)이 인간의 본질이라는 시각에서 보면, 그것을 위한 방도는 목숨을 걸 때 비로소 가능해진다. 이때 목숨이 두려워 항복하면 응당 노예로 전락한다. 주인은 노예 위에 군림하여, 가혹하게 노예를 다룰 수밖에 없는데, 그가 자기와 대등한 실력의 상대자를 못 찾았기 때문이다. 이 공허감이야말로 참을 수 없는 허무감이 아닐 수 없다. 절대로 노예를 용납지 않는 것은 승자의 이 허무감의 크기에서 온다. 한편 노예는 어떠해야 할까. 가혹한 주인의 강압 속에서 피라미드를 만들 수밖에 없다. 바로 그 순간 노예는 주인으로 승격하기 시작한다. 피라미드를 만들려면 먼저 설계도가 있어야 하기 때문이다. 설계도(정신)를 만들 수 있는 자는 이미 노예일 수 없는 법. 한편 주인은 허무 속에서 향락에로 전락한다.(A. 꼬제브, 『역사와 현실 변증법』, 설헌영 옮김, 한벗, 1981, 87쪽) 노예의 주인화 과정에서 주목되는 것은 노예의 굴욕체험의 절대성에서 말미암는 것. 이 굴욕의 절대화에 이르는 길은 무엇인가. 여러 가지 길이 있을 수 있겠으나, 학병 이병주에 있어 그것은 다음 시에서 선명하여 인상적이다. 쑤저우 주둔 일본군 60사단 치중병 이병주는 그 순간을 이렇게 읊어 마지않았다.

노예와 위신을 위한 투쟁

그러나
사자는 사자시대의 향수를 지니고 있다.
독사는 독사시대의 향수를 지니고 있다.

그런데
너는 도대체 뭐냐.
용병을 자원한 사나이.
제값도 모르고 스스로를 팔아버린
노예.

그러니
너에겐 인간의 향수가 용인되지 않는다.
지금 포기한 인간을 다시 찾을 순 없다.
갸륵하다는 건 사람의 노예가 되기보다는 말의 노예가 되겠다는 너의 자각이라고나 할까.

먼 훗날
살아서 너의 집으로 돌아갈 수 있더라도
사람으로서 행세할 생각은 말라.
돼지를 배워 살을 찌우고
개를 배워 개처럼 짖어라.

고 적어놓은 네 수첩을 불태우고
죽을 때 너는 유언이 없어야 한다.

헌데 네겐 죽음조차도 없다는 것은
죽음은 사람에게만 있는 것이기 때문이다.
죽을 수 있는 것은 사람뿐이다.
그밖의 모든 것, 동물과 식물, 그리고 너처럼
자기가 자기를 팔아먹은, 제값도 모르고 스스로를 팔아먹은,
노예 같지도 않은 노예들은 멸하여 썩어
없어질 뿐이다…….

—「8월의 사상」, 277~278쪽

이 시를 두고, 이병주는 스스로 이렇게 단호하게 토를 달았다. "죽을 수 없다는 것은 살 수도 없다는 뜻이다. 그렇다면 지금의 나는 어떠한 형태에 있는 것일까./그렇더라도 아니, 노예의 눈에도 쑤저우는 아름다웠다……"(「8월의 사상」, 278~279쪽)라고.

대체 쑤저우가 얼마나 아름다웠기에 짐승보다 못한 조선 학도병 노예의 눈에도 그렇게 아름다웠을까. 여기엔 설명이 없을 수 없다.

이것은 물론 한 편의 시이다. 그렇다면 어째서 이병주의 노예체험의 절대성이 한 편의 시로 나타나야 했을까. 말을 바꾸면 글쓰기라는 기묘한 형태로 나타나야 했을까. 이 물음에야말로 이병주 문학 전개의 문화적 보편성과 정신사적 의의가 담겨 있다고 할 것이다.

이 과제를 검토하기 위해서는, 조선인 노예 이병주 청년의 글쓰기의 원점과 그 주변을 살펴보는 일이 무엇보다도 앞서는 과제가 아닐 수 없다.

이병주 글쓰기의 원점은 노예 신분의 자각에서 왔다. 노예는 물론 사람이다. 개나 돼지일 수 없다. 그런데 이 조선인 학병 이병주에 있어 노예의 자각은 '사람이 아니다!'에서 연유되고 있었음에 주목할 것이다. 왜냐면 '사람의 노예 되기보다는 말의 노예 되기'의 자각이었던 까닭이다. 짐승의 노예가 되어 돼지처럼 살찌우고 개처럼 짖기로 마음먹었던 것이다. 따라서 훗날 죽을 땐 당연히도 유언이 있을 수 없다. 유언이란 인간만이 '인간적 죽음'을 하기에 가능한 형식인 까닭이다. 죽음조차 불가능한 것이 노예라는 이 자각의 절대성이란 새삼 무엇인가. 대작 『지리산』(1972년 연재)에서 이병주는 유언 불가능에 대한 원점체험이 '허망한 정열'에로 퉁겨져 나갔음을 이렇게 읊었다.

> 어디에서 죽고 싶으냐고 물으면 카탈로니아서 죽고 싶다고 말할 밖에 없다.
>
> 어느 때 죽고 싶으냐고 물으면 별들만 노래하고 지상엔 모든 음향이 일제히 정지했을 때라고 대답할 밖에 없다.
>
> 유언이 없느냐 물으면
>
> 나의 무덤에 꽃을 심지 말라고 부탁할 밖에 없다.
>
> —『지리산6』, 기린사, 1985, 39쪽

이것은 스페인내란 때 인민전선 쪽에 섰다가 죽은 시인 로르카(Garcia Lorca)의 시 구절이거니와, 여기에 나오는 '유언'이 바로 인민전선으로 표상되는 '회색의 사상'을 기저로 한 대하소설『지리산』이다. 이『지리산』이란 지난날의 노예들이 주인으로 되기 위한 치열한 투쟁적 삶을 형상화한 것이며, 그 또한 한갓 '허망한 정열'임을 입증코자 했다.

요컨대 '유언'이 없어야 한다는 자각이 마침내 가장 값진 '정신적 문화적 유언'을 가능케 했다. 그것이 이병주의 글쓰기였다. 그것은 노예의 눈에도 고도 쑤저우가 아름다웠다는 자각과 무관하지 않다.

이 '유언으로서의 글쓰기'에 이르는 과정과 그것이 어째서 하필 '소설장르'로 나타났는가를 묻는 일이야말로 본질적인 과제가 아닐 수 없다. 거기까지에 이른 과정은 다음 두 가지로 고찰해볼 수 있다. 하나는, 귀국 후의 그의 삶의 방식이며 다른 하나는, 글쓰기의 방식이다. 전자가 시대 속의 인간 이병주의 처세 방식이라면 후자는 이병주를 교육시킨 일본식 '교양주의'이다.

쑤저우성에 보초 선 조선인 학병

유언으로서의 글쓰기, 그것이 일본식 고등학교(전문학교) 교육의 유별난 '교양주의'의 산물이라 함에는 많은 설명이 요망되거니와 이는 또 쑤저우라는 특수지역과도 알게 모르게 연결되어 있다. 일본식 학교 교육 속에 놓인 교양학습으로서의『당시선唐詩選』도 이 사정거리 속에 있다. 다음과 같은 시를 중등교육만 받은 일본인이라면 모를 수 없기 때문이다.

달이 지고 까마귀 우는 소리 들리며 어둔 밤하늘에 차디찬 서리 기운이 가득 찼다. 강기슭의 단풍나무, 깜박거리는 고기잡이 불이 나그네 근심에 잠 못 드는 눈 앞에 아른거린다.

소수 한쪽 가장자리에 있는 한산사. 한밤중에 울리는 절의 종소리가 이 나그네의 배에까지 들려온다.

月落烏啼霜滿天　江楓漁火對愁眠
姑蘇城外寒山寺　夜半鍾聲到客船

이것은 중당 시인 장계(張繼)의 「풍교야박楓橋夜泊」 전문이다. 천하 명시이자 또한 자고로 논란 많은 작품이기도 하다.

명시다운 논란이란 무엇인가. 첫째, '야반종성(夜半鍾聲)'에 관한 것. 야반이란 한밤중이 아니겠는가. 한밤중에 절에서 종을 울리는 법이 있느냐는 것. 절에서 종을 치는 시간은 아침이나 저녁때임은 천하가 아는 일. 송대의 대시인 구양수(歐陽修)가 「육일시화六一詩話」에서 야반엔 종을 울리지 않는다고 평한 이래 이 문제가 논란의 표적으로 부상했다. 그로부터 한밤중에도 종을 울리는 사례가 있었음을 증명해 보이는 이런저런 증거가 나오기도 한 모양이다.

둘째, '월락조제(月落烏啼)'에 관한 것. 달이 질 때 까마귀가 울 수 있는가. 그렇다면 새벽이어야 마땅하다는 것. 이 시로 볼 때, 그럴 수 없으니까 궁여지책으로 나온 것이 '조제'란 산 이름에 해당된다는 설. 조제산이 실제로 쑤저우에 있기는 하나, 이 시가 나온 뒤에 생긴 명칭으로 알려져 있다.

셋째, '상만천(霜滿天)'에 관한 것. 서리란 땅에 가득한 것이 아니겠는가. 이에 대한 반론인즉, 중국식 서리 개념이다. 하늘의 청녀(青女)가 서리·눈을 관장한다고 적혀져 있는 『회남자淮南子』에 그 근거를 대고 있다.

이 시에 대한 전통적인 해석은 아마도 이러한 것 같다. 나그네 시름으로 얕은 잠이 든 채 새벽을 기다리던 시인이, 달이 지고 까마귀 울고 서리 기운 가득한 하늘을 생각하며 날이 새는가보다는 생각을 했을 때, 한산사의 종소리가 들려왔을 터이다. 그렇지만 실상은 한밤중에 지나지 않았던 것. 그렇지 않으면 월락과 야반의 대비를 뛰어넘기 어려울 것 같다. 까마귀 울음과 종소리가 함께 청각의 세계라면 강풍과 고기잡이 불의 시각적 이미지가 돋보이는 작품이다. 물론 이 작품의 중심 이미지는 수면(愁眠, 수심에 잠긴 잠자기)이다. 그것은 가을의 서글픔이 아니겠는가.

학병 이병주도 쑤저우성 위에서 보초를 서면서 필시 이 시를 읊조렸다고 보는 것은 그렇지 않았다고 보는 것보다는 개연성이 높다.

『사기』에 따르면 원래 이곳은 BC 6세기경 주나라 태왕의 아들이 세운 오(吳)나라였다. 이웃 월(越)나라와 쟁패를 겨룬 것은 모두가 아는 일. 오월동주(吳越同舟), 월서시(越西施), 또한 저 유명한 고소성(姑蘇城)과, 호구산(虎丘山)과 검지(劍池)가 있는 곳. 미인으로 이름난 곳. 마르코 폴로가, 누에를 쳐서 부자가 많은 곳으로 묘사한 곳. 상인적 공장적(工匠的) 자연적 성격을 띤 도시. 졸정원을 비롯 창랑정, 유원 등 천하의 이름난 정원들이 있는 곳. 그리고 운하로 된 수로의 도시. 17세기 중엽, 청나라식 변발을 거부한 문화적 기질이 있는 도시. 그리고 또 일본인에게 제일 잘 알려진 한산사(寒山寺)의 종소리가 있는 곳. (陳舜臣, 『중국역사 여행』, 集英社文庫)

스스로 노예로 자처한 조선 학병 이병주에게도 쑤저우는 아름다울 수밖에 없었다. 노예의 미의식이란 누가 보아도 모순인 것. 이러한 모순이 실상 훗날의 글쟁이 이병주를 낳는 데 기여했을 터이다. 그러나, 쑤저우가 가져온 이러한 역사와 자연으로서의 아름다움만이 전부는 아니었다.

노예 이병주가 쑤저우성 위에서 만월을 쳐다보며 보초를 서고 있을 때, 그는 필시 그곳을 다녀간 일본 최고의 문예비평가 고바야시 히데오(小林秀雄, 1902~1983)를 떠올렸을 것이다.

고바야시가 『문예춘추文藝春秋』 특파원으로 항주(杭州)에 가서 「분뇨담」의 작가이자 병졸인 히노 아시헤이(火野葦平)에 아쿠타가와상(芥川賞)을 전달한 것은 1938년 3월이었다. 그가 지척에 있는 천하의 쑤저우에 들렀음은 새삼 말할 것도 없다. 제국 일본의 가장 날카로운 평론가로 자타가 공인하는 고바야시 눈에 쑤저우는 과연 어떻게 비쳤던가. 그는 첫 줄에 이렇게 썼다.

> 쑤저우는 전쟁 이전보다 인구가 불었다 한다. 황군(皇軍) 대환영의 장식물의 색깔도 퇴색했고, 거리는 거의 평상을 회복한 듯 보였다. 은행으로 보이는 석조의 큰 건물에 단단한 철문이 열려 '위안소'라는 빈약한 글자가 씌어 있다. 이층 돌로 된 손잡이의 발코니에 새빨간 긴 일본옷에 겉옷을 걸친 오오시마다(大島田) 명주옷을 입은 일본인이 맨발에 슬리퍼를 끼고 담배를 피우며 멍청히 먼지 낀 거리 왕래를 내려다보고 있다. 동행의 A군도 얼굴을 보이며 웃는다. 무엇이 가소로워 웃는 것일까. 무책임한 구경꾼의 심리란 묘한 것이다.
>
> 거리의 파괴는 거의 눈에 띄지 않는다. 부대의 숙사는 모두 성외에 있어 성내의 큰 길에는 하사관 이하 통행금지의 표찰이 붙어 있고, 병졸들의 모습은 보이지 않아 점령 직후의 거리라는 인상을 주지 않는다. 연극, 영화, 백화점 기타 상점도 모두 문을 열고 왕래하는 사람들 얼굴도 밝았다.
>
> —『小林秀雄集』, 筑摩書房, 453쪽

고바야시의 미의식은 역시 쑤저우 미인들을 놓치지 않았고, 상해에서 온 창녀는 물론 일본서 온 창녀들도 놓치지 않았고, 일본군들이 부르는 노래에도 귀를 기울였다. 정원도 절도 구경했고, 당연히도 한산사에 들렀다. 저 「풍교야박」의 탁본을 하기 위한 결사적인 장면을 보고 눈을 찌푸리기도 했다.

> 불전 속에는 흡사 탁본 공장이다. 책상의 돌을 벗겨 구멍을 내고 불로 굽는다. 무엇 때문인가 하고 보자니, 옆에는 푸른 대나무를 걸쳐 놓고, 탁본한 종이를 강보처럼 하여 흔들어 말리고 있다. 일을 맡은 아이는 더워서 벌거벗었다. 예의 그 장계의 시를 새긴 비가 있는 곳은 물론 대소동이다. 비는 새로 세운 것이었고 낡은 것은 산산조각이 나 조각을 겹쳐 벽에 쌓아두었다. 글자는 거의 판독 불가. 직인들은 아마도 일찍이 없었던 대목을 맡은 듯. 무슨무슨 부대 백 매, 무슨무슨 부대 이백 매 등의 주문이 쇄도하고 있는 것이다.
>
> —『小林秀雄集』, 457쪽

이 정나미 떨어지는 쑤저우에서 뜻밖에도 고바야시를 구해준 것은 소학교 어린이들이었다. 절 구경을 나선 고바야시가 우연히 들른 소학교에서 그는 선 채로 생도들의 뜻밖의 인사를 받았고, 그들의 낭랑한 글읽기와 창밖의 들판을 보자 뭔가 유쾌했던 것이다. 소학생들의 청청한 미래를 그가 직감한 것이었을까. 그것은 아마도 고바야시 자신도 잘 설명하기 어려웠을 터이다.

고바야시가 이곳을 다녀간 지 6년 뒤에 학병 이병주가 노예로 와 있지 않겠는가. 여기서 다시 이 고바야시의 쑤저우 방문을 이병주가 과연 알고 있었을까 하는 의문을 음미해보자. 그것은 몰랐다고 보는 쪽보다 좀더 현실적이다. 그 증거로 다음 장면을 내세워볼 수 있다.

사실 고바야시와 미키의 문제는 현대 일본의 최대의 문제가 아닐 수 없다. 학생이면 일본에선 고바야시의 제자가 되거나 미키의 제자가 되거나 해야 되기 때문이다. 그러나 내게 이자택일을 하라고 하면 난처하다.

같은 주제를 취급한 것을 예를 들어 본다면 미키에겐 「파스칼에 있어서 인간의 연구」라는 것이 있고, 고바야시에겐 「생각하는 갈대에 관한 생각」, 기타 파스칼에 관한 단편(斷片)이 있다. 미키는 하이데거류의 분석적 방법과 해석적 방법을 구사해서 파스칼이 생각하고 있는 인간 존재를 훌륭하게 부각시켰다. 그러데 이것은 어디까지나 계몽적이기 때문에 의미가 있고 교양적이기 때문에 가치가 있는 연구인 것이다. 그만큼 계몽적, 교양적인 범위를 넘어서지 못하고 있다.

한편 고바야시는 파스칼이 말한 '사람은 생각하는 갈대'라는 것을 '사람은 약하다, 그러나 생각하는 능력이 있다'는 식으로 해석해서는 안 되며 '사람은 갈대처럼 생각해야 한다'는 뜻으로 해석해야 한다고 함으로써 파스칼적 사고의 핵심을 찌르고 있다.

미키는 계몽적으로 파스칼에 있어서의 인간 존재를 추출해냈는데, 고바야시는 미키의 책 10분의 1의 분량도 안 되는 분량으로써 파스칼적 사고의 중심을 해명해냈다. 이 점이 두 사람을 비교하는 데 특히 중요하다.

미키는 노선을 정하고 착실하게 광맥을 찾아 나가고 고바야시는 진실이 있다고 생각한 곳이면 아무 곳이든 파헤친다. 그렇다고 해서 전자에는 체계가 있는 데 장점이 있고 후자에겐 체계가 없으니 단점이라고 말할 수 없다. 이 두 사람이 죽고 난 뒤에 평가해야 할 문제로서 남는다. 체계, 반드시 장점이 될 수 없는 것이지만 지금은 이곳저곳을 파헤쳐 놓은 것같이 산만한 느낌이지만 평생을 끝낼 때는 그것이 훌륭한 광장으로 닦아져 굉장한 건물이 세워질는지도 모르는 까닭이다.

—『관부연락선』, 동아출판사, 1995, 216~217쪽

미키 기요시(三木淸)냐 고바야시 히데오냐를 두고, 대학시절 토론하고 있는 이 장면은 그대로 이병주의 교양주의를 말해놓고 있다. 이 중간에 선 이병주로서는, 고바야시의 쑤저우·항저우 방문을 깡그리 무시하거나 몰랐다고 보기는 어렵다.

그렇다면 정작 학병 이병주가 본 쑤저우는 어떠했을까. 이병주가 대구 소재 80연대에 1천 명의 인원과 더불어 입소한 것은 1944년 1월 20일이었고, 그곳을 출발한 것은 1월 28일이었다. 열차에 실려 열하, 산해관, 태원(太原)을 지나자 반수의 학병이 내렸고 제남을 지날 때 눈이 내렸고, 남경을 지나 쑤저우 역에 도착한 것은 1944년 2월 5일. 만 9일째였다. 방첩명 '호코(矛) 232부대', 정식 명칭은 제60사단 치중대. 총 4백 명의 인원 중 조선 학병이 60명이나 끼어 있었다. 인텔리 부대라 불릴 만큼 소설가·만화가·대학교수·중학교사 등이 섞여 있었다. 마구간의 말 시중들기가 주업무였고 또 위병근무는 필수적이었다.

1945년에 접어들었다. 이해의 1월 1일 쑤저우에선 눈이 내렸다.

하늘 가득히 펄펄 휘날리는 눈송이를 뒤집어쓰며 유태림은 이날의 새벽 쑤저우의 성벽 위에 서 있었다.

눈 날리는 원단의 새벽, 춘추 이래 수천 년 고도(古都)의 성벽 위에 서 있었다고만 말하면 로맨틱한 운치가 없지는 않다. 그러나 유태림의 그때의 경우는 그러한 운치완 아득히 멀었다. 눈을 뒤집어쓰고 추위를 견디며 성벽 위에 서 있는 유태림은 일본 군대의 보초로서였다.

쑤저우성은 주위 23킬로, 성문은 금문(金門), 서문(西門), 북문(北門), 평문(平門) 네 군데였는데 평문 가까이 성벽 안쪽으로 60사단의 연료창고가 있었다. 유태림은 그때 이 연료창고와 평문을 지키기 위한 보초로서 성벽 위에 서 있었던 것이다.

새벽이라고는 하나 아직 짙은 어둠으로 꽉찬 하늘에서 소리 없이 휘날려 내리는 눈. 성 밖 호수(壕水) 건너편에 있는 정거장 쪽에서 간혹 기관차의 시동하는 소리가 깜박거리는 불빛과 더불어 들려 올 뿐, 성 안은 적막한 고요에 싸인 채 있었다. 눈송이가 아로새긴 어둠의 바닥에 띄엄띄엄 전등불이 차갑게 명멸하고 있는 죽은 듯 고요한 거리…… 줄잡아 60만 인의 잠이 눈 날리는 새벽의 고요를 이루고 있다는 사실에 태림의 의식이 미치자 빙판을 이룬 듯한 태림의 뇌수 한구석에 불이 켜지듯 보들레르의 시 한 구절이 떠올랐다.

—너희들! 짐승의 잠을 잘지어다!

60만의 잠. 60만 짐승의 잠. 그 가운데는 사자의 잠도 있을 것이었다. 돼지의 잠도 있을 것이었다. 개새끼의 잠도 있을 것이었다. 독사의 잠도 있을 것이었다.

사단장의 잠도 있고 졸병의 잠도 있고 포로의 잠도 있고 공작대원의 잠도 있을 것이었다.

청정한 소녀의 잠도, 음탕한 창부의 잠도, 고고한 철인의 잠도 있을 것이었다. 사단장의 잠은 사자의 잠일까.

졸병의 잠은 돼지의 잠일까. 사자의 잠이건 돼지의 잠이건 개새끼의 잠이건 독사의 잠이건 너희들 원대로 실컷 짐승의 잠을 자라고 외치고 싶은 충동이 유태림의 가슴속에 일었다. 그 외치고 싶은 충동의 그늘에 태림은 또한 잠자고 있는 자에 대한 깨어 있는 자의 오만을 느꼈다.

'짐승의 잠을 자라'고 외친 보들레르는 짐승의 잠은커녕 사람의 잠도 제대로 잘 수 없었던 이단자로서의 오만을 가졌었다.

유태림은 터무니없는 국면에서 보들레르의 이단을 모방한 스스로의 오만에 야릇한 감회를 느껴 보면서 자기가 하잘것없는 일본군의 보초임을 새삼스럽게 깨닫고, 잠자지 못하는 하잘것없는 보초가 잠들어 있는 사람들에게 대해 깨어 있는 자의 오만을 모방해본다는 것은, 거리를 끌려가는 사형수가 그 뒤를 따르는 구경꾼에게 대해 느껴보는 허망한 오만과 비슷하지 않을까 하는 생각도 가져 보았다.

입맛이 썼다.

—『관부연락선』, 101~102쪽

이처럼 노예인 조선 학병 이병주에겐 쑤저우는 단지 말 시중과 위병 근무로 일관되었을 뿐 자연도 역사도 그 무엇도 없었다. 단지 일본군의 내무반의 삶과 그 속에서 만난 조선인 학병들과의 관계만 있었다. 그는 거기서 남로당 중요인물 안영달(실명)과 마주쳤다. 고바야시 히데오의 쑤저우 묘사도 한산사의 종소리도 응당 보고 들었지만 그것을 느낄 귀도 눈도 있을 수 없었다. 왜냐면 노예였기 때문이다(이 노예는 또한 죽음의 체험도 함께 했다. 쑤저우에 본부를 둔 일본군 60사단은 1945년에 접어들어 미군상륙을 막기 위해 병력 일부를 쑤저우에서 남방으로 백 리쯤 떨어진 창서우〔常熟〕란 소도시에 차출되어 벙커구축에 투입되었는바, 이병주 소속 중대도 이에 동원되어 소상수로를 통해 창서우시의 청강진〔淸江鎭〕에 갔다. 거기서 1945년 7월 30일 운하에 빠져 죽게 된 이병주를 중국인 소년이 구출해준 바 있다. 12세 된 소년 이름은 사동수〔謝東修〕. 두 사람의 우정이 깊어졌고 소년의 소원인 권총 한 자루를 건네주었고, 그것으로 인해 헌병의 문초와 소년의 탈출이 이루어졌다. 소년을 다시 만난 지 5일 뒤인 8월 15일 해방을 알지도 못한 채 이병주 부대는 사난 사령부로 차출되었다. 이병주는 이 소년을 '잊을 수 없는 사람'란에다 크게 썼다(「전지에서 만난 중국소년」, 『신동아』, 1966. 2, 288~291쪽). 이 글을 쓸 때의 이병주 직함은 '작가, 국제신문사 논설위원'으로 되어 있다).

1945년 상해 포로수용소

중부중국방면군(中支那方面軍) 쑤저우 주둔 일본군 제60사단에 소속된 조선인 학병 및 지원병은 60여 명이었다. 중일전쟁의 일본군에 대한 평가를 후세의 역사는 이렇게 규정해놓고 있어 인상적이다.

> 중일전쟁은 만주사변과는 비교할 수 없을 만큼 본격적 전쟁이었다. 일본은 1937년 12월 남경(南京) 점령 때의 제일단계 작전에 있어 육군은 전시편성의 16개 사단을 중국전선에 보냈고, 해군은 제2, 제3함대와 항공대의 주력을 사용했고, 1만 8천 명의 전사자와 5만 2천 명의 부상자를 냈다. (1941년 말까지 중일전쟁으로 인한 군인·군속 사망자는 18만 5천여 명으로 많아졌다.) 그럼에도 육군에선 현역사단을 대소련전에 대비하여 만주에 배치했기에 중국에는 예비·후비·용병을 소집해 새로이 편성한 부대가 많이 보내졌다. 그 때문에 국내에는 재향군인의 대규모 소집이 행해져 한참 노동할 남자들이 속속 전장으로 나아갔다. '축출정(祝出征)'이란 긴 천을 장대에 매단 깃발을 세워 거리거리 마을마을의 사람들이 모두 나와 보내는 출정 풍경이 곳곳에서 벌어졌고 전쟁 기분을 돋우었다.
>
> —도오야마 시게기 외, 『昭和史』, 岩波新書, 신판, 158쪽

요컨대 중국전선은 정예군과는 일정한 거리가 있었다고 볼 것이다. 여기에 투입된 조선인 학병의 탈출 사건은 이와 무관하지 않은 그만큼 미묘한 것이었다(장준하 『돌베개』, 김준엽 『장정』, 신상초 『탈출』, 김문택 『탈출기』 등 참조). 이병주를 포함한 이들 60여 명은 그후 어떻게 되었을까.

이들 노예가 해방을 맞은 것은 쑤저우 60사단에서였다. 그들은 탈주

하여 임시정부 쪽이나 팔로군 쪽으로도 가지 않았고, 서둘러 고국으로 돌아가는 길을 찾지 않으면 안 되었다. 그 길이 모든 것의 중심지인 상해로 향해 있었음은 새삼 말할 것도 없다.

상해에서 일본 항복이 전해져 전 시가에 난데없는 폭죽이 터진 것은 1945년 8월 11일이었다. 일본이 무조건 항복을 각국 대사관을 통해 전달한 것은 1945년 8월 10일이었다. 프랑스 조계에서 먼저 터져나온 폭죽에 이어 드디어 8·15가 왔을 때 상해에 있던 조선인 교민들은 어떤 부류로 존재했을까. 일곱 가지 범주로 이들이 분류 정리되었다.

1. 전쟁발생 이전부터 이미 외국조계 내에 거주하여 외국인상사에서 근무하던 자

2. 일군의 배경하에 선량한 중국인을 상대로 악질적 '오지취인(奥地取引)'에 종사하던 자

3. 일군의 비호 및 장려하에서 마약(헤로인) 제조·운반·판매 등 비인도적 행위를 계속하던 자(과거 독립투사의 유족들도 섞여 있었다)

4. 표면으로 모모 무역공사, 혹은 공장이라는 간판을 내걸고 있었으나 내용은 군수물자를 제조하여 일군에 제공한 자

5. 만주·화북 등지로 굴러 다니다가 상해에까지 떨어진 깡패·위안부·포주·일군의 앞잡이, 밀수업자 등등

6. 그 밖에 소수의 일본국책회사의 고급사원 또는 하급군속들

7. 물론, 지하에 숨은 극소수의 지사(志士)들.

—김명수, 「상해에서 맞은 8·15」, 『신동아』, 1965. 8, 434쪽

해방은 이러한 7유형에 또하나의 유형을 가져왔다. 제8유형이 그것이다.

8·15 직후, 중국 모 일류신문지상에 '아직도 상해시내를 자유로이 활보하는 일본병' 운운하는 기사가 게재되어 읽는 사람의 신경을 날카롭게 했다. 그 내용의 일단을 소개하면

"일본인을 전부 일정한 지역에 거주를 제한시키고 있는 이때, 왕왕히 시내대로를 일본군복을 그대로 입은 채 일어를 지껄이며 다니는 한인(韓人)들이 있어 시민의 증오감을 일으키고 있는 바이다……" 대강 이러한 것이다.

그들은 군모에서 일군 모표만 떼고 안하무인격으로 시가를 돌아다니었다. 그대로 일본어를 지껄이면서 자랑하듯이. 영미인(英美人)이 수용소에서 풀려나와서 이 꼴을 볼 때 얼마나 치가 갈렸을까? 왜 저런 놈들을 가둬두지 못하고 자유로이 내버려두는가—하고.

—「상해에서 맞은 8·15」, 437쪽

소수 60사단 소속 치중병 이병주는 어떻게 되었을까. 그도 응당 해방을 맞아 상해로 왔을 것이다. 근방의 일본군은 일단 상해의 수용소에 집결했다가 귀국선을 타기로 연합국 당국이 조치했기 때문이다. 여기서 검토해볼 수 있는 것은 이병주가 위의 인용된 제8유형에 들었는가의 여부이다. 이 문제에 대해서는 출세작인 『관부연락선』을 참조해 볼 수 있다.

두루 아는 바 『관부연락선』은 이른바 학병세대(1920~1923년생들)의 현존적인 출중한 인물 유태림을 주인공으로 한 소설이다. 조선 경남의 명가문 출신이자 일본 유학생이며 학병으로 끌려갔다가 귀국 후, 공산주의자로 눈부시게 활동했다가 6·25에 행방불명이 된 유태림의 일대기를 다룬 중후한 작품이다. 유태림을 둘러싼 시대적 배경과 그의 행동 범주를 동향 출신이자 유학 동창생인 '나'의 시선을 통해 부각시킨 점이 소설적 구성을 유려하게 달성시켰다. 작중 화자인 '나'야말로 주

인공 유태림과 동격의 무게를 갖추고 있음이 이 작품의 특이성이자 소설적 무게라 하겠는데, 왜냐면 '나'로 인해 『관부연락선』이 실록적이자 자전적 의의를 획득할 수 있었기 때문이다. 유태림과 '나'는 사소한 일에서는 서로 맞서지만 근본에서는 일란성 쌍생아와 같기 때문에 '유태림=나'의 도식과 '유태림≠나'의 도식의 교차에서 빚어지는 의식의 과잉이야말로 이 작품의 실록적 무게를 결정했던 것이다. 이런 시선에서 보면 다음 장면의 해석도 썩 자연스럽게 이중화될 수 있다.

> 캬왕이란 한자로 '江灣'이라고 쓴다. 황포강 기슭에 우쑹(吳淞) 쪽으로 있는 지명이다. 일본군이 항복하고 난 뒤, 일본군의 수용소가 거기에다 두었기 때문에 그때 말로 캬왕이라고 하면 포로가 된 일본군의 수용소라는 뜻으로 되었다. 한국 출신 사병의 일부는 일본의 항복과 동시에 정식으로 제대를 했거나 탈출을 해서 개인 또는 집단으로 상해에서 자유로운 행동을 취했다. 그런데 그러지 못한 일부는 일본군과 함께 포로 취급을 받으면서 귀국하는 날까지 일군의 수용소에 있었다. 유태림은 자유행동을 취한 부류에 들었고, 나는 일군 수용소에 머물러 있는 부류에 속해 있었다. 유태림이 내게 한 말은, 그러니 "뭣 때문에 자유행동을 취하지 않고 수용소에서 포로 취급을 받고 있었느냐"는 얘기인 것이다.
>
> 이런 설명을 듣자 B선생은,
>
> "이선생은 원래 간이 무척 작은 모양이구먼" 하고 웃었다.
>
> "따지고 보면 간이 크고 작고 할 것도 없었지. 그냥 나와버렸으면 되었던 거니까. 그리곤 나라도 찾아 주었으면 좋았지."
>
> 유태림은 이처럼 간단하게 말하고 쾌활하게 웃는 것이었지만 사실은 그렇게 쉬운 일이 아니었다.
>
> 나라고 해서 수용소 생활이 좋아서 한 짓이 아니다. 매일처럼 소금국과 곰팡내 나는 좁쌀밥만 먹고 병업(兵業)은 없어졌지만 그대로 남아

있는 일본 군대의 규율에 얽매여 살고 싶었을 까닭이 없다. 게다가 많은 한국 출신의 사병들이 자유의 몸으로 상해의 거리를 활보하고 있는 것을 목격도 하고, 그 가운데는 유태림처럼 잘 먹고 잘 입고 잘 놀고 있는 친구들도 있다는 소문을 듣기도 했으니 하루에도 몇 번이고 탈출했으면 하는 생각이 일기조차 했다. 탈출이라야 항복 전의 상황과는 딴판이어서 어려운 일이 아니었다. 가끔 외출을 허가하고 있었는데, 외출했을 때 수용소로 돌아가지 않으면 그만인 것이다.

그러나 내가 탈출했으면 하는 생각을 하고 있었을 때는 이미 상해의 거리엔 일본군에서 빠져나간 한국 청년들이 범람하고 있었고 이들을 먹여살리는 문제가 상해 거주 교민들의 골칫거리로 되어 있었을 무렵이었다. 뿐만 아니라 억지로 어떤 교포의 동정과 호의를 구해서 밖으로 나갈 수 있었다고 하더라도 나 혼자만이 행동을 취할 수 없을 정도로 동료간의 관계가 미묘했었다. 유태림의 소식도 들어 알고 있었지만 이미 백여 명의 친구들과 함께 어떤 사람의 신세를 지고 있다는 것이니, 설혹 나 혼자 개인행동을 취해 그를 찾아가도 탐탁스러운 결과가 있을 것 같지 않았다. 게다가 상해의 거리는 위험하기 짝이 없다는 풍문이 자자했다. 어느 골목에서 무슨 귀신에게 홀려 갈지 모른다는 것이다. 이런 풍문은 터무니없는 과장만도 아니었다.

그러니 모험을 하느니보다, 불편하고 지리할망정 캉왕의 수용소에 들어박혀 연명이나 하다가 귀국할 날을 기다리는 편이 낫다고 생각한 것이다.

—『관부연락선』, 66~68쪽

유태림이 제8유형에 들었음이 한눈에 들어온다. 8·15를 맞은 유태림 일행은 (1) 현지제대 (2) 관망 (3) 일본군 잔류의 선택이 가능했는데, 그들이 (1)을 택했을 때 부대장은 두당 쌀 한 가마, 보리쌀 한 가마에 기타 피복 의료품을 지급했다. 1945년 9월 1일 그들은 영문을 나왔다. 총 55명 중 20명은 북한으로 갔고 나머지는 쑤저우의 민가에서 머물다 상해로 갔다. 약 반년 동안 상해의 유태림들이 미군정청에서 보내온 LST(Landing Ship for Tanks)로 부산항에 닿은 것은 1946년 3월 3일이었다. 두 가지 길이 운명적으로 주어졌는바, 하나는 다음처럼 노래한 해방공간에서의 정치에의 길이었다.

무거운 거름은
날마다 넓은
땅에 있었고
바라다보는
하늘의 方向은
밤마다 달렀다
마음의 한가닥 길 우
죽은 사람도 없이
산 사람도 없이
고시란이 그대들은
어머니 아버지 나라로
도라 왔다

아아
어린 靈魂들아
젊은 生命들아

오늘은 南쪽
내일은 北쪽

이르는 곳마다
故鄕의 位置는 바뀌어
正午면 해가
지내가는 天心엔
언제나 별이 가득하였다

외로움이
주검보다 무서운 밤

그대들은 敵과
敵의 敵이 널린
망망한 들가에
奇蹟처럼
위태로이 서서
絶望가운데
勇氣를 깨닷는
祖國의 속삭임을
들었으리라

주검도 삶도 없는
그대들의 靑春을
외로움과 주검으로
내어 몰은
敗亡한 敵과
富裕한 同胞에게

이젠
敬虔한 인사를
드려도 좋을
때가 왔다.

—임화, 「학병 돌아오다」, 『학병』 창간호, 1946. 1, 12~14쪽

해방공간에서의 학병들의 정치활동은 당연히도 좌파와 우파로 갈라졌고, 그 집산이합 및 군대조직 등에 관여하여 나라 만들기에 공헌했을 터이다. 이러한 정치지향성의 유파와는 달리 고등교육의 혜택을 입은 그들인지라 이 지적 우월성을 발판으로 교육계에 투신, 지적 정신적 지향성으로 치달은 유파도 있었다. 「불꽃」(선우휘)의 주인공이나 『탈출』(신상초) 그리고 『장정』(김준엽), 화가 최덕휴 등은 이쪽에 섰다. 이병주는 과연 어느 편이었을까.

귀국한 이병주가 모교(그는 중퇴생)인 진주농림학교에 교사로 간 것은 1946년 9월이었다. 그러나 그는 이 교사로서의 삶에 도무지 자신감을 가질 수 없었다.

용병의 신세를 벗어나 중국에서 돌아온 것이 1946년 2월, 그리고 그 해 9월 나는 진주농림학교의 교사가 되었다. 거기서 2년 동안 근무하다가 진주농대의 신설과 때를 같이해서 그곳으로 옮겼다. (…) 1951년 5월 경남대학의 전신인 해인대학으로 옮겼다. 통산 10년 남짓한 교원생활에서 나는 영어·프랑스어·철학을 가르쳤다. 가르쳤다고 하니 그럴싸하게 들리지만, 짧은 영어, 모자라는 프랑스어, 자신도 뭔지 모르는 철학을 가르친 순전히 엉터리 교사였다. 게다가 일제 용병이었다는 회한이 콤플렉스로 되어 한 번도 교사다운 위신을 떨쳐보지 못했다.

—「실격교사에서 작가까지」, 『이병주칼럼—1979년』, 세운문화사, 1978, 149쪽

노예였다는 사실이야말로 결정적인 것이어서 그는 평생 이 콤플렉스에서 벗어날 수 없었다. 이 노예의 심리를 그는 '8월의 사상'이라 하여 객관화하기에 필사적이었다. 그의 글쓰기는 이 사상의 객관화에로 향한 몸부림이었다.

> 내가 중국 쑤저우에 있었을 때의, 그 2년간은 연령적으로도 내 청춘의 절정기였다. 그 절정기에 나의 청춘은 철저하게 이지러졌다. 일제 용병에게 어떤 청춘이 허용되었을까. 용병은 곧 노예와 마찬가지이다. 노예에게 어떤 청춘이 허용되었을까. 육체의 고통은 차라리 참을 수가 있다. 세월이 흐르면 흘러간 물처럼 흔적이 없어지기 때문이다. 그러나 정신이 받은 상흔은 아물지를 않는다. 우선 그런 환경을 받아들인 데 대해 스스로를 용서할 수 없기 때문이다. 그런데 일제 용병의 나날엔 육체적 정신적인 고통이 병행해서 작동하고 있었다. 일제 때 수인(囚人)들은 고통 속에서도 스스로를 일제의 적으로서 정립할 수는 있었다. 그런데 일제의 용병들은 일제의 적으로서도, 동지로서도 어느 편으로도 정립할 수가 없었다. 강제의 성격을 띤 것이라곤 하지만 일제에게 팔렸다는 의식을 말쑥이 지워버릴 수 없었으니 말이다.
>
> —「8월의 사상」, 276쪽

학병세대의 교양주의

노예의 사상을 객관화하기로서의 글쓰기란 새삼 무엇이뇨. 이 물음이야말로 이병주 글쓰기의 기본명제가 깃든 곳이거니와, 이를 살피기 위해서는 다음과 같은 세 가지 층위를 검토할 수 있다.

(A) 층위: 일본식 교양주의 교육풍조

『관부연락선』의 주인공 유태림을 두고 '나'가 평가한 다음 대목은 이 작품의 자전적 성격을 드러내는 키워드에 해당된다.

> 수업이 파하기가 바쁘게 나는 유태림을 선전하기 시작했다. 우리 고을에선 제일가는 부호의 아들이란 것, Y고등학교나 M고등학교와는 격이 다른 S고등학교에 다녔다는 것, 독립운동 결사에 가담했다가 퇴학당했다는 것, 퇴학당한 뒤 구라파 일대를 여행하고 돌아왔다는 것 등을 신이 나게 지껄였다.
>
> —『관부연락선』, 20쪽

여기 나오는 Y, M, S고등학교란 무엇인가. 여기에는 당시 일본 학제에 대한 설명이 없을 수 없다. 교육을 입신출세의 기본항으로 삼은 일본제국은 특이한 고등학교제도를 개발시켰다. 제 일급에 속하는 것이 관립 넘버 스쿨이다. 제1고에서 제8고까지가 그것. 두번째는 소재지 지명을 딴 오사카고교(大阪高校)를 비롯한 각종 고교. 세번째는 중학 4년에 연계된 고교. 네번째는 제국대학 부설 예과. (조선에는 고교가 없었다.) 이중에서도 이른바 넘버 스쿨이 우수성을 과시하고 있었다.(竹內洋, 『학력귀족의 영광과 좌절』, 中央公論新社, 1999, 117쪽)

이 점에 비추어 볼 때 Y고교는 저 야마가타(山形) 현의 지방고교에 해당된다. "Y고등학교 있는 야마가타는 동북 지방의 소도시여서 동북 사투리를 쓰는 학생이 많을 수밖에 없었는데…"(『관부연락선』, 207쪽)라는 대목을 볼 수 있거니와, 제국대학에 들기 위해서는 좌우간 어느 고교를 나와야 했으니까(후엔 검정고시도 가능했지만) 조선인 학생들이 시골 고교에로 나간 경우가 많았다.(권환, 김사량 등과 김기림을 들 수 있다. 졸고, 「이양하와 김기림」, 『문학의 문학』, 2008년 가을호)

그렇다면 M고교란 어디일까. S고교가 경도(京都) 소재 제3고를 가리킴이라면 여기서 M고교란 동경 근처의 미토(水戶)고교를 지칭한다. H의 형이자 저명한 작가 후나하시 세이이치(舟橋聖一)가 다닌 학교이기도 하다. 그만큼 이병주는 이 점에 민감했다. 『별이 차가운 밤이면』(제4회분)에서 주인공 박달세는 오사카 고등학교를 다녔고, 어째서 이 학교에 자존심이 걸렸는가를 상세히 기술하고 있다. 요컨대 고등학교라는 일본의 교육제도란 이병주 문학에서는 아무리 강조해도 지나침이 없을 정도의 무게를 갖고 있다. 그가 비록 고교에 다니지는 못했지만 바로 이 학교제도 속에서 숨쉬고 살았기 때문이다. 이 굉장한 고교식 교양주의의 세계관을 염두에 두지 않고는 『지리산』에서 벌어지는 이규, 박태영, 하영근 등의 이데올로기 논쟁사를 이해할 수 없다 해도 과언일 수 없다.

이들 고등학교의 교육이념이 이른바 '교양주의'로 요약되거니와, 이는 서양의 철학 및 문학을 아우르는 인문주의에 기반을 둔 것이었다. 그러니까 서양숭배사상의 산물이며 따라서 거기에는 식민지적 냄새가 풍길 수밖에 없다. 서양지식의 식민지풍조가 그것이다.(竹內洋, 『학력귀족의 영광과 좌절』, 中央公論新社, 251쪽)

(B) 층위: 1930년대 중반의 교양주의

학병세대들이 고교생일 무렵 일본의 교양주의는 『선의 연구』(西田幾多郎)에서 크게 벗어났을 뿐 아니라 마르크스주의에서도 한 단계 멀어진 새로운 지평에 전면적으로 노출되어 있었다. 제국 일본은 중일전쟁(1937)으로 치달았다. 이 속에서 조성된 교양주의는 철학자 미키 기요시와 문학자 고바야시 히데오의 한가운데에 놓아졌다. 이병주는 이 사실을 『관부연락선』에서 온몸으로 제시하고 있었다.

"지금도 마르크시즘에 대한 신앙은 변함이 없나?"

"아냐, 전향한 지 오래야."

H(작가 후나하시 세이이치의 아우—인용자)의 대답은 결연했다. 너무나 결연한 대답 때문인지 E는 어리둥절한 표정이 되었다. H가 말을 이었다.

"검사 앞에서 한 전향은 정직하게 말하면 일종의 위장 전향이었어. 일종이란 단서를 붙이는 것은 전향을 해도 좋다는 감정은 있었는데, 이론적으로 스스로를 납득시킬 만한 전향의 근거가 되어 있지 않았거든. 그런데 이 학교에 와서 고바야시 히데오(小林秀雄) 선생의 강의를 받으면서부터 완전 전향을 했어."

—『관부연락선』, 213쪽

H와 E는 모두 일본인 학생이다. 조선인 학생 '나'(유태림)는 H와 E의 토론을 지켜보고 있었다. E는 미키 기요시의 편에 섰고 H는 고바야시 히데오 편에 서서 토론하고 있었던 것이다.

(H): "그런 뜻에서 내겐 고바야시 선생이 중요한 거야. 선생의 강의로써 공산주의를 극복하게 된 게 아니라 공산주의와 무관한 사상으로 되레 인생을 발랄하게 파악하고 날마다 새롭게 살 수 있다는 계시를 받은 게지."

(E): "모래알 속에 빛나는 진주 같은 것. 그런 것이 고바야시 선생에겐 있지. 그러나 그러한 편편의 진실은 있을망정 고바야시 선생을 통해서 진리에 이를 수 있을 것 같진 않은데……."

—『관부연락선』, 215쪽

미키냐 고바야시냐의 선택을 유태림에게 또는 이병주에게 요구했다면 어떻게 될까. 미키는 "메이지 이래 계몽적 교양주의적 선상에서 일하고 있고 고바야시는 일약 문화적인 국면 속에서 화려하게 활약하고 있다고 할 수 있다"(218쪽). 그러나 "고바야시의 활약은 미키와 같은 계몽적 교양적 노력을 꾸준히 하고 있는 존재를 전제로 해야만 결실이 있다"고 본다면 어떠할까. 유태림(이병주)은 어느 편을 선택할 수 없었다.

인민전선의 사상에서 이병주가 회색의 사상을 감지한 것도, 이로써 『지리산』의 중심사상을 삼은 것도 이에서 말미암았다.

(C) 층위: 해방공간(1945~1948)

미군정청이 보내온 LST에 실려 이병주가 부산항에 닿은 것은 1946년 3월 3일이었고, 모교에 영어교사로 나아간 것은 1946년 9월이었음은 앞에서도 밝혔거니와, 여기서 두 해 동안 근무하다 농과대학 신설로 그곳으로 옮겼다. 그러니까 모교인 농림학교가 대학으로 승격한 경우에 해당된다. 그가 해인대학(경남대 전신)으로 다시 옮긴 것은 1951년 5월이었고, 부산의 국제신보로 옮긴 것은 9년 뒤인 1955년이었다. 주필, 편집국장, 논설위원 등을 거치면서 그는 갖가지 논설을 썼고, 필화 사건으로 10년 징역형을 받은 것은 1961년 5월이었고, 실형 2년 7개월 만에 풀렸고, 옥중기 형태로 쓴 것이 중편 처녀작 「소설·알렉산드리아」(1965)이다. (장편 『내일 없는 그날』을 부산일보에 연재한 것은 1957~1958년도였다.)

스스로 정리한 이상의 경력에서 그 자신은 '실격교사에서 작가까지'라는 제목을 달았다. 그가 교사 노릇을 제대로 할 수 없었던 이유로 든 것은 노예체험이었다. "일제 용병이었다는 회한이 콤플렉스로 되어 한 번도 교사다운 위신을 떨쳐 보지 못했다"(『이병주칼럼—1979년』, 149쪽)는 것이다. 신문사로 자리를 옮긴 이유도 여기에서 왔다. 교육자로서의 실격자가 언론인으로는 적절했을까. 단호히도 이병주는 적절했다고 말해놓고 있어 실로 인상적이다. "내 인생 가운데 이 시기를 가장 아름답게 회상하는 버릇을 가지고 있다"(150쪽)라는 고백이야말로 이병주 글쓰기의 원점이자 도달점이며 또 입구이자 출구이기도 하다. 어째서 그러한가.

이 물음의 중심부에 놓인 키워드가 바로 일본식 교양주의 체험이다.

앞에서 이미 보았듯 학병세대가 입은 교양주의 교육의 지평은 미키 노선이냐 고바야시 노선이냐에 가로놓여 있었다. 세계의 문제 속에서 가장 본질적인 것을 골라 그것을 테마로 독창적 진리를 체계화하는 쪽이냐 예리한 감성으로 문제의 핵심을 파악하여 그것을 지성으로 분석하고 재구성함으로써 시대를 단편적으로 직관하는 쪽이냐, 더 줄여 철학이냐 수사학(레토릭)이냐, 또 줄여 사상이냐 문학이냐로 이 지평이 정리된다. 그 어느 것도 단독으로는 의의를 갖기 어려운 시대의 교양주의가 학병세대 앞에 놓인 특유의 상황이었다. 그 앞선 세대에겐 마르크스주의 쪽이 압도적이었다면, 그보다 더 앞선 세대의 그것은 이른바 니시다 철학(西田哲學)이었다. 고등학교에 진학한 청년들은 대부분 농촌공동체에서 돌연 국가엘리트 코스에 올라탔고 그것은 전혀 별개의 세계였다. 가치의 격동 속에 놓인 그들은 한편으로는 이미 공동체에 되돌아갈 수 없고, 다른 한편 아직 한 사람의 근대인으로 사회의 요청에 응할 수 없는 형태였다. 이때 독일관념론의 철학이나 그 일본식 번안인 니시다 철학(『선의 연구』, 순수의식의 점검)은 농촌공동체와 근대적 개인을 신비적으로 지향한 국가주의적 목표를 금욕적 고행의 대상으로 보여줌으로써 학생들에게 일정한 마음의 평정을 줄 수 있었다. (시마다 마사키, 『철학사의 독법』, 치쿠마신서, 32쪽) 그 뒤를 이은 마르크스주의는 자본제 사회 속으로 편입되고 또 파시즘화로 치닫고 있는 일본사회의 개혁을 통해 인류사에로 지향목표를 세운 점에서 지식인을 혁명에로 이끈 매력적 사상운동이었다. 그러나 이 사상도 군국 파시즘의 대두와 천황제 앞에서 그 한계점을 드러냈다. 사상전향의 이유가 이른바 '관계의 절대성'에 의거되었다고 보는 시각이 설득력을 가졌는데, 왜냐면 일본 민중에겐 돌아갈 국가가 요망되었기 때문이다.(林房雄, 『전향에 대하여』, 湘風會, 1941 ; 吉本隆明, 『예술적 저항과 좌절』, 未來社, 1959) 니시다 철학도 마르크스주의도 중일전쟁(1937) 이후 신체제로 돌입한 불안의 시대엔 속수무책이었다. 근대의 초극(자본주의 극복)이냐 파시즘에 나아가기냐의 갈림길에 선 지식인의 지평 위에 떠오른 것이 세계사적으로는 인민전선에서 노출된 회색의 사상이자 세스토프의 불안의 철학이었고, 일본에서는 미키 철학과 고바야시 문학이었다. 학병세대의 교양주의가 이 지평 속에 놓여 있었다고 할 때 이 사실을 이병주만큼 통렬히 깨친 경우는 참으로 드물다. 이 점을 떠나면 『관부연락선』은 물론 『지리산』의 무게를 적절히는 잴 수 없다.

미키냐 고바야시냐의 지평을 안고 조선인 학병 이병주는 '노예의 체험'을 하고 해방된 고국에 돌아왔다. 그는 이 노예의 체험을 꿈에도 벗어날 수 없었다. 방법은 하나, '노예의 체험을 사상화하기'가 그것이다. '노예의 체험을 사상화하기'란 구체적으로 무엇이며 어떻게 전개되었던가. 이때 결정적인 것은 '미키와 고바야시의 지평을 가진 노예'였음에서 왔다.

노예 콤플렉스에서 벗어나기 위한 3단계

어째서 노예사상의 객관화가 글쓰기로서 가능했는가. 이 물음 하나를 위해 우리는 지금까지 지칠 줄도 모르고 학병세대의 교양주의 체험을 줄기차게 강조해왔다. 이병주의 경우 그것은 세 단계의 과정 밟기가 요망되었다.

(A) 첫번째 단계는 교사되기:

해방공간에서의 중등교육계의 최대의 문제점은, '나라 만들기'의 모델을 두고 고민하는 교육계의 방향 모색이었다. 공산주의냐 민족주의(자본주의)냐의 기로에서 어떤 선택도 가능한 해방공간인지라 교사는 물론 학생들도 이 둘로 갈라져 논쟁을 거듭할 수밖에 없었다.

> 이런 가운데서도 그럭저럭 대사(大事)에 이르지 않도록 유지해온 학교가 7월에 들어서면서부터는 거친 풍랑을 만난 배처럼 더욱 소연하게 되었다. 교장 이하 몇몇 교사들을 반동교육자로 몰아 배척하는 대대적인 동맹휴학을 좌익계열의 교사들과 학생들이 계획하고 나선 것이다. (…) 이 위기를 용케 미봉할 수 있었던 것은 이 지방에까지 만연하기 시작한 콜레라를 미끼로 여름방학을 앞당겨 내렸기 때문이었다. (…) 교장이 교감과 나와 A교사 그리고 나의 선배가 되는 B교사를 불러 놓고 유태림씨를 모셔올 수 없을까 하는 의논을 걸어 온 것은 이처럼 불안한 가을의 신학기가 한 주일쯤 후로 다가온 8월 어느 날의 오후였다.
>
> —『관부연락선』, 한길사, 36~37쪽

'나'를 이병주로 친다면, 그리고 '나=고바야시'라면, 이 학교의 분규 수습을 위해서는 '미키=유태림'이 요망되었다. 유태림이 교사로 온 뒤엔 사정이 어떻게 되었던가. 해방공간에서의 이 교육계는, 미키 노선도 고바야시 노선도 별로 쓸모가 없었다. 교육계에 투신한 유태림으로 말미암아 한동안 이 학교는 잠잠해졌으나 외부의 거센 정치 파도는 유태림으로도 역부족이었다. 결국 유태림은 학교를 떠나, 드디어 지리산으로 향했다. 한편 '나=고바야시'는 어떠했던가. 계속 교사 노릇을 했으나, 도무지 자신이 없었다. 학생 앞에서 딱 부러지게 '이 길이다!'

라고 당당히 나설 수 없었다. 어째서?라고 물을 때 교사 이병주는 이렇게 고백할 수밖에 없었다. "일제 용병이었다는 회한이 콤플렉스로 되어 한 번도 교사다운 위신을 떨쳐 보지 못했다."(『이병주칼럼—1979년』, 149쪽) 이 사정은 유태림에게도 해당되었음은 물론이다. 그러나 유태림은 미키모양 정치노선으로 치달아 결국은 지리산에서 학살되었다. 살아남은 '고바야시=나'는 교사이긴 해도 당당한 교사일 수 없었다. 위신을 위한 투쟁에서 패배한 노예의 체험이 의식의 발목을 잡고 늘어졌기 때문이다. 왜냐면, 학생=교육이란, 학생이 되는 인격체로서의 타자와의 대결의 장(場)이기 때문이다. 학생 앞에서는 자기기만이 용납될 수 없었는데, 왜냐면 학생이란 다름 아닌 자기 자신이었기 때문이다. 학생 속에서 그는 자기를 보고 있는 형국이었다. 그때 그는 노예였다. 노예였기에 그는 절대로 이 한계를 돌파할 수 없었다. 당당할 수 없는 이유, 위신을 세울 수 없는 이유가 여기에서 왔다.

(B)10년 만에 그는 이 교육계를 떠나 언론계에 뛰어들기:

이 두번째 단계야말로 이병주에겐 인생 최고의 단계였다. "내 인생 가운데 이 시기를 가장 아름답게 회상하는 버릇을 가지고 있다"(150쪽) 라고 한 것은 이를 가리킴이다. 인격체인 학생을 떠나, 저널리즘에 종사하기란, 사설 칼럼 논설 등 이른바 대설(大說)을 일삼는 글쓰기 행위에 다름 아니었다. 물을 것도 없이 이는 정치적 행위의 연장선상에 놓인 것이었다. 물론 현실 정치와의 일정한 거리를 둔 것이 저널리즘을 염두에 둔 것이다.

현실 정치와 일정한 거리를 둔 언론계라 했거니와, 문제는 '일정한 거리'에 있었다. 이를 정치의 간접화라 부를 것이다. 사설, 논설, 칼럼 등 이른바 대설이란 새삼 무엇인가. 글쓰기의 일종이 아닐 수 없다. 그러나 이 글쓰기는 엄격한 현실적 제약이 전제되어 있었음에 주목할 것이다. 저 상상적 글쓰기와는 달리 이 현실적 글쓰기에는 반드시 응분의 책임이 뒤따른다는 사실이 그것이다. 저 상상적 글쓰기와는 비교도 안 될 정도의 위력을 발휘하는 것에 비례하여 책임감이 뒤따랐다. 이 경우 책임감이란 윤리적인 것에 앞선 것으로 바로 현실 정치적인 것이었다. 주필이자 논설위원인 이병주는 고바야시의 수사학과 미키의 철학을 양팔로 하여 현실 정치에 대한 글을 겁도 없이 써제꼈다. 거기에서 발휘된 힘은 가히 군사혁명 정치판의 간담을 서늘케 하기에 모자람이 없었다.

> 이북의 이남화가 최선의 통일방법, 이남의 이북화가 최악의 통일방식이라면 중립통일은 차선의 방법은 되는 것이다. 그런데 이것을 사악시하는 사고방식은 중립통일론 자체보다 위험하다. (…)
>
> 이 이상 한 사람이라도 더 희생을 내서는 안 되겠다. 그러면서 어떻게 해서라도 통일은 이룩해야 하겠다. 이것은 분명히 딜레마다. 이 딜레마를 성실하게 견디고 해결하려는 노력에서 비로소 활로가 트인다.
>
> —『소설·알렉산드리아』, 한길사, 21쪽

①이북의 이남화로서의 조국만들기 ②이남의 이북화로서의 조국만들기 ③중립국화 등등에서 ①이 최선의 방식이고 ②가 최악의 방식이라면 이도저도 아닐 경우 차선책이 ③일까. 아니다. 결코 ③은 용납될 수 없다. 왜냐면 조국의 조국다움이란 어느 쪽이나 완벽해야 함이 원칙인 까닭이다. 중간치란 없다. 적어도 '조국'이라면 거기에 목숨을 걸 만큼 완미한, 철저한 것이어야 그 이름에 합당한 것이기 때문이다.

이러한 주장은 미키와 고바야시의 합작품이 아닐 수 없다. 그는 노예이기 전에 체득한 교양주의로 시방 현실 정치를 후려치고 있었다. 이 얼마나 신나는 장면인가.

그러나 그것은 큰 착각이었다. 현실 정치는 그에게 책임을 물었다. 현학이나 수사학이란, 현실 정치 쪽이 결코 용납하지 않았다. 그는 2년 7개월의 옥살이로 이에 대응할 수밖에 없었다. 이 대가는 실로 당연한 것이었고 동시에 그로 하여금 한 단계 더 나아가게끔 이끌었다. 작가가 되기가 그것이다. 대설 아닌 소설(小說) 쓰기가 그것.

(C) 작가되기의 단계:

그토록 신바람 나는 언론계의 활약에서 저토록 혹독한 대가를 치렀을 때 비로소 그 체험은 학병 이병주를 노예의 콤플렉스에서 벗어날 수 있게 해주었다. 옥살이 2년 7개월에서 그는 작가로 변신될 수 있었다. 그것은 그만이 감당할 수 있는 상상적 글쓰기의 전개였다. 상상적 글쓰기의 세계이기에 현실 정치는 아무런 위력도 미칠 수 없었다. 그는 골방에 혼자 처박혀 세계를 두고 멋대로 장난치는 어린애와 같은 상태에 들어설 수 있었다. 그것은 정신적 위신 찾기로 요약된다. 영하 30도의 독방을 견디는 방식은 영하 50도가 아직 못 된다는 역설을 농하기에 다름 아니다. 『소설·알렉산드리아』란 바로 이 상상적 글쓰기에 다름 아니었다. '알렉산드리아'라고 해도 될 터인데 그 앞에 깃발처럼 '소설'이라 적었다. 결코 '대설'일 수 없다는 것. 그는 아주 조심스럽게 낮은 목소리로 이렇게 뇌어 마지않았다.

> 교양인, 또는 지식인은 난관에 부딪혔을 때 두 개의 자기로 분화된다. 하나는 그 난관에 부딪혀 고통을 느끼는 자기, 또 하나는 고통을 느끼고 있는 자기를 지켜보고, 그러한 자기를 스스로 위무하고 격려하는 자기로 분화된다. 그러니 웬만한 고통쯤은 자기를 스스로 위무하고 지탱하고 격려하면서 견디어낸다. 그런데 한편 무식한 사람에겐 고난을 당하는 자기만 있을 뿐이지 그러한 자기를 위무하고 지탱하고 격려하는

자기가 없는 것이다. 바꾸어 말하면 지식인은 한 사람이 겪는 고통을 두 사람이 나누어 견디는 셈인데 무식자는 모든 고통을 혼자서 견디어야 하는 셈이다. 지식인이 난관을 견디어나가는 정도가 무식자보다 낫다는 사실은 이렇게 이해할 수 없을까.

지혜라는 것은 결국 이런 것이라고 본다. 동물적인 자기, 육체적인 자기를 인도하고, 통제하고, 나쁜 짓을 했을 때는 책하고, 고통스러울 때 위무 격려하는 정신적인 자기를 가진다는 것. 어떠한 고난에 빠져 있더라도 절망하지 않고 인간으로서의 품위와 위신을 지켜나가려는 마음의 이법(理法)이 곧 지혜가 아닐까.

—『소설·알렉산드리아』, 33쪽

소설 쓰기, 그것은 노예 이병주의 노예극복 방식의 심급의 마지막 단계였다. 그것은 미키와 고바야시의 절묘한 조화 모색에서 비로소 달성된 것이었다. 그것은 그가 가장 지적으로 순수했던 시기에 익힌 제6감각으로서의 교양주의 교육에서 왔다.

그 제6감각의 어떠함은 그것의 전염성을 또한 전제로 했음에 주목할 것이다. 혼자의 내면 탐구나 독백에로 치달을 수도 있지만 그는 그렇게 하지 않았다. 내성적(內省的) 글쓰기에까지 나아가기엔 그가 익힌 교양이 워낙 부족했기보다 외부로 퉁겨져 나가기에 급급했는데, 노예체험에 대한 격렬성이 이 조급성을 가져왔다. 또한 거기에는 내성소설의 밀도가 얕은 이 나라 문학판의 제약도 있었다. 4·19세대라야 겨우 내성소설을 일구어낼 수 있었음을 감안한다면 학병세대로서는 행동이 우선하는 글쓰기였다. 그 외부에로 향하기, 대설 아닌 소설 속에서 행동으로 나서기, 그것이 바로 타인(대행자)을 전제로 했다. 자기 사상의 대행자 내세우기가 그것이다. 그것은 제일 가까운 아우일 수도 있고 또 존경하는 선배거나 스승일 수도 있다. 「소설·알렉산드리아」에서는 아우가 대행자로 선택되었다.

> 형의 불행은 사상을 가진 자의 불행이다. 형은 만인이 불행할 때 나 혼자 행복할 수 없다고 했다. 나는 그런 말을 거짓이라고 생각한다. 세계가 멸망하더라도 나 혼자 살아남으면 된다는 것이 인간의 자연스런 생각이라고 나는 믿기 때문이다. 나는 형이 고의로 그런 거짓말을 했다고는 생각하질 않는다. 형이 지니고 있는 사상이란 것이 그러한 거짓말을 시킨 것이라고 생각한다. 사상의 발전이 이 세계를 오늘만큼이라도 문화되게 했다는 사실마저 나는 부정하려고 들지 않는다. 그러나 그런 사상이나 문화는 천재라는 역군이 할 일이지 평범한 사람이 맡을 성질의 것이 아닌 것이다. 천재는 스스로의 생활을 불구화해가지고 평범한 사람의 생활을 보다 건전하게 하는 데 의미가 있다고 들었는데, 천재도 못 되는 사람이 천재의 행세를 하다간 스스로의 생활을 불구화하고 주변의 사람들만 불행하게 할 뿐 아닌가. 형의 불행은 따지고 보면 천재가 아닌 사람이 천재적인 역군이 되려고 하는 데 있는지도 몰라. 그러나 그것이 운명이라면 도리가 없다. 형의 불행은 형의 운명이니까. 운명은 이에 순종하는 사람은 태우고 가고 이에 거역하는 사람은 끌고 간다는 말이 있다.
>
> —『소설 · 알렉산드리아』, 20쪽

「겨울밤」에서는 20년간 옥살이한 공산주의자 노정필이 있다. 이 대행자를 이병주는 '제왕학'의 실천자로 승격시켰다. 감옥, 그것이 궁전이라 믿는 사상의 발견으로 말미암아 이병주는 노예에서 주인으로 변신할 수 있었다.(졸고, 「'위신을 위한 투쟁'에서 '혁명적 열정'에로 이른 과정」, 『역사의 그늘, 문학의 길』, 한길사, 183~215쪽) 그리고 마침내 그 '제왕학'이란 끝내 환각이었음을 그는 정확히 '혁명적 열정=허망한 정열'이라 진단했다.

『별이 차가운 밤이면』이 미완성으로 끝난 것도 이와 무관하지 않다. 지적으로 처리되기 쉬운 것은 감정적으로도 처리되기 쉬운 법. 그는 이 리듬을 죽음 직전까지 되풀이했다. 운명에 저항하는 노비 출신의 학병 박달세의 상해 1944년도의 활동을 쓰던 도중 작가 이병주는 숨을 멈추었다. "그동안 무려 10회(2년 6개월)에 걸쳐 독자의 관심과 기대 속에 연재를 계속해오던 이병주 선생님의 장편 『별이 차가운 밤이면』은 필자의 갑작스런 별세로……"(『민족과 문학』, 1992년 봄호, 247쪽)로 이 사정이 정리된다.

교양주의에 순교하기

이병주를 노예의식에서 구출해낸 것이 글쓰기였다고 할 때 그것은 다음 두 가지 형태로 나타났다.

첫째는 현실적 글쓰기였다. 저널리즘의 첨단에 서서 신문 사설, 논설 등 자기 말대로 대설(大說), 중설(中說)의 글쓰기였다. 가장 보람 있고 힘센 글쓰기였다. 이로써 그는 노예체험을 벗어났다고 믿었음에 틀림없다. 그러나 그것은 실로 엄청난 오산이었다. 2년 7개월의 서대문 형무소 생활이 그 대가로 지불되었다. 노예체험의 해방이기는커녕 목숨도 부지할지 의문의 지경이었다.

두번째의 글쓰기는 이와는 크게 달랐다. 감옥에서 그는 2년 7개월 만에 비로소 새로운 글쓰기의 방도를 찾아냈다. 상상적 글쓰기가 그것. 그것은 영하 20도의 얼음 궁전에서 생겨난 것으로 그는 이를 '제왕학의 글쓰기'라 규정했는바 왜냐면 스스로 '황제'였기에 가능한 경지였다. 이것이 환각이거나 과대망상증이거나 황당무계함과 구별되는 것은 소설이라는 제도적 장치의 힘에서 왔다.

대체 소설이란 무엇인가. 어째서 그것이 허구이지만 공상과는 구별되는 상상력의 범주인가. 이에 대해 작가 이병주는, 매우 막연해 보이지만 의외로 정확히 이렇게 표현했다. "智異山이라 쓰고 지리산이라 읽는다"라고. 좀더 구체적으로 그는 이렇게 말해놓았다. "햇빛에 노출되면 역사가 되고 달빛에 바래지면 신화가 된다"라고. 달빛과 햇빛 그 경계선에 그는 그의 글쓰기의 좌표를 놓았다. 그것은 근대 시민사회가 낳은 소설 범주와는 거의 무관한 것이었다. 그것이 미키 기요시와 고바야시 히데오의 중간 지점의 글쓰기 좌표였음을 알아차리는 것은 정작 작가 이병주 자신이었다. 식민지 벽지 진주농림학교 중퇴생인 청년 이병주가 고학으로 검정고시를 돌파하여 그토록 부러워한 명문 중의 명문 교토3고(S고교)에서 전면적으로 노출된 교양주의를 몸에 익혀 학병체험을 했고 그 교양주의를 한 조각도 내치지 않고 증폭시키도록 강요한 해방공간의 조국에서 그는 온몸으로 몸부림쳤다.

그 몸부림이란 그에겐 물을 것도 없이 몸에 돋아난 제3의 기관(器官)이었다. 그가 실수한 것이 만일 있다면 그는 이 교양주의의 실천(글쓰기)을 두고 세상 사람들이 '소설'이라 불러도 그냥 내버려두었다는 점이다. 사람들이 '소설이다!'라고 불러도 모른 척했다는 사실만큼 이병주다운 것은 달리 없다. 그의 글쓰기란 소설과는 전혀 별개인 '미키와 고바야시'의 접점에 놓은 좌표의 실천에 다름 아니었기 때문이다. 그가 평생 문단에 곁눈질하면서도 이에 접근하려 들지 않은 오만도 이에서 왔고 문단 역시 그를 딜레탕티슴으로 백안시한 것도 이에서 왔다.

일본 출신 학도와의 거리 재기

이로써 만일 이병주의 '위신을 위한 투쟁'으로서의 글쓰기, 또 다르게는 '8월의 사상화하기'로서의 글쓰기의 구도가 어느 수준에서 드러났다고 전제한다면, 응당 이런 물음이 뒤따를 수 있다. 곧, 학병세대에 그토록 영향을 미친 교양주의의 근원 또는 기원을 묻는 일이 그것이다. 미키 기요시의 철학이나 고바야시 히데오의 수사학이란 새삼 무엇인가. 그것은 어디에서 온 것인가. 그 기원을 묻는 일은 불가피해진다.

먼저 학병을 문제 삼아서 논의를 전개했기에 이 범주에서 고찰한다면 어떠할까. 1944년 1월 20일에 입대한 이들 학병에겐(일본의 경우는 1943년) 무엇보다 전쟁의 승리란 기대할 수 없는 시점이었다. 전세는 현저히 불리해졌고 1944년 10월엔 특공대(가미가제) 지원이 실행에 돌입하는 시점이기도 했다. 요컨대 출정하기란 곧 죽음이 전제되었다고 볼 수 있었다. 이 죽음을 전제로 한 학병들에 있어 그 초극의 방식은 무엇이었던가. 매우 거칠게 말해 군대의 일본식 사고방식을 그 하나로 들 수 있다. 적의 사살이라는 것에 초점을 둔 독일의 사고와는 달리 일본의 경우는, '죽을 것'을 강조했음이 그것이다. 이를 벚꽃으로 상징화한 것이 이른바 일본군국주의의 교묘한 미학이었다.(大貴惠美子, 『뒤틀린 벚꽃—미의식과 군국주의』, 岩波書店, 2003) 이 독특한 일본식 죽음의 미학이란 그 자체가 철학적이자 문학적이었다. 이 미학의 행방을 좇아 정밀히 분석하기 위해서 제일차 자료로 들 수 있는 것이 전몰학도 및 출진학도의 방대한 실기, 편지 들이다. 그 속에는 다음과 같은 일본식 시(短歌)도 들어 있다.

맑디맑은 검은 산의 눈(雪)에 비취어야만 나도 보람 있는 산벚꽃

이것은 1943년 12월에 징집된 동경제대 경제학부생 사사키 하치로(佐佐木八郎)가 1945년 2월 20일 특공대에 지원, 1945년 4월 14일에 출격하기 직전에 쓴 것으로 되어 있다. 사람들에게 인정되는 것과 명예를 좇는 자기를 책하면서 사사키 해군 소위는 자기의 이상이란 누구에게도 들키지 않은 채 오로지 혼자 되는 순수한 정신이라고 읊은 것이리라. 이들 출진학도의 방대한 수기자료를 수집·분석한 연구서들이 속출했거니와, 이들 연구서에서 한결같이 강조되어 있는 것은 출진학도들의 독서 경향에 대해서이다. 코즈모폴리터니즘을 비롯 낭만적 그리움, 유토피아 추구 또는 파시즘에의 경사 등등으로 치달은 출진학도의 사상적 근거가 서양 철학사상 및 문학작품에 있었다는 사실이 그것이다.

학도병이 읽은 책은 아리스토텔레스, 플라톤, 소크라테스, 스토아학파에 의한 고전에서 19세기, 20세기의 일본과 서양의 문학이나 철학까지 다기하게 걸쳤다. 특히 학도병이 애독하고 논의한 저자는 독일인으로는 칸트, 헤겔, 니체, 괴테, 실러, 마르크스, 토마스 만, 프랑스인으로는 루소, 마르탱뒤가르, 롤랭, 러시아인으로는 레닌, 도스토옙스키, 톨스토이, 베르댜예프 등이었다. 이러한 저자의 작품을 원서로 읽는 자도 많았다. 일본인의 저작에 다음으로 프랑스인과 독일인의 저작이 제일 빈번히 언급됐다.

학도병의 사상에 가장 큰 영향을 준 유럽의 지식인은 (一) 피히테, 셸링, 헤겔 등 칸트 이후의 선험적 관념론자 (二) 실러, 괴테 같은 칸트의 제2, 제3 비판서의 영향을 받은 독일 낭만주의 관념론자 (三) 노발리스, 횔덜린, 슐레겔 등 독일 낭만파 시인 그리고 (四) 독일과 러시아의 마르크스주의자들이었다.

—大貫惠美子, 『학도병의 정신지精神誌』, 岩波書店, 2006, 24쪽

이러한 서양의 철학사상 및 미의식으로 무장한 학도들이기에 '예비된 죽음'을 상상 속에서 극복할 수 있었다. 그렇다면 저 일본식 무사도 정신으로 악명 높은 '특공대'란 어쩌면 저 서양의 사상과 낭만적 미의식과 아주 무관하다고 할 수 없을지도 모를 일이다.(大貴惠美子, 『학도병의 정신지精神誌』, 48~49쪽) 또 이는, 제1차 세계대전 때의 『독일 전몰학생의 수기』(1916)와도 무관하지 않아 보인다. 이 책의 일본역은 1918년에 나왔고, 1928년(대폭 수정 증보)판의 보급판(1933)은 베스트셀러였다. 이 책의 일역자인 독문학자 다카하시 겐지(高橋建二)의 파시즘 경사를 두고 사람들이 비판하는 것도 눈여겨볼 대목이다.(高田里惠子, 『문학부를 둘러싼 병』, 松籟社, 2001 ; 동, 『학력·계급·군대』, 中公新書, 2008) 교양주의의 행방이란 그 자체가 사상과 문학에 관련된 것이긴 해도 이것이 유독 일본교육에 그토록 지대한 영향력을 발휘한 것은, 서양의 경우와는 달리 토론, 대화, 수사학적 언사 등 발화에 의한 커뮤니케이션의 수단에 중점을 두지 않은 일본문화에 보다 더 큰 이유가 있었다. 쓰는 행위란 내면을 표현하기에 제일 중요한 커뮤니케이션 형식이었다. 일기, 편지 등 내면 기록에 익숙한 일본인의 중요한 문화적 전통도 출진학도 수기에 큰 몫을 했을 것이다.(大貴惠美子, 『학도병의 정신지』, 5~6쪽)

여기까지 이르면, 학병을 둘러싼 일본식 교양주의가 지닌 사상과 미의식의 생성 방식이 어느 수준에서 감지될 터이다. 이병주의 경우 그것은 노예의 교양주의로 첨예화된 결과였다.

그것이 미키 기요시와 고바야시 히데오였다. 그것은 메이지대 전문부 문과생인 이병주의 취향과도 무관하지 않을 것이다. 이병주의 교양주의의 돌파력과 그 한계를 재기 위해서도 이러한 논의는 금후 더 진전될 필요가 있다. 왜냐면, 이병주에겐 '노예의 사상'으로 교양주의가 응축되었다면 일본학도에겐 '죽음의 사상'으로 전개되었던 까닭이다. '스스로 선택한 운명'(P. 부르디외)으로서의 죽음이었기에 그들에겐 여한이 있을 수 없다. 산벚꽃의 아름다움, 바로 그것이었다. 그러나 조선인 학병 이병주는 그럴 수 없었다. 노예에겐 죽음보다 월등히 강한 것이 따로 있었는바 주인의식이 그것이다. '위신을 위한 투쟁'이 그것이었고 그 실천이 글쓰기로 퉁겨나왔던 것. 이병주 글쓰기를 기리는 이유는 바로 이 이병주식 실천이 글쓰기 영역에서 유례없는 전형 하나를 이루었다고 보는 시각에서 온다.

제3부

근대의 덫, 그리고 모국어

하근찬 소설의 '준동화'적 성격

— 외나무다리 의식의 소설적 구조화

저마다의 고유한 체험의 절대성

누구에게나 개인적 상처가 있듯 역사·사회적 상처도 있기 마련이다. 글쓰기에 있어 전자의 경우 그것은 그 개인만이 감당해야 될 성질의 것이며, 잘하면 그 결과가 진주 모양을 이룰 수도 있으리라. 후자의 경우도 사정은 비슷하다. 그러나 다음 두 가지 점에서 후자는 전자와 표나게 구별된다. 그의 글쓰기가 그가 속한 특정 지역의 역사·사회학적 조건에 의해 좌우됨이 그 하나이다. 도무지 개인으로서는 어쩔 수 없는 이 역사·사회적 조건에 한 개인이 관여하는 방식이란 집단의 일원으로서이기 마련인 것. 따라서 개인 고유의 범주에서 벗어나게 된다. 그것은 그 역사·사회적 조건이 압도적일수록 그러하다. 다른 하나는, 이 점이 중요한데, 역사·사회적 조건이 압도적이고 가파를수록 글쓰기의 공감대가 확보된다는 점. 그 결과는 어떠할까. 거기에는 어떤 장점이 있으며, 또 어떤 함정이 도사리고 있을까.

이 물음에 이 나라 소설사는 해답을 내놓아야 될 권리도 있지만, 의

무 쪽이 더 많을지도 모른다. 그도 그럴 것이, 많은 경우 입만 벌리면 일제시대, 또 입만 벌리면 6·25, 4·19 등이었으니까. 글쓰기에 있어 이 역사·사회적 조건만큼 보편적이자 압도적인 것은 찾기 어렵다. 그만큼 압도적인 것이어서 이에 대한 글쓰기란 땅 짚고 헤엄치기에 흡사하다. 막걸리처럼 마시기만 하면 취하게 되어 있는 만큼 거기에 무슨 무늬나 음향을 넣기란, 이 역시 비유이지만, 비교적 손쉬운 것일 수도 있었다.

그렇지만 여기에는 엄격한 제약이 군림한다. 그 역사·사회적 조건이 작용하는 '장(場)'을 묻는 일이 그것이다. '장'이란 새삼 무엇인가. 각 개인이 그 역사·사회적 조건과 마주칠 때 그 주체가 겪는 의식화의 정도를 재는 잣대를 '장'이라 부를 것이다. 이 '장'의 정도는 각자의 개인적 사정에 따라 좌우되는 것이자 동시에 세대적 사정에 따라 좌우될 수도 있다. 가령, "내 정신의 나이는 언제나 1960년의 18세에 멈춰 있었다. 나는 거의 언제나 사일구 세대로서 사유하고 분석한다"(김현, 『분석과 해석』, 머리말)라고 말해질 때 주목되는 것은, 김현이 4·19와 마주친 것이 대학 시기라는 사실이다. 이는 아직 분별력이 확립되지 않은 유년기나 사춘기의 체험과는 단연 구분된다. 김현에 있어 4·19란 가장 뚜렷한 의식의 '장'에 해당된다고 볼 것이다. 이러한 '장'을 공유하는 집단이 있다면 이를 일러 4·19세대라 부를 것이다.

한편, 다음의 목소리를 '장'으로 한 세대도 있었다. "그런데/너는 도대체 뭐냐/용병을 자원한 사나이/제값도 모르고 스스로를 팔아버린/노예//(…) 먼 훗날/살아서 너의 집으로 돌아갈 수 있더라도/사람으로서 행세할 생각은 말라/돼지를 배워 살을 찌우고/개를 배워 개처럼 짖어라."(이병주, 「8월의 사상」) 이를 일러 학병세대의 '장'이라 할 수도 있다. 일제가 조선인 대학생(대학·전문학생) 4385명을 일시에 강제 입영시킨 것은 1944년 1월 20일이었다. 이들에 있어 학병체험이란 그 어떤 의식보다도 우위에 있는 것이 아닐 수 없다.

이러한 강렬한 '장'에 의한 글쓰기는 물론 그 장단점이 있기 마련이다. 혹독한 체험을 한 이들은 그 강렬성으로 말미암아 이를 되풀이 말함으로써 스스로 그러한 악몽에서 집단적으로 벗어나고자 했고, 그것이 그들의 글쓰기와 그 지속성을 보장했다. 이러한 지속성이 글쓰기의 강점이라면 그것에 대한 과장이 그 결함이다. 학병세대나 4·19세대, 또는 6·25세대(전후세대)의 경우 이 '장'의 강렬성이 의식의 과잉이랄까 논리적 확대를 가져왔음은 그 결함으로 지적될 수도 있다.

이러한 장면에까지 오면, 「일본도」(1971)의 작가 하근찬(1931~2007)과 부딪치지 않을 수 없다. 하근찬 문학은 역사·사회적 조건을 철나기 이전, 혹은 겨우 철나기 시작할 무렵에 체험한 경우에 놓여 있기 때문이다. 김현은 이미 선험적으로 '문학=서양문학'의 논리를 체득하고 있던 대학생 때 4·19를 겪었고, 이병주의 경우도 사정은 비슷했다. 그는 미키 기요시 식의 글쓰기냐 고바야시 히데오 식의 글쓰기냐를 체득하고 있을 때 학병을 겪었다. 강렬한 '장'의 의식에서 벗어날 수 없었던 것은 이에서 왔다.

그러나 역사·사회적 조건에 대한 체험은 이에서 멈추지 않는다. 아직 '철나기 이전'의 체험도 엄연히 있으며 이에 대한 글쓰기도 있는 법이다. 그 장단점도 물론 있는 법이다. 이 글은 하근찬 문학을 검토함으로써 역사·사회적 상상력에 의한 글쓰기의 한 유형을 알아보기 위해 씌어진다. 그것이 이 나라 소설사에 있어 한 가지 유형적인 것으로 해석될 가능성이 있어 보이기 때문이다.

14세와 4개월이 빚은 '준동화'

하근찬의 단편 「준동화」(1977)의 첫 줄은 이렇게 되어 있다.

> 하나미(花見) 선생은 이마가 하얗고 눈매가 고운 일인 여선생이었다. 웃으면 한쪽으로 살짝 하얀 덧니 하나가 내다보이기도 했다. 윗입술 밑으로 살짝 내다보이는 하얀 덧니는 퍽 매력적이었다. 그래서 그런지 수인이는 하나미 선생이 무척 좋았다. 하나미 선생이 창가(唱歌) 책을 들고 교실에 들어올 것 같으면 수인이는 공연히 즐겁고 가슴이 부풀었다. 실상 창가에는 매우 소질이 없으면서 말이다. 하나미 선생은 수인이네 반 창가 선생이었다. 수인이가 국민학교 3학년 때의 일이다.
>
> —「준동화」, 『서울 개구리—하근찬대표단편선』, 한진출판사, 1979, 28쪽

위에 담긴 정보는 (1) 일제시대라는 것, (2) 학교(교실)라는 것, (3) 교사와 학생이라는 것, (4) 일본인 여선생이라는 것, (5) 음악선생이라는 것, (6) 여선생이 매력적이었다는 것, (7) 학생 수인이 국민학교 3학년이라는 것 등이거니와 그중에서도 의의 있는 것은 (A) 학교라는 제도와 (B) 3학년이라는 소년의 나이이다. 여기에는 설명이 조금 없을 수 없다.

제도로서의 학교란 무엇인가. 이 물음은 근대 국민국가(nation-state)와 분리되지 않는다. 메이지(明治)혁명으로 근대 국민국가를 세운 일본은 교육제도만은 프랑스의 것을 모델로 했는바, 그것은 국가가 교육제도를 철저히 장악하는 것을 기본항으로 한 것이다. 프랑스의 근대국가는 그동안 종교 쪽이 차지하고 있던 학교제도를 사활을 걸고 쟁취하지 않으면 안 되었다. 국가가 교육을 완전히 장악한 프랑스식 모델을 일본이 수용할 때, 실로 아무런 종교적 저항도 없었기에 그것은

땅 짚고 헤엄치기였다. 신생 일본 국가는 여기에다 입신출세의 기반을 세웠다. 그것은 신분 상승을 의미하는 것이며 국가가 이를 철저히 보증했다. 그 결과 1886년에 나온 교육제도(제국대학령, 사범학교령, 중학교령, 소학교령)는 급속한 발전을 이루어 소학교의 경우 1912년엔 99퍼센트의 보급률에 이르렀고 가히 '학교라는 이름의 종교'라는 표현을 가능케 했다(사쿠라이 데쓰오, 『근대의 의미』, 일본방송협회, 1990). 조선을 통치하는 총독부에서도 이 교육제도는, 부분적으로는 식민지 조건의 제약이 가해졌지만, 원리적으로는 그대로 적용되었다고 볼 수 있다.

> 조선어 시간도 아닌데 조선어 교과서를 가지고 들어와서, "야 이놈들아! 조선어 시간이 없어졌다, 없어졌어. 이제부터 조선어를 배우고 싶어도 못 배우게 됐단 말이다. 알겠냐? 이놈들아, 이놈들아……" 마치 조선어 시간이 폐지된 게 우리의 탓이기라도 한 듯 공연히 자꾸 이놈들아, 이놈들아 하고 화를 내대는 것이 아닌가.
>
> —「노은사」, 같은 책, 69쪽

이 장면은 국민학교 5년생의 시선으로 조선어 시간이 폐지된 것을 그린 것이다. 뿐만 아니라, 한 시골에 일인 학생과 조선인 학생이 다니는 국민학교가 따로 있었고 그 시설엔 현저한 차이가 있었음도 그려졌다.

> 걸상도 우리 학교 것은 두 사람씩 앉도록 되어 있는 것인데 이 학교 것은 하나에 한 사람이 앉는 조그마한 것이 아닌가. (…) 그러나 그런 느낌은 잠깐이고 책장 앞에 선 나는 또 그만 "햐아" 입이 벌어졌다. 눈이 휘둥그럴 지경이었다. 책장에는 번들번들한 유리문이 달려 있고 그 속에 빽빽이 책이 꽂혀 있어서 더욱 눈부시게 보였다.
>
> —같은 책, 141~142쪽

이처럼 시설 면에서 차별이 엄연히 주어져 있었다. 그러나 이러한 차별의식이란 어디까지나 입신출세주의라는 일본 국가의 근대교육이념 내부에서의 일에 지나지 않는다. 말을 바꾸면, 그것은 최종심급으로서의 입신출세주의적 교육이념에 견주면 지엽적인 것이며, 최종심급에 비해 '부차적 모순(contradiction secondaire)'이라 할 것이다(이 용어는 Louis Althusser, *Pour Marx*, Maspero, 1965에 의거).

여기에서 주목할 점은 작가 하근찬에 있어서의 국민학교 체험의 양상, 즉 하근찬에 있어 차별의식의 표출은 적어도 작품상에서는 국민학교 6학년이 그 상한선에 해당된다는 사실이다. 작가 하근찬이 해방을 맞은 것은 전주사범학교 1학년 때였다. 1945년 4월부터 8월 15일까지 약 4개월간의 기숙사 생활을 했는바, 그는 14세 때의 이 체험을 자전적인 글에서 이렇게 썼다.

> 이 4개월간 나는 이른바 일본군국주의 교육의 맛을 실컷 보았다. 물론 그 정도는 당시의 조선인이 경험한 갖가지 수난, 곧 징병으로 군에 가거나 전장에 나가거나 징용이나 정신대에 끌려가 온갖 모욕과 혹사를 당한 사람들의 고통에 비해 아무것도 아니지만 좌우간 나로서는 난생처음 체험한 고통이었다. 지금도 나는 일제시대를 회상하면 이 4개월간이 어두운 그림자로서 맨 먼저 머리에 떠오른다.
>
> —「과거와 현재의 오버랩」(일문), 『文藝』, 1988년 여름호, 313쪽

식민지적 차별의식이 의식 수준의 진전에 따라 또렷해가기 시작했지만 적어도 하근찬에 있어서는 매우 제한적이었음에 주목할 것이다. 그것은 국민학교 6학년에서 사범학교(중학) 1학년의 4개월 체험에 지나지 않았다. 말을 바꾸면, 그에게 있어 1학년부터 6학년까지의 국민학교 체험이란 동화적 세계에 다름 아니었다. 뿐만 아니라 국민학교

교사를 부친으로 가진 하근찬에 있어 학교란 그 자체가 세계의 전부였을 터이다. 모든 것이 학교를 중심으로 인식되고 체험되었던 만큼 그것은 화사한 미 또는 소년의 가슴을 설레게 하는 성스러운 것이 아니면 안 되었다.

그러나 수인이는 여느 때와는 달리 얼른 선생님 곁으로 다가갈 수 없었다. 어쩐지 얼떨떨하고, 눈이 약간 휘둥그레지는 느낌이었다. 그래서 멀뚱멀뚱 선생님을 바라보고 서 있기만 했다.

"아— 시원해, 시원해."

하나미 선생은 정말 시원하고 기분이 좋은 듯 수건으로 머리랑 목덜미를 곧장 닦으며 소리없이 하얀 덧니를 활짝 드러내 보였다. 여느 때보다 그 덧니가 월등히 흰빛으로 보였고, 웃음을 띤 눈매도 훨씬 더 곱게 보였다. 방금 목욕물에서 나온 터이라 얼굴 전체가 알맞게 분홍빛을 띠고 있어 한결 화사하게 느껴졌다. 얼굴뿐 아니라 두 팔과 두 다리도 마찬가지였다. 은은한 분홍빛을 띤 싱싱하고 피둥피둥한 두 팔과 두 다리에서는 엷은 김이 피어나고 있었다. 하나미 선생은 소매가 없는 런닝샤쓰에 짧은 속치마만 입고 있었다. 그래서 팔다리가 온통 허옇게 드러나 보이는 것이었다. 수인이는 공연히 수줍은 생각도 들고 해서 머뭇머뭇 그 자리에 서 있기만 했다.

—「준동화」, 같은 책, 42쪽

이렇게 멋진 여선생은 흡사 선녀 같지 않았던가. 목욕할 때의 여선생의 "억시기 허연 다리"를 어미에게 보고하자 "일본년들은 잘 처묵어서 안 그러나! 어서 자거라"라고 어미가 말하는 장면까지 포함해서 여선생의 존재는 일상생활과는 아득한 저편에 있었다. 말 타고 긴 칼 찬 육군 소위가 나타나 여선생과 함께 목욕하는 장면을 두고 놀라는 소년에게 그 어미가 이렇게 말할 때도 사정은 같다. "엄마, 우리 조선 사람은 양반이지? 남자하고 여자하고 같이 목욕 안 하니까. 그제?"라는 소년의 재촉에 어미는 히죽이 웃으며 고개만 끄덕거렸다. 다만 혼잣말처럼 "그 여선생 어린애 뱄다는 소문도 헛소문이 아닌 모양인데" 했다. 여기에도 아무런 악의란 없다. 창가 시간에 소년이 여선생을 보고 킬킬거릴 때도 순진무구한 분위기뿐이지 차별의식이나 악의란 없었다. 작가 하근찬은 이러한 학교와의 세계를 두고 '준동화'라 규정했다. 그것은 학교에만 있는 것이었다.

대체 '동화'와 '준동화'는 어떻게 구분되며 또 그것은 '소설'과 어떻게 다른가. 이 물음이야말로 하근찬 문학을 규정하는 거멀못이 아닐 수 없다. 그것은 해방될 때의 나이 14세, 또 다르게 말해 중학 1학년 4개월의 체험량을 가진 세대적 의미에 관련된 사항이 아닐 수 없다.

준동화적 성격과 근대 국민국가

소설 제목을 '준동화'라 했을 때 작가 하근찬의 의식 속엔 먼저 동화가 전제돼 있었을 터이다. 동화라면 전래동화와 창작동화로 대별되거니와, 전자가 인류의 오랜 경험의 축적에서 이루어진 유형화된 꿈을 가리킴이라면 그것을 개인적(시대적, 지역적) 빛깔로 변형시킨 것이 후자라 할 것이다. 전래동화란 따라서 유형화에 역점이 갔기에 세부에 대한 개성적 빛깔이나 무늬가 없지만, 창작동화에는 그 개성적 빛깔이 나름대로 빛을 발하고 있어 그 차이가 엿보인다.

그렇다면 '준동화'란 또 무엇인가. 작가 하근찬이 이 용어를 표제로 삼았을 때 응당 전래동화와 창작동화에 주목하고 그것이 어째서 그 이름을 갖는가에 대한 자의식을 가졌음에 틀림없다. 국민학교 3학년생인

수인이 일본인 여선생에 대해 갖는 마음의 흐름이란 전래동화적이자 동시에 창작동화적 성격으로 보였을 터이다. 소년의 꿈의 측면에서 볼 때 그것은 유형적이지만 또 1940년대 한국적 배경이라는 측면에서 개성적이라는 점에서, 이를 한데 묶어 '준동화'라 불렀을 터이다. 그렇다면 이 '준동화'는 소설과 어떤 거리에 자리하고 있는 것일까. 이 물음이야말로 하근찬 문학을 논할 때의 거멀못에 해당된다. 동화와 소설의 중간에 준동화가 놓여 있다고 할 때 (A) 동화와 소설과 준동화의 거리 재기, (B) 준동화와 소설의 거리 재기에 있어 작가 하근찬은 얼마만큼 자각적이었을까. 여기까지 이르면 이 물음을 이젠 피해갈 수 없다.

앞에서 보았듯 동화란 유형적인 것이며 소설은 단연 개성적인 것이다. 유형적이라 했을 때 제일 중요한 요소는 주인공이 어린이라는 점에서 온다. 그것은 필연적으로 순진무구함을 기본항으로 하고 있다. 이를 다르게 말하면 주인공은 세상 물정에 전혀 혹은 다소 무지한 존재가 아닐 수 없다. 동화를 읽는 독자 측에서 보면 동화 속에서 벌어지는 일들은 모두 알고 있는 것. 그런데 이를 주인공만 모르는 형국이다. 어른들은 모두 아는 세계를 어린 주인공만 모르고 헤매는 장면이 동화를 읽는 흥미의 근거이기도 하다.

단편 「준동화」의 원리는 바로 여기에 놓여 있다. 소년 수인이 관찰하는 일본인 여선생의 경우, 어른들은 모두 아는 일이지만 소년만 모르고 있는 영역인 것이다. 일본인 여선생이라든가 국민학교라는 특정 공간 등이 전래동화의 유형적 성격에서 벗어난 창작동화의 요소를 이루지만, 여기에 멈춘다면 그것은 창작동화 범주에 속할 것이다. 작가 하근찬은 자기의 글쓰기를 '준동화'라 했을 때, 그 근거는 어디에 두고 있었을까. 이 물음에 대한 해답은 소설 범주에서 나오지 않으면 안 되었다.

두루 아는바 소설도 잘 따져보면 동화와 유사한 구조를 갖고 있다.

그 구조적 특성이 근대 국민국가의 형성에 크게 기여했음도 널리 알려져 있다. 속어 혁명과 더불어 소설은 '균질적인 공허한 시간(homogeneous empty time)'을 창출했는데 그것은 상상의 공동체로서의 근대 국민국가의 성격과 구조적으로 매우 닮아 있기 때문이다. 가령, 소설에서 흔히 그려지는 인물 A(주인공)와 그의 처 B, 그리고 애인 C가 있고, 또 C에겐 정부 D가 있어 갖가지 사건이 벌어질 때 제일 결정적인 것은 A와 D가 전지적인 독자의 머릿속에 장전되어 있다는 점이다. 다시 말해, 독자만이 이 사실을 알고 있으며, A가 C에게 전화를 걸고 B가 시장에서 물건을 사고 D가 당구를 치고 하는 것을 독자는 '동시에' 볼 수 있다. 주인공들끼리만 서로 모른다는 이 사실이야말로 소설이 갖는 구조적 특성의 하나이며 국민국가의 성격에 부합한다(B. Anderson, *Imagined Communities*, Verso, 1991, pp. 26~27).

독자는 전지전능한 처지에 놓여 있고 주인공만 맹목적으로 행동하고 있는 이 구조는 동화에서 가장 현저하다. 특히, 그것도 창작동화에서 그러하다. 창작동화의 쾌락의 원천이 어른의 세계에 선 독자에게 어린이의 세계에 대한 경이와 공포를 보여줌에 터잡고 있기 때문이다. '준동화'에 오면 창작동화에 비해 그 독자의 전지전능함이 한층 확보되게 마련인데, 왜냐면 동화의 유형성에서 현실 쪽으로 한층 접근했기 때문이다.

여기까지 이르면 결정적인 대목으로 어째서 나이가 14세여야 하는가를 묻게 된다. 작가 하근찬에 있어 '준동화'는 국민학교 3학년의 소년에 해당되어 있다. 그것은 나이 10세 전후로 볼 것이다. 여기에는 독자의 전지전능성이 창작동화에서보다도 상대적으로 한층 복잡화되어졌을 것이다. 그러나 아직 소설의 단계에까지는 미치지 못한 형국이다. 소설의 단계에 이르기 위해서는 최소한 14세의 나이가 요망되지 않으면 안 되었다. 국민학교를 마친 후 중학 4개월의 체험이 하근찬을

'준동화' 단계에서 구출할 수 있었다. 왜냐면 소설은 '준동화'보다 월등히 지적이고 또 역사·사회학적 문제를 안고 있기에 그러하다. 다듬어 말해, 독자층의 전지전능화의 강도가 아주 정밀·복잡화되어감에서 소설의 위상이 찾아진다. 이 점에서 나이 14세의 하근찬은 비로소 소설 쪽으로 한 발자국 나아갈 수 있었다.

이러한 '준동화'에서 소설 쪽으로 한 발자국 내딛는 것이 하근찬의 글쓰기이며, 따라서 14세 이전까지의 그의 글쓰기는 '준동화'와 '소설'의 미분화 상태라 할 수 있다. 「낙도」(1965), 「족제비」(1970), 「너무나 짧은 봄」(1970) 등이 이 범주에 든다. 그것은 또 학교와 관련되었다는 점에서 교육소설 범주에 들 것이다. 이는 또 교사의 아들로 자란 하근찬의 개인적 편향성이기도 하다. '준동화'와 소설의 접점지대에서의 글쓰기를 벗어나기 위해서는, 그러니까 소설에로 진입하기 위해서는 무엇보다도 14세의 고비를 넘지 않으면 안 되었다. 그 고비 넘기란 하근찬에겐 아주 힘든 것이었다. 그는 중등과정조차 마치지 못하고 현직 교사가 되고 말았던 것이다. 중등과정도 마치지 못한 그가 소설에로 나아가기란 지난한 것이었지만, 그럼에도 그는 교사로 6·25를 맞았다. 대체 이 현상을 어떻게 설명해야 적절할까. 당연히도 6·25를 다룬 「붉은 언덕」(1954), 「흰 종이수염」(1959), 「홍소」(1960), 「산울림」(1964) 등은 '순농화'의 요소를 떨칠 수 없었다. 소설에 진입하기 위해서는 어른으로서의 생활인이 먼저 되지 않으면 안 되었다.

외나무다리 의식의 소설적 구조화

작가 하근찬이 전주사범을 중퇴하고 국민학교 교사로 나선 것이 1948년이었음에 주목할 것이다. 생활인이라 하나 그는 교사였던 만큼 소년 소녀를 대상으로 한 삶이 아니면 안 되었다. 교육소설과 '준동화'가 공존하기 쉬운 영역인 만큼 여기에서 벗어나 소설에로 진입하기 위해서는 일정한 한계가 있지 않으면 안 되었다. 이 한계는 단연 하근찬만의 몫이었다. 곧, 일제 식민지 중학 체험 4개월을 가진 자의 한계인식이자 그 특이성이었다. 그것은 국민학교 5학년 때 해방을 맞은 최인훈과도 다르며(김현, 「저자 최인훈과의 대화」, 『신동아』, 1981. 9, 11쪽), 일본 여선생에게 매료되었다가 4학년 때 해방을 맞은 신경림과도 구분된다(신경림, 『못난 놈들은 서로 얼굴만 봐도 흥겹다』, 문학의문학, 2009, 23쪽). 지적 발달의 수준을 문제 삼을 경우엔 특히 그러하다. 글쓰기만큼 이에 민감한 경우란 없다고 할 때 특히 그러하다.

교사로서의 하근찬에 있어 6·25체험의 성격에도 여전히 '준동화'적 한계가 가로놓여 있었다. 교사로서 겪은 6·25라는 점이 그것이다. 사범학교(중등과정) 중퇴가 대학 졸업의 지적 수준과는 비교도 할 수 없다고 봄이 일반적이다. 하근찬의 6·25를 다루는 방식이 '준동화'적인 것에 접근되었음이 이를 증거하고 있다.

> 유선생은 손을 들어 멀리 창밖을 가리킨다.
>
> "저어 진달래꽃이 핀 언덕에는 틀림없이 금덩어리, 은덩어리가 묻혀 있을 것이다. 우리가 안 파봐서 그렇지 틀림없이 묻혀 있을 것이다. 아름다운 진달래꽃이 저렇게 많이 피는 걸 보니 금덩어리, 은덩어리가 묻혀 있어도 아주 바윗덩어리보다도 큰 것이 묻혀 있을 것이다."
>
> "햐아."
>
> 아이들은 제각기 꿀컥 침들을 삼켰다.
>
> —「붉은 언덕」, 『현대한국문학전집 13』, 신구문화사, 1967, 152쪽

위의 대목은 외국교육사절단 방문을 위한 어떤 시골 국민학교의 모

범수업 장면이다. 우리 고장의 자랑거리를 공부하는 시간인데 '진달래꽃 언덕'이 지목되었다. 그 언덕에 황금덩이가 있다는 것, 그것을 아이들이 팠다. 6·25 적에 죽은 군인의 해골, 이어서 수류탄이 터져 아이들이 희생되고 마는 「붉은 언덕」은 '준동화' 급에 기울어졌고, 「홍소」에서는 조금 소설 쪽으로 기울어진 것으로 평가된다. 30년 경력의 충직한 시골 우체부가 전사통지 배달을 거부하고 이를 모조리 냇물에 버렸고 그 때문에 파면당한 내용의 「홍소」는 비록 소설 쪽으로 기울어졌다고는 하나 '준동화'와는 오십보백보였다.

작가 하근찬은 주어진 이러한 체험적 제약성을 오직 그만의 방식으로 극복함으로써 이 나라 소설사에서는 매우 특이한 소설 유형을 창출해냈다. 데뷔작 「수난이대」(1957)를 비롯, 「나룻배 이야기」(1959), 「흰 종이수염」(1959) 등 삼부작이 이를 증거한다. 데뷔작이 그 작가의 대표작인 경우로 하근찬의 오른편에 내세울 작가는 많지 않다. 그만큼 「수난이대」는 단연 하근찬적인 전형성을 이루고 있는바, 이를 '외나무다리 구조'라 부를 것이다. 일제시대 징용으로 끌려갔다가 남양군도에서 한쪽 팔을 잃은 아비 만도가 6·25로 징집되어 한쪽 다리를 잃은 아들 진수를 업고 외나무다리를 건너는 장면이 갖는 의의는 그것이 소설적 구조화의 반열에 올랐음에서 찾아진다.

> 개천 둑에 이르렀다. 외나무 다리가 놓여 있는 그 시냇물이다. 진수는 슬그머니 걱정이 되었다. 물은 그렇게 깊은 것 같지 않지만, 밑바닥이 모래흙이어서 지팡이를 짚고 건너가기가 만만할 것 같지 않기 때문이다. 외나무 다리는 도저히 건너갈 재주가 없고…… 진수는 하는 수 없이 둑에 퍼지르고 앉아서 바짓가랑이를 걷어 올리기 시작했다.
>
> 만도는 잠시 멀뚱히 서서 아들의 하는 양을 내려다보고 있다가,
>
> "진수야, 그만두고, 자아, 업자."

하는 것이었다.

"업고 건느면 일이 다 되는 거 아니가. 자아, 이거 받아라."

고등어 묶음을 진수 앞으로 민다.

—같은 책, 18~19쪽

이 장면이 소설적 구조화인 것은 우발적인 것이 아니라 작가의 자의식의 산물에서 왔기 때문이다. 그것은 이 작품의 서두에서 이미 계산된 것이었다. 아들의 귀가 통지를 받고 읍내 역으로 가는 도중 아비 만도는 외나무다리를 건너지 않으면 안 되었다. "길이가 얼마 되지 않는 다리였으나, 아래로 물을 내려다보면 제법 아찔했다. 그는 이 외나무다리를 퍽 조심한다"라는 그 다리. 그 이유가 잘 설명되어 있다. 언젠가 읍내에서 조금 취해 외나무다리를 건너다 떨어져 빠진 적이 있기 때문이다. 지나는 사람이 없어 옷을 모두 벗고 말리고 있는데 저쪽에서 사람이 나타나자 몸을 물속에 잠겨 얼굴만 내놓고 그 찬물의 감도를 감당해야 했다. "물이 선뜩해서 아래턱이 덜덜거렸으나, 오그라붙는 사타구니께를 한 손으로 꽉 움켜쥐고 버티는 수밖에 없었다." 이처럼 계산된 '외나무다리 의식'은 갈등해소의 방법론이자 구조화의 가능성으로 작동되었다. 그것은 비극적이자 동시에 희극적인바 견딜 만한 것이기 때문이다. 소설적 결말이 예정조화적인 것으로 처리되어 현상유지적 현실질서관에 흡수되는 경우와 구별되는 이유도 여기에서 온다.

이러한 하근찬식 '외나무다리 의식'의 구조화는 「나룻배 이야기」에서 선명히 드러났다. 마을과 외부를 연결하는 통로는 나룻배뿐이었다. 마을 장정들이 전쟁터로 불려간 것도 이 나룻배를 거치지 않으면 안 되었다. 사공 삼바우의 아들도 그러했다. 전선에서 돌아오는 영령의 유골도, 제대병도, 영장을 들고 오는 관리들도 나룻배를 이용하지 않을 수 없었다. 어느 날 사공 삼바우가 전선에서 귀가하는 두칠을 만나는 장면은 이러했다.

> 그것은 두칠이가 아니었다. 도깨비였다. 눈이 하나밖에 없었다. 코가 대추같이 녹아 붙었고, 귀도 한 개는 고사리처럼 말려들었다. 온 얼굴이 서투른 다리미질을 해놓은 것 같았다. 뻰들뻰들 윤이 나는 빨건 살점이 목덜미까지 흘러내렸다. 후줄근한 군복을 걸치고 있었고, 이 좋은 봄날에 무슨 놈의 장갑을 한 짝 끼고 있었다. 그리고 한 손에는 개라도 때려눕힐 그런 몽둥이를 지팡이삼고 있는 것이었다. 이것이 어찌 두칠이란 말인가? 당치도 않은 소리였다. 그러나 자세히 보니 정말 어딘지 좀 두칠인 것 같기도 했다.
>
> —같은 책, 26쪽

이 나룻배로 사공은 전몰장병 유골도 실어 날라야 했다. 이처럼 나룻배로 표상되는 '외나무다리 의식'은 그 자체가 소설적 구조화를 가능케 했다. 그러나 이러한 구조화가 유형화의 틀로 굳어지는 것도 또한 시간문제였다. 사공 삼바우가 어느 날 술에 취해 관리들의 승선을 거부하는 장면을 작품의 결말로 삼은 것이 이런 경향을 보이는 것이다. 그것은 구조적 필연성에서 한 발 물러선 '일시적 오기'에 속하는 것이기 때문이다. 이러한 굳어지기 쉬운 '외나무다리 의식'을 작가 하근찬은 「흰 종이수염」에서도 유려하게 제시해놓아 인상적이다.

국민학교 2년생인 동길은 수업료 미납으로 학교에서 쫓겨났다. 목수인 아비가 6·25 때 노무자로 징용 나갔기 때문이다. 그러한 동길 앞에 두 해 만에 귀가한 아비는 놀랍게도 한쪽 팔이 없었다. 목수질을 할 수 없는 동길의 아비는 극장 광고판 선전원으로 취직한다. 흰 종이수염을 달고 몸뚱이 앞뒤에 광고판을 달며 메가폰을 쥐고 쌍권총 사내의 활동사진을 선전함이 그것이다. 아이들에게 대인기였다. 동길도 그 구경꾼의 하나로 신바람이 났다. 그러한 순간, 누군가의 입에서 "저게 동길의 아버지다!"라는 지적이 나오자 사정은 일변한다.

아이들은 더욱 신명이 나서 떠들어 댄다.

"아아, 오늘 밤에는 쌍권총입니다."

"아아, 쌍권총을 든 사나이 재미가 있습니다."

이런 소리에 섞여 분명히,

"동길아! 너가부지다. 너가부지 참 멋쟁이다."

하는 소리가 동길이의 귓전을 때렸다. 용돌이란 놈의 목소리에 틀림없었다.

동길이는 온몸의 피가 얼굴로 치솟는 듯했다. 주먹으로 아무렇게나 눈물을 뿌리쳤다. 뿌옇던 눈앞이 확 트이며 얼른 눈에 들어온 것은 소리를 지른 용돌이 아닌 창식이란 놈이었다. 요놈이 나무꼬챙이를 가지고 아버지의 수염을 곧장 건드리면서,

"진짜 앙이다야. 종이로 만든 기다, 종이로."

하고 켈켈 웃어 쌓는 것이 아닌가.

동길이는 가슴속에 불이 확 붙는 것 같았다. 순간 동길이의 눈은 매섭게 빛났다. 이미 물불을 가릴 계제가 아니었다. 살쾡이처럼 내달을 따름이었다.

—같은 책, 47~48쪽

이 작품에서 '외나무다리 의식'은 앞의 두 작품과는 달리 내면화되어 있다. 「수난이대」의 그것은 그 외나무다리가 실재하는 것이며 거기엔 또 주인공인 만도의 개인적 체험이 깃든 곳이어서 작품의 구조화를 선명케 했다면, 「나룻배 이야기」의 그것은 사공의 개인적 체험이 마을과 외부의 연결이라는 유형화로 말미암아 조금은 희박해졌다고 볼 것이

다. 그렇지만 이 두 작품엔 '외나무다리 의식'이 겉으로 드러났음을 특권화하고 있다. 이에 비해 「흰 종이수염」은 6·25 자체가 '외나무다리 의식'을 대행하고 있는 형국을 빚었다. 목수와 팔 잃기, 아비와 아들의 관계를 규정하는 것은 보이지 않는 사회·역사적 조건인 6·25이다. 소년 동길의 순진무구함이 향한 곳은 바로 '역사의 준동화'라 부를 성질의 것이기도 하다.

단편 삼부작이 갖는 소설사적 의의

작가 하근찬 문학을 문제 삼을 때 그 기본항은 그가 작품 표제로 삼은 바 있는 '준동화'에서 찾아진다는 전제 아래 지금껏 논의해왔다. 동화의 세계도 아니고 그렇다고 소설의 세계도 아닌 곳에 놓인 글쓰기로 규정되는 '준동화'를 한가운데 놓고 작가 하근찬은 거기에서 동화 쪽으로 후퇴할 수도 있었고 소설 쪽으로 전진할 수도 있었다. 이 점이야말로 작가 하근찬의 특권적 가능성이었다. 이 특권적 가능성은 다음 두 가지 역사·사회적 조건에서 왔다.

첫째, 작가 하근찬과 학교의 관계. 그는 교사의 아들로 늘 학교와 더불어 살았고 사범학교에 들고 또 국민학교 교사 노릇도 했으며 교육관계 회사에도 근무함으로써 이 방면 글쓰기에 전면적으로 노출되어 있었다. 둘째, 나이 14세에 해방을 맞았다는 점. 일제의 국민학교 전 과정을 올곧이 체험했고 게다가 4개월간의 중등교육까지 겪었던 사실은 그의 글쓰기 과정에서 아무리 강조해도 지나침이 없다. 바로 이 시점이야말로 '준동화'에서 소설에로 나아갈 수 있는 거멀못이었던 까닭이다. 이것이 그의 소설적 구조 및 운용 방식을 선험적으로 규정한 것이기도 했다. 그것은 동화 및 준동화의 글쓰기에서 직면하는 절대적 독자의 설정과 무관하지 않다. 주인공만 모르고 방황하고 있지만 독자 측인 어른은 훤히 알고 있는 세계의 글쓰기란, 따지고 보면 정도의 차이는 있으나 소설 역시 그러하다. 근대 국민국가의 형성에 소설이 지닌 '균질적인 공허한 시간'으로서의 시선이 국민국가의 일체감을 이룸에 크게 기여할 수 있었다고 평가됨도 이 때문이다. 그의 소설의 '준동화'적 성격은 이 전지적 독자의 설정에서 달성된 것이며 또 그것은 일제 식민지 초등교육 전 과정의 체험에서 얻어진 것이다. 그것은 또 근대(일제)를 긍정적으로 보고 식민지체제를 '부차적 모순'으로 규정한 시선에 수렴될 성질의 것이기도 하다. 그것이 근대, 문명, 교육 등을 인류사의 나아갈 대전제로서 암암리에 수긍한 자리에 서기에 그러하다. 그것이 14세까지와 중등교육 4개월의 경험적 총량이다.

여기에서 한 발자국 소설 쪽으로 내딛게 한 것이 6·25이다. 이 역사·사회학적 조건도 많은 경우 소재상 교사로서의 그의 현실체험과 관련을 맺고 있지만, 또 '준동화'적 성격을 완전히 벗어난 것은 아니지만, 그럼에도 하근찬식 독자성을 확보했다. '외나무다리 의식'의 확보와 그것의 소설적 구조화를 이 나라 소설사에서 성취했다. 「수난이대」 「나룻배 이야기」 「흰 종이수염」 삼부작이 그 성과이다. 이런 성과에 비하면 일제와 6·25의 역사·사회적 조건 속에서 홍시골에서 일방적으로 피해를 입는 여인 갑례의 일생을 다룬 장편 삼부작 『야호』(1971)는 그 정치한 묘사력에도 불구하고 소설적 성과로서는 범속하다고 볼 것이다. '외나무다리 의식'의 소설적 구조화에 이르기엔 너무 세속화되었음이 그 원인으로 지적된다.

이호철의
'차소월선생 삼수갑산운(次素月先生 三水甲山韻)'

버클리에서 사인 받기

좁은 나의 책장에는 이호철씨의 단편집 *Panmunjom*(Th. 휴스 옮김, Eastbridge, 2005)이 꽂혀 있소. 그 첫 장 빈칸에는 이렇게 적혀 있소.

不歸 不歸 다시 不歸
三水甲山에
다시 不歸
사나이 속이라 잊으련만
15년 정분을 못 잊겠네

이호철
2004. 12. 9

출판 연도가 2005년인데 어째서 저자의 서명 날짜가 2004년으로 되어 있을까. 12월에 주목한다면 의문이 금방 사라지오. 책의 출판 직전 작가 이씨가 판촉 겸 미주 강연 순례에 나섰음이 이 사정에 관여되어 있소.

버클리 대학에서 열린 한국학 세미나에 갔던 차에 그곳에서 우연히 작가 이호철의 소설 낭독회 쪽지를 보았소. 저녁 시간이었는데 의외에도 청중이 자리를 메우고 있었소. 작가는 낮은 목소리로 대표작의 하나인 「판문점」의 다음 대목을 낭독했소. 그도 그럴 것이 24세의 판문점 파견 북쪽 여기자이자 공작원인 그녀가 포섭 대상으로 선정된 남쪽 기자 진수에게 심정을 토로하는 장면이었으니까.

어쨌든 감사해요. 물큰물큰한 그 이역의 짙은 냄새에 잠시나마 훙건히 취할 수 있었어요. 난 원래 초행길이 아니야요. 단골이지요. 이를테면 당신 말대로 졸음이 오는 듯한 그 분위기, 기지개를 하는 듯한 감미한 맛, 적당하게만 퇴폐적인 것이 풍기는 그 완숙한 냄새, 조금쯤 무리를 해도 용서가 될 듯싶은 펑퍼짐한 언덕 같은 관용, 조금쯤 쓸쓸하고 괴괴한 분위기, 때에 따라 애교에 넘친 적당한 허풍, 그 안경잡이의 허풍, 당신들이 자유라고 이름 짓는 그 권태가 섞인 분위기는 확실히 짙은 냄새로 휩싸아요. 반드시 악착같이 정연한 논리로 쓸모 있게 사느니보다 서서히 여유 있게 자기를 누리는 맛, 누리는 것은 거드럭거리는 거지요, 곧 진력이 나고 권태가 오고…… 그렇지만 사는 맛 치고는 최고급일 거야요. 하여튼 조금쯤 그렇게 살 만도 할 것 같긴 해요. 돋아 오르는 아침만 맛이 아니라 해가 기우는 저녁녘도 맛은 맛일 테지요. 야심에 찬 어린 치기(稚氣)도 치기지만 늙수그레한 길가의 노인이 누리는 적당한 무위와 적당한 권태도 맛은 맛일 테지요. 그러나 전 이미 익숙해 버리고 쉬이 졸업해 버리고 말았어요. 그저 판문점으로 오는 날은 기분이 좋아요. 무작정 냄새가 좋아요. 하지만 자기의 분수, 자기가 지녀야 할 태세를 추호도 잃지는 않아요.

—이호철, 「판문점」, 『이호철集』, 신구문화사, 1965, 391쪽.

이하 소설 인용은 이 책에 의거함

작가 이호철의 목소리가 떨릴 수밖에 없는 이유란 이 여기자의 심정 고백서에서 오는 것이긴 하나, 또 그것은 역사감각의 무게에서 저절로 왔소. 최인훈씨의 『광장』(1960)처럼 4·19와 직결된 역사감각의 소산이었으니까. "구정권하에서라면 이런 소재가 아무리 구미에 당기더라도 감히 다루지 못하리라는 걸 생각하면 저 빛나는 4월이 가져온 새 공화국에 사는 작가의 보람을 느낍니다"라는, 중편 『광장』(600매)을 발표할 때의 '작가의 말'에서 보듯(『새벽』, 1960. 11, 239쪽) 4·19가 아니면 엄두도 낼 수 없었던 것. 4·19는 정치적으로 장면 정권을 수립시켰소. 요컨대, 미국식 교재와 교육에서 배운 '자유'의 개념이 4·19로 나타났고, 그 여세를 몰아 자유의 상한선이 사회 전체 속에서 꿈틀거렸소. 비유컨대, 이 자유가 작가의 손을 빌려 『광장』을 썼소. 꼭 마찬가지로 이 자유가 「판문점」(『사상계』, 1961. 3)을 썼소. 남북 기자들의 판문점에서의 만남이지만 그 남녀 사이의 관계를 자유와 관련시켜 표현하게끔 한 것은 바로 4·19였으니까. 참으로 유감스럽게도 그 자유란 뿌리가 없는 것이었소. 이를 키운 토양이 없고 보니 혼란이 올 수밖에요. 5·16 군사혁명이 화산처럼 터져 올랐소. 『광장』의 이명준도 저 해저에서 잠수부 노릇을 할 수밖에. 「판문점」의 주인공들도 숨을 죽일 수밖에. 기껏해야 "회색의 사상"인 『지리산』(이병주, 1972)이 씌어질 수 있었던 것도 이른바 7·4 공동성명(1972. 7. 4)의 분위기에서 가까스로 말미암았던 것이었으니까.

이백 년쯤 후 판문점이란 고어로 '板門店'이 될 것이다. '진수의 생각은 또 비약했다' 그때 백과사전에는 이렇게 쓰일 것이다. 1953년에 생겼다가 19××년에 없어졌다. 지금의 개성시의 남단 문화회관이 바로 그 자리다. 이 어휘의 창시자는 확연치 않으나 시초부터 익살과 야유가 좀 섞여 있었던 듯하고 하여튼 문이 판자로 되어 있는 점포라는 것은 확실했다.

—「판문점」, 391쪽

그로부터 30여 년의 세월 속에서 「판문점」의 작가는 두 번의 투옥과 마디 굵은 곡절을 겪었고 북한도 방문했고 지금 양간도(洋間島)인 미국땅 버클리에서 영역된 「판문점」을 들고 낭독까지 하고 있소. 어째서 최인훈과 이호철은 4·19에 그토록 민감했을까. 타고난 작가적 총명함의 결과이겠지만, 원산중학 3년차 선후배 사이이고(이호철이 선배) 같은 월남민인 그들에게 4·19는 또 그 이상의 것이 아니었을까.

우룸치의 노래방에서

1995년 7월 5일. 실크로드의 사막 한복판을 가로지른 투르판 우룸치 가도. 스타인, 펠리오, 오타니 탐험대가 판친 그 가도를 달린 지 네 시간. 닿은 곳은 우룸치(烏魯木齊). '푸른 목장'이란 뜻을 지닌 우룸치인데 푸르름도 목장도 간곳없었소. 인구 120만의 신장성 위구르 자치주 수도. 굴뚝이 묘지의 비석 모양 촘촘히 서 있었소. 우리는 먼저 박물관으로 가서 옛 누란왕국의 금발의 미녀 미라부터 보고 천산산맥의 눈 녹은 물로 이루어진 거대한 천지에서 크루즈도 즐긴 후, 저녁 어스름 허기를 달랠 겸 노래방을 찾았소. 독한 술도 순한 술도 가리지 않은 이곳 분위기에 취해 저마다 저절로 한 곡조씩 뽑았소. 돈황의 막고굴도,

손오공이 혼쭐난 화염산도 이미 보아버린 마당이고 보면 무엇을 새삼 거칠 것이랴. 더구나 열흘하고도 사흘이나 함께 먹고 잔 일행임에랴. 이 굉장한 인간스런 질서에 거역하는 목소리가 있었소. 그것은 독한 술 약한 술을 한꺼번에 깨우고도 남을 만큼의 울림이었소.

山새도 오리나무
우헤서 운다
山새는 왜우노、시메山골
嶺넘어 갈나고 그래서 울지。

눈은나리네、와서덥피네。
오늘도 하롯길
七八十里
도라섯서 六十里는 가기도햇소。

不歸、不歸、다시不歸、
三水甲山에 다시不歸。
사나희속이라 니즈련만、
十五年정분을 못닛겟네

산에는 오는눈、들에는 녹는눈。
山새도 오리나무
우헤서 운다。
三水甲山가는길은 고개의길。

(「山」, 『진달래꽃』 수록본)

「판문점」의 작가의 목소리가 아니겠는가. 독한 술이든 약한 술이든 이 목소리의 울림 앞에 숨도 쉴 수 없었소. ‘두만강 푸른 물’도 ‘연분홍 봄바람’도 ‘나그네 설움’도 부끄러워 얼굴빛이 새하얗게 바래질 수밖에. 어째서? 이 물음을 그때나 지금이나 잘 설명할 수 없소. 그때나 지금이나 분명한 것은 그것이 「판문점」의 작가의 목소리였다는 사실 하나뿐이오. 만일 미당이 이 시를 읊었다면 어떠할까. 독한 술이나 약한 술을 마신 사람의 귀엔 조금은 비범한 울림으로 들리지 않았을까. 김수영이 읊었다면 하품이 나오지 않았을까. 그런데 『광장』의 작가가 읊었다면 어떠할까. “不歸, 不歸, 다시 不歸”라고 아무리 외쳐도 “三水甲山

에 다시 不歸"에까지는 미치지 못하지 않았을까. 『광장』의 작가라면 아마도 "前進, 前進, 다시 前進, 양간도까지 다시 前進"이라고 읊지 않았을까. 왜냐면 그는 돌아갈 곳이 없는 대신 나아갈 곳만 있었으니까. 가족이 함께 LST(Landing Ship for Tanks)를 타고 또 양간도(미국땅의 최인훈식 표기)에다 고향을 세우기도 했으니까.

"불귀, 불귀, 다시 불귀" 이 울림은 「판문점」의 작가만의 것. 그 누구도 흉내낼 수 없는 것. 그 누구도 감히 넘볼 수 없는 절대적인 것. 「판문점」의 사내만이 감당하고 견디고 또 앓아야 할 천형(天刑)이기에 운명처럼 이를 아끼고 사랑할 수밖에. 요컨대, 이 '불귀의 삼수갑산'은 그를 낳기 위해 치성 드린 저 북두칠성처럼 움직일 수 없는 것이니까. 그러기에 이호철은 "불귀, 불귀"를 외치며 삼수갑산에서 목숨을 끊은 『진달래꽃』(1925)의 시인 김소월 바로 그 사람이 아닐 수 없소. 「판문점」이란 그러니까 산문으로 쓴 「진달래꽃」이 아닐 수 없소. 다시 말해, 「판문점」이란 스승 김소월에게 제자 이호철이 운을 단 것이 아닐 것인가. 그러기에 저절로 이호철의 '次素月先生 三水甲山韻'에 다름 아닌 것.

근대의 덫으로서의 삼수갑산

소월시의 절창은 「초혼」이 아니었을까. 미당은 「초혼」을 두고 이렇게 썼소. "그는 우리가 주로 상대하고 있는 현실의 관문을 깨치고 나가 그것의 확장으로서 유계(幽界)까지를 현실화하고 있다"라고(『서정주문학전집 2』, 일지사, 1972, 145쪽). 미당의 해석에 따른다면, 현실과 유계, 다시 미당식으로 하면 이승과 저승에 함께 걸쳐 있는 형국. 이른바 두 세계의 주민이란 뜻이겠지요. 소월은, 그러니까 우리 보통 사람과는 달리 이승에도 저승에도 왔다 갔다 하는 그런 유별한 인간이 아니겠소.

우리 보통 사람은 이승의 일에 얽매여, 또 그 벅참에 내몰려 어찌 저승까지 마음을 뻗을 수 있겠는가. 어림도 없는 일. 그런데 소월은 능히 그렇게 했다는 것입니다. 말을 조금 바꾸면, 소월에 있어 이승 또는 현실이란 매우 시시해 보였거나 또는 어쩔 수 없는 것이긴 해도 할 수만 있다면 천 리도 만 리도 도망치고 싶은 그런 마음자리였는지도 모릅니다.

어제도 하로밤
나그네 집에
까마귀 가왁가왁 울며 새였소.

오늘은
또 몇 十里
어디로 갈까.

山으로 올라갈까
들로 갈까
오라는 곳이 없어 나는 못 가오.

말마소 내 집도
定州 郭山
車 가고 배 가는 곳이라오.

여보소 공중에
저 기러기
공중엔 길 있어서 잘 가는가?

(「길」, 1925. 12)

소월은 자꾸자꾸 길을 떠나고 싶었소. 어딘지 가고 싶었던 것입니다. 정주군 곽산면이 고향이라 차도 가고 배도 가는 곳. 거기에서 소월은 왜 떠나고 싶었을까. 도대체 어디로 가고자 했을까. 시쳇말로 목적지 말입니다. 그런데 보시라. 목적지가 없지 않은가. 처자식도 가문도 부모도 엄존한 처지인데도 소월은 대체 어디로 떠나고자 했을까. 바로 이 물음 속에 모종의 실마리가 있을지도 모르오. 오산중학을 나왔고 또 배재중학도 다녔고 제국의 수도 도쿄에까지 가서 상급학교 들기를 엿보기까지 한 식민지 청년 김소월이 아니었던가. 기차도 자동차도 배도 타보았고, 무엇보다 근대시(「낭인의 봄」 등, 『창조』 5호, 1920. 2)를 쓴 장본인이 아니었던가. A. 시먼스의 시를 원어대로 인용, 읽기도 한 소월이 아니었던가.

그러한 그가 무엇보다 제국의 수도에 있는 근대 상급학교 교육엔 들지 못했소. 이유야 어쨌든, 근대시에 손을 댄 그로서는 역부족이었소. 근대, 근대시, 근대교육 이 모두는 오직 문명을 향한 지향성 일변도로 요약되는 것. 여기에서의 탈락이란 천추의 한이 아닐 수 없는 것. 어째서? 그는 1926년 고향을 떠나 구산군 서산면으로 이사하지 않으면 안 되었으니까. 처자가 있는 고장. 거기서 신문사 지국도 해보았고 시도 써보았소. 이미 천추의 한을 품은 가슴인지라 사업도 시 짓기도 가능할 이치가 없소.

> 제가 구성(龜城) 와서 명년이면 10년이옵니다. 10년도 이럭저럭 짧은 세월이 아닌 모양이옵니다. 산촌 와서 10년 있는 동안에 산천은 별로 변함이 없어 보여도 인사(人事)는 아주 글러진 듯하옵니다. 세기는 저를 버리고 혼자 앞서서 달아난 것 같사옵니다. 독서도 아니하고 습작도 아니하고 사업도 아니하고 그저 다시 잡기 힘드는 돈만 좀 놓아 보낸 모양이옵니다. 인제는 또 돈이 없으니 무엇을 하여야 좋겠느냐 하옵니다.
>
> —안서에 보낸 편지, 1934. 9. 21(김억, 「소월의 추억」, 조선중앙일보, 1935. 1, 22~26쪽에서 재인용)

10년간 그는 구성에서 죽치고 앉았소. 곽산과 구성 사이의 거리는 엎어지면 코 닿는 거리. 그럼에도 그는 이 거리의 아득함에 절망했소. 그는 밤마다 꿈을 꿀 수밖에. 어떻게 하면 이 절명지 삼수갑산에서 벗어날 수 있을까. 삼수갑산, 삼수갑산 하고 자나 깨나 중얼거릴 수밖에 무슨 도리가 있었겠는가. 벗어나고자 노래라도 부를 수밖에. 벗어날 수 없음을 벗어나고자 하는 노래를.

울림으로서의 불귀, 불귀, 다시 불귀

비가 온다
오누나
오는 비는
올지라도 한닷새 왔으면 좋지。

여드레 스무날엔
온다고 하고
초하루 朔望이면 간다고 했지。
가도 가도 往十里 비가 오네。

웬걸, 저 새야
울라거던
往十里 건너가서 울어나다고,
비맞아 나른해서 벌새가 운다。

天安에 삼거리 실버들도
촉촉히 젖어서 늘어졌다네。
비가 와도 한닷새 왔으면 좋지。
구름도 山마루에 걸려서 운다。

(「왕십리」, 1923. 8)

그러나 그는 금방 이 '왕십리 하기'의 불가능을 읊어야 했소. 5리까지 갔다가 다시 5리를 가야 10리에 해당되지만, 그는 끝내 10리 저쪽에로 나가지 못하고 되돌아오고 마는군요. 어째서? 그는 그 이유를 삼수갑

山새도 오리나무
우에서 운다
山새는 왜 우노, 시메山골
嶺넘어 갈라고 그래서 울지。

눈은 나리네, 와서 덮히네。
오늘도 하룻길
七八十里
돌아서서 六十里는 가기도 했소。

不歸, 不歸, 다시 不歸,
三水甲山에 다시 不歸。
사나이 속이라 잊으련만,
十五年 정분을 못 잊겠네

山에는 오는 눈, 들에는 녹는 눈。
山새도 오리나무
우에서 운다。
三水甲山 가는길은 고개의 길。

(「山」, 1923. 10)

산에서 찾았소. 삼수군과 갑산군이란 이른바 이백의 촉도난(蜀道難)에 해당되는 것. 아무도 빠져나갈 수 없는 그런 절명지의 별칭이었던 것.

"산새도 오리나무/우에서 운다"고 했소. 오리나무(五里木)란 새삼 무엇인가. 10리의 절반을 5리라 하지요. 길 가기에서 거리의 표시로 5리마다 자작나뭇과의 나무 한 그루를 심었는데, 이를 두고 '오리나무'라 부르는 것. 오늘날의 표기로 하면 도로 표지목. 보시라. 이 도로 표지판을 따라 그는 삼수갑산을 벗어나오고 있소. 오리나무만 따라 걸으면 되는 것. 그러나 그는 돌연 빠져나오고자 하는 마음이 없어지오. 어째서? 정 때문. '산새'도 그러한데 하물며 사람임에랴. 15년(실제로는 10년)이나 그 삼수갑산에서 살았으니까.

그는 이 삼수갑산을 7, 80리까지 빠져나왔으나 거기서 산 15년의 정분 때문에 60리를 되돌아가야 했소. 떠나고자 하는 원심력, 머물고자 하는 구심력이 시적 긴장을 일으키고 있소. 태를 묻은 곽산도, 처갓골인 구산도, 그리고 또 무엇도 고향이거나 그리움이기는 마찬가지. 그러니까 불귀일 수밖에. 제자리걸음, 빠져나오고자 하나 빠져나올 수 없는 절명지, 그것이 구산이고 15년의 정분이었다는 것. 그렇다면 누가 그로 하여금 삼수갑산에로 내몰았던가. 그는 이 험한 곳에서 15년이나 버티었소. 7, 80리까지 탈출했다가 60리를 되돌아오는 몸부림. 구산에서의 10년이란 이 몸부림이 전부였던 것. 몸부림치다가 죽기뿐. 마지막 몸부림을 좀 보시라. 죽기 세 달 전에 쓴 몸부림.

三水 甲山 나 왜왔노、
三水 甲山이 어디메냐。
오고나니 奇險하다
아하 물도 많고 山 疊疊이라。

내 故鄕을 도로 가자、
내 故鄕을 내 못 가네。
三水 甲山 멀더라
아하 蜀道之難이 예로구나。

三水 甲山 어디메냐、
내가 오고 내 못 가네。
不歸로다 내 故鄕을
아하 새더라면 떠가리라。

님 계신 곳 내 故鄕을
내 못 가네、내 못 가네。
오다 가다 야속하다
아하 三水 甲山이 날 가둡네。

내 故鄕을 가고 지고
三水 甲山 날 가둡네。
不歸로다 내 몸이야
아하 三水 甲山 못 벗어난다。

(「次岸曙先生 三水甲山韻」, 1934. 9. 21)

누가 그를 삼수갑산에 가두었던가. 어째서 그는 거기에서 빠져나올 수 없었을까. 아니, 빠져나오고자 하지 않았을까. 이 물음만큼 절대적인 것이 소월시에는 다시없소. 그는 근대를, 근대시를, 그리고 A. 시먼스를 보아버렸던 것. 근대 제국의 수도에까지 가서 보고 확인했고, 그 자신도 실천하고자 했던 것. 그런데 그는 거기서 탈락했던 것. 문제는 그 다음이지요. 스스로 탈출구를 찾든가 누군가의 도움으로 탈출해야 했을 터. 그런데 어느 것도 불가능했던 곳에 김소월의 비극이 있습니다. 물론 그는 스스로 탈출구를 찾고자 무수히 발버둥 쳤소. 혼자서 그는 수없이 '길 찾기'에 몸부림쳤소. 「산」「왕십리」「가는 길」「가시나무」 등이 그 증거. 그러나 혼자서 아무리 발버둥 쳐도 탈출구는 끝내 보이지 않았지요. 그렇다고 외부에서 누군가가 길 안내를 해주지도 않았지요. 혼자서 길 찾다 절망한 그는 혼자서 몸부림칠 수밖에 무슨 방도가 있었겠는가. 만일 방도가 있다면 자결의 길뿐.

소월시의 비극은 무엇이뇨. 길 찾기의 과정에서 실패한 것. 혼자서 길 찾아 헤매었으니까 실패하기 마련인 것. 그가 본 근대란, 근대시란 무수한 타자로 이루어진 괴물이 아니었던가. 혼자서 아무리 몸부림쳐

보아도 헛수고일 수밖에. 불귀, 불귀, 다시 불귀일 수밖에. 이 울림만이 소월시의 몫일 수밖에.

북두칠성과 책무

19세에 LST로 단신 월남한 소년 이호철은 어쩌자고 이 어마어마한 몸부림인 '불귀의 울림'을 평생의 화두로 삼아야 했을까. 그의 연보에는 이렇게 적혀 있소. "1950년(19세). 7월 7일 고등학교 3학년으로 인민군에 동원되어 남한에서 올라온 의용군의 관리를 잠깐 동안 맡음. 그후 울진에서 249부대 박격포 중대에 배치, 9월 26일 북상하는 국군 선발부대와의 교전에 중대장 연락병으로 참가, 정찰을 나갔다가 먼저 후퇴한 중대에서 이탈, 태백산맥으로 들어감. 며칠 후 양양 남대천에서 포로가 됨. 흡곡에서 자형을 만나 놓여남. 12월 초 단신으로 LST를 타고 월남함."(『이호철 문학앨범』, 웅진출판, 1993, 233쪽)

그가 부산 제1부두에 닿은 것은 1950년 12월 9일 아침이었고, 수정동 수용소에서 쌀 몇 되와 돈 몇 푼과 피란증 한 장을 교부받았고, 제3부두의 노동판에 뛰어들었소. 남한에서의 이 첫 체험인 피란살이 현장이야말로 이 소년의 '불귀'의 원점이자 동시에 '귀환'의 원점이 아니면 안 되었소. 이 원초적 체험이 그의 데뷔작 「탈향」(1955. 7)을 낳았소. 「탈향」이 갖는 무게는 그러니까 저 소월의 "불귀, 불귀, 다시 불귀"의 울림에 맞먹는 것. 그는 단 한 번도 이 울림에서 자유로울 수 없었는데, 그것이 그의 문학뿐 아니라 삶의 원점을 이루었던 까닭.

> 하룻밤 신세를 진 화찻간은 이튿날 밤엔 곧잘 어디론가 없어지곤 했다. 하루 저녁에도 몇 번씩 이 화차 저 화차 자리를 옮겨 갈아야 했다.

자리를 잡고 누우면 그나마 흐뭇했다. 나이 어린 나와 하원이가 가운데, 두찬이와 광석이가 양 가생이에 눕곤 했다.

—「탈향」, 307쪽

이렇게 서두를 삼고 있는 「탈향」은 바로 제3부두 노동판의 피란살이 체험의 제시요. 이 첫 체험의 중요성은 아무리 강조해도 지나침이 없는데, 그것은 이것이 삶의 전부였음에서 오오. 아무것도 가진 것 없는 알몸뚱이의 청소년들 네 명이 난생처음, 그것도 이국과 다름없는 남한 땅에 던져졌던 것이니까. 같은 마을 출신인 이들 중 두찬과 광석은 24세, 하원은 18세, 그리고 화자인 '나'는 19세로 되어 있소. 이 화자인 '나'가 당시 19세의 이호철이었을 터이오. 이 4인의 성격묘사도 아주 간결 치밀하여 놀랍소. 사실 그대로니까 그럴 수밖에. 두찬이 제일 노숙 또 냉철하며, 광석은 조금 주책이 없지만 대신 주변이 있어 친화적인 인물. 두찬은 저 혼자 치밀한 계산을 하여 살아갈 방도를 모색할 줄 알았고, 한편 광석은 그저 주변의 사람들과 잘 어울리며 하루하루를 무난히 넘기며 삶을 즐기는 인물. 제일 나이 어린 하원은 어떠할까. 그저 "야하, 부산은 눈두 안 온다잉" 하며 철이 덜 난 인물로 묘사되어 있소. 그렇다면 '나'는 어찌했던가. 이 물음에 모든 비밀이 잠겨 있소.

먼저 「탈향」 서두에 주목하오. 화차에서 잠을 자던 이들 4인에 있어 그 임시숙소는 수시로 바뀔 수밖에. 자다가도 화차가 움직이면 급히 뛰어내릴 수밖에. 어느 날 한밤중 화차가 갑자기 움직이지 않겠는가. 4인 모두 뛰어내릴 수밖에. 그때 광석의 팔이 화차에 끼어 내리지 못하고 끌려갔고 마침내 팔이 잘리고 출혈로 죽는 사건이 벌어졌소. 이 사건에서 제일 어른스럽게 행동을 취한 것이 '나'였소. 팔이 잘린 광석을 찾아갔고 그를 화차로 업고 왔소. 광석은 이튿날 화차 속에서 죽었소. 두찬은 이 죽음을 외면하며 혼자 떠났고 소심한 하원이 어쩔 줄 모르는 판에 어째서 '나'만은 끝내 광석을 외면할 수 없었던가. 바로 참주제가 깃든 대목.

애당초 나는 두찬이처럼 심술이 세다거나, 광석이처럼 주변이 좋다거나, 하원이처럼 겁이 많다거나, 그 어느 편도 아니었다. 나는 이젠 우리 넷 사이가 어떻게 돼도 좋았다. 나대로의 뚜렷한 배포가 서 있는 것은 아니었지만.

그저 때로 하원이의 애원하듯 한 애스런 표정을 대할 때마다, 흠칫하게 뒷잔등이 차갑곤 하였다. 그러나 나는 번번이 이런 하원이 표정에 외면을 하곤 했다. 나로서도 모를 일이었다. 하원이에 대하여 자꾸 미안함을, 막연히 책임감 같은 것을 느끼게 됐고, 그럴수록 우락우락 마음만 달아 올랐다. 광석이나 두찬이는 그들대로, 나에게만은 이렇다 할 아무런 감정도 품지는 않았으나, 처음 화차살이가 시작될 때보다 퍽 어석버석해진 것만은 사실이었다.

이미 두 달이 지났으니까 그럴 만도 했다.

사실 나는 광석이 곁으로 갔을 때, 어떤 자조(自嘲)도 느꼈다. 또 어떤 자랑스러움도 느꼈다. 다만 이렇게 광석이 곁으로 온 바엔 광석이가 죽고 안 죽고는 내가 알 바 아니다. 광석이가 죽을 때까지 광석이를 지키고 있었다는 것을, 이 다음에 고향에 가더라도, (갈 수만 있다면) 조금도 부끄러움을 느끼지 않고 떳떳할 수 있으리라.

하원이는 또 외투 포켓에 두 손을 찌른 채 쿨쩍쿨쩍 울었다. 나는 왼팔 중동이 무 잘라지듯 동강난 광석이를 등에 업었다. 하원이는 울음을 꿀컥꿀컥 삼키면서 광석이 엉덩이를 받들고 뒤따라 섰다.

이렇게 이 화차로 온 것이다.

한참만에야 광석이는 좀 정신이 드는 듯, 어처구니없을 만큼 가라앉은 목소리로,

"여기 어디야? 두찬인 어디 갔니?"

나는 서슴지 않고,

"병원에 갔어."

"병원에? 아이구 어떡허니, 팔 하나 갖구 먹구 살등 거, 두찬이 빨리 안 오니?"

그러자 광석이는 벌떡 일어날 듯이 몸을 움직거리면서, 가쁘게 헉헉대며,

"우리 진짜 꼭 같이 가자. 고향 갈 땐. 두찬인 날 오해했는갑드라. 오해, 두찬이에게 할 말이 있는데, 어잉 야, 너인 날 어드케 생각핸? 내가 머 어쨌단 말야? 야하, 너들 날 벌어 먹이간? 진짜 벌어 먹이간?"

이튿날 아침이 밝았을 땐, 이미 광석이는 죽어 있었다.

—「탈향」, 312~313쪽

'나'의 저러한 행동이란 '고향 가기 위한 명분 쌓기'에 다름 아니었던 것. 이 경우 고향이란 부모가 있는, 낳고 자란 동네가 있는 곳을 가리킴인 것. 그것은 다른 말로 하면 산천이 아니라 '인륜'이 지배하는 곳. 인간의 위엄에 어울리는 그런 법도랄까 윤리감각이 살아 숨쉬는 영역을 가리킴인 것. 훗날 고향에 가기 위해서는 반드시 인간으로서 책무를 다한 연후여야 한다는 것. 이 책무란 새삼 무엇인가. 그것은 '나'의 개인적 실존의 영역과는 다른 차원이 아닐 수 없지요. 짐이 되는 후배 하원에게 '나'가 멀어지고자 함이 이를 가리킴인 것. 그렇지만 '나'는 이런 '나'만의 실존을 지향하면서도 동시에 하원에 대한 책무를 외면할 수 없습니다. 여기에 19세의 원산중학생 이호철의 성숙성이 빛나고 있습니다. 혼자 도망쳤던 두찬이 다시 화차로 돌아와 이렇게 절규하는 것이 바로 책무에 대한 회한이겠지요.

어잉, 이 쥐길 새끼, 개새끼, 취핸 줄 아니? 취할 탁이 있니? 이 개새끼야, 요렇게 정신이 말똥말똥하다, 말똥말똥해. 왜 넌 암말두 안헌? 띠디래 잡든지 칼침을 주든지 하잖구. 어허허허, 내, 이제 무신 낯짝으루 동네 가간, 어허허허…… 광석아… 광석아 하아 하아.

—「탈향」, 317쪽

이는 바로 "불귀, 불귀, 다시 불귀"가 아닐 것인가. 두찬은 다시 고향에 가지 못하겠지요. 두찬이 사라진 화차 속에서 '나'는 최종적으로 책무와 실존 속에서 갈등합니다. 바로 작가 이호철의 원점이지요.

두찬이는 벌렁 자빠져서, 화차 안이 찌렁찌렁하도록 그냥 어이어이 울어댔다. 이튿날 아침 깼을 땐, 두찬이는 보이지 않았다. 부두 일판에 나가도 없었다.

사흘쯤 지난 뒤, 저녁, 어두운 화찻간 속에서 하원이는 지껄였다.

"야하 우리 이젠 꼽대가리(밤낮을 거푸 일하는 것) 자꾸 해서 돈 좀 쥐자. 그러구 저기 영주동 산꼭대기에다 집 하나 짓자. 거기 집 제두 일없닝기드라야, 잉야하 조카야, 흐흐흐…… 우습다. 진짜 우스워.…… 난 너두 두찬이 형처럼 그렇게 될까봐 얼마나 떨언 줄 안? 광석이 아저씨두 맘은 좋은 폭은 못됐다. 잉?…… 우리, 동네 갈 젠 꼭 같이 가자, 돈 벌어서, 돈 벌문 말야 시계부터 사자, 어부러서, 그까진 거, 꼽대가리 대구 하지 머, 광석이 아저씨까, 두찬이 형은 못 봤다구 글자마, 애당최 못 봤다구. 알 거이 머야, 너까 나만 암말두 안헌담에야 그저 대구 못 봤다구만 글자마, 낼부터 나 진짜 꼽대가리 할란다, 잉, 조카야, 우습다. 잉? 이케(이렇게) 잠이 안 온다야, 우리 오늘밤, 그냥 밤 새자, 술 마시까…… 술."

"……"

나는 그저 나도 모르게 이런 말을 지껄이고 있었다.

"바람도 없이 내리는 눈송이여, 아, 눈송이여."

무엇인가 못 견디게 그리운 것처럼 애탔다. 그러나 누가 알랴! 지금 내 마음 밑 속에서 일어나는 돌개바람 같은 것을…… 아 어머니! 이미 내 마음 밑 속에선 하원이를 버리고 있는 것이다. 순간, 나는 입술을 악물었다. 와락 하원이를 끌어안았다. 눈물이 두 볼을 흘러내렸다. 하원이는 흐흐흐 웃었다. 지껄였다.

"이 새끼, 술두 안 먹구 취했? 참 부산은 눈두 안 온다잉? 눈두. 이북 말이다. 눈 오문 말이다. 광석이 아저씨네 움물 말이다. 야하 굉장헌데. 새벽엔 까치가 울구, 그 상나무 있잖니, 장자골집 형수 원래 잘 웃잖니, 하하하 하구. 그 형수 꽤 부지런했다. 가마이 보문, 언제나 젤 먼저 물 푸러 오군 하는 게 그 형수드라. 잉? 야하 눈이 보구 싶다 눈이."

—「탈향」, 317쪽

'나'의 실존, 그것은 '나'만의 것. 그 누구도 넘볼 수 없는 성역이 아닐 수 없는 것. 그것은 읊을 수밖에. "바람도 없이 내리는 눈송이여, 아, 눈송이여." 이것은 또 "아, 어머니!"가 아닐 수 없는 것.

나더러 칠성님의 자식이라고 하던 소리를 들었던 것 같다. 어머니는 나름대로 그럴 만한, 그렇게 확신할 만한 사연이 있었을지도 모른다. 아무튼 나는 어릴 때 노상 천지신명께 비손을 하는 어머니에게 나름대로 길들여져 갔다. 어머니의 등에 업혀 당모루 외갓집에 갈 때라거나 조금 더 커서 어머니 손에 이끌려 윗골 텃밭 같은 곳으로 갈 때 조금만 호젓한 곳에 이르면 어머니는 어김없이 중얼중얼 천지신명에게 빌곤 했다.

—이호철, 『무쇠 바구니의 사연』, 현재, 2003, 308쪽

위로 누님 둘을 둔 가문의 외아들, 그는 북두칠성님께 빌어 낳은 귀공자가 아니었던가. 그 하늘이 낳은 '나'의 실존, 그것은 어머니와 천지신명이 보장하고 있지 않았겠는가. '나'는 '나만의 길'을 모색하고 또 가야 했을 터. 그런데 보라. 하원이 있지 않은가. 이 하원에 대한 책무란 무엇인가. 북두칠성을 따르면 하원을 버려야 한다. 하원 쪽을 따르면 북두칠성을 버리는 것. 이 둘을 평생 앓으면서 동시에 추구해온 것이 이호철 문학이 아니었을까. 그렇다면 그 비결은 대체 무엇이었을까.

바로 여기에 소월과의 변별성이 깃들이고 있습니다. 자결의 덫에서 끝내 빠져나오지 못한 소월의 '불귀'와 자결의 덫에서 유려하게 벗어난 이호철의 '불귀'가 또렷해집니다. 이호철로 하여금 '불귀'의 화두를 던진 것은 소월이지만 이호철은 이 화두를 악전고투 끝에 벗어날 수 있었지요. 실존과 책무를 잇는 통로를 그에게 가르쳐준 것은 다름 아닌 북두칠성이었지요. 하늘 뚜렷이 일곱으로 빛나는 별, 그것의 이름이 문학이었지요. 문학이되 그것도 체호프의 소설이었던 것.

체호프의 성좌 밑에서

대체 19세 소년에게 누가 체호프를 가르쳤을까. 이 물음만큼 결정적인 것은 달리 없소. 북두칠성님에 빌어 낳은 외아들의 단신 피란길에 황소 한 마리 값인 오천원을 내주며 아버지는 이렇게 말했소. "아가야, 이제부터 혼자서 가라. 그리고 이 돈은 네가 판단하여 제일 요긴한 곳에다 써라." 19세의 아들이 부산 제1부두에 닿은 것은 1950년 12월 9일. 그는 거기서 부두 노동을 했소. 어느 날 부두 노동에서 돌아오던 길에 고서점에 들렀소. 거기 체호프 전집 네 권이 있지 않겠는가.

나는 두말없이 그 희곡집 네 권을 샀다. 주인도 말 한마디 없이 시종 뚜웅하게 책을 포장해주었는데, 그 돈으로 말한다면 집 떠나올 때 부친께서 큰마음 먹고 내주신 한국은행권 5천 원짜리 한 장이었다.

그 무렵은 국군이 마악 수복해 올라온 때여서 북한에서도 본래의 북한 화폐와 한국은행권이 마구 뒤섞여 통용되고 있었는데, 국군이 수복해 올라오기 전의 북한돈 5천 원이면 황소 한 마리 값이었다.

그 황소 한 마리 값으로 나는 서슴없이 체호프 희곡집 네 권을 샀던 것이다. 그리하여 고향 마을에서 같이 월남해왔던 아저씨뻘 되는 사람(뒤에 단편 「탈향」에 나오는 광석이 아저씨였음)이 꿍얼꿍얼거리듯이 말했다.

"대체 그걸 언제 어느 틈에 읽겠다는 거니? 그거 읽어 낼 데가 어디 있어? 야아가 아직 정신이 덜 들었구나."

"……"

나는 아무런 대꾸도 못 했다. 딴은 옳은 소리였던 것이다. 그러나 정작 나는 그렇게도 기분 좋을 수가 없었다.

—이호철, 『문단골 사람들』, 프리미엄북스, 1997, 19쪽

체호프는 이렇게 속삭였소. 아가야, 너무 조급하지 말거라. 너는 북두칠성, 천지신명이 낳은 아이 아니겠는가. 그것이 네 실존이다. 그것이 네가 두고 온 옛 고향이다. 너 역시 언젠가 거기에 돌아갈 것이다. 누구나 그러하니까. 그것은 성스러운 곳이 아닐 수 없다. 거기는 네 부모와 누님이 있는 곳이니까 몽매에도 잊을 수 없다. 그것을 말하는 것이 문학이다. 또 하나가 있다. 책무 말이다. 이것 없이는 고향에 갈 수 없다. 그것은 부산 부두에서 또 서울의 시장바닥 또는 두 차례의 감옥 속에서도 지켜야 할 성스러운 사명이다. 인간의 위엄에 어울리는 행위 말이다. 이 책무를 말하는 것이 문학이다. 아가야, 알겠느냐. 이 둘은

결코 둘이 아님을. 동시에 수행해야 하는 것임을.

아가야, 이제 알겠느냐. 너와 소월의 '불귀'가 다른 점을. 소월도 자기의 실존과 책무를 동시에 수행코자 하긴 했었다. 삼수갑산을 벗어날 수 있었는데도 그렇게 하지 않았다. 15년 정분 때문이었다. 이 때문에 그는 도로 삼수갑산으로 향했다. "불귀, 불귀, 다시 불귀"의 울림이 그토록 엄숙한 것은 이 때문이다. 그런데 보라. 소월에는 없고, 네게만 있는 것을. 그것이 나, 체호프이다. 다듬어 말해 그것은 '구체성'이다. 소월에겐 '울림'만이 전부였고 구체성이 전무했다. 다시 말하건대, 네겐 이 구체성이 있었다. 있되 뚜렷했다. 두찬, 광석, 하원 등 고유명사가 그것. 「나상」의 칠성이, 「판문점」의 진수, 「탈각」의 필구 등등. 이 구체성은 울림과는 같고도 다르다. 다르다면 한량없이 다르다. 소설 말이다. 이 구체성은 끝이 없음을 특징으로 한다. 일상적 삶이 그러하니까. 그러기에 너는 자결할 틈이 있을 수 없었다. 15년 정분을 안고 몸부림치고 있을 여가가 없었다. 팽이처럼 쉼 없이 도는 것. 그것이 구체성이다. 나는 네게 그것을 가르쳤다. 몸부림치고 뭉개고 앉아 있어서는 안 된다는 것, 그것이 소설이고 산문이다. 내가 제대로 가르치지 않았느냐.

아가야, 너는 예의 바르게도 나를 한순간도 잊지 않았다. 이 점에서 너는 원산중학 3년 후배인 『광장』의 작가와 구별된다. 국외 망명이든 국내 망명이든 너는 이 망명지향성과는 당초부터 인연이 없었다. 아가야, 이젠 네가 목청껏 읊을 차례다. 우룸치 노래방에서도 읊었고 평양 모란봉 식당에서도 읊었던 그 목소리 그대로 읊어보라. 아가야, 그게 '次素月先生 三水甲山韻'이 아니겠는가. 아가야, 너는 이젠 소월 선생께 읊어야 한다. 아가야, 아가야, 우리 아가야. 모스크바 국립묘역에 있는 내 무덤에까지 찾아와 꽃 한송이를 놓고 간 1991년의 너를 잊지 못한다(이호철, 『세기말의 사상』, 민음사, 1993, 67쪽). 너는 내게 갖출 예의를 그 이상 더할 수 없다. 네가 술만 취하면 슬라브어 원어로 노래 부르는 것도, 내 「귀여운 여인」의 첫 대목을 원어대로 읽는 것도 나는 잘 알고 있다. 그러나 그런 것은 그것으로 족하다. 네가 잊지 못하는 진짜 선배는 따로 있기 때문이다. 소월, 그 선배 말이다. 이제 너는 네 목소리로 이렇게 읊어도 된다. "不歸, 不歸, 다시 不歸, 三水甲山에 다시 不歸. 사나이 속이라 잊으련만, '59년' 정분을 못 잊겠네"라고.

벽초와 이청준을 잇는 어떤 고리

— 『신화를 삼킨 섬』의 지적도

좀도적 임꺽정

우리나라 최고의 대하역사소설이라 불린다는 『임꺽정』(사계절, 1985)은 총 10권으로 되어 있소. '봉당편'에서 시작, '피장편' '양반편'을 거쳐 '의형제편' 3권, '화적편' 4권으로 이루어졌소. 작가 벽초(홍명희, 1888~1968)는 이 작품을 "조선 정조(情調)에 일관된 작품"(『삼천리』, 1933. 9)이라 했소. 옛날엔 중국문학, 근대엔 서양문학의 냄새가 진동하는 조선문학의 현상에서 벗어나기 위해 썼다는 것. 또 글쓰기의 수법이랄까 구성방법은 러시아의 자연주의 작가 쿠프린에서 배웠다고도 했소. 임꺽정에 대한 사기(史紀)가 극히 단편 단편으로 떨어져 있기에 이를 묶어 장편으로 만들기 위해서는 쿠프린이 한 방식, 곧 토막토막 끊어놓으면 모두 단편이지만 이를 묶으면 그대로 장편이 되는 그런 것이라 하오(설정식과의 대담, 『신세대』, 1948. 5).

『임꺽정』을 문제 삼을 때 제일 난감한 것은 바로 '조선 정조'에 있지 않을까 싶소. 글쓰기의 목표가 거기 있다고 했으니까. 많은 논자들이

이 앞에서 머뭇거릴 수밖에요. 당시의 독자 측에서 볼 땐, 듣도 보도 못한 조선조의 양반 용어, 고리백정 용어 등이 인물들의 입을 통해 생동하고 있지 않겠소. 조선말의 보물창고라고나 할까. 그렇다고 이 용어 문제를 두고 '조선 정조'라 할 수 있을까. 서울기생 소홍이도, 평양기생 초향이도 또 제주기생 추월이도 한결같이 서울말을 쓰고 있는바, 이도 '조선 정조'라 할 수 있을까. 조정에서 사용되는 문자적 세계(법도)를 무식한 고리백정들의 말로 번역해놓은 것이 '조선 정조'일까. 이런저런 의문을 던질 독자도 있을 법하지 않을까요.

우리는 지금 꺽정과 서림이 등장하여 '농무'(신경림)를 추는 시대에서 아득히 벗어나 바야흐로 다국적 다문화시대에 살고 있지 않겠는가(외국인 거주자 110만 6천 명, 2009년 8월 기준). 통일시대의 문학, 민중문학 따위에서 얼마나 멀어져 있을까. 이런 거리를 잴 수 있는 독자라면, '조선 정조'의 의미에 난감해할 수밖에요. 표현으로서의 '조선 정조'도, 제도나 용어의 번안 또는 전이로서의 '조선 정조'도, 그러니까 통틀어 문자세계에서 무문자세계(얘기세계)로의 차원이동도 오늘의 시점에서 볼 때 별 의의가 없거나 엷어 보인다면 대체 글쓰기의 목표로 삼은 그 '조선 정조'는 어디에서 찾아야 적절할까. 이런 물음에 응해 오는 현상 중의 하나에 역린(逆鱗)을 문제 삼아 볼 수 없을까요.

두루 아는바 역린이란 용의 턱 아래 거슬러서 난 비늘이 있는데 건드리면 성을 내서 사람을 죽인다는 전설에서 나온 말. 용이란 천자 또는 황제를 가리킴인 것(우리의 경우는 제후 격인 왕을 가리킴). 그러니까 임금의 분노를 가리키는 말이겠지요. 『임꺽정』 10권을 통독하고 있노라면 그 대부분이 황해도 청석골의 도적떼 얘기로 채워져 있음을 알게 되오. 이 도적떼의 소임이란 기껏해야 장꾼들의 보따리 털기 수준. 두말하면 잔소리. 바로 좀도둑에 지나지 않는 것. 그렇다면 서림의 등장으로 비로소 본격적인 도적떼로 군림할 때의 사정은 어떠할까. 서림과 청석골 두령들과의 대화 장면을 보실까요.

"노형, 뒤에 큰 재물이 있다니, 그 재물이 지금 어디 있소?"

"차차 말씀하오리다."

"차차 말한다구 사람이 갑갑증이 나게 하지 말구 얼른 이야기 좀 하우."

"그 재물이 지금은 평안 감영에 있습니다. 그러나 섣달 보름 안에 서울루 올라옵니다."

"그 재물이 평안 감영 상납이오?"

"아니올시다. 평안 감사가 위에 진상하는 재물입니다."

"감사가 위에 바치는 재물이 상납이 아니면 무어요?"

"상납 외에 따루 진상하는 재물입니다."

"따루 진상하는 것이면 토지소산 아니겠소. 소산에 무슨 귀중한 물건이 있기에 열 몫에 나눠두 장자 열이 난다구 말했소?"

"장자 열이 난다구 말한 것도 줄여 말한 것입니다."

—제6권, 44쪽

제일 통 크게 턴 도적질이라 해도 따지고 보면 기껏해야 평안 감사가 조정 관리에게 뇌물로 보내는 물건 따위에 지나지 않는 것. 이따위 뇌물이란 조정 관리의 처지에서 보면 받아도 그만, 중간에서 도적떼에게 털린다 해서 별 서운할 것도 없는 것. 왜냐면 떳떳한 것도 아니고 기껏해야 재물에 지나지 않는 것이니까. 다시 수탈하면 그만인 것이니까. 물론 털리고 나서는 도적떼를 소탕하는 시늉은 하겠지요. 상호 양해 사항이니까. 그러나 역린에 닿으면 사정은 판이하지요. 임꺽정 일당의 최대의 실수는 왕실계 단천령의 학경골(鶴脛骨) 피리 사건과 함께 바로 역린에 닿았기 때문. 그 경위는 이러하오.

임꺽정의 결정적 실수—체제 도전

과거에서 낙방한 선비와 양반 도합 8명이 귀향 도중 주막에서 이런 저런 세상 얘기를 하다 임꺽정 일당을 언급하오. 꺽정은 힘만 센 무식한 놈이고 그에 붙어 창귀 노릇하는 자가 서림이라는 것 등등. 이 자리에 서림이 있어 엿들었것다. 청석골로 끌고 와 혼을 내어 분풀이를 할밖에. 서림이 꺽정에게 어떻게 할까 묻자 잡아온 네가 알아서 처리하라 했것다. 서림은 속으로는 혼을 내어 쫓아버리려 했을 터. 그런데 첫 번째로 선비 정생원을 족치자 첫마디가 살려달라고 무릎을 꿇지 않겠는가. 지나가던 꺽정이 이 장면을 보고는 벼락같은 호령을 내리지 않겠는가.

"임장군은 만부부당지용을 가지셨구 서모사는 지모가 제갈공명 같으시다구 말씀해야 옳을 것을 그렇게 말씀 안 한 것이 잘못인 줄 깨닫구 복복사죄(僕僕謝罪)하지 않았습니까. 항자는 불살이라니 잘못했다구 사죄하는 걸 죽이는 법이 있습니까."

"그놈 더러운 놈이다. 빨리 내다 목을 비어라!"

하는 천둥 같은 호령이 대청 안침에서 나왔다. 꺽정이가 호령한 것이다.

—제9권, 34쪽

이렇게 5명의 선비가 처형됩니다. 그러나 여섯번째 한생원은 사정이 달랐소. 무릎을 꿇기는커녕 되레 호통을 치지 않겠는가.

"대체 빌긴 무얼 빌란 말이냐? 우리가 너희에게 빌 일이 무어냐! 우리의 친구 하나가 꺽정이를 대적놈이라구 또 서림이를 꺽정이의 창귀라구 말했다구 우리를 잡아다가 이 욕을 보인다니, 그래 꺽정이가 대적놈이 아니냐! 서림이가 꺽정이의 창귀가 아니냐? 그 말이 무에 잘못이냐! 그 친구의 말 삼가지 않은 것을 잘못이라구 하기루서니 우리가 너희에게 빌 일이 무어냐? 그러구 너희 같은 무도한 도둑놈들에게 살려줍시오 죽여줍시오 빌 사람이 누구냐?"

한생원의 말이 끝나자마자, 꺽정이가

"여보 서종사, 그 사람은 사내요. 그 사내는 내가 살려 보내겠소. 이 때까지 잘못했습니다 살려줍시오 소리에 욕지기가 나서 못 배기겠드니 인제 속이 좀 시원하우."

하고 말하였다.

—제9권, 37~38쪽

선비 8명 중 살아남은 자는 3명뿐. 한 사람은 신진사로 한층 더 꿋꿋했고, 나머지 한 사람은 봉산 선비로 살려달란 말조차 못하고 사시나무 떨듯 했으니까. 이 선비 학살 사건이야말로 임꺽정의 결정적 실수. 역린에 닿았으니까요. 결과란 불문가지. 도적 섬멸의 명령이 왕의 이름으로 나왔던 것. 벽초는 이 장면을 병조판서 권철과 왕의 면담으로 처리했습니다.

위에서 간관들의 계사대로 하라 처분이 내려져 이삼 일 후에 김덕룡이란 재상이 유지선을 대신하여 황해 감사로 나가게 되었고……

—제9권, 139쪽

재상이 현직 황해 감사로 나섰지요. 청석골 따위란 풍전등화. 게임이 될 수 없지요. 청석골을 버리고 달랑 두령 7명이 자모산성으로 도주할 수밖에. 벽초는 그 이상 쓸 수 없어 "이하 미완"이라 했것다. 게임이 끝났으니까.

『임꺽정』 전편을 통해 긴장이랄까 균형감각은 조정과 좀도둑떼 사이에 놓여 있었다고 볼 것이외다. 기껏 물건 훔치는 도적떼란 오히려 조정 질서 유지를 위해 필요한 존재. 그것은 양반체제의 유지에서 오는 윤리감각의 환기에 다름 아닌 것(「聖 주네」(1952)를 쓴 사르트르의 논법이라고나 할까). 작품 전편을 통해 이 게임 규칙이 준수되었음은 화폐(엽전)가 등장하지 않음에서도 알 수 있지요. 광목이나 쌀 등 물물교환에 일관되어 있소이다(세종 때 이미 상류층에서 상용되는 '조선통보'를 염두에 둘 것). 이 규칙을 범한 쪽이 임꺽정이었던 것. 이러한 게임을 두고 벽초는 '조선 정조'라 하지 않았을까. 이 경우 '조선'이란 조선왕조를 가리킴인 것. 조선왕조실록이 이를 새삼 증거하는 것. 명종실록에 근거를 둔 것이니까. 조선왕조에서만 가능한 성격의 '역린' 게임이었다면, 이야말로 중국이나 서양과는 변별되는 정명의 '조선 정조'라 할 만하지 않겠는가.

소설 『순교자』와 한국 기독교계

1965년 하면 역사적으로는 광복 20주년이고 정치적으로는 한일협정 정식 조인(6. 22)의 해이겠으나, 문학적으로는 『순교자』(1964)의 번역과 이를 둘러싼 논쟁의 해라 할 만했소. 김은국의 영문소설 『순교자』가 번역되었을 때 드러난 문제점은 그것이 문학 내부에서가 아니라 외부, 곧 종교계에서 제기되었음에서 왔소. 더구나 영화(유현목 감독)까지 제작되자 욥과 도스토옙스키와 알베르 카뮈의 위대한 전통을 이어받은 작품(뉴욕타임스 서평)이라는 찬사에도 불구하고 기독교 측의 반발은 실로 거세었소. 그 이유는 다음 세 가지.

(A) 왜 무신론을 전개하는 데 그 많은 신 중 하필이면 기독교 및 그

목사를 등장시켰느냐는 것.

(B) 아무리 소설이 허구라 하나 북괴 소좌의 말이 진실처럼 되어 있으니 진짜 순교자를 모독했고 또 친공산주의적이라는 것.

(C) 신을 인간의 생존에 필요한 도구로서 무지한 대중들에게 제시해준다는 것은 한국 기독교를 너무 샤머니즘으로 본 게 아니냐는 것.

기독교 측 반론의 구체적 사례는 아래 장면에 잘 요약되어 있소.

> 원작 『순교자』에는 인간 진실을 통하여 신의 존재에까지 육박하려는 한 지성인의 몸부림이 무척 진지하게 그려져 있다. 그래서 나는 작가 자신의 과거를 고려해서 소위 그가 바라는 새로운 형(形)의 신앙이 나타나는 줄 알고 희망을 두고 읽어갔지만 귀국 후 그가 고백한 대로 그는 크리스천이 아니며 유·무신론의 중간도 아닌 철저한 무신론자이다. 따라서 이 작품은 신의 이름을 불러 노래한 무신론에 대한 토막극에 지나지 않는다.
>
> — 황광은, 「순교자론」, 『기독공보』, 1965. 6. 9~10 ;
> 『신동아』, 1965. 8, 442~443쪽에서 재인용

이러한 신학 논쟁에 대해 문외한으로서는 함부로 기다, 아니다로 끼어들 수는 없지만, 단지 『순교자』가 소설인 만큼 소설로 읽을 수밖에요. 무엇보다 이 작품은 작가의 말이 그 입구에 세 개씩이나 걸려 있음에 마주치게 마련이오. 그러니까 이들 문을 통과하지 않으면 들어갈 수 없다는 듯이. 첫번째 관문은 "그의 '이상한 형태의 사랑'에 대한 통찰이 나로 하여금 한국전선의 참호와 벙커에서의 허무주의를 극복케 해준 알베르 카뮈에게"로 되어 있소. 두번째 관문은 어떠할까. 좀더 구체적이군요.

작가는 이 책을 쓰도록 도와준 메리 로버츠 하인하트 재단에 깊은 감사를 드린다. 횔덜린의 「엠페도클레스의 죽음」에서 나온 인용구는 알프레드 노프 사의 허락을 얻어 안토니 바우어 번역의 카뮈 작 『반항자』에서 옮긴 것이다.

역시 카뮈에 직결되어 있소. 세번째 관문은 바로 카뮈가 그토록 소중히 여긴 것으로 판단된 횔덜린의 바로 그 구절.

그리고 나는 이 엄숙한 대지, 괴로워하는 대지에 내 가슴을 맡기고, 숙명의 무거운 짐을 진 이 대지를 죽을 때까지 충실하게 두려움 없이 사랑하며 그의 수수께끼를 단 하나도 경멸하지 않을 것임을 신성한 밤이면 약속했노라. 그리하여 나는 죽음의 끈으로 대지의 품에 들었노라.

카뮈의 평론집 『반항인』 서두에 놓인 이 구절이야말로 『순교자』의 참주제가 깃든 데라면 당연히도 무신론자 카뮈에 직결될 수밖에요. 작품 『페스트』에서 보듯, 카뮈에 있어서 중요한 것은 기독교의 신이 아니라 인간성에 대한 절대적 신앙이었던 것. 바로 '신 없는 성자(聖者)'의 의미가 그것. 무신론자도 성자가 될 수 있다는 이 대담한 사상을 한국전쟁 속에서 펼쳐 보이고자 『순교자』를 쓴 것. 다듬어 말해, 작가 김은국은 카뮈의 지시대로 붓을 들었던 것. 신을 믿지 않는 신목사를 주인공으로 내세워 그가 6·25에 직면, 절망 속에서 헤매는 민중 앞에 어떤 식의 성자의 몫을 해냈는가에 초점을 맞출 수밖에요. 그러니까 한국 기독교계의 저러한 반론은 정작 노벨상 수상자 카뮈에게 던져져야 했을 터. 『순교자』가 영어권의 소설이라면, 그 문학적 평가도 응당 그쪽의 과제일 터.

우리의 관심은 따로 있소. 그것은 목사 14명을 고문한 괴뢰군 소좌정씨와 관련되오. 두루 아는바, 6·25 때 서울이 인민군 치하에 놓였던 시기는 대략 3개월. 이 속에서 벌어진 무역회사 사장과 그 직원들이 겪은 사건을 다룬 것이 당대 남한 최고작가 염상섭의 『취우』(1952)였소. 그것은 소낙비와 흡사하다는 것이 작가의 시선이었소. 한편 유엔군의 평양 지배 약 2개월 반(1950. 10. 19~12. 4)은 어떠했던가. 북한 최고 작가 한설야의 삼부작 『대동강』(1955)이 그것이오. 『순교자』는 이 기간 동안 평양을 지배한 국군 정보부 이대위를 초점화자로 한 시선으로 씌어졌소.

대학 교단에 섰던 이대위가 입대하여 정보부에 배치되어 평양에 부임했을 때 그에게 주어진 첫 임무는 바로 '합동위령제'였소. 점령지 평양에 들어간 정보부의 첫 임무는 평양시민의 불안감을 해소시킴에 주어질 수밖에요. 그도 그럴 것이, 인민군 측에서 목사 14명을 처형했으니까. 기독교인이 많은 이곳인 데다 유엔군이란 장대령 말대로 '예수꾼 군대'가 아니겠는가. 평양시민의 이에 대한 진상 규명 요구와 목사 14명에게 순교자적 지위를 부여하려는 숭배열이 하늘을 찌를 수밖에요. 방도는 하나. 합동위령제를 열어 이들을 순교자의 반열에 올려놓기가 그것. 그 임무를 맡은 이대위는 군인 이전에 최고의 지식인인지라 진상파악부터 할 수밖에요. 진상은 어떠했던가. 14명 중 두 사람이 살아 있지 않겠는가. 한목사와 신목사가 그들. 이대위가 만나보니 한목사는 미쳐버려 말을 붙일 수 없었고, 신목사는 스스로 유다임을 자처하지 않겠는가. 합동위령제에 나와 12명이 순교자임을 증거할 수 있겠느냐고 묻자 신목사는 흔쾌히 응낙하지 않겠는가. 그가 살아남은 것은 신을 부정했기 때문이며, 처형된 12명은 순교자에 틀림없다는 그 소중한 증언 말이외다.

여기에 뜻밖의 사건이 개입했소. 고문자인 인민군 정소좌가 포로로 잡혔던 것. 왜 모조리 죽이지 않았는가에 대해 이렇게 증언하지 않겠는가. "왜냐고? 왜 다 죽이지 않았느냔 말이지? (…) 하나는 미쳐버렸기 때문이야. 정신이 나간 건지, 미친개처럼 말이야. 난 야만은 아니거든. 미친놈을 쏘진 않아"라고. 그렇다면 또 한 사람은 왜 쏘지 않았는가. 이에 대한 답변은 이러했소. "그는 내게 감히 대항해온 유일한 친구였어. 난 당당하게 싸우는 걸 좋아해. 그자는 용기가 있더군. 내 얼굴에 침을 뱉을 만큼 배짱 있는 친구는 그자 하나뿐이었어. 난 내게 침을 뱉을 수 있는 자를 존경해. 그래서 난 그자만은 쏘지 않았던 거야." (『순교자』, 도정일 옮김, 시사영어사, 1978, 151~152쪽)

이대위의 분노가 폭발할 수밖에요. 생존자 신목사는 스스로를 유다(배신자)라 하지 않았던가. 이대위가 참을 수 없는 것은 바로 이 대목. 자기를 속였으니까. 어째서 신목사는 거짓말을 서슴없이 내뱉었을까. 합동위령제 석상에서 태연히도 자기는 유다이며, 12명은 순교자라 증거하는 장면을 본 이대위는 참지 못해 그 자리에서 진상을 폭로코자 했지요. 바로 그 순간 놀라운 사실이 벌어지자 이대위는 멍할 수밖에요. 『순교자』의 참주제가 암시된 대목.

남아 있던 목사들이 일제히 신목사에게로 허둥지둥 달려 나와서는 그를 껴안고 어루만지며, 그만하면 충분하니 더 이상 아무 말도 말아달라고 애걸하기 시작한 것이다. 그들은 그 자리에서 기도하며 신목사를 축복하고, 과거 그들이 자기네 신의 절대 세력 앞에 허약하게 굴복하고 자기 만족에 빠져 있던 사실을 고백하면서 회개했다. 그들은 그렇게 해서 신목사를 그들 중의 하나로, 그리고 그들이 바친 희생자로서 자기네 가슴 속에 맞아들였다. 신목사는 넋 잃은(내겐 그렇게 보였다) 사람처럼 더 이상 아무 말도 하지 않은 채 눈물을 떨구며 그 자리에 서 있었다. 그런 다음 그들은 다 같이, 고군목과 박군까지도 모두 한 덩어리가 되어 떠나갔다. 할 말을 잃어버린 장대령과 나만을 남겨 놓은 채.

—『순교자』, 197쪽

'신 없는 성자'라는 명제, 바로 카뮈의 사상이 번뜩이는 대목. 왜냐면 신목사는 고문의 순간에도 실상은 무신론자였으니까(이 대목이 이 작품의 취약점. 어린 아들의 사망 이후 신앙심을 잃었다고만 했으니까). 잠깐,『순교자』와『임꺽정』이 무슨 상관인가. 그렇소. 아무 상관 없소. 전자는 영문으로 썼고 또 기독교의 신에 대한 문제를 다루었기에 조선 명종조 황해도 청석골 도적떼를 조선어로 쓴 후자와 무슨 상관이랴. 과연 그러하오. 잠깐, 동시에 그러하지 않기도 하오. 첫번째 '잠깐'도 맞기는 하오. 동시에 두번째 '잠깐'도 맞을 수밖에요. 비유컨대 유클리드 기하학과 비유클리드 기하학의 관계라고나 할까요(유클리드 기하학의 제5공리를 보시라. 평행선은 절대로 교차하지 않는다는 것. 그런데 비유클리드 기하학에서는 어떠한가. 평행선은 어느 무한점에서는 교차하고 있지 않겠는가). 이 동시적 가능성은 어디서 오는가. 그 가능성이 작품 자체에서 오는 것이 아니라면 대체 어디서 찾아야 하겠소.

『임꺽정』에 있어 제일 결정적인 것으로는 임꺽정이 저지른 치명적 실수를 들지 않을 수 없소. 선비 8명을 잡아 그중 몇을 처형했음이 그것. 다시 정리해볼까요. 8명 중 처형을 면한 사람은 오직 3명뿐. 임꺽정에 호령하며 맞섰던 한생원과 신진사가 그들. 나머지 한 명은 살려달란 말도 못하고 사시나무 떨듯 떨기만 했으니까. 인간이기에 앞서 짐승이거나 벌레로 보였으니까. 인민군 정소좌가 살려준 신목사와 한목사가 각각 족히 이에 대응되는 것.

여기에서 주목되는 것은 새삼 무엇일까. 『순교자』의 결정적인 대목도 『임꺽정』에서와 같이 처형 문제에 관련되어 있음이 그것. 『임꺽정』에서의 선비 처형이란 정치(체제 도전)이며 이것이 임꺽정의 몰락을 가져왔지만, 『순교자』에서의 목사 처형은 사정이 크게 다릅니다. 실상 신목사도 나머지 12명과 함께 처형당해야 했을 터. 어째서? 무신론자였으니까. 그럼에도 어째서 신목사는 신자인 척 위장했을까. 이 물음에는 어떤 논리적 설명도 무용하오. 신목사 자신은 물론 어느 누구도 설명할 수 없으니까. 인간을 넘어서는 초논리가 거기 작동하고 있었던 것. 신자라면 응당 이 역시 신의 손길이라 하겠지요. 그렇다면 그것은 신만이 아는 영역일까요. 『페스트』의 작가 카뮈라면 '아니다!'라고 하겠지요. '신 없는 성자'의 범주이며, 이는 응당 인간의 영역이니까요. 『임꺽정』에서의 그것은 인간이 조작해낸 지배자의 윤리규범에 의거한 것이어서 어디까지나 지상적인 척도에 의거한 것. 보다시피 『순교자』의 경우는 이중적이지요. 지상적인 것이자 동시에 천상적인 것 말이외다. 이를 규정하는 장치가 이른바 '합동위령제'요.

기독교 각 종파의 합동위령제

대체 합동위령제란 무엇인가. 평양에서 발행된 자유신문에 실린 기사를 잠시 볼까요.

> 육군 방첩대의 발표에 따르면 육군정보당국은 12명의 북한 기독교 목사들이 전쟁 발생 수 시간 전인 6월 25일 새벽 0시 반 북한 괴뢰정권의 비밀경찰들에게 살해됐다는 확증을 갖고 있다 합니다. 그들 중 북한 기독교계의 탁월한 지도자였던 박목사를 비롯한 8명은 평양 지역 목사

들이며 6명은 지방 출신들인데 이들은 모두 '반동'이라는 혐의로 빨갱이들에게 체포됐었습니다.

이 같은 살육행위는 괴뢰정권의 내무서가 계획하고 평양의 괴뢰 비밀경찰이 자행한 것으로 여겨지고 있습니다. 체포된 14명 중에서는 단 두 사람만이 살아남았습니다. 그들은 평양의 신목사와 한목사인데 이들 두 사람은 처형 현장에서 12명의 순교자들이 당한 비극적인 최후 순간을 목격했습니다.

이에 우리들은 평양의 기독교 각 종파를 대표하여 이들 12명의 순교자들을 추도하기 위한 합동예배를 준비키로 했습니다. 추도 예배는 11월 21일 화요일 하오 2시 제일장로교회에서 거행됩니다. 순교자 가족들에게는 그들이 전원 합동예배에 참석할 수 있도록 하기 위한 군당국의 각별한 협조가 있어 당일 차편과 기타 편의가 제공됩니다.

평양 시민들은 종교와 신앙을 초월하여 이날 예배에 참석해주심으로써 영원한 자유의 대의명분을 위해 고결한 피를 흘려 고통받는 기독교인들과 빨갱이들의 박해에 대한 궁극적인 정신적 승리를 영광스레 증언한 이 순교자들을 다 함께 추도해주시기 바라는 바입니다.

—『순교자』, 93~94쪽

표면상 기독교 신을 증거하다가 순교한 목사들을 위한 위령제의 성격이지만, 이 위령제를 주도하는 주체, 곧 제주(祭主)는 과연 누구일까. "이에 우리들은……"이라고 말하는 "우리들"이란 대체 누구일까. 이 역시 겉으로는 "평양 기독교 각 종파를 대표하는 자"로 되어 있소. 그러나 그 뒤에는 "군당국의 각별한 협조"가 도사리고 있소. 이를 정치적인 것으로 확대해석하기에는 너무도 절박하오. 바로 전쟁중이며, 또 '빨갱이들'과 '기독교'의 극한 대립의 양상, 곧 기독교와 제일 거리가 먼 '증오'의 양상으로 소설의 배경이 설정된 까닭이오. 바로 여기에 한국적 특수성 또는 지방성이 깃들어 있소. '빨갱이=악'의 도식과 '기독교=영원한 자유'의 도식 말이외다. 이를 영어상용권 독자층은 어떻게 수용했을까. 동시에 작가 김씨는 이를 영어상용권 독자에게 감히 어떻게 전달하고자 했을까. 이런 물음은 물리치기 어려운 형태로 육박해오오.

아마도 영어상용권 독자라면 군부 독재 프랑코 측과 공화제(왕당파) 사이에 벌어진 스페인 내전(인민전선)에서 승리한 군부 쪽이 내세운 합동위령제를 떠올릴 수 있었을지도 모르오. 동시에 스페인의 경우와는 썩 다르다고 느끼는 독자층도 있었을지 모르오. 미국이 한국전쟁에 적극적으로 개입해 있었던 한반도 사정인 만큼 기독교의 절대성이 선악 판단의 기준이었을지도 모르오. 이러한 몇 가지 추측에서 어떤 의의를 찾는다면 그것은 과연 무엇일까요. '빨갱이=악'과 '기독교=영원한 자유'의 도식이 한반도를 상징하고 있음에 있지 않았을까. 작품 『순교자』의 참주제가 '신 없는 성자'라는 카뮈 사상에 놓여 있었고 또 그것은 어쩌면 영어상용권(혹은 서구문학)에서의 수용을 용이하게 했을 터이지만, 그에 못지않게 낯선 지방적 성격인 '빨갱이=악'의 도식을 낯익게 혹은 일반적 성격으로 만들기에 기여한 것인지도 모를 일이지요. 요컨대, 합동위령제를 통해 드러낸 사건의 중요성은 이러한 사정에 관여되겠지요. 한반도에서 벌어진 '빨갱이=악'의 도식이 지닌 '특수성의 일반화'라 할까요.

이러한 합동위령제의 성격을 한 차원 끌어올려 적어도 그것을 '신화'의 영역에로 이끈다면 어떻게 될까. 이 경우 신화란 지방성을 훨씬 뛰어넘는 인류사의 과제인 만큼, 그 의의는 어쩌면 보편성의 반열에 들 것이외다. 한국문학이 세계문학에 닿을 수 있는 계기도 이런 과제와 결코 무관하지 않을 터. 지방성이 일반화를 넘어 보편성에 닿을 때 비로소 가능해지는 그런 사례일 법한 이청준의 『신화를 삼킨 섬』(2003)

을 검토해보면 어떠할까요.

당신들의 합동위령제

'큰당집' 사람들이 미리 그렇게 여관을 잡아준 탓이리라, 섬 터주 당골 추심방네 신당(神堂)집은 생각보다 길이 멀지 않았다. 정요선이 그의 어미 유정남과 그녀의 신딸 오순임 들과 함께 들어 묵고 있는 제주시의 서쪽 변두리 여관에서 도보로 반시간 남짓 거리 (…)

—이청준, 『신화를 삼킨 섬 1』, 열림원, 2003, 16쪽

이렇게 시작되는 『신화를 삼킨 섬』은 제주도 4·3사건에 대한 정부측의 씻김굿을 소재로 하고 있소. '큰당집'이란 그러니까 정부 측을 가리킴인 것. 이른바 정부(체제)가 주도하는 역사 씻김굿의 일환으로 기획된 이 사업에 육지 무당 유정남과 그 일행이 동원되었소. 굿이라면 제주도일 텐데 어째서 그 많은 현지 무당을 제쳐두고 육지 무당이 투입되었을까. 여기에는 설명이 없을 수 없소. 무엇보다 현지의 세력권은 두 패로 갈라져 있지 않겠는가. (A) 친정부 측에 기운 '한얼회' 세력권, 이에 맞선 (B) 반정부세력권인 '청죽회' 세력권이 정면으로 맞서고 있었기에, 이 정치적 세력권에 주눅이 든 현지 무당들은 그 누구도 선뜻 나설 수 없을 수밖에요. 어느 한편에 있다가는 언제나 반드시 큰 화를 입는다는 사실을 유독 제주도의 역사 고비고비가 생생히 증거하고 있었으니까. 이 경험적 사실은 그러니까 몸에 새겨진 DNA와 흡사한 것. 정부 측에서 행하고자 하는 합동위령제란 4·3사건의 씻김굿의 성격일 수밖에요. 한얼회(우익)와 청죽회(좌익)의 희생자를 등가로 인정하고 그 선상에서 합동위령제를 올리기란 과연 가능할까. 이 물음에

작가 이청준은 썩 민첩하여 인상적이오. '기주(忌主)' 그러니까 씻김굿 대상인 그 귀신의 진짜 주인을 문제 삼기가 그것.

정부(신군부)라는 조직체의 비밀당원인 이과장(도청 직원)이 씻김굿의 총책이었고 그는 상부의 명령에 따르기만 하면 그만인 것. 그 명령이란 얼굴 없는 조직 자체에서 오는 것. 이과장도 한갓 조직체의 산물인 것. 그는 명령에 따라 합동위령제를 제주도 전체의 행사로 마무리 지어야 했소. 그 적절한 계기가 마침내 찾아왔소. 최근 한라산 동굴에서 발견된 9명의 유골 발굴 사건이 그것. 이 유골 발굴에서 선수를 친 것은 청죽회 쪽이었소. 이에 관여된 인물을 찾아내어 기사화했음이 그것. 생존자의 이름은 김상노. 그는 민간인으로 조모와 삼촌 내외와 함께 무장대에게 끌려가 식량조달 일에 투입되었다는 것. 어느 밤 마을에 내려와 식량을 구해 동굴에 가보니 시체 10구가 있었다는 것. 자기까지 합해 민간인은 4명, 나머지 6명은 무장대. 10명 중 김상노를 빼면 9명일 수밖에. 무장대의 무기는 소총 두 정뿐이었다는 것. 생존자 김상노의 출현으로 청죽회가 노린 것은 과연 무엇일까. 소총 두 자루뿐인 무장대, 싸울 힘도 없는 이들과 더구나 민간인 3명까지 무자비하게 학살한 것은 바로 정부 측 토벌대의 짓이 아니겠는가. 토벌대의 지나친 만행이라 할 수 없겠는가. 바로 이 점이었소. 이에 대한 한얼회의 대응은 어떠했을까. 그 연장선상에 있는 '큰당집'의 지부 격인 이과장의 대응은 어떠했을까.

알고 보니 언젠가 이과장이 푸념처럼 늘어놓았던 그 한라산 동굴의 유골들에 대한 합동위령제 이야기는 그저 한번 스치고 지나간 소리가 아니었다. 이과장은 그 동안 실제로 그 일을 추진해오고 있었다. 하지만 위령제는 이 섬 사람들과 유관단체들의 협조와 동참이 절대로 필요했다. 유골 연고자가 끝끝내 나타나지 않은 사정에서는 더욱 그러했다. 그런데 이 지역 대표적인 유관단체로 이번 역사 씻기기 사업에 처음부터 적극적이었던 청죽회 쪽은 새 유골들의 진혼제 계획에 대해서도 퍽 적극적인 반응인 데 반해 한얼회 쪽은 여전히 방관적인 태도랬다. 하지만 그런 건 아직 별 문제가 아니었다. 일이 정작 구체화되고 보면 자체 세력과 영향력 확보에 열을 올려온 두 경쟁관계 단체로선 어차피 어느 쪽도 팔짱을 끼고 구경만 하고 있을 수 없는 처지였고, 한얼회 쪽은 특히 그 설립 동기나 구성원의 성분상 전통적으로 친정부적 성향인 데다 그 동안 이과장이 즐겨 이용해온 큰당집 방침을 내세워 밀어붙이면 될 일. 두 단체의 협조를 얻어내는 것은 그다지 문제가 될 것이 없댔다.

—『신화를 삼킨 섬 2』, 31～32쪽

그런데 제주도 무당들이 이에 대해 비협조적이었던 것. 이과장이 고안해낸 방식은 어떠했던가. 관덕정(觀德亭) 앞에서의 합동위령제 거행하기가 그것. 청죽회에도 한얼회에도 꼭 같이 통보하는 한편, 생존자 김상노의 증언에 반론 펴기가 그것. 9구의 유골이란 토벌대의 무자비한 소행의 결과가 아니라 무장대 내부의 반목 때문이라는 것. 서로 죽였다는 것. 그러니까 생존자가 또 한 사람 있다는 것. 이로써 청죽회와 한얼회의 세력 균형을 유지했던 것. 이과장의 이러한 계획은 관덕정 마당에서 도백(道伯)이 제주(祭主)가 되어 단행된 합동위령제에서 과연 어떻게 전개되었을까. 청죽회와 한얼회는 물론 이과장도 예상치 못한 일이 벌어졌던 것. 계엄령 선포를 꾀한 신군부에 의해 방조되던 '지팡이 부대' 지지자들에 의해 유골 단지가 탈취되는 사건이 그것. 대체 이런 결과는 무엇을 가리킴일까. 작가 이청준의 웅숭깊음이 이 물음에 걸려 있소.

합동위령제의 불가능성이 그것. '당신들의 합동위령제'는 가능할지 모른다는 것. 나아가 '우리들의 합동위령제'도 혹시 가능할지 모르지만, 좌우 간 '합동위령제'란 현재로서는 혹은 장래에도 가능할 수 없다는 것. 적어도 그렇게 쉽사리 가능해질 이치가 없다는 것. '나만의 위령제'의 과정을 거친 '이후'라야 모색해볼 수 있는 것이 '합동위령제'라는 것. 적어도 한반도와 제주도에서는 그러하다는 것. '나만을 위한 씻김굿' 그것 말이외다. 진짜 '기주'가 있는 씻김굿, 그것 말이외다.

'당신들의 씻김굿'에서 벗어나기

'기주'란 새삼 무엇인가. 물론 무당(심방)계에서 사용하는 전문용어이지만, 작가 이청준에게 있어 이 용어만큼 확실하고도 중요한 것은 달리 없소. 왜냐면 이 용어에다 작가의 입김, 그러니까 문학적 효용가치를 부여했기 때문. 그 경위는 이러하오. 신군부의 제주도 실력자인 이과장의 계획은 한라산 동굴의 9구 유골 발굴을 계기로 하여 관덕정 앞에서 거도적인 4·3사건 합동위령제를 개최하는 것이었소. "유세차 단기 4314년, 불기 2525년, 서기 1981년, 한울님 포덕 122년 신유 4월 30일, 불초 제주도 지사 현치용과 도내 각계 참석자들은……"

제주(祭主)는 물론 도백일 수밖에. 이 계획에서 중요한 것은 청죽회와 한얼회의 동시적 수용(참가)이었소. 9구의 유골이 정부 측의 과잉진압의 결과(청죽회 주장)냐, 무장대 자체 내의 배신의 결과(한얼회 및 이과장의 주장)냐를 동시에 넘어설 수 있는 방도로 모색된 이과장의 계획은 여지없이 실패하오. '큰당집'보다 더욱 강력한 '새로운 큰당집'이 바야흐로 제주도 전체를 계엄령 밑으로 몰아넣을 기세였으니까. "섬으로 건너온 육지부 무당들을 되돌려 보내라고 하지 않고 현지에서 해산시켜라"라는 '큰당집'의 지령은 '신' 큰당집의 세력이 이미 '구' 큰당집의 통제권을 넘어섰음을 가리킴이었으니까. 도백을 제주로 삼아 관덕정에서 벌어진 합동위령제는 이과장의 우려대로 '지팡이 부대'(신큰당집)의 출현에 의해 물거품이 되지만, 작가 이청준의 민첩성은 여기서부터 참주제로 향했소.

관덕정 합동위령제가 돌발사고로 말미암아 양편의 시위행위로 번졌을 때, 정작 관덕정 현장에는 몇몇 관중들만 남아 있지 않았소. 바로 이 고즈넉한 자리에서야말로 큰당집 위촉으로 이곳에 초빙된 육지 무당 유정남 일행이 이과장과 그 수하들의 도움으로 찬찬히 씻김굿을 준비하고 있지 않겠는가. 그런데 유정남으로서 난감한 것은 씻김굿의 '기주'가 없음이 아니겠는가.

> 아까 그 유골함 뺏긴 거? 그거 인제 와서 어느 누구 뼛가룬지나 알 수 있길래! 어차피 제 이름도 알 수 없는 혼백들이라는디. 그런디 제집 혼백들 이름이라도 가릴 수 있다는 오늘 기주란 사람은 어째 여태까지 아직 코빼기도 안 보인 게여? 오늘 굿은 이 섬 떠돌이 귀신들을 다 대신해 그 한라산 혼백들을 씻길라는 것인디, 그래 굿상도 우선 그 사람네 귀신들한테만 꾸며논 것인디, 그러면 한 사람이라도 그 귀신들 주인이 함께 있어줘야겠는디 말여.
>
> —『신화를 삼킨 섬 2』, 162쪽

유정남의 소망대로 이과장이 미리 주선해 보낸 차편에 한라산 동굴의 유일한 생존자인 김상노가 바야흐로 도착하고 있었소. 씻김굿이 비로소 성립된 것. 기주가 나타났으니까. 이 장면에서 작가 이청준은 고수답게 한 번 더 신중했소. 기주가 기주다워야 굿판이 성립된다는 씻김굿의 법칙이 그것. 그런데 이과장에 의해 억지로 끌려온 김상노는 어떠했던가. "50대 초반의 나이에 비해 깡마른 중늙은이 모습에다 동네 장거리에라도 붙잡혀 나온 수탉처럼 기가 죽고 어리둥절해 보이기까지 한 표정"이 아니겠는가. 굿이 한참 진행중인데 김상노는 데면데면 눈알만 굴리고 앉아 있지 않겠는가. 김상노로 하여금 유정남이 제주를 올리게 했음에도 사정은 마찬가지. 굿판이 다 기울 때까지 남의 굿을 구경하듯 갈수록 더 덤덤한 얼굴로 앉아 있던 김상노가 갑자기 통곡을 했다면 어떠할까요.

> 한동안 춤판을 이끌던 유정남이 드디어는 그 멍청스런 꼴을 하고 앉아 있는 김상노씨까지 한데 끌어들일 양으로 그의 어깨를 부추겨 일으키려 했을 때였다.
>
> "할무이이! 아이고 우리 할무니이!"
>
> 김상노씨가 졸지에 그 유정남의 품으로 고꾸라져들며 치맛자락을 부여쥐고 통곡소리를 터뜨리기 시작했다.
>
> "할무니이, 우리 불쌍한 할무이이! 부디 오늘 이놈의 죄를 용서하십시오. 부디부디 이 몹쓸 손자놈을 용서하시고……."
>
> 하지만 유정남이나 조복순들은 이미 이날의 굿을 다 끝낸 다음이었다.
>
> —『신화를 삼킨 섬 2』, 183쪽

유정남의 씻김굿은 이로써 완결된 굿판이 되었소. 무당으로서의 유정남과 그 일행은 큰당집의 부름에 의해 이곳에 왔고, 그 큰당집이 신군부에 의해 바야흐로 실권을 잃어가든 말든 상관없이 씻김굿 한 판을 유감없이 이루었는바, 그 성공은 '기주' 김상노의 저러한 있음에서 마침내 가능했던 것. 유정남으로서는 아무런 유감이 없을 수밖에요. 그녀는 곧 제주섬을 떠나 자기만의 씻김굿을 위해 『당신들의 천국』의 무대였던 소록도로 향할 수밖에요(졸고, 「제주도로 간 '당신들의 천국'」, 『탄생 백주년 속의 한국문학 지적도』, 서정시학, 2009). 그래서 어쨌다는 것인가. 이렇게 내게 묻지 마시오. 실상 이런 물음은 작가 이청준이 던지고 있으니까.

합동위령제(합동 씻김굿)는 가능한가. 이 물음에 작가는 진작부터 부정적 해답을 보여준 바 있소. 『당신들의 천국』(1976)이 그것. 가능한 것은 아마도 '나만의 천국'뿐이 아닐 것인가. 그것은 '기주 있는 씻김굿'이어야 하는 것. 그것도 확실한 기주. 확실한 기주란 또 무엇인가. '혼자만의 기주'여야 한다는 것. 합동이라든가 떼를 지어 하는 굿판이어서는 어렵다는 것. 그렇다면 선택은 다음 두 가지. 하나는, 기주 개개인을 위한 씻김굿 하기. 이는 너무 어렵고 장시간을 요하며 때로는 불가능한데, 기주조차 없는 경우도 허다할 테니까. 다른 하나는, 이 점이 중요한데, 합동위령제가 그것.

방편으로서의 이런 행위란 바로 정치 혹은 역사 등으로 말해지는 삶의 질서에서 오는 것. 어떤 민족이나 국가도 신화를 갖고 있음이 그 증거. 피의 학살을 전제로 하지 않고는 현실질서유지가 어렵다는 것. 작가 이청준은 이 사실을 멕시코 박물관에서 보고 말았지요. 질서유지를 위해 사람들이 자진해서 자기 심장을 꺼내 신에게 제물로 바치기가 그것. 이 전율할 만한 역사적 사실에서 작가 이청준은 만년(晩年)의 소설적 난점에 봉착했던 것. 작가 이청준의 죽음이 안타까운 것은 또 그것이 이 나라 문학사의 안타까움인 까닭. 미완으로 이렇게 끝나고 말았으니까.

씨앗으로서의 '이야기', '이야기'의 씨앗

이 글의 제목에서 '소설을 잇는 고리'라 했거니와 또 그것은 저절로 우리 소설의 경우가 아니겠소. 『임꺽정』 『순교자』 그리고 『신화를 삼킨 섬』 말이외다. 작가 김은국이 『임꺽정』을 읽지 않았으리라 여기는 것은 그가 『임꺽정』을 읽었으리라고 여기는 것보다 환상적이기 쉽소. 어째서? 그는 한국인이었고 게다가 소설가였으니까. 임꺽정의 결정적 실수가 선비 8명 중 5명을 학살한 것에 있다는 것, 이를 작가 김은국이 『순교자』에서 상기했다고 보는 것은 그렇지 않았다고 보는 것만큼 환상적이라 하겠소. 꼭 마찬가지로 작가 이청준이 『순교자』의 '합동위령제'를 읽었다고 보는 것은 읽지 않았으리라 추측하는 것보다 환상적이기 쉽소. 왜냐면 김은국도 이청준도 작가이되 뛰어난 작가인 까닭이오.

『시학』의 저자 아리스토텔레스가 일찍이 역사와 문학(소설)에 선을 긋고자 했음은 모두가 아는 일. 과연 그는 성공했을까. 성공하기도 했지만 또 번번이 실패했음도 사실. 그렇지 않았다면 『보바리 부인』(1857)이 씌어질 수 없었을 테니까. 그렇기는 하나, 역사/문학은 샴쌍둥이 모양을 하고 있음도 고금동서의 사실이 아니겠소. 여기에다 칼을 댄다면 어떠할까. 이 쌍생아는 죽을 수 있지만 또한 살 수도 있을 터. 작가들이 서 있는 자리가 있다면 바로 이곳이 아니겠소.

정리해서 말해, '정보'와 '얘기'로 요약되는 것. 「기술복제시대의 예술작품」(1936)으로 고명한 벤야민은 이렇게 쓴 바 있소. "희랍의 최초의 얘기꾼은 헤로도토스다"라고. 그의 『역사』(3권 14장)에 나오는 한 장면을 들어 그 이유를 밝혔소. 이집트 왕 사메니트우스가 페르시아 왕에게 패하여 포로가 됐을 때 그에게 모욕을 수기 위해 페르시아 군의 개선행렬이 지나는 길목에 세워놓고 갖가지 짓을 벌였다는 것. 그의 딸이 물동이를 이고 우물로 가는 하녀로 변한 모습, 그의 아들이 처형당하는 모습 등. 모든 이집트인이 비통해하는 가운데 왕만은 눈을 땅 위에 떨어뜨리고 꿈쩍도 하지 않았다 하오. 그러나 그 포로 행렬 속에 늙고 불쌍한 남자가 있음을 알아차린 바로 그 순간 왕은 손으로 머리를 치며 가장 깊은 슬픔을 나타냈다 하오.

여기서 벤야민은 '정보'와 '얘기'의 갈림길을 암시해 보였소. 정보에 속하는 것은 새로운 사실들이며, 새로운 것은 새로웠던 바로 그 순간에 이미 그 가치를 상실하는 것. 한순간에만 생명력을 갖는 것이니까. 그 순간에만 완전히 그 전력을 다해 소비해야 하는 것. 그러나 '얘기'는 사정이 다른데, 그것은 스스로를 완전히 소모하지 않기 때문. 자기가 지닌 힘을 집중된 상태에서 그대로 유지하고 있을 뿐 아니라 또 많은 시간이 지난 후에도 여전히 펼칠 수 있는 능력을 가진 것이 얘기니까(『발터 벤야민의 문예이론』, 반성완 옮김, 민음사, 1983, 173쪽).

왕의 울부짖음에 대해, 가령 몽테뉴는 고인 슬픔이 가득한 찰나 조금만 슬픔이 더 가해져도 폭발한다고 보았지요. 또 어떤 이는 왕족들의 일은 왕 자신의 운명이기에 반응을 안 보였다고 하기도 하고, 또 일상의 일도 무대 위에 놓이면 감동을 줄 수 있다는 투로 설명하기도 하겠지요. 요컨대, 일시적 소모품인 '정보'와는 달리 '얘기'는 수천 년이 지난 오늘에도 경탄과 깊은 명상을 환기한다는 것. 그것은 밀폐된 피라미드의 방에 있으면서도 오늘날까지 그 맹아적 힘을 보존하고 있는 한 알의 씨앗과 흡사한 것. 『임꺽정』의 얘기도 『순교자』의 얘기도 그러한 것이 아니었을까. 『신화를 삼킨 섬』에 있어서랴.

한국어로써 한국어 글쓰기의 넘어서기는 어떻게 가능한가

— 김연수의 경우

'밤메'—갈 수 있고 가야만 할 곳

작가 김연수씨의 가작 「케이케이의 이름을 불러봤어」(『세계의문학』, 2008년 봄호)의 화자 '나'는 50대 미국 여류작가. 그녀는 "무엇도 영원한 것이 없는, 스쳐지나가는 것들로 가득찬 도시"(『론리 플래닛』)라 평가된, 남대문을 국보 1호로 가진 육백 년의 고도 서울에 왔소. 목적은 작가대회 참석. 그러나 실상은 남모를 은밀한 바람이 따로 있었소. 13년 전에 죽은 '케이케이'라 불린 한국인 청년의 고향을 찾아가보기가 그것. 통역 겸 안내를 맡은 혜미가 따로 가보고 싶은 곳을 묻자 그녀는 주저 없이 '밤메'라 했소. 그 장면을 잠시 볼까요.

공항에서 시내로 들어오는 차 안에서 다소 경직된 목소리로 해피가 부탁한다. 셋째 날에 가보고 싶은 곳이 있다면, 거기가 어디인지 미리 말해 달라고. 나는 조금도 주저하지 않고 밤메라고 대답한다. 밤메. 해피는 고개를 갸웃거리고는 룸미러를 통해 나를 바라본다. 그녀는 "실례지만"이라고 말한다. 밤메라고 나는 한 번 더 말한다. 해피는 소리 내어 웃는다. 밤메가 한국인에게는 우습게 들리는 발음이라는 걸 나는 눈치챈다. 그녀로서는 처음 듣는 지명인 게 틀림없다. 해피가 몇 번 더 그 지명을 발음한다. 밤메. 밤메. 밤메. 그러더니 왼손으로는 핸들을 잡은 채, 그녀는 영어가 서툴러서 미안하다고 말하며 오른손으로 조수석에 있는 가방을 뒤져 종이와 펜을 꺼낸다. 나는 건네받은 종이에다가 'Bamme'라고 쓴다. 종이를 건네자, 해피가 종이를 들여다보며 또 발음한다. 밤. 메. 해피는 내게 밤메에 대해 좀더 설명해 달라고 말한다. 밤메는 서울에서 한 시간 거리에 떨어져 있다. 밤나무가 많은 산을 하나 넘으면 노란 바다가 나온다. 더이상 나는 밤메에 대해 설명하지 못한다. 사실은 내가 하는 말이 맞는 것인지도 확신할 수 없다. 밤메라고 말할 때, 나는 판단력을 잃는다. (182쪽)

밤나무산 그러니까 '율산'을 찾아가면 된다는 것. 거기에 이른 과정이란 얼마나 오묘한가. 이와 꼭 마찬가지로 이 지방 토어 '무슨 낙으로 사는가'의 그 '낙(nak)'이란 것도 Bamme처럼 번역에는 거의 절망적. 그렇다고 아주 불가능할까. 천만에!라고 작가 김씨는 말합니다. 아무리 토어라도 세계어로 번역될 수 있다는 것. 그것은 13년쯤의 노력이 요망된다는 것. 자카란다 꽃과 Bamme를 양 날개로 하기가 그것. 그것은 케이케이의 '젖은 몸'에 대한 지문 같은 기억이 있기에 가능하다는 것. 세계에로의 통로이자 육체였으니까. 메를로 퐁티의 현상학적 시선이 저만치 지켜보고 있는 형국이라고나 할까. 흰빛 문주란도 아름답지만 자카란다의 자줏빛 아름다움도 여기에서 오는 것.

레이먼드 카버를 둘러싼 하루키와 김연수

작가 김연수씨의 이러한 염원이랄까 의지를 대하고 있노라면 두 가지 의문이랄까 문제 영역이 떠오를 법하오. 하나는, 외국어를 번역하지 않은 채 그대로 듣기가 그것. 모국어밖에 모르는 여행객은 어떠할까. 아마도 한없이 불안하겠지만 동시에 얼마나 마음 편안할까. 일본을 난생처음 방문한 R. 바르트는 이렇게 적었더군요. "미지의 언어의 소음의 펼쳐짐은 이방인을(그 나라가 이 이방인에 적의를 갖지 않는 한) 감미롭게 보호하는 것으로 된다"(『표징의 제국』, 일역판, 20쪽)라고. 굳이 바르트를 들먹거릴 것도 없소. 뉴욕 한복판 또는 파리의 길거리나 아라비아의 시장에서 무연히 서 있어본 나그네라면 누구나 겪지 않았을까. 꿀벌처럼 웅웅거리는 소음, 그것은 모국어와 얼마나 다른가. 곧 모국어가 갖고 있는 의미, 그러니까 출신지, 소속, 교양이나 지성이나 취미의 정도 등등에서 생기는 소외의 일체에서 벗어나게 해주고 있으니까. 나그네에게 이 얼마나 축복인가. 나의 어리석음, 속악스러움, 허영, 사교 등등 일상적 허물에서 거의 완벽하게 격리시켜주고 있으니까. 비록 미지의 언어이지만 그 숨소리, 감정이 담긴 입김 등 순수한 표징 작용은 파악되는 법이니까. 미지의 언어는 나그네가 이동하면 그에 따라 나그네를 둘러싸고 가벼운 해무리, 달무리 같은 층을 만들어내고 있다면 어떠할까. 이방인인 한국 청년 케이케이가 자기의 태생지를 '밤메'라 했을 때, 그것이 지시하는 뜻이란 '밤[栗]이 나는 산(메)'였을 테지만, 이런 이방의 언어를 모르는 미국 여류작가 '나'에겐 대체 어떻게 들렸을까. 케이케이의 숨소리, 감정의 흐름으로 인한 순수한 표징 작용만이 거기 있지 않았을까. 그렇지 않았다면 13년에 이르기까지 생생할 이치가 없지 않겠소. 그녀는, 그러니까 '밤메'라는 이방어 속에서 모종의 안온함, 해방감, 또는 축복 같은 것을 느꼈을지도 모를 일.

그러나 이미지의 언어와 소통하고자 한다면 어떻게 될까. 다시 말해 외국어를 번역하고자 하는 문제계가 그 다른 하나요. '밤메'를 둘러싼 해무리, 달무리의 보호막에서 벗어나 의미의 세계, 바르트 식으로 하면, 그러니까 자기소외의 영역으로 진입하면 어떻게 될까. 이른바 소통(mutual understanding)의 과제. 이 문제계에 작가 김연수만큼 민감한 작가는 드무오. 케이케이의 몸에 새겨진 문신인 듯 '밤메'를 끝까지 추구해 들어갔으니까.

잠깐, 거기까지는 단지 상상력의 영역이 아니겠는가. 달리 말해 작품 속에서 실천해 보인 것에 지나지 않는 것. 그러니까 작품 외부에서 보면 어떠할까.

이 물음에 응해오는 사례 하나를 들면 어떠할까. 미국 작가 레이먼드 카버의 『대성당』의 역자가 바로 김씨요. 헤밍웨이 이후를 잇는 문제적 작가로 알려진 카버의 대표작이 『대성당』(1983). 카버의 또다른 소설집 『내가 필요하면 전화해』도 번역 예정으로 되어 있는 점에서 보면 김연수씨의 야망이 짐작되오. 미국소설의 최고급 작가에 도전하고 있어 보이기 때문이오. 문득 이 장면에서 『노르웨이의 숲』의 작가 무라카미 하루키를 떠올릴 법하다면 어떠할까. 레이먼드 카버를 비롯 팀 오브라이언, 트루먼 카포티, 피츠제럴드 등을 번역한 정력적인 미국소설 번역가로 알려진 작가. 그는 이렇게 당당히 실토했소. "나는 번역함으로써 글 쓰는 법을 배운 바가 다소 있소. 다른 일본인 작가와 문체의 성립이 다른 바 있다면 바로 이 때문이오. 거의 전부가 번역으로 자기의 문체, 문장, 작품을 만들어왔소. (…) 내가 배운 것은 말을 조직할 때의 자세 같은 것이오. 영어로 하면 fairness일까요. 일본어의 소설에 있어서는 이러한 문장의 fairness라는 개념 자체가 별로 없다고 말하는 편이 나을지 모르겠소. (일본문학은) 그러한 것보다 sincerity라든가 아름다움, 흐름, 분위기, 울림 등을 대단히 여기는 소설, 언어이면서 문

체인 것이오."(Ryoichi Niimoto, *One author, One book*, 本の雜誌社, 2001, 221쪽) 이쯤 되면, 미국소설 번역과 하루키 소설 운용 방식을 따로 보기는 조금 어렵소. 문장의 유사성이 아니라, 이른바 '소설적 적절성'이 그것이오. 그중에서도 하루키의 마음의 흐름이 닿은 곳은 단연 레이먼드 카버가 아니었을까. 그의 달리기 회고록의 작품 제목을 '달리기를 말할 때 내가 하고 싶은 이야기들(What I talk about when I talk about Running)'(2007)이라 했으니까. 이 제목은 정작 카버의 단편집 제목 'What We Talk About When We Talk About Love'에서 따온 것이니까. 카버의 미망인 테스 갤러거의 허락까지 받고서 말이외다.

『대성당』과 '옹기종기'

작가 김연수씨는 카버의 『대성당』에서 무엇을 배웠을까. 이런 질문 방식이 작가에 대한 실례임을 모르는 바는 아니오. 그렇지만 '밤메'에 그토록 집요히 매달려 골몰한 김씨이고 보면 어떠할까요.

"그 맹인, 아내의 오랜 친구인 그가 하룻밤 묵기 위해 찾아오고 있었다"라고 첫 줄을 삼은 『대성당』의 화자는 남편. 아내와는 단절상태. 여기에 아내의 옛 친구인 장님이 방문합니다. 화자와 맹인은 서로 의사소통이 불가능해 보이지만 시간이 지남에 따라 두 사람은 손을 겹쳐 대성당을 그립니다. 결국 맹인은 손을 통해 대성당을 보게 됩니다. 화자 역시 맹인이 보는 방식으로 대성당을 보게 되지요. 매우 독특한 방식으로 서로의 소통을 이루어냅니다. (이 장면은 포갠 듯한 두 손을 조각하고 거기다 '대성당'이라 제목을 단 로댕의 조각을 연상시킨다.) "It's really something"(이거 진짜 대단하군요)이라고 끝납니다. "이거 정말 뭔가가 있군요!"라고도 하겠지요. 소통이 참주제이며 또 그것이 얼마나 희망적임도 잘 드러납니다.

이 작품의 번역에 역자 김연수씨가 얼마나 공을 들였는가가 한눈에 들어오오. 영어 문장의 복잡한 입체적 구조를 옮김에 있어 단문으로 토막지어 처리할 수밖에 없었고 그 때문에 사유의 깊이를 희생해야 했지요. 단문이 가져온 속도를 제어할 수 없었지요. 그렇지만 더 적절한 방도가 과연 없었던가. 이렇게 물을 수는 있지만, 그런 것은 카버의 소설 전체의 심도 있는 이해자이자 우리말 구사의 달인 김연수씨의 안목을 신뢰함에 미칠 수 없소. 그러나 다음과 같은 경우는 어떠할까요. 화자가 장님을 처음 대하는 장면.

> "예전부터 알던 사람 같구먼." 그가 쩌렁쩌렁하게 말했다.
>
> "마찬가지입니다." 내가 말했다. 다른 무슨 말을 해야 할지 알 수 없었다. 그리고 나는 "어서 오세요. 말씀 많이 들었습니다"라고 말했다. 아내가 그의 팔을 잡고 이끄는 가운데, 우리는 옹기종기 모여 포치에서 거실로 들어갔다. 맹인은 다른 손으로 여행가방을 들고 갔다. 아내는 이런 얘기들을 했다. "자, 왼쪽으로, 로버트. 맞아요. 이제 보시면 의자가 있어요. 예, 그거예요. 거기 앉으세요. 이건 소파예요. 두 주 전에 산 새 소파랍니다."
>
> —문학동네판, 332쪽

물 흐르듯 읽히는 이 명역에서 문득 지푸라기랄까 모래알 같은 것이 끼어 있다고 느꼈다면 어떠할까요. 바로 부사 '옹기종기'가 그것. 딱 잘라서 뭐라 하기 어려우나 뭔가 이건 아닌데? 하는 느낌이 그것. 말이란 첫 느낌이 중요한 법. '옹기종기'라면 첫 느낌은 어떠할까. '병아리들'을 연상함이 우리식 어감이 아니겠는가. 크기가 고르지 않은 작은 것들이 여러 개 모여 있는 모양이라고 사전에 나와 있지요. 예문으로 든 '옹기종기 모여 있는 병아리들'이 그것. 우선 작은 것들이어야 하고 그것을 이쪽에서 어른들이 혹은 거리를 둔 힘센 제삼자가 바라보는 시선이 작동되어 있지요. 그런데 여기 나오는 화자나 아내 그리고 장님 등 세 사람은 모두 중년의 나이가 아니겠는가. '병아리처럼' 또는 아이들처럼 귀엽다고 느끼기엔 아무래도 무리. 단지 호기심으로 원문을 찾아보니 이렇게 되어 있군요.

We began to move then, a little group, from the porch into the living room, my wife guiding him by the arm.

'a little group'은 '작은 무리를 지어'로 해도 되는 것이 아닐까. '포치'를 번역하지 않고 그대로 사용했고 또 외국의 집 구조인지라 거기에 알맞은 인공적 추상적 표현인 '작은 무리를 지어'라야 자연스럽지 않았을까. 그런데 '옹기종기'라는 순수 우리말 부사가 끼어들었다면 분위기가 어색해질 수밖에요.

순수한 '조선 정조'를 담기 위해 『임꺽정』을 썼다는 벽초의 경우는 어떠했을까요. 우리말의 보물창고라고까지 말해지는 『임꺽정』 속엔 이런 대목이 들어 있소.

꺽정이가 눈결에 한손을 내밀어서 들마루를 들어 앞으로 기울이며 곧 뒤집어엎었다. 들마루에 올라섰던 사람들은 대개 다 거공잡이로 나가떨어지고 지대 위에 올라섰던 사람들은 거지반 들마루에 치여 자빠졌다. 그동안에 색시가 어머니 뒤로 오고 순이 할머니까지 한데 가 몰려서 셋이 옹기종기 앉았는 것을 꺽정이가 보고 한번 빙그레 웃은 뒤에

—『임꺽정7』, 사계절, 2008, 171쪽

어미가 빚에 쪼들려 딸을 잃게 된 딱한 장면. 물론 서울에서 바람피우는 시절의 꺽정은 매파 노릇하는 순이 할미의 권유로 색시를 얻기 위해 갔다가, 빚쟁이들을 일거에 주먹으로 물리칩니다. 그러니까 순이 할머니는 매파이고, 색시와 그 어미 등 세 사람이 모여 있는 장면이지요. 노파, 어미, 딸이 앉은 모양을 '옹기종기'라 했습니다. 거인 꺽정의 시선에서 보면 이 여인 셋은 '병아리'와 흡사한 형국. 저만치서 내려보는 어른의 시선이니까.

『대성당』이 외국작품이고 『임꺽정』은 야담이니까 잠시 덮어두고 요즘 씌어진 소설에서는 어떠할까요.

> 새벽 네시, 엄마와 나 그리고 동생은 잠든 아빠를 가운데 두고 옹기종기 모여앉는다.
>
> 엄마가 아빠의 머리맡에 두 무릎을 꿇고 앉는다. 나와 동생도 그렇게 한다. 무릎을 꿇고 모여앉으니 기도라도 해야 할 것 같다. 아빠의 너른 이마 위에 손들을 탑처럼 차곡차곡 포개고서. 내가 그토록 한심해하고 증오해 마지않는 저 이마가 신성한 제단이라도 되는 양.
>
> "아주 깊이 잠드셨구나."
>
> —김숨, 「럭키슈퍼」, 『문학동네』, 2009년 여름호, 371쪽

이것은 어미와 '나'(여고생) 그리고 남동생이 유통기간이 지난 아비(실업자)의 이마에 유통기간 날짜를 흡사 우유배달부가 유통기간 지난 우유의 날짜를 위조하듯 위조하는 장면. 엄마, 나, 동생 삼인이 모인 장면이 '병아리'의 모임처럼 '옹기종기'라 할 수 있을지는 모르나 거리를 두고 그것을 바라보는 시선이 없습니다. 더구나 새벽 네시에 가족이 모여 쓸모없게 된 아비를 어떻게든 처리해버리고자 하는 딱한 장면이고 보면 섬찟함이 오히려 지배적이 아닐까요.

글쓰기의 세 가지 유형

부사 하나를 순수 한국어로 사용함으로써 글의 흐름에 잠시 주춤했던 독자도 김연수씨가 이렇게 말했을 때는 사정이 크게 달라질 것이외다. 김씨는 조심스럽게 이렇게 말했소. "한국어는 소설의 언어로 쓰기에는 좀 추상적이다"라고. "사실의 단어보다 감정의 표현을 다루는 데 더 적합하다"라고. "이걸 인정하지 않으면 소통하는 데 큰 문제가 많다"라고. 또 이를 다듬어 다음과 같이도 말했군요.

> 한국어는 영어보다 감정적 표현에 매우 뛰어난 언어다. 대신에 영어는 사실적 표현에 적합한 언어다. 그래서 한국소설에서 감정적으로 표현한 문장들의 아름다움은 영어로 옮겨질 때 거의 유실되는 듯하다. 반면에 미국 독자들에게 영어로 옮겨진 한국소설은 사실적 표현이 결여된 문장처럼 읽힐 것이다. 한국소설 번역의 가장 큰 딜레마는 여기에 있을 것이다. 이런 언어적 차이가 분명히 존재하기 때문에 나는 한국소설이 제대로 번역되기만 하면 외국에서도 그 값어치를 알아줄 것이라는 말들에 회의적이다. 제대로 번역된다는 말은 곧 번역자가 3단계의 구체적인 언어까지 확정해서 번역한다는 뜻이 될 텐데, 번역자와 작가가 함께 번역하지 않는 한 그건 불가능한 일일 것이다.
>
> —김연수, 「한국어는 과연 산문문장에 적합한 언어일까?」, 『현대문학』, 2009. 7, 253쪽

김연수씨의 이 진술에는 참으로 난감한 문제가 깃들어 있어 우리를 우울하게 만들기에 모자람이 없소. 이를 물리칠 방도가 과연 우리에게 있을 수 있을까. '제3단계의 구체적 언어'의 모색 없이는, 번역 불가능에 놓일 수 있다는 김씨의 주장은 흔히 훌륭한 번역가만 있으면 우리

도 노벨상을 탈 실력이 있다고 우기기 쉬운 풍토에 일침을 가한 것으로도 읽힐 수 있을 법하오. 뿐만 아니라, 영어를 모르는 한국 작가의 경우 그 작품은 어쩌면 영역이 불가능하다는 점까지 이 사정권에 놓여 있소.

그러나 김씨는 이런 회의와 우려에서 멈추지 않소. 영어도 한국어도 각기 특성이 있으니까 각각 장단점이 있다는 이른바 상대주의에 있지 않소. 소설은 산문으로 쓴다는 것, 이 때문에 영어의 특성으로 나아가지 않을 수 없음에 있다는 점이외다. "그래서 몇 년 전부터 나는 이 부분에서 한국어의 특성을 뼈저리게 느낀다"(252쪽)라고 했소. "감정의 표현을 다루는 데 더 적합하다"는 한국어가 김씨의 글쓰기에서는 큰 고통을 주었던 것이오. (그렇다면 한국어가 시 쓰기에는 크게 적합한가? 이 나라 시인들의 이에 관한 발언이 일찍이 있었던가는 의문이오마는.)

여기까지는 큰 무리 없이 이해됨직하오. 문제는 그 다음에 오오. 김연수씨는 최근 번역된 제이디 스미스의 『하얀 이빨』의 서두를 들고 이를 세 가지 유형으로 보여준 바 있소.

① 20세기 후반 이른 아침, 크리클우드 브로드웨이. 1975년 1월 1일 06시 27분, 앨프리드 아치볼드 존스는 코르덴 옷을 입고 연기가 가득한 그의 차 카발리에에 앉아 핸들을 얼굴에 묻고, 그에게 내릴 하늘의 심판이 너무 가혹하지 않기를 바라고 있었다. 턱을 늘어뜨리고, 팔은 추락한 천사처럼 양쪽으로 벌려, 십자가모양으로 엎드린 채였다. 두 주먹에는 전역 메달(왼쪽)과 구겨진 결혼증명서(오른쪽)가 쥐여 있었다. 자신의 실수도 가지고 가기로 결심했기 때문이었다. (김은정 옮김)

② 지난 세기, 런던의 어느 거리. 그러니까 1975년 1월 1일의 아침에 앨프리드 아치볼드 존스는 연기로 가득한 자신의 자동차에 앉아 핸들에

머리를 숙이고 하늘의 심판이 너무 가혹하지 않기를 기도했다. 추락한 천사처럼 십자가모양으로 두 팔을 쭉 펼친 형상으로 한 손에는 전역 메달을, 다른 손에는 결혼증명서를 쥐고 있었다. 자신이 잘못한 일들까지도 모두 가지고 떠날 작정이었기 때문이었다.

③ 1975년 1월 1일 런던의 어느 거리. 앨프리드는 자기 자동차 안에서 자살을 꿈꾸고 있었다. (250~251쪽)

①은 원문 직역이고 ②는 김연수씨가 우리 현실에 맞도록 번역한 것이며 ③은 줄거리만 보인 것. 김씨는 이렇게 가정합니다. 소설을 쓸 때 ③이 먼저 오고, 그 다음에 ②가 오며 마침내 ①에까지 나아간다고. 그러니까 ②는 우리(독자)에겐 잘 맞으나 소설의 완성도랄까 산문정신에서 보면 미치지 못한다는 의미가 함의되어 있소.

그러니까 원문과 비교하자면, 한국어 문장에서는 '크리클우드 브로드웨이'라는 정확한 장소, '오전 6시 27분'이라는 정확한 시간, 앨프리드가 입고 있던 옷의 종류, 'Cavalier Musketeer Estate'라는 정확한 차종, 문장의 흐름에서 그다지 중요하지 않게 보이는 턱에 대한 묘사, 어느 손에 전역 메달과 결혼증명서를 들고 있었는지에 대한 정확한 설명 등은 불필요하게 느껴진다. 대개의 한국인들은 소설을 읽을 때, 이런 정확한 정보들을 성가시게 느끼며, 심지어는 이야기를 읽는 데 방해가 된다고 느끼는 경우가 많기 때문이다.

어느 정도 독자를 성가시게 만들어야만 하는가? 이게 바로 소설을 쓸 때, 내가 가장 예민하게 고려하는 부분이다. 구체성을 기준으로 단어의 수준이 3단계로 나눠진다고 생각해보자. 예컨대 자동차〉SUV〉소렌토R, 이런 식으로 위계질서가 존재한다면 한국 독자들은 2단계 정도면 만족하는 것 같다. 말하자면 주인공이 타는 차가 SUV라는 걸 밝혀주는 선까지는 감내하지만, 그걸 굳이 소렌토R이라고 차종을 밝힐 때는 좀 성가시게 생각한다. 묘사의 수준에서도 독자들은 마찬가지로 성가심을 느끼는 듯하다. 전체적인 인상을 묘사하면 그런대로 넘어갈 수 있지만, 눈꼬리의 형태를 묘사하면 성가시다고 느낄 것이다. 하지만 소설을 쓰는 입장에서는 3단계까지 들어가야만 한다. (250~251쪽)

보다시피 작가 김연수씨의 글쓰기의 고민은 ②에 멈출 것인가 ①에까지 나아갈 것인가에 있다는 것. 자기의 견해로는, 한국 독자를 겨냥한다면 ②에 멈추어야 한다는 것. 그렇게 되면 한국 독자에겐 만족감을 줄지 모르나 작가의 처지에서 보면 ①에로 나아가지 않을 수 없다는 것. "하지만 소설을 쓰는 입장에서는"이라고 했으니까요. 이 속에는, 세계화로 향한 작가 김씨의 남다른 의지의 꿈틀거림이 감지되어 인상적이기까지 하오.

이에 대해 누군가가 이렇게 의문을 던진다면 어떠할까요. 소설을 인공물로 보고, 그 자체의 논리 체계에 맡겨도 되는가라고. 이렇게 묻는 사람은 물론 과학자일 터. "소설은 현실 반영이다!"의 명제, 이른바 리얼리즘계에 입각한 사람들. 『소설의 이론』(1916)의 저자 루카치에서 보듯 주체성이 맨 머리에 놓이는 소설관 아닙니까. 인간의 주체적인 처지에서 볼 때 현실이란 어떠한가. 이게 반영론의 출발점이니까. 리얼리즘이 그 근본에 있어 있어야 할 인류사를 그리게 됨도 이를 반증하는 것. 이성의 힘으로 인류사를 바람직한 방향으로 바꿀 수 있다는 의지가 과학(사실 자체)을 누르고 있는 형국이라고나 할까요. 기억에 의존한 사물 또는 현실 묘사의 경우에서도 이 점이 드러납니다. 평생 단편만 썼고, 또 그의 단편에는 세계의 근원적인 법칙이나 원리가 과부족 없이 그려졌다는 느낌을 독자에게 상기시킴에 매우 뛰어난 작가 보르헤스는 이 점에 남달리 민감했던 것으로 보이오. 글 쓰는 일만이 죽음을 넘어선다는, 그래서 호머는 지금도 살아서 저 자신이 호머인지도 모른다는 것을 주제로 삼은, 자신 있게 쓴 「죽지 않는 사람들」을 1965년에 재독하고는 자기의 불찰을 이렇게 폭로했소.

> 나는 일 년 가까운 시간 동안 이 원고를 검토했다. 나는 그게 꼭 들어맞는 진실임을 확신한다. 그러나 앞의 몇 장(章)들과, 심지어 다른 장들의 몇몇 단락들은 내 생각에 약간의 거짓을 담고 있는 것 같다. 그러한 판단은 아마 내가 시인들에게서 배웠던, 모든 것을 허위로 오염시키는 정확 묘사, 특히 어떤 절차에 대한 지나친 맹종에서 비롯된 게 아닌가 싶다. 왜냐면 그러한 정황이란 현실에서는 풍요하게 존재할지 모르나 그것에 대한 기억에서는 그러하지 않기 때문이다.
>
> —보르헤스, 황병하 옮김, 「죽지 않는 사람들」, 『알렙』, 민음사, 1998, 33쪽

여기서 중요한 것은 보르헤스가 문인들이 조작해낸 수사학의 못된 버릇(관습)을 폭로했음에 있지 않소. 보르헤스조차 이 수사학의 관습에 저항하기 어려웠다는 자기 고백에도 있지 않소. 소설의, 혹은 글쓰기의 리얼리티를 높이기 위해 현실을 왜곡하는 묘사란 어느 수준에서 수용 또는 용인해야 하는가에도 있지 않아 보이오.(Jorge Luis Borges, *This Craft of Verse*, Harvard University Press, 2000; 일역판, 158쪽) 문제는 이 관습을 물리치기 위해서는 사실 확인, 그러니까 정직함에 있다는 것이 아닐까 싶소. 기억의 정직성이란 무엇인가. 다음 두 가지를 손쉽게 떠올릴 수 있소.

(A) 글쓰기의 측면.

어떤 글쓰기도 그것이 일방적인 직렬 순서에 의거한다는 점 말이외다. 가령 "그 사람은 ① 머리털(갈색) ② 눈썹(크다) ③ 눈(사팔뜨기) ④

코(뭉툭함) 였다"로 쓸 수밖에 없지요. 읽을 때도 사정은 마찬가지. 이를 선적(線的) 성질이라 하지요. 실로 악명 높은 것. 그러나 현실은 어떠한가. 병렬적으로 놓여 있지 않은가. 그러니까 글쓰기의 선적 성질 자체가 현실 반영 위반이거나 왜곡일 수밖에요. 왜냐면 누구도 현실을 있는 그대로(병렬적으로) 보기 때문입니다. 그 때문에 전체적으로 휙 둘러볼 수밖에요. 단시간의 처리에서는 공백 부분이 생길 수밖에요.

(B) 생물학적 측면.

인간도 동물이라는 점을 염두에 둘 것. 인간능력이란 따지고 보면 동물 전체에 이어진 것. 그것은, 살기 위해서는 일정한 시간 내에서 주어진 상황에 반응하지 않으면 안 되는 것이니까. 이 조건 속에서 발달했기에 정보로서 입력되는 것들 중 불필요한 것은 생략할 수밖에요. 기억도 이에 대응될 수밖에요. 생존에 필요한 정보의 목록 정도만으로 족한 것. 세세한 것 모두를 받아들인다면 효율성이 떨어져 생존의 위험에 노출될 수도 있지 않겠는가. 그러기에 필요치 않은 것은 대충대충 보는 것이지요.(호사카 가즈시, 『세계를 긍정하는 철학』, 치쿠마쇼보, 2001)

이상의 논법으로 하면 김연수씨가 직면한 고민이 조금은 유연해지지 않을까 싶소. 김씨가 "어느 정도 독자를 성가시게 만들어야만 하는가? 이게 바로 소설을 쓸 때, 내가 가장 예민하게 고려하는 부분"(250쪽)이라고 했을 때 보르헤스는 아마도 이렇게 대답하지 않을까 싶기 때문이오. "김연수씨여, 훈련으로 얻어진 능력에 기대기보다는 생물학적 능력에 기대라"라고. "그대의 독자인 한국인만 성가시다고 여기지 말라, 서양 독자도 사정은 마찬가지"라고. "『백년 동안의 고독』에서 마르케스가 사용한 방식에 따르면 어떠할까"라고. 이런 우정 어린 충고에 대해 정작 우리의 작가 김연수씨는 무어라 대답할까요.

국경에서 본 세 가지 환각

한국 작가 김연수씨의 첫마디는 아마도 이러하지 않을까 싶소. "보르헤스 선배여, 나만큼 그대를 부러워하는 사람은 많지 않을 것이외다"라고. 어째서? "내게는 없는, 그토록 갖고 싶은 것을 선배께선 철철 넘치도록 갖고 있으니까"라고. '국경'이 바로 그것.

"오래 전부터 나는 국경을 꿈꿨다. 왜냐면 나는 국경이 없는 존재니까"라고, 김씨는 2004년 10월에 외쳐 마지않았다.(『여행할 권리』, 창비, 2008, 11쪽) 1970년 김천 역전 제과점에서 태어나 서울에서 공부하고 작가가 된 김씨에겐 국경이 없었소. 도대체 외국이란 생심도 할 수 없었소. 어째서? 두말하면 군소리. 날 때부터 들리는 것은 한국어. 가족이고 이웃이고 친구들은 물론 그에게 영문학을 가르친 교수도 모조리 한국인이 아니었던가. "여기가 로도스다, 여기서 춤춰라!"의 명제가 김씨를 에워쌌소. 국경이 없을 수밖에. 이 섬에서 한 발자국도 벗어날 수 없었다는 것. 서태지가 〈발해를 꿈꾸며〉(1994. 8. 15)를 외쳤을 때, 김씨는 어떠했을까. 코웃음이 나올 수밖에. 서태지가 은퇴 선언을 했을 때도 김씨는 코웃음을 칠 수밖에. 어째서? "나는 음흉하게 웃었다. 결국 돌아올 테니까. 갈 곳이 없으니까. 우리에겐 국경을 넘어 다른 민족 속으로 들어가 이윽고 사라지는 유전자가 존재하지 않으니까. 종교의 자유를 찾아 신세계를 향해 떠난 뒤, 거기서 다시 돌아오지 않은 선조들이란 도무지 우리에겐 없으니까. 결국 모두 돌아왔으니까. 결국 자살이 아니면 월북뿐인 셈이다. 그러니까 우리가 비행기나 선박의 도움을 받지 않고 그 수평선 안쪽에서 벗어날 수 있는 방법이란."(『여행할 권리』, 13쪽)

'국경이 없는 아이'라 자처한 세대의 맨 막내급에 선 김씨이고 보면 그 국경 인식이 얼마나 엄청난 멍에였던가. 황장엽이 한국으로 망명했을 때 로동신문은 이렇게 외쳤것다. "비겁한 자여, 갈 테면 가라. 우리는 붉은 기를 지키리라"라고. 국경 넘기란 곧 조국과 민족을 배반하는 자들의 땅일 수밖에. 이러한 편 가르기가 얼마나 자해적이며 또 재앙인가를 작가 김씨는 옌볜 대학 기숙사에 머물며 통렬히 깨칩니다. (2003년 8월 필자는 손정수 교수와 함께 김씨를 만나 땡볕 아래의 옌볜 번화가 노점에서 자장면을 사먹었다.)

1931년부터 시작된 소위 '민생단 사건'은 민족주의가 끊임없이 다른 민족과 접촉해야만 살아갈 수 있는 사람들에게 어떤 해악을 끼치는지 분명하게 보여준다. 민생단(民生團)이란 말 자체가 민족주의적이다. 민생단을 결성하자고 주장한 인물 중에는 친일파도 있었지만, 민족주의자들도 있었다. 고난에 찬 생활을 거듭하는 만주 조선인들의 삶을 개선하기 위해 단체를 조직하자는 주장이었으므로 그 주장 자체는 순수하게 받아들일 수 있다.

그런데 이런 민족적 시각은 다른 민족, 특히 만주가 자신들의 땅이라고 여기는 중국인들을 배제하고 있다. 그러므로 조선인 민족주의자들이 만주에 거주하는 조선인의 민생을 걱정하면 할수록 중국인과 조선인 사이는 벌어지게 돼 있었다. 아무리 민족주의의 관점에서 말하는 것이라고 주장하더라도 그건 중국인을 만주에서 배제하려는 일제의 뜻을 조선인들이 앞장서서 관철하려는 것으로 보일 수밖에 없었다.

그 결과는? 결국 자신은 국제주의자라고 주장했던, 수천명에 달하는 조선인 공산주의자들의 숙청으로 이어졌다.

—『여행할 권리』, 216쪽

귀국한 김씨는 이 민생단 사건을 토대로 장편 『밤은 노래한다』(2008)를 썼소.

한편 아르헨티나 출신 보르헤스(1899~1986)는 어떠했을까요. 부친인 변호사가 가족을 이끌고 유럽으로 간 것은 1914년. 1차 대전 발발 직전. 스위스에 머물렀고 1918년엔 스페인으로 갔고, 각종 문예지를 간행했고, 부에노스아이레스로 돌아갔고, 시인으로 작가로 맹렬히 읽고 썼소. 실명한 뒤에도 중단하지 않았다고 알려져 있소. 그야말로 세계인. 김연수씨로서는 가히 부러워할 만한 국경이 있되, 아주 투명한 국경을 가진 유별난 인물이 아닐 것인가.

문제는 어디에서 오는가. 어째서 하필 김씨는 '여행할 권리'를 깃발처럼 내세웠을까. 누가 감히 김씨에게 '여행하지 마라!'고 억압했던가. 이 물음에 천금의 무게가 실려 있소.

김씨가 놓인 세대적 의미가 그것이지요. "여기가 로도스다, 여기서 춤춰라!"의 명제는 이 나라 근대문학의 시작에서부터 김씨가 문학을 공부하던 90년대까지 어김없는 명제였소. "비겁한 놈은 갈 테면 가라!"의 명제가 그것. 민족과 국가, 그것이 전부였으니까. 이러한 세대적 훈련의 마지막 세대가 김씨이며, 그중에서도 김씨가 유독 민감했지요. 그럴 만한 이유가 따로 있었는바, 이는 김씨의 천부의 능력과 겹쳐져 증폭되었던 것. 그것은 김씨가 아비의 고향인 일본의 한 시골을 방문했음에서 오오. 아비에 있어 국경 개념의 비극성 말이외다.

> 나고야에서 돌아온 뒤, 아버지는 열다섯살 무렵 귀국선에서 바라본 부산의 모습에 대해 말했다. 산꼭대기까지 판잣집이 가득한 풍경을 보자마자, 아버지는 '잘못 왔구나'라고 생각했다고 털어놓았다. 그 깨달음은 아버지의 남은 일생을 결정했다. 제아무리 많은 중공군이 내려와 총을 쏜다고 하더라도 나고야에 있다면 그 총알을 맞을 턱이 없지 않겠는가? 그때부터 아버지는 '잘못 왔구나'의 삶을 살게 됐다.
>
> 어느 자리에선가 아쿠타가와 상을 받은 재일교포 겐게츠(玄月)가 제

주도에서 일본으로 밀항했던 그의 아버지의 경험담을 들려준 적이 있었다. 반대로 그건 오사카(大阪)의 불빛에 대한 이야기였다. 아마도 '이제 살았구나' 하는 생각이 든 것인지도 모른다. '잘못 왔구나'와 '이제 살았구나', 그 사이에 한 인간의 일생을 결정짓는 국경이 존재했다.

—『여행할 권리』, 36~37쪽

보다시피, 재일교포 작가 겐게츠의 아비 체험과 김연수씨의 아비 체험이 겹쳐져 있소.

이 두 가지 사건은 단연 문학적이라 하겠지요. '잘못 왔구나=부산의 풍경'과 '살았구나=오사카의 불빛'이 맞대고 있소.

이와 흡사한 장면도 세계에는 있을 것입니다. 가령 다음과 같은, 도무지 환각으로밖에 보이지 않는 뉴욕의 불빛. 리투아니아 출신 난민 요나스 메카스 앞에 벌어진 장려한 뉴욕의 야경.

나는 뉴욕에 와서 첫날밤을 기억한다. 그 밤, 우리들은 타임 스퀘어에 갔다. 지하철에서 밖으로 나온 우리들을 엄습한 충격을 나는 결코 잊지 못한다. 네온의 빛의 바다 한가운데 돌연 나왔을 때의 그 충격. 하늘 한가운데에는 달이 나와 있었다. 그러나 그것이 진짜 달인지 나는 알 수 없었다. 달을 포함한 무엇인가가 꿈의 베일을 쓰고 있었다. 달은 이미 자신의 리얼리티를 잃고 있었다. 그것은 뉴욕이라는 거대한 무대장치 속의 하나의 부속품이었다.

—「뉴욕 망명일기」, 『中央公論』, 1990년 겨울, 38쪽

난민 메카스에 있어 뉴욕은 환각 그것이어서 발이 땅에 닿은 것 같은 리얼리티의 감각이 없었다는 것. 이를 두고 난민의 사상이라 할 수 있을지 모르겠소. 길 한구석에 누워 있는 부랑자, 지하철 플랫폼에서

춤추고 있는 젊은 흑인들, 에스프레소 커피의 거품, 심야 바의 카운터에 취해 널브러진 사내 등 아무런 의미의 연관도 없이 흐르는 그대로의 세계. 여기에는 밑바닥이 없다고나 할까요. 표면이 전부인 세계라고나 할까. 이러한 세계의 출현을 리투아니아의 시인은 배에서 바라본 뉴욕의 야경에서 예감했을 터이오. 유럽 세계에서 보면 리투아니아는 변방에 지나지 않는 지역. 당당한 기초를 가진 유럽에 비해 얼마나 초라했던가. 이 예민한 열등감이 선진 유럽 문명국인으로서는 듣도 보도 못하는 안목을 키웠을 터이오. 그 안목에서 본 뉴욕은 어떠했을까. 놀랍게도 유럽의 그 단단한 기초란 전무했소. 있는 것이라고는 환각으로 덮인 표면뿐. 리얼리티 없는, 순간적으로 명멸하는 환각으로 싸인 세계가 펼쳐져 있지 않겠는가. 이 반복되지 않는 단편 조각조각으로 이루어진, 그래서 전체성을 갖지 않는 뉴욕에 난민 메카스는 정착하기로 결심했다 하오. 여기서 벌어지는 사건들이 결코 반복되지 않는다는 사실 속에는 무서울 정도의 깊은 의미가 숨어 있었던 것. 인간의 뇌 속에는, 이 반복되지 않는 사건 중 일부분이 기억된다는 사실이 그것이오. 기억의 능력을 상실한 도시 뉴욕에서 할 수 있는 가치 있는 사업이란 무엇인가. '기록 영상물 제작'이 그 방도였다 하오.

일본의 어떤 지방을 고향으로 하여 자란 김연수씨의 부친이 해방 후 귀국선에서 부산의 판잣집을 보며 외친 '잘못 왔구나!'와 불바다의 한반도에서 일본으로 밀항한 제주도 출신의 겐게츠의 부친이 오사카의 불빛을 보며 외친 '이제 살았구나!' 뉴욕의 불빛을 보며 이 도시에 살기를 결심한 난민 시인 메카스의 심정은 어떻게 표현되었을까요. 분명한 것은 '잘못 왔구나!'도 '이제 살았구나!'도 아니라는 것. 먼지와 습기만 있으면 싹을 틔우는 민들레의 생리를 닮기라고나 할까요. 어떤 곳에서도 뿌리 내리기에 다름 아닌 것. 자기만의 색깔과 향기와 음향을 가진 식물로서의 뿌리 내리기. 이는 생물학적 상상력이라 부를 수밖에 없는 것. 왜냐면 그는 시인이었으니까.

'잘못 왔구나'와 '이제 살았구나'를 그 아들들은 어떻게 소화해냈을까요. 이 물음은 단연 문학적입니다. 김연수씨의 글쓰기, 또 겐게츠의 글쓰기가 이에 응해오기 때문이오. 그것은 두 작가에게 꼭 같이 역사(정치성)의 거역할 수 없는 명에로 작동되었는바, 기묘하게도 김연수씨에 있어 그것이 국경에 대한 신경질적 반응이었다면 겐게츠에 있어서는 국경에 대한 무관심으로 나타났소. '나는 현월이 아니고 겐게츠다'라고 그가 말할 때 이 점이 잘 드러나오.

'너에겐 국경 따위란 없다. 있는 것이라고는 민족, 국가뿐이다. 여기서 춤춰라!'라고 강요하는 세계 속에서 글쓰기를 시작한 김연수씨의 신경은 국경 문제에 닿기만 하면 날카로운 비명을 지를 수밖에요. 그것은 일본을 고향으로 가진 아비를 둔 아들의 피로함이었으니까. 어떻게 하면 이 질병에서 벗어날 수 있을까.

이 원심력의 치열성이 김연수씨의 글쓰기의 원동력이 아니었을까. 국경 벗어나기, 그것은 핏줄의 주박에서 벗어나기, 또 달리 말해 샤머니즘적 체질(분위기)에서 한없이 멀어지기. 김연수씨가 스웨덴 입양아이자 『피는 물보다 진하다』의 여류작가 아스트리드 트로치에 그토록 민감했던 것도 이 때문. 김연수씨가 방한한 그녀를 만난 것은 2003년. 김연수씨는 대번에 '피는 물보다 진하다'의 아이로니컬한 제목에서 그녀가 이미 치유되었음을 직감했소. 지방문학이란 없다는 것, 모든 문학은 번역 가능하다는 것을 서슴없이 말하는 그녀에 김연수씨가 서슴없이 동의함은 불문가지.

그러므로 아스트리드와 겐게츠의 문학을 이해하기 위해서 나는 피를 물만큼이나 묽게 만들어야만 한다. 그럴 때 나는 나와 비슷한 시기에 태어난 다른 공간의 작가로서 아스트리드와 겐게츠의 소설을 이해할 수 있고 또 그래야만 그들 역시 내 소설을 이해할 것이다. 그들도 나처럼 현대의 시기를 살아가고 있고, 다양한 인간적 문제를 대면하며 이를 언어예술로 표현하려고 한다. 우리의 리얼리티는 바로 이런 문맥에서 소통해야만 한다.

—『여행할 권리』, 221쪽

문제는 이 소통에서 오오. 소통의 첫째 관문이 피의 문제였소. 겐게츠도 아스트리드도 이를 혼신의 힘으로 뛰어넘었소. 재일교포라는 정치적 조건, 입양 고아라는 사회적 조건이 그들의 관문 통과를 저절로 가능케 했다면 김연수씨의 경우는 어떠할까. 바로 이 점이 김연수씨의 특이성이 아닐까. 왜냐면 김연수씨에 있어 그것은 일본을 고향으로 둔 아비를 가짐으로써 조금 피로해지긴 했어도 천부의 자질이니까. 그 자질의 값어치는 아무리 강조해도 지나침이 없는데, 한국 속의 외국인이 110만 6천 명(2009년 8월 6일 기준)을 헤아리고 있으며, 유치원부터 영어 열풍이 들판의 불처럼 타오르는 판세이니까. 그렇지만 문제는 그 다음 관문. 번역 가능성이 그것. 이 두번째 관문에 바로 김연수씨의 자질이 빛을 내고 있소. 자기의 글쓰기에서 지구촌의 동시대인과의 소통 문제가 그것.

여기까지 오면 한국어와 국제어인 영어의 소설적 소통 문제에 닿게 마련인 것. 두 언어의 차이를 분명히 인식한 바탕 위에서 소설 쓰기가 그것. 바로 세번째 단계. 이 차이를 염두에 둔 글쓰기야말로 김연수씨의 남다른 자질인 것. 여기에 그가 꿈꾸는 제삼의 소통 개념이 있소.

언어학자 이케가미의 고민 앞에 서서

그렇다면 과연 영어와 한국어의 글쓰기의 차이성은 어떠할까. 이 물음에는, 유감스럽게도 김연수씨가 조금 막연해 보이오. 글쓰기의 구체성에 집착한 나머지, 이렇게 말하고 있을 뿐이외다. 그는 비교언어학자가 아니니까.

> 나는 번역 가능성을 떠나서 한국 소설의 문장이 사실적 표현을 지향해야만 한다고 생각한다. 말했다시피 어느 정도로 구체적으로 쓰느냐에 따라서 소설에서 다루는 주제의 깊이가 달라지기 때문이다. 독자들의 저항을 고려할 때, 아직 한국어는 구체적이고 사실적인 문장에 적합한 언어는 아닌 듯하다. 만약에 소설 속에서 그런 문장을 자유롭게 구사하면서도 독자들의 저항을 줄일 수 있다면, 한국 소설 문장의 새로운 가능성을 발견하는 일이 될 것이다.
>
> ―『현대문학』, 253~254쪽

글쓰기란, 우리의 핏줄끼리에서 벗어나야 한다는 것. 이 경우 만국 공통어가 있으면 얼마나 좋으랴. 김연수씨에 있어 있는 것이라면 아이로니컬하게도 핏줄에 이어진 한국어뿐. 글쓰기의 구체성(번역의 세 가지 유형 중 첫번째 것)으로 나아가기에 앞서 한국어와 영어의 언어학적 차이에 주목하지 않는다면 대체 그 구체성이란 일종의 추상적인 것이 아닐까. 할 수만 있다면 김연수씨가 비교언어학자에까지 나아가야 그가 꿈꾸는 그 '소통'에 좀더 가까이 갈 수 있지 않겠습니까.

'고백하기 좀 부끄러운 일'이라 전제한 김연수씨는 고등학교 때 가와바타 야스나리의 『설국』을 읽다가 구역질이 났다고 했소. 왜? 인생에 실패한 주인공 중년 남자처럼 국경을 넘어선다고 해서 어찌 인생이

쉽게 달라지겠는가. 어림없는 일. 그 소설의 첫 줄은 이러하오.

國境の長いトンネルを拔けると雪國であった。

평균적인 일본어를 사용하는 독자라면, 위에 묘사된 상황을 상상하기에 무리가 없소. 주인공은 기차를 타고 있다는 것, 터널을 빠져나오자 눈고장이었다는 것. 이를 명역자로 고명한 E. 사이덴스티커는 이렇게 옮겼소.

The train came out of the long tunnel into the snow country.

분위기가 썩 다르지 않습니까. 원문에는 없는 '기차'가 실체로 등장하고 있으니까. 그것도 아주 중요한 주어로 말이오. 주인공이 타고 있는 기차에 초점이 놓인 이미지가 떠오르니까요. 영역된 문장에서 떠오르는 이미지는 대부분의 일본인에 있어서는 저편 산기슭에서 모습을 드러내는 기차의 구도로 인식되었다고 알려진 보도도 있었소.(NHK, 1991. 2)

이 경우에는 화자가 언어화하는 상황 속에 몸을 두고 있지 않았음에 분명하오. 화자는 보는 주체, 기차를 중심으로 한 상황은 보이는 객체가 아니겠는가. 보는 자와 보이는 것의 관계 구도, 이른바 주체와 객체의 대립이 뚜렷하지요. 일본어 원문의 분위기와는 사뭇 다릅니다. 원문에서는 주인공이 어둡고 좁은 차 속에서 터널을 빠져나와 은빛의 밝은 세계로 나왔으니까. 독자는, 그러니까 주인공과 일체화되어 같은 경험을 하고 있는 형국. 화자도 스스로의 말하는 상황의 일부이니까. 주객합체 또는 주객융합의 상황이지요. 단적으로 말해 주어 생략에서 오는 언어적 효과외다.

주어를 분명히 하지 않는 것, 그러니까 상황과 문맥에서 충분히 알 수 있는 것을 다시 말하는 것은 촌스럽지 않겠는가. 그렇다고 해서 일본어는 주객합일의 의식을 남달리 갖추고 있다고 할 수 있을까.

> 일본어의 주어 없는 문장이 촌스러움을 싫어하는 일본적 미의식의 드러남이라든가 생략의 미학의 드러남이라 외치지만 전혀 동일한 주어 없는 문장을 가진 한국인에는 그런 미의식은 없다. 따라서 논리적으로 미의식과 '주어 없는 문장'은 관련이 없다. 내가 보기엔 '주어 없는 문장'을 미학이라든가 미의식에 연결시키고자 하는 심정이 매우 일본적인 언어관의 반영으로 보여 흥미롭다.
>
> —渡邊吉鎔, 『조선어에의 권유』, 고단샤, 1981;
> 이케가미 요시히코, 『일본어와 일본어론』, 치쿠마쇼보, 2007, 267쪽에서 재인용

과연 한국어도 일본어와 같이 주어 생략에 기울어져 있고, 이에 대해 한국인은 미의식과 관련이 없는지의 여부는 단정하기 어렵겠지만 분명한 것은 다음 한 가지. 곧 일본인이 그렇게 생각하는 언어관을 갖고 있음이겠지요.

> 국경의 긴 터널을 빠지니 설국이었다. (김세환 옮김)

이러한 한국어 역에 미의식을 유독 느낄 한국인은 별로 없을지 모르지만 문제는 미의식 여부를 결정하는 측의 집단 무의식에 있을지 모릅니다. 이에 대한 언어학자의 견해를 잠시 들어볼까요.

> 이것은 매우 흥미로운 문제제기이다. 한편 일본어의 화자로서의 입장에서 말한다면 주어의 생략을 미의식적인 무엇인가와 결부시켜 받아

들이고자 하는 기분은 충분히 이해된다. 그러나 다른 한편, 같은 정도의, 주어를 생략하여 행동하는 한국어의 화자에게는 그런 종류의 미의식적인 것은 존재하지 않는다는 것도 사실이다. 대체 무엇이 일어나고 있는 것일까? 일본어에 있어서의 주어 생략의 본질은 이 점에 대해 설명을 할 수 있는 것이 되지 않으면 안 된다.

—이케가미 요시히코, 앞의 책, 267쪽

영어 전공의 이 학자가 오랫동안 일본어와 영어의 구조적 차이성에 골몰해왔는데, 그의 도달점은 어떠했을까. 궁금할 수밖에요. 언어학이란 엄밀한 형식적, 객관적 기술을 요구함이 관례이지만, 깊이 들어가면 의외에도 이 관례는 난관에 부딪힌다는 것. 일본의 주어 생략도 그러한 사례의 하나라는 것. 그렇지만 언어학을 염두에 두는 한 모종의 법칙(객관적 기술을 가능케 하는)이 없을 수 없다는 것. 이 점에서 볼 때 일본어의 주어 생략은 '신체성'(환경)에 기울어져 있다는 것에 닿고 있습니다.

언어가 인간의 신체성(身體性)에서 벗어나 '제도'로서 타자화되어버리는 과정 (…) 이러한 과정에 있어 일본어라는 언어는 신체성이라는 원점에서 아직 비교적 가까운 곳에 멈추어 있다. 그리하여 그 원점적 특징의 흔적을 아직 비교적 많이 갖추고 있는 것인지도 모른다.

—이케가미 요시히코, 333쪽

여기에는 진화(진보)의 개념이 작동하고 있어 보입니다. '주관적 파악'(자기의 장소화)에서 제도로 나아감이란 '내'에서 '외'로 나아감이며, 이를 헤겔식으로 하면 '자기소외'라는 과정이 전제됩니다. 일본어가 놓인 위치란, 이 점에서 보면 아직 '신체성'에 가까이 멈추어 있다는 것이라 하겠지요. 언어가 진화하느냐 아니냐의 여부는 물론 논쟁거리이지만, 적어도 위의 논자는 그런 쪽으로 기울어져 있어 보입니다. 그러나 이러한 잠정적 결론에 닿기까지 위의 논자는 참으로 긴 고투를 감행했군요. 아무리 언어학이라도 개별적 언어가 지닌 분명히 있는 모종의 특질(E. 사피어는 이를 그 언어의 '정수'라 했다)을 외면할 수 없다는 것. 이를 개별 언어 지향적 접근이라 하겠지요. 그 전에 참으로 딱하게도 그 개별 언어가 지닌 모종의 특질을 설명할 수 없다면 어떠할까요. 사실을 사실대로 지적함으로써는 물론 불충분하지요. '설명할 수 없는 미란 우리를 초조케 한다'(W. 엠프슨, 『일곱 가지 애매의 유형 상』, 이와사키 소지 옮김, 이와나미 쇼텐, 2006, 47쪽)는 것. 이 초조함이 해석을 낳을 수밖에요. 이 설명할 수 없는 미를 해석하지 않고 설명하고자 한다면 어떠할까. 언어학자의 고민이 여기에서 오지 않았을까. 언어는 진화한다는 것, 일본어는 신체성(내)에서 크게 외부로 나아가지 않고 멈춰져 있다는 것, 이것이 바로 설명에 해당됩니다.

이번엔 이 설명 앞에 우리의 작가 김연수씨를 세워놓으면 어떠할까요. 그 문제의 진짜 '소통' 말이외다. 겐게츠의 작품을 읽지 않고도 겐게츠와 소통할 수 있을까. 아스트리드 트로치의 작품을 읽지 않고도 그녀와 소통할 수 있을까. 일본어의 특징이랄까 정수를 모르고도 겐게츠와 소통할 수 있을까. 스웨덴어의 특질을 모르고도 그녀와 소통할 수 있을까. 작품을 떠난 소통을 두고 그것을 '문학에서의 소통'이라 할 수 있을까. 이 사실을 통렬히 깨달았을 때의 김연수씨의 모습은 어떠할까. 감히 추측해봅니다. 그것은 설명할 수 없는 미, 그것을 보는 듯 즐겁고도 가슴 울렁이는 일이 아닐 수 없지요. 왜냐면 필시 김연수씨는 그토록 그를 얽매고 있는 '소통'에의 의지에서 해방될 수 있는 모습일 테니까. 곧 김연수씨는 겐게츠와 아스트리드 트로치에서 벗어나, 서서히 그리고 집요히 동시대의 일본 작가, 동시대의 스웨덴 작가에로 향할 수밖에요. 핏줄에서의 해방, 그것이 문학의 경우는 형언할 수 없는 언어에의 구속이라는 사실. 저마다의 언어가 지닌 설명할 수 없는 특질(정수)에 닿기 위해 초조해질 수밖에. 진짜 소통의 문제는 여기에서 오는 것이 아니겠는가. '여행할 권리'에서 벗어나 '작품 읽을 권리' 말이외다.

'밤메'에서 한 발자국 나서기의 무게 달기

김연수씨의 글쓰기란 어떤 것인가. 이 물음 하나를 위해 지금껏 변죽만 울려 송구스럽소. 말재주가 모자란 탓만이 아니오. 문제 자체가 매우 소중하고 관점에 따라서는 급박해 보이기조차 하기 때문만이 아니외다. 뭔가 절실해 보이기 때문이오.

김씨는 스스로를 이렇게 규정한 바 있소. "자신의 인생이 언제부터인가 잘못됐다고 믿는 남자의 아들이 되는 일은 좀 피곤하다"(『여행할 권리』, 37쪽)라고. 그 피곤함에서 벗어나는 길의 하나에 글쓰기가 있소. 세상에는 그네 아비를 기리는 방법도 많고 또 비난하거나 원망하는 방법도 자고로 무수히 있어왔지만, 김씨의 진술은 어떠할까요. 기림도 아니지만, 비난도 아닌 것. 굳이 말해 해석이라 하겠지요. 그 아비가 세운 김천역전 가게에서 자란 소년에겐 세상의 모든 것은 지나가는 것들로 보여 마지않았소. 길 가기에 다름 아닌 것. 이 소년도 집을 나설 수밖에. 국경이 가로막았소. 국경을 어떻게 넘을 수 있을까. 아비에게 그 비결을 전수받았소. 겐게츠 만나기와 아스트리드 트로치 만나기가 그것. 만나되 몸으로 만나기가 그것. 그런데 그것은, 시간이 지날수록 또다른 피로를 가져오지 않겠는가. 왜냐면 '소통'이 대번에 이루어져 버렸으니까. 몸으로 소통해버렸기 때문. 그 다음 단계의 소통이 김씨를 기다리고 있었소. 이번의 소통은 몸(신체성)으로는 할 수 없는 것. 작품이어야 했으니까.

어떻게 하면 겐게츠와, 아스트리드 트로치와 작품으로써 소통할 수 있을까. 일본어와 스웨덴어라는, 또다른 국경이 가로막고 있지 않겠는가. 겐게츠가, 아스트리드 트로치가 김연수 소설을 읽고자 할 때도 사정은 마찬가지.

소통을 문제 삼을진댄, 방법은 하나. 쌍방이 소통을 위해 전력투구할 수밖에 없다는 것. 그런데 겐게츠나 아스트리드 트로치 쪽이 협력치 않으면 어떠할까. 유감이긴 해도 그야 어쩔 수 없는 일. 김연수가 할 수 있는 길은 다음 두 가지. 그 첫번째 시도가 '밤메(Bamme)'였지요. 이 한국어를 전혀 모르는 미국 여류작가가 그 뜻을 찾아 헤매는 것은 무엇인가. 겐게츠나 아스트리드 트로치를 개인적으로, 몸으로 알던 수준(미국 여류작가가 케이케이를 몸으로 알던 수준)에서 벗어나 언어 범주에서 소통하고자 하는 시도이니까.

두번째 시도는, 이 점이 소중한데, '얼마나 구체적으로 쓸까'를 투철히 인식하며 글쓰기에 나아가기입니다. '한국 독자와 소통하기 위해서는 얼마나 구체적으로 쓸까'와 '영어권 독자와의 소통을 위해서는 얼마나 구체적으로 쓸까'를 두고 망설여야 한다는 것. 이 글쓰기의 자의식에서 벗어날 수 없다는 것.

바로 이 장면에서 김씨는 틀림없이 저 거대한 개별 언어 지향적 과제에 부딪힐 것입니다. 곧 개별 언어가 갖고 있는 것으로 추정되는 그 '언어의 정수' 말이외다. 언어는 진화(진보)하는 것인가. 일본어는 신체성에서 분리되긴 했으나 아직 제도로서 타자화되는 과정에서 크게 나아가지 못했는가. 영어는 이에 비해 제도로서 타자화 과정에서 제법 많이 나아갔는가. 한국어는 또 어떠한가. 이 문제를 덮어두거나 모른 척하면 어떻게 진짜 소통(제3단계)의 글쓰기가 가능하랴.

이러한 노력이 어느 수준에서 이루어진다면 김씨의 작품은 영어로도, 어느 언어로도 어느 수준에서 번역될 수 있을 것. 천재적 역자가 아니더라도 말이외다. 다듬어 말해, "제대로 번역된다는 말은 곧 번역자가 3단계의 구체적인 언어까지 확정해서 번역한다는 뜻이 될 텐데 번역자와 작가가 함께 번역하지 않는 한 그건 불가능한 일"이겠지만, 적어도 김연수씨의 소설 번역에서는 이 법칙에서 해방되었다고 하겠지요. 왜냐면 글쓰기에서 김연수씨는 번역자의 몫까지 염두에 두었으니까. 이 나라 글쓰기판에서 작가 김연수씨가 유독 주목되는 까닭이 여기에서 오오.

제4부

소설질하기의 성스러움

샤머니즘의 우주화, 우주화된 샤머니즘

— 진화론자 할방패관 박상륭의 『잡설품』론

'법'과 '품'의 위상

객 : "2008년은 『잡설품』(문학과지성사)의 해다"라는 풍문이 있었는데, 이 풍문이 선생과 조금 관련된 듯한 풍문이 또 있습니다그려. 이 두 풍문의 진위가 궁금한데요.

주 : 앞엣 풍문에는 내가 아는 바 없소. 굳이 말해보라면 아마도 2008년도에 나온 이 나라의 문자언어로 씌어진 소설의 하나일 테지요. '박상륭 장편소설'이라 표제를 단 이 『잡설품』은 501쪽의 분량이지요. 그런데 이를 읽는 데는 많은 공력이 요망됩니다. 내 독서력으로 하면 최소한 보름쯤 걸렸으니까. 야담계의 『임꺽정』(벽초, 전 10권)을 읽는 데는 5일이면 족했지요. 보름이란 소설계의 『토지』(전 21권)를 읽는 시간에 맞선 형국이라고나 할까.

객 : 그러니까 박상륭의 작품은 '장편소설'이라 했지만 '야담계'도 아니지만 또한 '소설계'도 아니다, 라는 뜻으로 들리는데요. 출판사 측이 '박상륭 장편소설'이라 표기했지만 이는 잘못이라는 뜻입니까? 작가

박상륭은, 말끝마다 스스로를 패관(할방패관) 또는 '돌(咄), 소설 쓰기의 잡스러움!'이라 했는바, 패관 쪽에서 보면 야담계이니까 벽초 『임꺽정』계이겠고, '돌, 소설 쓰기의 잡스러움!' 쪽에서 보면 '소설'계에 접근하고 있어 몸은 하나이나 머리 둘을 가진 괴물 형상인 셈이라고 선생은 우기고 싶은 모양인데요.

주 : 작품 제목에 주목하십시오. '雜說品'이라 했지 않습니까. 여기서 '잡설'이란 새삼 무엇일까요. 여기에는 상당한 설명이 없을 수 없소. 먼저, 이 작품의 앞에 놓인 '박상륭 창작집' 『소설법』(현대문학, 2005)에 주목할 것. 『칠조어론』의 고압적인 자리에서 『평심』(2000)을 거쳐 속세로 내려왔고, 또 『신을 죽인 자의 행로는 쓸쓸했도다』(2003)를 들고 호동(湖東)의 고토(古土)에까지 온 구도자 박상륭이 『소설법』을 들고 나온 것은 무슨 속셈이었을까.

객 : 그야 『소설법』 속에 해답이 숨겨져 있지 않겠소. '내편'에 '무소유'를 비롯 3편, '외편'엔 '잡상 둘'을 비롯 4편, 그리고 '깃털 성긴 늙은 백조' 등 두 편이 실린 '잡편'으로 되어 있지요. 이런 편제란 바로 선생이 말하는 중원(中原)의 구성법 아닙니까. 그러니까 장자의 남화경(南華經) 그것의 구성법이겠지요.

주 : 중원의 구성법이라고 하나, 그중에서도 『장자』에 접근된 것. 『장자』 총 33편 중 내편(7), 외편(15), 잡편(11)으로 구성되어 있소. 그런데 잡편은 무엇인가. 내편에도 외편에도 들 수 없는 제3의 그 무엇인가. 아니면 내편 및 외편에 대한 보족인가. 어의상으로도 제3의 독자성이 없지요. 내·외편의 보충일 테니까. "내편과 외편의 사상을 계승한 것"(김달진, 『장자』, 문학동네, 1999, 334쪽)이라 한 것도 이를 말해주는 것.

객 : 알겠소. 무슨 뜻인지. 장자식으로 하면 제일 핵심이 내편이라는 것. 그것은 소요유(逍遙遊)로 말해지는 것.

하늘 이불, 땅 자리. 산 베개 하고	天衾地席山爲枕
달 촛불, 구름 병풍, 바다로 술 빚었네.	月燭雲屛海作樽
거연히 크게 취해 일어나 춤추나니	大醉遽然仍起舞
긴 소매 곤륜산에 왜 이리 걸리는고.	却嫌長袖卦崑崙

풀이하건대, 소요란 마음이 가는 대로 유유히 생활하는 모양. 소요유란 마음을 그러한 경지에 노닐게 하는 것. 불교의 무소유(無所有)나 유교의 낙천안명(樂天安命)의 경지라고나 할까. 이런 경지에 닿기 위해서는 먼저 사물의 대소(大小)를 초월, 깨달음의 경지(절대적인 곳)인 무하유(無何有)의 세계에 소요하고 천지만물 밖에 노닐지 않으면 안 된다는 것, 그러니까 이 '내편'이 전편의 핵심인 셈. 한편 '외편'은 무엇일까. 두 가지로 특징지어지는바, 노자의 사상을 풀이함이 그 하나, 다른 하나는 『장자』 특유의 신바람난 문장력(변화무쌍)인 것. 그러고 보니, 박상륭의 『잡설품』이란……

주 : 매우 의도적이다?

객 : 아주 신중하게 복선을 제목 속에다 은밀히 깔아놓았습니다그려. 그러니까, 내편으로서의 『칠조어론』이 있고, 외편으로서의 『평심』 『신을 죽인 자의 행로는 쓸쓸했도다』 『소설법』 등의 변화무쌍한 것들이 있었는바, 이 둘을 합쳐 다시 보완한 것이 잡편인 『잡설품』이라는 것. 그런데 그러고 보니 조금 이상함을 물리치기 어렵소이다.

주 : 뭔가 거북하고 무겁고 심지어 공포스럽다고나 할까. 뭔가 바위 밑에 짓눌린 기분이라고나 할까. 그 연유를 묻고 있습니다그려.

객 : 그렇소, 잡편이라면 변화무쌍한 솜씨의 발휘에 있고, 그러고 보면 오히려 몸이 가볍고 신바람이라도 나야 할 터인데 말이외다.

주 : 이제야 제자리에 돌아왔습니다그려. '品' 말이외다. '잡설편'이 아니라 '잡설품'이 아니겠는가. 편(篇)이란 새삼 무엇인가. 「동명왕편」

(이규보)에서 보듯 '편'이란 특정한 장르의 명칭인 것. 장르가 아니라도 특정 '작품'을 가리킴인 것. 이에 비해 '품'이란 실로 격이 다르지요. 전자가 문학(수사법)의 범주라면 후자는 종교(비의)의 범주이니까. 品이란 다르게는 경전(Sutra, 經典) 품목을 가리킴인 것. 법화경의 보문품(普門品), 화엄경의 입법계품(入法界品) 등등 논어도 불경도 기독교 복음서도 모두 이 범주에 드는 것. 물론 후세인의 기록물이지만, 적어도 깨친 자 공자, 석가, 예수 등의 말씀의 기록물이지요. 이 각각에는 가르침의 말씀과 이에 대한 각종 해설이나 주석 등이 있기 마련. (불교의 경우는 경장, 율장, 논장 등.) 그러나 아무리 각종 주석이나 해설이 무성해도(가령 「대승기신론」 같은 정치하기 그지없는 것도 한갓 주석서일 뿐 석가의 말씀 한마디의 무게에 비견될 수 없다. 『칠조어론』도 이런 '논'에 지나지 않는 것) 경(經)에 비하면 '논' 따위란 한갓 수사법에 지나지 않는 것.

객 : 잠깐 이쯤에서 정리하고 넘어가지요. 박상륭의 『잡설품』이란 '경전'의 일종이다. 그런데 그동안 쓴 그의 글들의 보충으로서의 '잡설'이긴 해도 한 단계 높여진 '경전이다!'라고. 品이란 경전에만 적용되는 분류법의 일종이니까. '잡'과 '경'의 결합이야말로 실로 기상천지의 방식이 아니겠는가. '잡'으로 일관하든가 '경'으로 일관하든가 어느 한 편이어야 할 텐데 이를 뒤섞어놓았으니까 무겁고도 혼란스러울 수밖에. 혼란에 혼란, 중언부언의 연속.

주 : 더욱 딱한 것은, '경'에도 무수한 위경(僞經)이 있다는 것. 가령 『칠조어론』은 위경에 대한 논이 아니었던가. 「육조단경」에 대한 도전으로서의 허구, 있지도 않은 7조(보리달마 28조에서 6조까지 32조 다음 차례인 33조 되기가 그것). 기독교 쪽에서 보면 저 「도마복음」(『잡설품』, 393쪽. 이하 쪽수만 표시)이라든가 「유다복음」(412쪽) 등의 위경에 닿아 있는 형국. '진짜 경'과 '위경'들을 나름대로 면밀히 검토하고, 이를 넘어서는 파천황의 '새로운 경전 만들기'가 바로 『잡설품』이라는 것.

객 : 그러고 보니 좁소리꾼이라 자처하는 작가 박상륭만큼 욕심꾸러기는 호서(湖西) 호동(湖東)을 가릴 것 없이 있을 수 없다, 라고 하겠습니다그려. "사람 되기를 절대적으로만 되어 있는 사람을 찾아보기라면 이 하늘 밑에서는 김동리가 아마 으뜸일 것"(미당, 「김동리형의 일」, 김동리 작품집 『꽃이 지는 이야기』 서문, 1978)이라는 그 김동리보다 더한 제자 박상륭. 대체 호서의 진짜 경전 또 호동의 진짜 경전(중원의 공자, 노자, 장자) 천축(天竺)의 팔만사천법문, 그리고 저 티베트의 만다라를 뒤섞어놓고, 이들을 혼합 종합하고, 그 단·장점을 까발리고, 드디어 자기 식의 '경'을 한 자루 창출하겠다는 것. 요컨대 '교주되기'이겠는데요. 여기까지는 짐작이 됩니다만……

주 : 짐작은 되나 도무지 혼란스러워 신용하기 어렵다. 아주 절대적으로 단언해놓고도 금방 헤헤 하며 번번이 뒤집어버리니까 그럴 수밖에. 이게 또 문제이겠지요.

스스로 패관 좁소리꾼이라 했고, 그래도 모자라 할방패관(瞎磅稗官)이라 했것다. "봐도 못 보고 들어도 못 듣는 패관"이 아니겠소. 장님이자 동시에 귀머거리 패관이라는 것(253쪽), 다시 말해 학문 없이 과거에 급제한 패관(『소설법』, 303쪽). 이는 갈데없는 oxymoron(모순어법)이 아닐 수 없지요. "나를 절대로 믿어라!"라고 해놓고 "절대로 나를 믿지 말라"는 것. 이 '좁소리'가 절대로 진언(眞言)이지만 동시에 절대로 '좁소리'에 지나지 않는다는 것.

『잡설품』의 구조와 어부왕의 시동

객 : 그러고 보니 가닥이 조금은 잡힐 듯하오. '경전'을 설한다는 것. 이게 참주제 아닙니까. 그런데 그 설하는 방식이 '좁소리' 식이라는

것. 경을 설하되 그 방편이 잡소리라는 것. 그렇다면 『잡설품』 읽기란 먼저 참주제인 경전의 내용을 따라갈 수밖에요. 소설 『잡설품』은 1. 가출(家出) 2. 카마(愛) 3. 아르타(義·意) 4. 우주수(宇宙樹)—익드라실 5. 시중(時中) 6. 소중(所中) 7. 달마(法) 8. 목샤(解脫), 혹은 출가(出家)로 구성되어 있군요. 가출→출가에 이르는 과정을 다룬 것. 이러한 진리탐구의 순례의 행로란 동서고금 서사구조의 핵을 이루는 것 아닙니까. 가령 화엄경 입법계품의 선재동자의 득도 행각도 괴테의 『빌헬름 마이스터의 수업시대』도 그런 사례. 선재동자(부잣집 청년)가 가출하여 53명의 인사들을 만나 진리를 깨치는 순례행위도 실연하여 가출한 청년이 유랑극단에 끼어들어 세상을 배워 드디어 조직 탑의 결사의 일원이 되기란, 이른바 서사구조의 기본핵이지요. 헤겔의 고명한 『정신현상학』(1807)도 사정은 마찬가지. 주인공이 이번엔 구체적인 인물이 아니라 추상화된 의식(意識)일 뿐. 의식이 자기의식(분열)을 거쳐 고투 끝에 정신으로 성장하고 마침내 절대정신에 이르는 과정이니까. 그렇다면 『잡설품』에서의 주인공은 누구인가. 이게 제일 궁금한 것. 왜냐면 이 주인공이 가출해서 득도하는 과정의 서사적 구조물이니까. 이런 서사적 구조물이야말로 모든 얘기의 기본항이자 불변의 법칙이니까. 교주 박상륭이라 해서 예외일 수는 없는 법.

주 : '경'이라고 해서 또 '잡소리'라고 해서 모순어법이라 해서 우리 독자가 기죽을 것 없다는 것. 동감이오.

객 : 「가출」의 첫 장면은 이러합니다. 좀 길게 인용해야겠는데, 주인공의 등장인 까닭이오.

'어부왕(魚夫王, Fisher King)'이라고 더 널리 알려진 안포-타즈(Anfortas)는, '성배(聖杯, Graal, Saint Graal, Seynt Grayle, Sangreal, Sank Ryal, Holy Grail)'를 안치하고 있는 문잘배쉐(Munsalvaesche, 或

說엔 Corbenic) 성주(城主)였더니, 이 성배지기가 수업기사(Knight-errant) 시절, 모험을 찾아 헤매던 중, (어떤) 상대방 기사(는 回敎徒였다는 설도 있으나, 傳說은 傳說이어서, 實史性을 반드시 띠는 것은 아니라고 한다면, 稗官은 굳이, 그는 다른 누구도 말고, 한 이단적 拜火敎徒가 아니었으면, 롱기누스(Longinus)였다고 우겨, 믿는 바이다. 롱기누스는 하늘 어디다 槍 구멍을 내고, 이 Zoroaster는 땅 어디다 그랬던 모양이지만, 저 둘은 異名同人이었다는 설도 있다. 저 양자 간의 말싸움(joust) 얘기는, 『神을 죽인 자의 행로는 쓸쓸했도다』라는 怪談 後續篇 속에 있다고 전하되, 수상할 일은, 그것을 손에 쥐고 읽어보았다는 이가 하나도 없다는 것이다. 그런 것도 그래서 Fakelore라고 이르는 것일 게다)의 독창(은, 저 '聖杯의 城'에 비치되어 있다는 얘기도 전한다)에 '치부'를 다친 뒤, 어떻게도 치유가 되지 않는 그 상처 탓에, 살이 썩느라 역한 냄새를 풍기면서도, '죽지도 못해' 살며, 창 쥐었던 손에 낚싯대를 쥐어, 고기 낚기로, 하루, 또 하루, 그러고도 다른 하루, 영겁을 치고 덤비는 시간의 아픈 물살, 그 독수리의 부리에, 무방비인 채 상처를 쪼이기로, '시간(時間)'에 묶여 있는데, 그랬음에도 그는, 네미(Nemi) 숲의, 다이애나(Diana) 여신의 사당지기 버-비우스(Virbius)와는 달리, 자기 다음으로 성배지기가 될, 어떤 기사가 나타나는 날로, 자기의 상처가 말끔히 치유될 것이라는 희망 하나는 갖고 있었다. 그러자니, 생기를 잃어 찬바람과 대막(大莫) 휩싼 성에는, 악취 맡고 날아든 까마귀들이나 떼 지어 울부짖었다. (아는 이들은 아는 바대로, 안포-타즈와 버-비우스, 저 두 사제왕들의 괴이한 운명들은, 지극히 상반적이라도, 그것들을 천평칭에라도 올려본다면, 그 무게들은 분명히 똑같을 것이라는 것이, 本 稗官의 추단이다. 마는, 누가 염라 전에 가서, 그 '운명의 저울'을 빌려올 수 있는지, 그것만은 패관도 못 말해준다.)

이 어부왕을 주야로 곁에서 뫼시며, 그가 가래를 끓이면 타구(唾具)

도 받쳐 올리고, 낚시질에 나서면, 따라, 구유배를 저어 호수 가운데 나가, 낚시에 미끼도 꿰어주고 하는, 이름은 알려지지 않은 시동(侍童)이 하나 있었는데, 바로 이 시동이, 왕의 상고(傷苦)를 마음으로 함께 겪으며, 안타까워하여, 뭔지 혼자 의문하고, 뭣엔지 혼자 대들고 하다, 끝내 못 참았겠었던지, 문잘배쉐 숲 가운데 있는, 아주 젊었을 때 벼락 맞고도, 여태도 살아 있음의 싼내를 풍기는 무수(無壽)의 익드라실(Yggdrasil), 성(城)에서는, '저 재〔灰〕나무에 잎이 피면 성주의 병도 나을 것'이라고, 잎 피기 비는 밟나무, 거세(去勢)당한 고자나무—그 살아 있는 해골의 슬픈 똥구멍을 열어 묻어놓은 소리가 있었던지, 불어 바람이, 저 재나무 속으로 내려, 그 밑 어디, 불모와 휴지에 동결된, 무슨 기억을 깨워, 가랑잎 냄새도 비슷한, 싸아한 냄새를 조금 흩트릴 때, 그 싸아함 속에 싸인 무슨 푸념을 따르면, 대략 이런 내용이 조립되어질 수 있었다.

—「가출」, 11~13쪽

주인공이 시동(侍童)이라는 것. 어른을 모시는 아이 아닙니까. 어른이란 누구인가. 어부왕이군요. 이름은 안포-타즈, 성배를 안치하고 있는 문잘배쉐 성주. 그는 수업기사 시절 상대방 기사의 창에 입은 상처로 죽지도 못하고 고통 속에 있다는 것. 어부왕의 이 상고를 지켜본 시동은 드디어 모종의 결심을 한다는 것. 그 굉장한 성배가 있는데도 그 빛을 쬐는데도 어째서 왕의 상고는 낫지 않은가. 모든 것을 치유할 수 있다는 그 성배가 어째서 왕의 상고를 낫게 하지 못하는가. 이 대의문을 풀기 위해 시동은 가출할 수밖에요. 가장 사랑하는 사람이 속수무책으로 앓거나 늙거나 또 죽어갈 때 그 이유를 밝히기 위해 그 누가 싯다르타 태자모양 가출하지 않겠는가. 시동이란 그런 인물의 전형이겠지요. 이 점에서 어떤 순례자도 근본적으로는 구도자일 수밖에요.

주 : 시동이 출발하기 전에 점검해둘 것이 있을 듯한데요. 앞에서 인용했지만, 다시 한번 보실까요.

'어부왕(魚夫王, Fisher King)'이라고 더 널리 알려진 안포-타즈(Anfortas)는, '성배(聖杯, Graal, Saint Graal, Seynt Grayle, Sangreal, Sank Ryal, Holy Grail)'를 안치하고 있는 문잘배쉐(Munsalvaesche 또는 'Corbenic') 성주(城主)였더니, 이 성배지기가 수업기사(Knight-errant) 시절, 모험을 찾아 헤매던 중, (어떤) 상대방 기사(는 回敎徒였다는 설도 있으나, 傳說은 傳說이어서, 實史性을 반드시 띄는 것은 아니라고 한다면, 稗官은 굳이, 그는 다른 누구도 말고, 롱기누스(Longinus)였다고 우겨, 믿는 바이다)의 독창(은, 저 '聖杯의 城'에 비치되어 있다는 얘기도 전한다)에 '치부'를 다친 뒤, 어떻게도 치유가 되지 않는 그 상처 탓에, 살이 썩느라 역한 냄새를 풍기면서도, '죽지도 못해' 살며, 창 쥐었던 손에 낚싯대를 쥐어, 고기낚기로, 하루, 또 하루, 그리고도 다른 하루, 영겁을 치고 덤비는 시간의 아픈 물살, 그 독수리의 부리에, 무방비인 채 상처를 쪼이기로, '시간(時間)'에 묶여 있는데, 그랬음에도 그는, 네미(Nemi) 숲의, 다이아나(Diana) 여신의 사당지기 버-비우스(Virbius)와 달리, 자기 다음으로 성배지기가 될, 어떤 기사가 나타나는 날로, 자기의 상처가 말끔히 치유될 것이라는 희망 하나는 갖고 있었다. 그러자니, 생기를 잃어 찬바람과 대막(大莫) 휩싼 성에는, 악취 맡고 날아든 까마귀들이나 떼 지어 울부짖었다. (아는 이들은 아는 바대로, 안포-타즈와 버-비우스, 저 두 사제왕들의 괴이한 운명들은, 지극히 상반적이라도, 그것들을 천평칭에라도 올려본다면, 그 무게들은 분명히 똑같을 것이라는 것이, 本 稗官의 추단이다. 마는, 누가 염라 전에 가서, 그 '운명의 저울'을 빌려올 수 있는지, 그것만은 패관도 못 말해준다)

이 어부왕을 주야로 곁에서 뫼시며, 그가 가래를 끓이면 타구(唾具)

도 받쳐 올리고, 낚시질에 나서면, 따라, 구유배를 저어 강 가운데 나가, 낚시에 미끼도 꿰어주고 하는, 이름은 알려지지 않은 시동(侍童)이 하나 있었는데, 바로 이 시동이, 왕의 상고(傷苦)를 마음으로 함께 겪으며, 안타까워하여, 뭔지 혼자 의문하고, 뭣엔지 혼자 대들고 하다, 끝내 못 참았겠었던지, 문잘배쉐숲 가운데 있는, 천 년쯤 늙다 벼락 맞은 나무, 성(城)에서는, '저 재[灰]나무에 잎이 피면 성주의 병도 나을 것'이라고, 잎 피기 비는 밂나무, 거세(去勢)당한 고자나무—그 해골의 슬픈 똥구멍을 열러 묻어놓은 소리가 있었던지, 불어 바람이, 저 재나무 속으로 내려, 그 밑 어디, 불모와 휴지에 동결된, 무슨 기억을 깨워, 가랑잎 냄새도 비슷한, 싸아한 냄새를 조금 흩트릴 때, 그 싸아함 속에 싸인 무슨 푸념을 따르면, 대략 이런 내용이 조립되어질 수 있었다.

이 대목은 『소설법』 속의 '내편'의 첫 장인 「무소유無所有」의 서두요. '씌어져본 적이 없는 얘기의 줄거리'라는 부제를 달고 있소. 중원의 구성법으로 하면, 그러니까 『장자』의 방식으로 하면, 전체를 총괄하는 「내편」의 총론에 해당되는 것. 곧, 원점이겠는데요. 이번 『잡설품』이란 전작 『소설법』의 연장선상에 있다는 것을 보여주고 있는 셈이지요. 그러니까……

객 : 그러니까, 『잡설품』의 설계도는 『소설법』에 있고, 이 점에서 동일한 설계도이지만 동시에 『잡설품』만이 갖는 독자성이 따로 있다는 것. 이 변별성이 중요하다는 것.

주 : 『소설법』과 『잡설품』을 비교해보면 무엇보다 전자가 원리적이랄까 논리적이랄까 상식에 접근된 서사구조의 문법이라는 점입니다. 두 가지 점이 금방 드러나겠지요.

『잡설품』에 나오는 (A)롱기누스에 대한 부분.

Zoroaster가 등장하지 않습니까. 배화교의 시조인 조로아스터와 롱기누스의 관계를 다룬 작품이 『소설법』 직전에 쓴 장편 『신을 죽인 자의 행로는 쓸쓸했도다』이지요. 니체=롱기누스와 어부왕=기독교의 싸움을 다룬 작품. 물론 일종의 지어낸 얘기(fakelore)라는 것.

『잡설품』에 나오는 또다른 특징(B)은 재나무를 '무수(無壽)의 익드라실(Yggdrasil)'이라 한 점. 곧 『소설법』에서는 그냥 "천 년쯤 늙다 벼락 맞은 나무"라 한 이 우주수(宇宙樹)를 이처럼 한층 구체화시켰다는 점.

객 : 그러니까, 『소설법』에서 한층 깊게 전문화시킨 형국. 말을 바꾸면 본격적인 데까지 파내려갔다는 것.

주 : 여기서 한 가지 점을 정리하고 나가기로 하지요. 가령 『잡설품』 속에는, 『소설법』 이전의 어느 텍스트에도 찾기 어려운 장면들이 무수하다는 점.

> (1) 음전키로 소문난, 마을의 암사둔이, "잘이흔다, 잘이혀!" 쭈글거리고 합죽한 입에 침 발라 넘어가고, 점잖아 존경받는 수사둔이, 목침으로 제 허벅지를 쳐, 쿵! 퍽-쿵, 궁벅궁 허으, 허으, 꺼으, 꺼으—, (『잡설품』, 142~143쪽)

> (2) 시동이 놈은, 이게 체조 짓 달밤에 하기끄냐, 제 놈의 육괴를 제 손바닥 위에 올려놓고(『잡설품』, 143쪽)

> (3) 장가들기 전엔, 마을의 흘렛개였다가, 장가들어선 홍부만큼이나, 물이 못 나게 마누라를 보채(이눔 홍부야, 애 배줄 시간에 베라도 낳았더면 家用에 보탰을 것을!), 사흘에 하나씩 새끼를 까 내게 함시롱도, 뒤통수 어디에서는, 자기는 노새 같다고 믿는다는(『잡설품』, 159쪽)

(4) 짜샤, 씨바, 조또 모르겠거든 '모른다'는 소리까지도 하지 말았어야지! (『잡설품』, 436쪽)

이러한 현대판 고금소총식 '좁소리'를 거침없이 깔아놓아, 비단결 같은 '루타-아르타'의 성스러운 달마(法)를 최대로 모욕하고 있는 형국. 정리하면, '경'에다 '좁소리'를 대치시킨 것. 다르게는, 종교에서 말하는 성(聖)과 속(俗), 색(色)과 공(空)의 동시성을 서사형식에 대치시킨 것. 이 점이 『칠조어론』 이래(정확히는 이문구가 주선해서 출판된 『죽음의 한 연구』 이래) 그 가능한 최대치를 보여주었다는 것.

루타(相)와 아르타(愛)의 동시성—우주화된 샤머니즘

객 : 우리는 이제부터 성배 찾아 순례길에 나서는, 어부왕의 시동을 할방패관 박상륭과 함께 떠나볼 차례이겠지요. 아마 얼마나 신바람나는 여로일까. 가슴이 두근거리는데요.

주 : 잠깐. 아직 정리할 것이 있소. 『잡설품』이란 그렇게 호락호락 들어갈 작품이 아닙니다. 길 떠나는 시동 앞에는, 우주수가 서 있고, 구멍이 뻥 뚫린 해골의 두 눈이 저만치 놓여 있으니까. 어느 쪽으로 갈 것인가. 거기 씌어 있는 팻말은 이러하니라.

돌아오고싶은행려자는왼쪽길을가고돌아오고싶지않은행려자는오른쪽길을갈지니!

모든끝은그러나시작에물려있음을! (『잡설품』, 24쪽)

이 역시 『소설법』의 '무소유'에도 그대로 반복되어 있지요. 그러나,

이 점이 중요한데, 색즉시공(色卽是空), 성과 속을 동시에 수행한 『잡설품』이기에 『칠조어론』을 비롯 『소설법』 이전의 어느 곳에서도 시도한 바 없는 것이 『잡설품』 속에 들어 있으니까.

객 : 『잡설품』의 그 '잡설'이란, 저 '즙소릐'로서의 속된 어법과는 또 다른 것이 따로 있어 비로소 그 무게를 갖고 있다는 뜻이겠는데요. 맞습니까?

주 : 그렇소. 『잡설품』에서 연거푸 작가가 외치는 대목이 있소. 이를 놓치면 『잡설품』의 진가를 놓치는 것. 기본항이라고나 할까.

> (A) 나 시동이로서는 문화적 환본은 어쩌면, '적멸(寂滅)'이라고 이를 수 있는 것이나 아닌가, 하는 만큼만 추측해두는 수밖에, 뭘 더 주억거리려 할 것도 없지만, 자연도의 그것에 관해서라면, 의문 나는 게 한두 가지가 아닐 성부르다. 이번에 불러내면, 천세번째나 됨에 분명한데, 이런 자리에 아담이 불려나오지 않을 수가 없으니(『잡설품』, 422쪽)

> (B) 그러구 보니, 여기 어디가 그 경계여서, 두 개의 길이 갈려 열려 있음도, 천한번째 새로 보인다. (『잡설품』, 432쪽)

> (C) 것11: 그랬에유. 몸은 하나여서, 창자도 같은 하나인데, 대가리가 둘인 새 말씀이시쥬? 모이를 줍던 중, 그 대가리 하나가 선병 조각을 발견하고 저 혼자만 꿀꺽 삼키자, 그것을 본 다른 대가리가, 분기탱천하여, 독뎅이를 찾아, 그것을 삼켰더라는, 그 얘기의 그 새입쥬? 이번에 들으면, 천두번째 듣게 되겠어유. (『잡설품』, 86쪽)

'문화도 자연도'의 원론인 진화론을 1003번째로 설명하고 있다는 것(A). 『칠조어론』 이래 1003번째씩이나 되풀이해오고 있다는 것. (B)에서는 어떠한가. 색즉시공, 선과 속의 갈림길인 이른바 바르도(Bardo), 다르게는 시중(時中)과 소중(所中)이 만나는 지점(꾓), 또 다르게는 생명의 시원인 염태(念胎) 또는 갈마분열을 1001번째 설명하고 있다는 것. (C)의 바룬다 얘기는 1002번째 설하고 있다는 것.

객 : 나, 패관 박상륭이 그동안, 품바 품바 하며 저 Bardo, 그리고 자연도와 문화도의 갈림길을 1003번 또 1001번 1002번 되풀이하고 있것다! 어째서?

주 : 두말하면 군소리.

객 : 하아, 그렇군요. 『소설법』을 보고 선생이 일찍 이에 대해 다음과 같이 조금은 염치없이 또 절절히 설해놓았더군요.

노력 이민 혹은 기술 이민을 아시는가. 찢어지게 가난했던 60년대. 그대 형제자매들은 광부로, 간호사로 낯선 땅 호서(湖西)로 갔소. 오토(烏兎)의 흐름 속에서, 시체 보관실의 박명 속에서, 혹은 뒷골목 책가게의 흐린 등잔 아래서 그대는 기를 쓰고 떠나온 고토를 잊으려 하지 않았던가. 방법은 단 하나. 중원(中原)의 어법으로 하는 글쓰기가 그것. 대체 그런 글쓰기란 무엇인가. 그대에게 그 방법론을 가르쳐준 스승은 석가세존이 아니었던가.

십 년 만에 그대는 의기양양하게 고토를 밟았소. 등에는 현장법사 모양 중원의 어법으로 쓴 경전 한 짐 짊어지고서. 왈, 『칠조어론』(1994). 28조 보리달마에서 혜가, 홍인을 거쳐 6조 혜능까지가 35조라면, 그대는 감히 대가 끊긴 6조를 잇는 7조라는 것. 이 굉장한 외침엔 그 누구도 꿈쩍하지 않았소. 도반(道班)이여!로 시작되는 이 중원의 어법이 '줍소리'만 듣던 고토의 중생들에겐 쇠귀에 경 읽기일 수밖에.

별수 없이 그대는 바랑을 챙길 수밖에. 쓸쓸히 돌아가는 그대 뒷모습을 엿본 자가 있었을까. 만일 있었다면 소설을 수필이라 우기는 고집쟁이 『관촌수필』의 글쟁이가 아니었을까.

호서의 어두운 동굴 속에서 그대는 다시 깊은 사색에 빠질 수밖에. 무엇이 잘못되었던가. '좁소리'를 듣는 귀밖에 없는 호동(湖東)의 중생에게 초인의 사상을 펴고자 한 것이 그토록 잘못인가. 그대는 이 귀먹은 중생이 하도 안타까워 다시 견딜 수 없었소. 그대는 다시 하산할 수밖에.

이번에 그대를 가르친 스승은 석가와 동시대의 자이나 바르다마나였소. 그 경전 이름은 왈, 『신을 죽인 자의 행로는 쓸쓸했도다』(2003). 이래도 귀가 뚫리지 않는가. 최소한 자라투스트라가 누군지 아는 중생이 어찌 없으랴, 라고 외면서.

딱하게도 이번 역시 고토의 중생들은 외면해 마지않았소. 그도 그럴 것이, 그들은 '좁소리'에 그토록 중독되었으니까. '도반이여!' 대신 이번엔 '초인이여!'라고 외친 형국이었으니까. 중생이 어찌 초인의 말을 들을 수 있었겠는가.

그렇다고 그대는 물러설 수 없었소. 그대가 익힌 이 중원의 어법, 그 초인 사상을 포기할 수 없었으니까. 그 길만이 중생을 구하리라 믿었으니까. 이번에 썩 자신이 있었다고나 할까. 초조했다고나 할까. 동굴로 돌아간 지 불과 이 년 만에 그대는 홀연 고토에 왔소.

등에 짊어진 것은 장자. 진짜 중원의 어법인 남화자(南華子)의 목소리. 그게 제일 '좁소리'에 가깝다고 판단했기 때문. 왈, 『소설법』(2005)이 그것. 장자의 어법대로 '내편' '외편' '잡편'으로 된 『소설법』도 중생의 귀엔 여전히 쇠귀에 경 읽기일 수밖에. 어째서? '좁소리'에 너무도 중독된 중생들이었으니까. 그대는 망연히 뒤돌아 호서 동굴로 향할 수밖에. 쓸쓸히, 쓸쓸히도.

이제 어쩌면 좋단 말인가. 초인이여, 자라투스트라여, 카인이여, 우리의 패관 박상륭이여. 중원의 어법에 서서히 물들어가고 있는 고토의 징조가 아직도 그대 초인의 눈엔 보이지 않는가.

설사 아직 보이지 않더라도 그대, 동굴에 홀로 칩거해도 될 일인가. 우리의 형제 카인이여, 그대의 하산은 아직 기약 없는가. 아벨이 없는 아비의 외로움을 외면해도 되는 일인가.

—「자라투스트라 박상륭을 기다리며」, 한겨레, 2007. 10. 6.

주 : 고토의 중생(독자)들이 어찌 중원의 어법을 알겠는가. 초인의 사상, 저 서장(티베트) 유리라는 고장의 현자들이 즐기는 세계가 있는데. 이를 모르고 똥구덕이 속의 구더기 모양 살고 있는 중생이 얼마나 불쌍했으면, 1003번씩이나 되풀이했으랴. 행여나 너무 고압적 깨침의 경전이어서, 이에 지레 놀라 도망칠까봐 그대는 품바 품바 각설이 타령에다 고토의 「고금소총」까지 풀어내고자 했을까. 그렇게 하기를 1000하고도 세번째이도다!

객 : 아하, 알겠소. 선생이 무슨 말을 하고자 하는지를. 1003번씩이나 원론을 되풀이해도 별 효과가 없으니까, 박패관의 선택할 방법은 두 가지. 하나는 정면돌파. 1000에서 만이나 백만 번까지 계속 원론인 진화론의 도달점인 판켄드리야(오관유정五官有情)를 계속 설하기. 다른 하나는, 바로 이 점이 소중한데, 이 진화론(판켄드리야)을, 시중/소중의 바르도를 '지금, 여기'에서 적용해 보이기가 그것. 지금 여기, 바로 '오늘의 현실'에서 적용해 보임으로써, 원리 그 자체를 이해시키기가 그것.

객 : 후자의 경우란, 그러니까 방편품(方便品)쯤 되겠습니다그려. 『잡설품』의 새로움이랄까 무게란 이 방편품을 시도해 보인 점에서 왔다고 선생은 주장합니다그려.

주 : 내가 주장하다니요. 『잡설품』을 분석해보면 대번에 이 점이 드러납니다. 그 때문에 생긴 혼란은 차치하고라도(이 점은 후술함) 이런 시도야말로 할방패관 박상륭의 장차 나아갈 소설질이 아닐 것인가.

객 : '그 때문에 생긴 새로운 혼란'을 잠시 접어둔다면, 과연 그 새로운 시도란 어떠할까요. 현실에의 원리적용, 그러니까 판켄드리야를 20세기 또는 21세기의 현실 속에다 던져놓고 그가 어떻게 반응하는가를 살펴보이기겠습니다그려. 그렇다면 그 굉장한 진화론, 바르도, 시중/소중, 염태, 갈마분열 등을 먼저 살펴본 연후라야 설득력이 있겠는데요. 원리 중의 핵심인 바르도(시중, 소중의 합점, 시간·공간 미분리점)에 관한 것만 대충 살피면, 이러하군요. 카인으로 분장한 박패관이 아비아담에게 이렇게 설하고 있습니다그려.

카인—바르도란, 지복한 꿫이거나, 악몽과 같은 꿫이라고 이르더군요. 지복하다는 경우는, 비천한(이란 五官을 갖추지 못했다는 의미인데요) 유정이, '고매한'(이란 五官을 갖췄다는 의미겠지요) 생명으로 태어났다는 의미일 것이며, 악몽과 같다는 경우는, '고매한' 전생을 가진 업태業態가, 갈마분열을 겪어, 산지지방으로 흩어져버린 의미일 것입니다. 바르도가 험난하고 고단하다고 이르는 것은, 이 두번째 경우로써, 그 꿫에서, 그 꿫에 처한 염태가, 자기 지은 갈마의 꺼꾸로 일어서기에 의해, 극한적으로까지 고통과 공포를 체험하기의 까닭이라는데요, 그 때, '지각자'라고 하는 것이, 자기가, 자기의 갈마의 결과로, 분열되고 있음을, 초롱이 지켜볼 뿐만 아니라, 그 해체의 아픔을 경험해야 하기 때문이라는 것입니다. 이때 이 분열·해체를 통해 '고매했던 자아' 또한, 에켄드리야적 요소는 에켄드리야에로, 드빈드리야에로, 트린드리야에로, 카투린드리야에로, 역진화하거나, 또 아수라나 수라에로 진화를 성취하기도 한다 합니다. 이런 관점에서는, 만유 중 무엇 하나도, 인간 아닌 것은 없다는 얘기도 할 수 있게 될 듯한데, 한 방울의 이슬 속에, 한 연못의 물이 다 싸여들기의 경우겠는가요?

아담—나뭇잎에든, 양피지에든, '그것 좀 기록해둬야겠구나, 잘 못 알아듣겠으나, 울림만은 참 좋은 말(김윤식 교수, 『문학동네』 제36호 참조)' 이다. 어쩌면, 나나 네 어미는, 네가 말하는 저 두 경우를 다 겪은 건 아니었을까? 우리의 전생은 그런즉, 하나님께서 찾아야 되는 것은 아닐까? 다시 말하면, 하나님의 갈마의 분열을 통해서라는 말인데……, 허허, 해놓고 보니 이거, 얘기가 사뭇 이상하게 된 듯하다? (『소설법』, 203~204쪽)

그러고 보니, 선생도, 아담처럼 뜻은 잘 몰라도 "울림만은 참 좋은 말"이라 했것다. 아담도 선생도 채 알아듣지 못하는 법문을 우리 같은 보통 독자, 중생들이야 어찌 알아차릴까보냐. 그러나 좌우지간 아담도 선생도 "울림만은 참 좋은 말"이라 했으니 그 "참 좋은 말"을 몸에 지닌 채 저 진화론의 기수 판켄드리야(5관유정)를 20세기와 또 21세기 속에 던져놓고, 멋대로 살아가는 양상을 보여주겠다는 것 아닙니까. 그게 이번 『잡설품』의 새로움, 그다운 면모이겠는데요.

주 : 그런 사례 두 가지만 잠시 볼까요. 하나는, 판켄드리야의 인식 문제를 설명함에 있어, 벨기에의 초현실주의 화가 마그리트의 〈이것은 파이프가 아니다〉를 적용하여 설명한 것. 패관 박상륭의 인식론의 우주론적 기반은 진화론에 있는바, 그가 저 티베트쯤에 있는 유리의 마을에서 각고 끝에 용수의 중관론에 이르고 마침내 '궂'의 미분화 지점인 바르도(시간의 중간, 장소의 중간)에까지 나아갔거니와 이를 염태라 하고 갈마분열의 직전이라 했지요. 쉽게 말해 여자의 자궁 속의 수태 직전의 상태. "일어나지 않으며, 일어나지 안했으니 멸하지 않으며 태어나지 안했으니 죽지 않는다"(433쪽)의 귀점. 여기에 어떤 운동이 작용하여 진화(염태)가 일어나는 것. 나아감이냐 역증가이냐의 문제가 생기는바 이 모두를 진화론으로 수용하기. 이 인식에는 언제든 문살배쉐 어법으로 하면 Thing이 먼저 있고 다음 No-thing이 뒤따른다는 것. 특히 용수보살의 아손들이라면, 그러니까 중관론의 인식법으로는 NO

가 먼저 있은 다음 Thing이 있다는 것이겠으나, "반드시 정독이라는 믿음"은 없지요. 루타(相, 色, 현상, Thing)와 아르타(뜻, 의미, No-thing)의 구별을 알고 이를 관찰의 시점으로 한다는 것. 가령 유리 마을의 어법으로 하면 '爲(samskrita)'가 먼저 있고, '無爲(Asamskrita)'가 그 다음에 온다는 것. Thing이 먼저 있고 그 다음 No-Thing이 따르느냐(루타), No가 먼저 있고 그 다음에 Thing이 있느냐(아르타)의 선후를 가리기란 불가능. 그런데, 사람들은 루타에 익숙해 있다. 용수의 아손들은 이를 뒤집고자 했다. 아르타를 앞세우고 그것에 익숙해지고자 했다. 어느 쪽이 옳다고 할 수 없다. 색은 공이니까. 그런데 '이것은 파이프가 아니다'라고 외친 마그리트는 어느 편이겠는가. 이는 저 『말과 사물』의 저자 푸코에 의해 밝혀진 사실이 아니었던가. 이를 박패관의 방식으로 정리하면 어떠할까.

> 이런 미술은 그래서, (그러기 전에 튼실히 갖춰야 할 이유나 보주를 다 생략하고 부정적으로 말하면) 고전적 의미에 있어서의 미술도 아니며, 더더욱이나 문학도 아니다. 그것이 취급한 'abstract idea'를 'concrete image'로 짜깁기한, 매우 인공적, 그냥 幻이다. 이런 종류의 幻 앞에서는, 보는 자가 괜스레 얼굴을 붉히게 되는데, 눈 뻔히 뜨고 서서 사기를 당하고 있는 느낌으로 그렇다. 글쎄 구상적 파이프를 보고 있는데, 그것은 파이프가 아니라고, 빼앗아간다. 불알을 훑인다. 이런 저런 독단성, 모순성을 뛰어넘으려 하면, 그때 직관(直觀)의 문제가 거론될 성부르기도 하다. 그러면 환쟁이네 환판에는 그림이 부재하거나, 무슨 색깔만 칠갑되어 있을지도 모르는데, 환의 실종이며, 또한 언어의 자폭 현상이 일어나게 마련일 테다. 마는, 이렇게 보여진〔觀〕 것은, 말해온 바의, '옷을 입히지 않으면 그 몸의 먼지털 하나도 보이지 않는 거인'과 같은 것인 듯한데, 번안하면, 루타(相)를 배제하고 인식한 아르타(能)랄 것이 그

것일 것이어서, 그것을 두고서는, 이제는, 오류를 범했다고도, 또는 범하지 안했다고도 할 수가 없는 것일 게다. 그것을 두고서는, 무엇으로도 기준을 세울 수가 없을 것이기 때문이다. 이렇다고도 저렇다고도 말해낼 수 없는 것을 두고시나, 아눗타라상막상보디라고 주장하는 것도 독단적일 테다. 그러면 그것이란 도대체 무엇이냐? 재채기나, 농조질에 종달새 후두둥 나르기, 또는 꿈 없는 깊은 잠과도 같은 無에의 체험, 그것도 긍정적 체험이라고 이를 것이겠냐? 咄, '체험되는 無'도, 절대적 의미에 있어서의 無냐? 형체 없는 有, 예를 들어 '神'이랄지, '本', '아름다움'이나 '그리움' 따위도 無냐? 왜냐하면 형체가 없으므로 해서? 'Only don't know!'—(골목 어귀에서, 어린 시동이 배운 소리 중에 이런 게 있다더라) 짜샤, 씨바, 조또 모르겠거든 '모른다'는 소리까지도 하지 말았어야지! '다만 알 수 없다는 것이 전부를 아는 것이다' 아니냐? 모두 다, 덩달아 주화입마되어 있는 것은 아니잖여? 짜샤, 고기는 국수 밑에 감춰! (咄, 小說하기의 雜스러움!) 그, 그러나, 이 괴이한 유정들의 인식은 늘 그런 식인데, 먼저 肯定하고, 다음 그 긍정을 무한대로 확대하거나, 무한소 너머까지 否定한다. 言語라는 새끼들이 어지럽게 까여져 나온다. (『잡설품』, 435~436쪽)

정직히 말해 "Only don't know!"라 해도 되는가. 천만에. 유리계에서는 Thing과 No-thing을 마른 해골(마른 늪)이라 이르고 문잘배쉐계에서는, 성석·성배 또는 거세된 신(살아 있는 신의 잘린 머리통)이라 부르는 것. 따지고 보면 전자는 본체(本體)에서 현상을 보았고, 후자는 현상에서 본체를 본 경우. 이 둘의 합성어는 무엇쯤이겠는가. 순례자 시동의 시선에서 볼 때 그것은 '황폐' 바로 그것이었다. 광야 앞에 벌어진 황폐. 두 마리 뱀이 서로 꼬리를 물어 둥글어진 형상이 그것.

객 : 박패관의 참주제의 하나인 루타/아르타를 설함에 있어 어째서

하필 마그리트의 전위그림이어야 했을까. 선생은 이 점에 썩 민감했습니다그려.

주 : 민감한 것은 내가 아니라 박패관 쪽이지요.

> '이것은 파이프가 아니다.' 그림이 아니잖아? 혼자 투덜댄 뒤, 배시시 웃으며, 자기를 지켜보는 자들 앞에 얼굴을 크게 펴들어 '예술은 사기다!'라고 소리쳐주려 할 테다. 결국 그 수뿐이겠는다. 주눅드는 건, 그의 등을 지켜보던 자들이다. 그 '사기'를 어떻게 이해해야 할지 그것은 각자의 이해 나름이겠으나, '사기'라고 선언되어진 예술은, 어쨌든 성공한 예술이 아니라는 것만은 부인되지 않는다. (『잡설품』, 316쪽)

전위예술은 어째서 실패인가. 전쟁에는 이기고도 전장(戰場)을 잃었으니까. 새로운 유토피아를 위해 기성의 모든 것을 부정하고 파괴했을 때 그것은 루타 쪽에서 보면 가능할지 모르나 아르타를 잃는다는 것. 그들이 표방한 예술이 저주로 되는 것이니까. 루타도 아르타도 불변이니까. 파괴될 수가 없는 것. 어째서? 전위예술가들이 아무리 새로운 것을 찾아낸다 하더라도 기껏 해야 모방이니까.

객 : 박패관은 이 모방을 습기(習氣)라 했군요. 이게 바로 유식(有識)불교에서 말하는 '아뢰야식, 제8식' 그것 아닙니까. 전위예술가들이 아무리 새롭다고 떠들어도 이 '습기' 속에 잠재해 있는 것(여래장)의 모방에 지나지 않으니까. 이 전위예술을 공격 비판함에 박패관은 냉철합니다그려. 레닌을 끌고 들어오기까지 했으니까.

> 나로서는, 표현주의, 미래파, 입체파, 그 외의 다른 主義들을 표방한 창작물들이, 예술적 천재들의 고차적 영감의 산물이라고는 인정하지 않을 것이다. 나로서는 그것들을 이해할 수도 없지만, 그것들도 내게 즐거

움을 주지 못한다. (『잡설품』, 314쪽)

이게 "황제가 발가벗었다!"고 말하는 아이의 밝은 눈이라는 것. 습기, 장식(藏識)의 모방에 지나지 않으니까. 그런데 선생은 뭔가 조금은 들떠 있어 뵈는데요. 박패관의 전위예술 비판이 마음에 드는 모양이지요. 아마도.

주 : 그렇소. 박패관의 진화론의 시선에서 보면 인간은 5관유정(자아를 갖춤)에서 진화를 딱 멈추었다는 것. 4관유정에서 5관유정으로 진화할 때 나타난 것이 도구의 사용(그 연장선상에 언어가 있음)이지요. 언어 사용 이후의 인간이란 기술진보 따위란 '원리적으로 없다는 것'. 언어 사용 이후의 인간이란 '진화'는 없고, 기껏해야 '변화'가 있을 뿐이라는 것. 예술 따위도 마찬가지. 인류사는, 5관유정 이후 조금도 진화 없이 그 모양 그 꼴이라는 것. 진보와 역진보 때문. 자아를 가진 인간이 짐승으로 돌변하기 일쑤니까. 출생도 말이외다.

객 : 그것 말고도 선생을 흥분시킨 뭔가 있는 듯한데요.

주 : 굳이 말해보라면, 키 큰 평론가 김현(박상륭의 용어, 『칠조어론』에서)에 관련되었다고나 할까요. 푸코의 미술론 『이것은 파이프가 아니다』(민음사, 1995)의 역자가 김현이었다는 점에 주목하고 싶소.

이것은 파이프가 아니다 *Ceci n'est pas une pipe*

말을 바꾸면 김현의 비평적 출발은 (1) 反샤머니즘적 문학(김동리) (2) 반참여파적 문학(창비계)이었지요.(졸고, 「선험적 문학과 선험적 가난」, 『문학의문학』, 2009년 가을호) 이 두 늪을 극복하기 위해 김현은 『문학과지성』을 주도했지요. 문학이란 언어를 통한 상상력의 산물(자유의 추구)에 있다는 것. 김현의 이런 출발점에 박상륭이 맨 먼저 닿아 있었지요. 서라벌예대의 스승 김동리로 표상되는 샤머니즘계를 넘어서기가 제자 박상륭의 목표였던 것. '타도 샤머니즘'이 그것. 그런데 딱하게도 이 부실한 제자는 당초 체질상 샤머니즘계가 아니었던가. 이 갈데없는 Oxymoron! 샤머니즘을 지방성으로 규정함으로써 샤머니즘 극복에로 나서기가 그것. 곧 우주, 인류를 중심에 두고, 샤머니즘 체질을 발휘하기, 우주, 인류를 한가운데 두고, 이를 샤머니즘으로 재조직하기. 그 첫 시도가 『죽음의 한 연구』, 두번째 시도가 『칠조어론』.

박패관의 주체사상 비판 한마당

객 : 그러고 보니 『칠조어론』에 김현이 그토록 흥분한 이유가 조금 짐작됩니다그려. 선생은 박상륭과 김현의 합작품이라고 주장하고 싶은 모양입니다그려. 그건 그렇다 치고. 다시 본론으로 돌아와 어부왕의 시동이 21세기 현실 속으로 들어와 부딪치고 있는 이른바 『잡설품』의 그다음을 보여주는 또다른 장면을 선생이 지적할 차례인데요. 이번엔 예술론이 아니라 정치론 쪽 말이외다.

주 : 박패관의 즐겨 쓰는 비유에 따르면 '귀속에 든 말벌'이라든가 '왼손잡이나 육손이' 따위가 있습니다. 이른바 주체사상을 내세운 정치가를 두고도 비유가 사용되었군요. 이 주체사상에 대한 박패관식 해석은 먼저 형천(刑天)에서 출발되오. 중원의 신화에 등장하는 형천은

형천(刑天)

전투적인 영웅적 신의 이름. 그는 제(帝)와 싸우다 제에 의해 머리가 잘려 산에 묻혔지만, 자기의 유수(乳首)를 눈으로 하고, 배꼽을 입으로 하여, 방패와 도끼를 휘두르면서 싸움의 춤을 추었다는 것(A. Birrell, *Chinese Myths*, 2000, 일역, 40쪽). 그런데 박패관의 안목으로 볼 때 형천이란 자아(머리)를 갖지 않은 인간 무리를 가리킴인 것. 어떤 육손이 정치가가 있었다. 세상을 통치하기 위해 그가 얻은 결론은 단순 명쾌했다. 인간이 짐승과 다른 것은 배가 고프지 않을 때의 개개인일 때뿐이며, 배가 부른 자들까지라도 모여 집단을 형성하면 이 집단으로서의 인간은 짐승과 다를 바 없다고 본다. 그러니까 집단으로서의 군중은 그 자체로 거대한 유기체(刑天)로 태어나게 된다. 이 생명체는 神(帝)도 그것에 대항 대적치 못할 만큼 그렇게나 큰 괴력을 갖는 '짐승'(괴물)이 되어 있다는 것. 집단의 정신수준은 그러니까 개인의 그것에 비해 매우 낮아 짐승의 수준에로까지 저하해 있다는 것(역진화된 4관유정, 곧 짐승화로 후퇴). 군중이라는 어휘 속에 휩싸인 모든 개인은, 박패관의 안목으로는 "집에서 나올 때 얹고 나왔던 그 대갈통들을 집으로 돌아갈 때도 그대로 달고 있음에 반해 집단화하기에 좇아 드러난 군상은 형천(머리 없는 괴물)들이 되어 있다. 그것은 집단화가 서둘러진 과정에서 그 개인 개인들이, 그들의 자아란 것을 저절로 잃게 되거나 상납해버린 결과라는 것. 그렇게 되어 저 형천들이 잘라 바친 머리통들이 쌓여 어떤 이념의 바벨탑을 이루면, 그 이념에 좇아 주장되어지고 체계화한 것들의 이름은 이렇게도 저렇게도 말해질 수 있다는 것.

객 : 잠깐, '주체사상'도 그런 것의 하나이다? 만일 그렇다면 그것은 박패관의 도식에 따르면 5관유정(판켄드리야)이 자아를 잃고 짐승화에로 후퇴하여 4관유정(카투린드리야)으로 된 것. 이른바 역진화에 해당되는 것. 이야말로 진화론자 박패관으로서는 견딜 수 없는 대목. 인류사의 수치에 다름 아니니까.

주 : "자연 가운데는, 벌이나 개미들이 그런 유사한 체제를 수립해, 완벽하게 운영하고 있는 것이 보이지만, 그 체제가 완벽하다고 해서, 그 개유정들에 대해서도 성공적이라고 해야 할지 어떨지, 그 대답은 매우 망설여진다. 진화의 도상에, 와해는 아닌, 정지가 끼어들어버린 듯싶어 그렇다." (『잡설품』, 320쪽)

객 : 주체사상이란 이를테면 진화도상에서 생긴, '정지'에 해당된다는 것. 그렇다고 진화론 자체의 '와해'까지는 아니라는 것.

주 : "시작에로 다시 돌아간 느낌이 있나만, 이렇게 되어서, 흩어진 말머리를 간추릴 수 있게 되었기는 한데, 그런데, 바로 이것에 착안한, 매우 파격적 영주가 하나 있었던 모양이어서, '빈부의 차' 대신 '빈차(貧差) 없는 사회'의 구현이라는 이념, 또는 주체사상 같은 것을 현수막에 써 들어, 구르는 해골들을 규합하기 시작했던 모양이다."(『잡설품』, 329쪽)

그 결과는 어떠할까. 가난도 이념이 될 수 있다는 것. 소망과 원한은 찌그러진 동전의 앞뒤 같다는 것. "빈부의 차를 없애 모두 부유하게 사는 꿈"이 야누스의 오른쪽 빰이라면 "빈차 없이 누구도 무엇을 내세울 것 없는, 모두가 빨건 한 가족 한 동지인 사회구현"은 야누스의 왼쪽 뺨인 셈. 이런 동전의 앞뒤의 관계를 정리하면 이렇게 될 수밖에.

> 이 게제에 이르면, 저들이나 이웃들이나, 비록 인종(人種)은 같다 해도, 인간(人間)은 같지 않게 되어 있어, 인종은 달라도 인간은 같은 사회, 의 구현을 선호하는 편과의 사이에 얼음벽이 있음이 보인다. 부정적인 국면에다 눈을 묶어, 어느 편에서 보면 그 상대편은, 동결(凍結)되어 버린 것이다. 어떤 편은 체제가 인간의 부패를 부추기고 있는가 하면, 다른 편에선, 체제가, 그것이 확립된 그 순간부터 인간을 동결시켜버리고 있는다는 얘기다.
>
> —『잡설품』, 330쪽

주체사상의 고안자들은, 그러니까 더이상 갈 데가 없으며 아무 곳으로도 가려 하지 않으며, 보이기론, 저들 민중을 이끌어 어디론가 열심히 가고 있다는 환상을 만들어내는 일만 남은 형국. 그 짓이란 밖에 내보이기며 안으로는 그에게 남은 과제는 여전히 저 가난의 유지라는 것. 만일 여기서 어떤 식의 오발이나 돌연사태가 털끝만큼이라도 일어난다면 어떻게 될까. 불문가지. 체제가 그 기초부터 흔들릴 것. 어부왕식으로 하면 성배찾기에 나선 초인이 그것. 중원식으로는 모가지가 떨어져나간 그 형천의 모가지 자리에 흐릿한 윤곽의 새로운 모가지가 돋아나기라고나 할까.

객 : 그렇다면 전쟁과 평화는 어떠할까. 박패관은 이 문제를 저 언어학자 노엄 촘스키를 이끌어들입니다그려. 촘스키를 매우 비판적으로. 왜냐면 촘스키는 전쟁의 본질을 피상적으로 보았다는 것. 이 대목은 뒤에 다시 언급되겠지만, 박패관의 일면적 고찰이겠지만, 잠시 살펴볼

까요.

"저쪽(카우라바) 편에 정의가 있다고 믿는 이들은, 지금 저쪽으로 가고, 이쪽 편에 그것이 있다고 믿는 이들은, 지금 이쪽으로 오라!" 그러니 자기의 신념에 좇아, 가고, 오면 된다. 배고픈 어느 집단이, 배고픔을 참다 못해, 이웃의 노적가리를 노략질하러 덤비기와, 맞서 지키기라는, 축생도적 자기 보호 보존 본능의 발로에 의한 행위를 제외한다면, '전쟁'이라고 이르는 것도, (노엄 촘스키의 『황제와 해적』의 의견을 원용키로 한다면) '폭력주의(Terrorism)' 말고 다른 것은 아닐지도 모른다. 이 '폭력주의'는, '인(仁)함이 없는 천지(天地)'의, 또는 '역(易)의 균형 잡기',—예를 들면, '달은 차면 기운다' 따위—즉 '에로스/타나토스'(이는 빌리기는 문잘배쉐 어휘를 빌렸지만, 그 어의는 羑里의 西藏 지방의 것임은, 분명히 해두자. 그리고 이것은, 어디서 분명히 해뒀던 얘기의 재탕이라는 것도 밝혀두자. 拙冊『小說法』중「雜想 둘」참조)라는 '기(氣)의 모래시계'의 뒤집힘에 의해, 에로스가 팽만해지자, 뒤집혀 타나토스화하는 데서 일어난, 억제키 어려운 파괴력이랄 것일 것이다. 어떤 시절 사람들은, 이상스럽게도 '죽고 싶어' 하는 것이 진맥되어지는데, (촘스키는 그러나, 이하의 부분을 들여다보려 하지 않은 것으로 짚이는데) 그것이 '외폭(explode, 醫學의 발전이 후진적이었을 때는, 주로 페스트 같은 病手나 자연적 재앙 따위가 균형을 유지하기도 해왔던 것으론 알지만)'할 자리를 얻었을 때, 그것은 '전쟁'이라고 이르는 듯하며, 그렇지 못할 땐 '내폭(implode)'을 할 것인데, 이 내폭의 형태가 어떻든, 그리하여 드러나는 형태가 얼마나 다양하든, 그것들을 한 단어로 싸잡는다면, 테러리즘이라고 이를 수 있을 것이라고 이해된다. 거기서 환각제, 윤리, 도덕의 기준에 벗어난 제 행위, 이유(야 왜 없겠는가, 마는) 없는 자살(도 테러리즘이다!) 등, 헤아릴 수도 없는, 불비 내리기와 함께, 화산의 분화

구가 터뜨려진 것 같은 폭력이 일어나, 창궐 만연한다.

—『잡설품』, 161~162쪽

전쟁을 '외폭'으로 볼 때 '내폭'이 테러리즘이라는 것. 촘스키는 이 둘을 구분함에 소홀했다는 것.

주 : '노아의 홍수'와 비유될 수 있다는 것. 위에서 내리는 비만 있었던 것이 아니라 '아래서 솟는 비'도 있었다는 것. 후자가 이른바 독화를 뿜는 독룡이 똬리 쳐 있다는 것. 과연 촘스키는 이 독룡에 무자각적이었을까. 그 독룡을 두고 언어(보편문법)라 주장한 것은 그 자신이 아니었던가. 요컨대, 여기까지 우리가 논의해온 것은, 이번의 『잡설품』엔 전에 없는 잡스러움이 거침없이, 거의 무제한으로 종횡무진한다는 것. 아주 잡스럽게 말이외다. 경전에선 찾아볼 수 없는, 세속적 현실적인 얘기들이 거침없이 전개되어 있음을 특징으로 하고 있습니다그려. 앞에서 살핀 마그리트의 그림과 주체사상 해석이 그러한 것의 대표적인 것. 그 외 일일이 지적할라치면 지면이 모자랄 지경. 전작 『소설법』에서 행한 여러 가지 신화 비판보다는 훨씬 세속적이지요. 그만큼 자유로워졌다고나 할까, 의욕적이라고나 할까. 심지어 근자 무술채널에 유행하는 중원 무술의 경전인 「구양신공九陽神功」「구음진경九陰眞經」 등도 등장합니다. 이른바 협객으로서의 고수들의 세계 인식의 도입이 그것(『잡설품』, 46~147쪽). 물론 『잡설품』 속엔 나르키소스, 신데렐라, Mother Goose, 『잭과 콩대궁』, 시시포스, 『이솝우화』 등등이 상세히 재해석되어, 내용의 풍요로움을 더하고 있지요. 이런 현상은, 전작 『소설법』에서 다룬 백장(百丈)의 불매인과(不昧因果) 비판이라든가 『임재록』 비판에서 행해진 것의 연장선상의 작업이지만 그 유연성이 아주 자연스럽게 확인되어 있지요. 『잡설품』의 다음 단계가 예견되는 것은 이 때문. 5관유정의 현실 속의 갖가지 삶을 구체적으로 보여주기가 그

것. 「로이가 산 한 삶」 「월튼씨 부인의 죽은 한 삶」 등이 그것.

『소설법』에서 『잡설품』까지의 거리 재기

객 : 그러고 보니 지금까지 우리는 『잡설품』이라는 성곽 주변만 빙빙 돌았습니다그려. 이제부턴 이 성곽 속으로 들어가야겠는데, 그러니까 어부왕이 성주로 있는 문잘배쉐 성 말이외다. 어부왕이란 속칭이고 본명은 안포-타즈. 문잘배쉐 성에는 성배(Holy Grail)가 안치되어 있다는 것. 이 어부왕이 수업기사 시절 모험을 찾아 헤매던 중 상대방 기사 롱기누스의 창에 찔렸는데, 그 상처가 치유되지 않아 죽지도 못하고 살고 있다는 것. 낚싯대로 세월을 보내고 있기에 어부왕이라 불린다는 것. 그러니까 이 성곽이 위치한 곳이 자명해지네요.

주 : 좋은 지적. 우선 문잘배쉐에 주목할 것. 원탁의 기사에 근거를 둔 것. 아서 왕의 전설은, 왕비 귀네비어와 기사 랜슬롯의 불륜 사건을 비롯 성배찾기의 갖가지 모험담을 주축으로 한 것. 성배란 그러니까 기독의 보혈을 담은 잔. 그 잔이 일설에는 이 성곽 속에 있는데도 어째서 어부왕의 상처는 낫지 않는가. 어째서 어부왕은 또다른 기사 파르치팔을 성 밖에로 내보내 새로운 성배를 찾기에 이르렀는가(Wolfram von Eschenbach, *Parzival*). 이런 얘기들이란, 한결같이 서양의 것.

객 : 선생은 어째서 작가 박상륭이 서양의 것, 그것도 아서 왕의 성배설화에 매달려 모든 것을 걸었는가를 따지고 있습니다그려. 그럴 수밖에 없지 않았을까요. 노력 이민을 아시는가. 전라도 장수면에서 태어난 연어가 태평양을 거쳐 호서 땅 밴쿠버에까지 갔을 때 그의 앞에 있는 것은 무엇이었을까. 거대한 성곽, 문잘배쉐 그것이 아니고 새삼 무엇이었을까. 거대한 괴물, 독룡(毒龍) 바로 그것이었을 터. 그냥 있

었다가는 언제라도 그 불기운에 온몸이 타내렸을 터. 그렇다고 가만히 있으랴. 최선을 다해 싸울 수밖에. 자존심 따위가 아니라 생존전략. 선택의 여지가 없는 것. 이 어부왕의 성곽에 은밀히 스며들기. 거기 있는 성배의 비밀을 훔쳐보기, 그들의 언어의 그 허점을 찾아 폭로하기, 그 허점에다 새로운 깃발 꽂기. 그 방법과 순서는 이러했을 터. 그동안 익혀온 장수면의 DNA를 송두리째 짠 소금물로 씻어내기. 그는 고토의 친우이자 맞수였던 서라벌예대 동기동창 이문구에게 부탁할 수밖에. 그동안 내가 쓴 모든 원고를 불태우라는 것(『이문구전집 10』, 랜덤하우스중앙, 2004, 223쪽). 그 대신 『죽음의 한 연구』(1975)를 써 보냈것다. 이것이야말로 문잘배쉐 성의 비밀에 맞선 최초의 시도였던 것. 자신감을 얻은 그는 천축(天竺)의 용수보살의 가르침을 골똘히 좇아 『칠조어론』을 썼것다. 그는 스스로 촛불중이 되어 유리(羑里, 주역에 나오는 것으로 주나라 문왕이 은나라 주왕에게 잡혀 갇혀 있던 곳)라는 혹은 티베트 땅으로 추정되는 불모의 별세계를 구축하기에 이르렀던 것. 유리계(界)란, 어떤 곳이뇨. 어떤 종교에서도 회의하고 안식을 얻지 못한 무리들이 모여 사는 동네의 별칭이 아니었던가. 성배도, 예수도, 그 무엇도 믿을 수 없고, 그렇다고 함부로 물리칠 수도 없는 사람이 바로 유리계의 주민일 터. 그러니까 연어 박상륭이 호서 땅에서 각고 끝에 쌓아올린 문잘배쉐 성이 다름 아닌 유리 성이었던 것. 그 성의 구조, 조직, 생각 따위를 정리한 것이 『칠조어론』이었던 것. 이를 더욱 발전시키고 니체의 『자라투스트라』까지 섭렵하고도 또 중원의 경전 어법과 티베트 밀교의 만다라까지 품은 것이 이번 『잡설품』.

주 : 좋은 지적. 『칠조어론』이란 천축용어로 번안하면 '논장(論藏)'에 해당되는 것. 「대승기신론」 같은 것이라, 경전급에 들 수 없는 것. 아무리 난해해도 그래봤자 해설편이니까. 이에 비해 『잡설품』은 단연 경전급에 속하는 것. 그런데 경전이긴 해도 '잡설'에 속한다는 것. 잡설('좁

소리', 얘기들)식의 경전이라는 것. '잡스러운 경전'이 여기 있다. 자 와서 봐라!라는 형국. 할방패관이 쓴 것이니까 염려 말고 들어오라. 재미없으면 돈 안 받는다. 보시라! 자기 머리통을 잘라 물구나무 선 채 두 손으로 받치고 있는 이 기묘한 만다라를!

객 : 여기까지 이르는 과정이야말로 소중한데, 얘기인 까닭. 얘기란 인간 욕망에 근거한 것. 원시 때부터 모닥불 아래 모여 한 최고의 놀이가 이것 아니었던가. 모험담, 순례길이 그것. 혼자서 골방에 앉아 쓰고 읽는 시대의 산물인 근대의 소설에 있어서도 사정은 마찬가지. 다만 내면을 향했을 뿐. 모든 서사구조란 이런 순례자의 길 가기인 것. 자칭 할방패관의 『잡설품』에 이른 모험담이랄까 순례길을 엿보는 것이 이 작품 이해의 지름길이겠습니다그려.

주 : 그 순례길의 핵심은, 작가 자신이 중원의 어법 『장자』에서 배운 방식으로 제시해놓았지요. 앞에서도 지적한 바 있지만, 「내편」 「외편」 「잡편」 중, 핵심이 되는 것이 바로 「내편」이며 그중에서도 총론급에 해당되는 것이 전작 『소설법』에서는 「무소유」. 이 「무소유」야말로 어부왕의 시동의 순례길을 간략하게 묘사한 것. 건축으로 치면 기본설계도에 해당되는 것. 『잡설품』은 이 『소설법』의 기본설계도 「무소유」에다 중간중간 적절하게 심도 있는 논설을 삽입한 것. 그 논설이란 너무도 돌발적이고 그 삽입방법이 하도 심오하여 종잡을 수 없음이 이번 『잡설품』의 특징이자 유연성이지요.

객 : 『잡설품』이란 그러니까 『소설법』의 「무소유」에다 잡스런 방식으로 개입하여, 그동안 쌓은 온갖 논설을 뒤섞었다는 것. 선생식으로 하면 박상륭이 새로 쓴 「대승기신론」이겠습니다그려. 그러니까 그 밑그림인 「무소유」를 검토하는 일이 요망되겠습니다그려. 특히 입문자에게는 말이외다. 박상륭 독자라면 「무소유」에서 출발해야 길을 덜 헤맬 것이다? 그럼 선생이 먼저 「무소유」를 안내해보시오.

주 : 앞에서 이미 『잡설품』의 서두와 「무소유」의 서두를 제시하고 그 둘 사이의 차이점에 주목한 바 있었지요. 「무소유」 쪽이 기본설계도임을 금방 알아차릴 수 있었지요. 간단명료했으니까. 그 대신 『잡설품』에서 난데없는 잡스런 고공비행식 법문이 끼어들었으니까. 「무소유」의 길을 따라가볼까요. 순례자는 시동 아닙니까. 어부왕을 모시던 이 아이가 불치의 상고(傷苦)에 시달리는 주인을 위해 약초를 구하러 길을 떠나고 있소. 그 약초 이름은 성배. 호서식으로 성배란 기독의 보혈을 받았던 잔을 가리킴인 것. 그런데, 이를 패관 박상륭은 이렇게 자기식으로 개입하여 토를 달았군요. 볼프람의 『파르치팔』에 기대서 말이외다.

—'성배'란 다름이 아니라, 부족 탓에 한(限) 맺힌 사람들의 원(願)을 이뤄주며, 병과 상처를 치유해주는, 영검한 힘이 있는, '성스러운 돌〔石〕'이라고 하는데, 바로 그 돌을 뫼셔 지키는 사제왕의 상처는 어찌된 일인가? 원을 이뤄주는 것이 그것이라면, 이 왕의 원은 죽고 싶은 것이거늘, 조석으로, 저 돌의 빛에 상처를 쪼이되, 그 영력(靈力)은, 더욱더 파고드는 그이의 상처와 고통은 비켜가며, 목숨만 끊임없이 이어가게 하고 있으니, 이는 또 어찌된 일인가? '불'이 사람에겐 은총이로되, 불 맞은 나무여, 그대에게는 주살(呪煞)이 된 것 모양, 저 성석(聖石)도, 그것을 지켜 뫼시는 이에 대해서는 그러한 것인가? 아으, 불사조(不死鳥)는, (안포-타즈와, 벼락 맞은 나무의 한숨과 탄식이 이것이지만) 재 속의 무슨 힘으로, 새로운 뼈, 새로운 깃털을 새로 차려입어, 새로 젊어져 푸르도록 붉게 날아오르는가?

—『소설법』, 10~11쪽; 『잡설품』, 13쪽

설계도에 개입하는 방식이 『소설법』에서도 『잡설법』에서도 중복되기도 하지만 그 중복 빈도 수가 후자에는 아주 전광석화식이어서 번번이 설계도가 파묻혀, 순례자의 길을 끊어놓고 있는 형국. 독자 따위란 안중에도 없는 방식이지요. 그렇기는 하나 『소설법』에서는 그 설명방식이 길을 아주 끊어놓지는 않습니다.

객 : 성배찾기란 아서 왕의 전설, 그러니까 호서의 기독교에 근거한 것. 그런데 박패관은 이를 확대하여 보편화시켰군요. 샤머니즘의 우주화라고나 할까. '성스러운 돌=성배'의 도식이 그것. 이를 세속적으로 하면 보석이겠지요. 모든 얘기란 보석찾기인 것. 누군가 보석찾기를 의뢰한다. 주인공이 나선다. 중도에 방해자 또는 도우미가 나타난다. 여사여사 곡절을 겪어 드디어 그 보석에 이른다. 그런데 찾고 보니 보석이란 헛것(죽음, 잿더미, 해골)이었다는 것. 이러한 얘기의 정석은 프로프의 민담유형분석에서 보듯, 저 호머나 루카치의 『소설의 이론』에 이르기까지 기본항이 아니었던가. 이 보물이 좀더 종교화되면 성배 또는 성스런 돌이겠고, 우리 식으로 하면 「바리데기」에 나오는 생명수를 가리킴이겠지요. 문제는, 그러니까 박패관이 호서 쪽 소재에서 출발했다는 것. 이를 확대함으로써 호서와 맞서고자 했다는 것.

주 : 문잘배쉐 성이 출발점이고, 성주 어부왕의 시동이 순례길에 나섬으로써 천축, 중원, 티베트, 자이나교(Jainism), 심지어는 조선의 『고금소총』을 체험한다는 것. 드디어 「입법계품」(화엄경)의 선재동자처럼 도를 깨친다는 것. '시동=선재동자=빌헬름 마이스터'의 설계도 그대로이지요. 그러나 기본항은 호서와 호동의 대립이며 이 대립에서 생기는 것이 소설의 긴장도라는 것. 그러나 최후에 이르러서는, 그러니까 시동이 도달한 곳은, 천축, 그것도 자이나교에 기반을 둔 티베트 밀교의 세계라는 것.

객 : 볼 만한 것은, 그러니까 그따위 결말이 아니라 두 대립에서 생기는 긴장도의 치열함이랄까 그 밀도의 어떠함에 있다는 것. 바로 여기에 패관 박상륭의 존재의의가 있다는 것.

주 : 자, 그러면 시동을 따라 나서볼까요.

"웃지도 못 하겠담시롱도 씨석씨석 웃으며, 매콤한 바람결에 흐트려내는, 저 천년고목이 하는 얘기를 조금만 더 꿰맞춰보기로 하면……" (11쪽) 시동이 성을 출발한 것은, 까마귀들도 모르게 이른 새벽이었군요. 신발도 새로 장만했고, 물병도 빵조각도 갖추었다. 그런데 아침밥을 거르고 성을 빠져나왔으므로 배에서 쪼르륵 소리가 났것다. 무조건 걷다보니 해가 천장까지 솟았고 그렇다고 쉴 만한 장소는 아무 데도 없었다. 그러자 시야에는 거구의 똥풍뎅이가 뭉쳐 밀고 가는 언덕 하나가 보였다. 가까이 가서 보니, 다윗의 돌팔매에 꺼꾸러졌다던 골리앗의 대가리가 아니겠는가. 이 해골 대가리 앞에 시동은 스스로 다윗이 된 듯한 기분에 싸인다. 그 언덕부리에 거인의 묘비석 같은 선바위가 있어 그늘 밑에 시동이 털썩 주저앉았다. 괴나리봇짐을 풀어 음식을 먹고 졸음에 빠졌다. 깨어 보니 해는 아직 오후. 세상은 무음(無音)의 폭설이 내렸다. 시동은 건구역질을 했다. 침묵, 정적. 다만 시동의 항-솨항-솨(심호흡 소리)뿐. 시동은 다시 출발. 상여처럼 들을 흘러가는 구름 그림자를 보며 혹이라도, 불새의 깃이라도 떨어질까 봐 떠나려 해도 발이 움직이지 않는다. 어째서?

객 : 시동이 자기의 운명에 마주쳤기 때문이겠지요. 박패관은 이렇게 묘사했네요. 아주 멋지게. 『흥부전』에서 채만식을 거쳐 이문구의 『관촌수필』까지를 송두리째 압축한 문장력.

시동이가 그리고—이런 건 필연적, 또는 운명적이라고 해야겠지만,—우연스레 보았기에는, 제놈 등 기대 잠들었던 그 선바위 벽엔, 어떤 석공(인지 뉘 알아?)이, 언제녘(일지도 뉘 알아?)엔지, 정교하게 '파놓은' 무슨 글자들이, '솟아올라', 읽어주기를 바라고 있는 그것이었다.

쓰여진 글자란, 문맹꾼은 아무리 들여다보아도, 바위와 닭의 관계라도, 익힌 이들에 대해선, 먼저 그들의 눈을 뽑고, 다음 그들의 염통을 도려 파내 회쳐 먹는 마녀 같은 것, 이거나 학녀(鶴女)와 나무꾼의 촌수인 것. 씨설이질에, 부엌일, 빨래, 길삼질, 바느질, 보약 끓이는 일, 흉보는 일, 그리고 저녁일에 혹사 당하면서, 자고 있다고 발길질에 채이는 일, 보태 알까지 까 바친다. 무슨 종년이 있어, (자네 같은) 별볼일 없는 놈팽이께 그래주겠는가? 시동이께 읽혀진 바로는, 저 돌판의 글자들은 이러했다.

돌아오고싶은행려자는왼쪽길을가고돌아오고싶지않은행려자는오른쪽길을갈지니!

모든끝은그러나시작에물려있음을!

—『소설법』, 22쪽

주 : 운명이라 했거니와, 돌판의 글자들이 가리키는 길이란 있을 턱이 없지요. 이게 바로 루타(Ruta, 相)와 아르타(Arta, 意)의 갈림길. 박패관은 이를 아주 힘주어 묘사했군요.

그 글귀는, 시동을 난감케도, 방언사실케도 했는데, 아무리 길이 없는 곳이라도 트고 걸으면, 일회용이라도, 그것이 길은 길이었으므로 시동은 여기까지도 왔으되, 그런 없는 길, 길이 길 자신을 싹싹 지워 없애는 길 말고, 거기 또 무슨 길이 트여져 있다는 말인가, 시동이가 아무리 눈에 불을 켜고 내어다보았어도, 길이랄 것이, 그것도 두 갈래나 트여져 있다고 명시되어 있는, 그런 건 없었다. "이거 어디 귀신만 곡할 노릇이겠냐, 길 없이도 다닌다는 바람도 곡할 노릇이 아니냐? 이는 필씨 중음동구에 세워져 있는 이정표겠거니?" 투덜거리고 시동은, 몹시 침울한 얼굴이 되었는데, 이정(里程)이라고 하기에는 여간만 망설여지잖는 이 이정표는, 자기의 마음속에는 훤하게 열려져 있던, 그 길까지 지워 없애 버린 느낌이 든 모양이었다.

—『소설법』, 23쪽

어느 길을 가든 맞물리게 되어 있다는 것. 출발은 해야 하고, (그래야 순례이니까) 가봤자 되돌아오기라는 것. 이 원점회귀라면 당초 출발할 필요도 없지 않겠는가.

객 : 당연히도 현자라면 순례길에 나설 이치가 없겠지요. 원점회귀. 앉은뱅이놀음이니까. 용수보살 그 아손들의 어법으로 하면 태어나지도 않았으니까 죽음이 어찌 있겠는가. 이게 연기설의 핵심인 것, 중론(中論)이란, 과불급이 아니라 아예 절대를 가리킴인 것, 공(空)에 다름 아닌 것. 이게 이른바 최고의 원리. 유(有)와 무(無), 속설과 그 기체(基体), 원인과 결과의 구별을 넘어선 경지. 중관파(中觀派)란 이를 가리킴인 것. 논리를 넘어선 곳.(다치가와 무사시, 『'공'의 구조』, 제3문명사, 1986, 56쪽) 바야흐로 시동의 순례길의 첫번째 관문이었던 것.

주 : 그럼에도 이 어리석은 시동(선재동자)은 망연자실하면서도 신들메를 고쳐매고 좌우간 있지도 않은 어느 한쪽 길을 걸었것다. 그 길가에는 온갖 괴물들이 버티고 있어 시동을 달래기도 위협하기도 했다. "나아갈 길은 없어도 돌아갈 길은 있다"가 그것. 그런데 시동은 시방 '돌아갈 길'도 잃은 상태. 시동은 잠에 빠진다. 시동이 잠에서 깨어나자 너무 막막해서 문잘배쉐 쪽에다 넋을 보내고 있었다. 넋을 보낼 데라곤 거기밖에 없었으니까. (이 대목은 조금 감상적이어서 박패관의 어법으로는 극히 예외적!)

참으로 별일이게도 헌데, 때에, 시동이가 그리움을 다해 건너다보고 있는 그쪽 하늘을, 한 마리의 비둘기가 날아오고 있었는다. 그렇다, 날라오고 비둘기가 한 마리 있었는다! 그것이 그냥 시동이 자기와 아무 인연 없이, 그것의 갈 길을 가버린다 해도, 긴 장마를 겪은 노아께 그것이 '감람잎'의 소식이었던 것처럼, 하나의 생명도, 소리도, 움직임도 없는 가문 들을, 오늘 하루 동안에 사십주야를 겪은 시동이에게도 그것은, 감람잎이었으며, 소리였으며, 소식이었다. 어디선가는 비가 내리고, 생명들이 장(場)을 차려, 떠들썩이고 있는 그 소리, 그 소식—. 그것이 그냥, 자기의 머리 위를 날아가버린다면, 분명히 울고 싶을 것이라고 생각했으면서도 시동은, 그것 자체가 하나의 사건이며, 위로라고, 그래서 그것이 나르는 자리를 통해, 무슨 소통의 오솔길이라도 트여지고 있는 듯이 여겨, 시동은 거의 종교적이랄 심정으로 그것을 마중했다. 먼 길을 날았든, 아니면 그것에게도 들의 적막이 무거웠든, 비둘기는 느리게, 그리고 힘들어 그러는듯, 조금은 빙충스럽게 날아오고 있었는데, 가까워졌을 때 (시동이) 보니, 그것은, 솔개도 아닌 것이 솔개모양, 발톱에 뭔가를 꿰어차고 있었다. 그것은, 어디를 향해 날다보니, 하필 시동이의 머리 위를 지나게 된 것은 아니고, 시동이를 찾아 날아왔던 모양이어서, 시동이 앉은 자리 가까이 닿아서는, 시동의 머리 위를 한 바퀴 돌더니, 발톱에 꿰차고 있던 것을, 시동의 무릎 위에 떨어뜨려주는 것이었다. 그리고 그것은, 왔던 방향으로, 이번에는 물찬 제비꼴로, 되날아가버렸다.

—『소설법』, 33~34쪽

비둘기가 떨어뜨려준 감람잎은 한 덩어리의 빵이었던 것. 문잘배쉐 성민이면 잘 알고 있는 음식. 염원을 이루어주는 성스러운 돌, 그러니까 구약에 나오는 '만나'에 다름 아닌 것. 앓는 어부왕이 기력을 다해 시동을 염려해 보내준 것. 시동이 그쪽을 향해 합장할 수밖에. 그러나 용기를 내어 밤을 새우고, 새벽빛을 향해 독수리처럼 땅을 박차기엔 역부족. 어부왕을 구해야 할 성스러운 돌, 불새의 깃 찾기에 절망한 시동은 울며 잠에 빠졌다. 그때 광막한 황지에 달이 떠올랐다. 여기에서 시농은 보이지 않던 돌아갈 길이 보이기 시작했다.

다음 장면은 박패관의 언문 글쓰기 중 가장 아름다운 대목의 하나. 우리말의 절창에 해당되는 것.

때에, 그 광막한 황지에로도 달이 떠올랐는데, 독사까지도 달빛 아래 차려 나서는 것을 보면, 무엇에게나 안위로 부드러운 것이 달빛이었으니, 시동이의 잠도 부드럽게 덮어주었을 터, 시동에게도 어머니가 있다면, 걱정하시지 안 해도 되시리다. 달빛도, 잠과 같은 머큐리액(液)이어서, 그 달빛에 덮이면 대지도, 그 무량겁의 세월과, 중력이라는 운명, 그리고 비·바람·서리·눈·가뭄 따위, 모든 가학적인 것들의 뾰족한 손톱이 할퀭여낸 생채기나 딱지에 덮인, 그 불모와 황폐 밑의, 타는 아픔에 휴안(休安)을 얻고, 새 살을, 그리고 새 깃털을 돋과 내는 것인 것—동이 트는 대로, 대지는 그러면, 날아오른다. '돌'이 되어 밤에는, 어디 무소(無所)에 숨어 잔다는 그 '불새'는, 무소에 숨기는커녕, 차라리 무방비로, 또는 수용적으로 자신을 휠씬 드러내버리는 것은 아닐라는가? 훤히 보이는 것은 (누구도) 찾지 않으므로, 찾아지지 않는다.

- 中略 -

시동이 실제로, 어디 만큼이라도 떠났다, 구하려 했던 불새까지는 아니더라도, 그것의 붉은 깃털이라도 하나 뽑아, 품속에 넣고 돌아오던 중, 다시 거기 닿았기에, 잠시 쉬느라 그랬던지 어쨌던지, (그 일이라면, 예의 저 선돌에게라도 물어보는 수밖엔 없겠제맹?) 그 같은 자리에서 소롯해진 그를, '바람의 혀와 시간의 쉬라는 벌레'들이 가만두지 안 했던 모양이어서, 습기와 살은 다 파먹히고, 희둑스레한 뼈들만, 한 무더기 오소록이 남기고 있던 것이, 해 아래 드러나 있었다.

—『소설법』, 35~36쪽

객 : 그러니까 시동이 끝까지 갔습니다그려. 무소(無所)에 산다는 불새를 맨눈으로 보기까지 한 그 경지 말이외다. 붉은 깃털이라도 하나 간수한 시동의 귀환 길은 결국 불가능했습니다그려.

주 : 아니, 당초 출발도 안 했는데 어찌 귀환이 있으랴. 낳지도 않았는데 어찌 죽음인들 있겠는가. 중관론이 그것.

객 : 그런데, 박패관은 불새 대목에 가서 '-中略-'이라 했군요. 대체 이게 무슨 짓일까요. 언문 글쓰기의 아름다운 장면을 손상시킬까 보아서인 듯한데요. 왜냐면 '중략'을 안 하면 '아름다운 글'이 돌연 빛바래지거나 핏빛 혹은 잿빛으로 온통 타버릴 테니까. 맞습니까?

주 : 동감, 동감! '중략'을 복원하기란, 좀 과장하면 『칠조어론』『신을 죽인 자의 행로는 쓸쓸했도다』『소설법』 등을 송두리째 압축하기인 것. 그 핵심에 놓인 것은 진화론이지요. 박패관의 사상적 근거이지요. 인간이 생물이라는 것, 그것은 진화한다는 것, 일관유정(一官有情), 2관유정, 3관유정, 4관유정, 5관유정의 순서. 박패관에게 이를 가르친 것은 서 천축국 사이나교였던 것. 그런데 유리라는, 가장 각박한 동네에서 이미 박패관은, 바르도(bardo)를 배워버렸던 것. 유정(有情)의 탄생장면(염태)이 그것. 아직도 생이 시작되기 직전과 그 과정(갈마분열)과 직후의 관계의 세계는 어떠할까. 곧 원점 추구이지요. 난자와 정자가 만나는 장면, 세포분열 직전과 직후. 거기에 괄태충 모양 성(性)의 미결정지대. 이를 두고, 시간상으로는 시중(時中), 공간상으로는 소중(所中)인 것. 니체 식으로 하면 영겁회귀의 시발점인 정오에 해당되는 것, 태양이 머리 위에 왔을 때 자라투스트라에겐 그림자가 없지 않

았던가. 시간과 공간이 엉겨붙어 아직 분화되기 직전의 장면. 대광론(빅뱅) 이전의 세계. 우리의 순례자 시동은 삼장법사 모양 온갖 고난을 거쳐 거기까지 도달했던 것. 이 강대한 유리계의 세계 앞에 그 무엇이 견디겠는가. '중략'할 수밖에.

객 : 삼장법사 시동이 닮은 곳, 그의 귀환장면은 참으로 아름답군요. 한 떨기 만다라라고나 할까요. 오래오래 우리말로 기록해둘 만하군요. 저 강낭콩꽃 빛깔의 해골 말이외다.

훨씬 벗어버리고, 아무런 부끄러움도 없이, 세상에 자기를 드러내 보인, 그 형상을 좇아 (패관 투의) 추측을 해보기로 하자면, 시동은, 문잘배쉐 쪽을 향해, 책상다리 자세를 꾸며, 두 팔로 두 정강이를 껴안아 모은 뒤, 세워진 두 무릎 위에 얼굴을 받쳐 올려놓은 그대로, 앉았던 자리에서 한 발자국도 떼어놓지 안 했거나, 못 했었던 것 같았다. 그렇게 몇 날, 몇 주야, 몇 달, 몇 성상, 또는 몇 세기를 보냈던지, (이 또한 선돌에게나 물어보는 수밖엔 없겠지만) 굵은 사지(四肢)뼈로 밖을 구획하고, 갈비뼈 따위 잔뼈들로 안을 꾸민, 그 한가운데, 몹시 퇴색한데다 얼룩져 있었으나, 가즈런히 놓여진 한 켤레의, 그 뽐나는 신발 위에 놓여진 희둑스레한 해골은, 어째선지, 그만한 크기의 붉은 돌로 보여, 앓음다웠다. 그가 찾아 떠났었던 그 불새의 잠든 모습이 그것이었는지, 아니면 일곱 색깔을 흐트리며 그것이 날아가버리고 난 뒤, 남은 재가 그것이었는지, 저 선돌 말고, 또 누가 그것을 알겠는가. 마는 어찌되었든, 문잘배쉐를 향해, 두 눈두멍을 끝간 데 없이 깊이 열고 있는, 강낭콩꽃 빛깔의 저 해골을 얹은, 한 무더기의 뼈는, 예의 그 이정을 새긴, 선돌이 편 그늘을 편안스레 덮고, 무슨 비밀을 발설하고 있었으나, 해골의 입을 통해 들려진 언어는, 한 손뼉을 쳐낸 소리의 의미를 터득하기와 다르지 안 했다.

모든길은그러나시작에물려있음을!

이티 마야 쉬루탐(Iti mayâ śrutam. Skt. Thus have I heard. 如是我聞)

—『소설법』, 36~37쪽

주 : 이것이 바로 티베트 밀교의 만다라인 것. 박패관은 그 고압적인 시중과 소중(이른바 Zero, 空)을 『소설법』에서는 오직 '중략'으로 처리하고 그 대신 각주에서 상세히 설명했지요. 만다라 역시 같은 수법. 잠시 각주를 보시라.

티베트의 詩聖 밀라레파의 先祖師 나로파가, (그의 스승) 티로파의 명에 좇아, 만들어 바친 만달라가, 대략 저런 꼴이었는데, 티로파 가라사대, "……너의 머리통을 잘라서는 한가운데 놓아두고, 그리고 너의 팔과 다리들을 둘러, 둥글게 배치할지어다."(咄, 小說하기의 雜스러움)

—『소설법』, 44쪽

이 거룩한 만다라를 두고, 자칭 할방패관은 '돌(咄), 소설하기의 잡스러움'이라 하여 Oximoron을 사용했습니다그려. 성(聖)과 속(俗), 색즉시공, 공즉시색의 가파른 깨침의 경지!

'중략'의 복원—자이나교의 진화론

객 : 문제는 그러니까 '중략'에 있겠는데요. 『잡설품』은, '중략' 속에다 그동안 못했던 거대한 고도의 사상철학을 아무런 거리낌 없이 마음 놓고 담았겠군요. '잡스럽게' 말입니다. '경전을 잡스럽게'란 바로

Oximoron(모순어법) 그것이겠습니다그려. 이티 마야 쉬루탐(如是我聞)이라고 하면 그만인 것.

주 : '중략'에만 그러한 것이 아니라 『소설법』 전체에 걸쳐 '보충'했다고 볼 것입니다. 그렇긴 하나, 특히 '중략'에다 초점을 맞추어볼 필요가 있소. 유독 일부러, '중략'이라 했으니까 거기 생략된 것은, 별고를 요구한다는 것. 그만큼 핵심적이라는 것. 어부왕의 시동이가 성배(돌)를 찾아 순례의 길을 떠나 온갖 고행을 거쳐 마침내 깨침의 경지에 이른 장면, 여기에다 '중략'했고, 그 다음 장면을 펼쳤지 않습니까. 시동이가 자기 머리통을 잘라 두 손 두 발로 받들고 앉아 있는 만다라. 해골의 이 모습이야말로 공(空)의 경지였던 것. 이를 잡스럽게 설명할 수 있을까. 있다면 어떤 수준이어야 할까. 이 설명의 심급(정도)을 묻는 일이야말로 『잡설품』의 존재의의를 드러냄일 터.

객 : '중략' 부분이란, 그러니까 『잡설품』의 순서인 (1)가출, (2)카마, (3)아르타, (4)우주수, (5)시중, (6)소중, (7)달마, (8)목샤(해탈) 중에서 (5) (6)에 해당되겠군요. 분량상으로도 (5) (6)이 제일 많고 또 철저합니다. 전라도 장수에서 알을 깐 연어 패관 박상륭이 그동안, 태평양의 짠물을 들이켜며 시동이만큼 고행 끝에 품바 품바 하며, 이른 경지.

주 : (5)의 첫 줄에 주목할 것. 시동이 출발할 때 그 앞에 있는 표지판의 글씨가 그것.

> 돌아오고싶은행려자는왼쪽길을가고돌아오고싶지않는행려자는오른쪽길을갈지니!
>
> 모든끝은그러나시작에물려있음을!
>
> —『잡설품』, 24쪽

왼쪽으로 가든 오른쪽으로 가든, 결국은 같다는 것. 색즉시공이고 공즉시색이라는 것. 출발점과 도달점이 같다는 것. 성(聖)과 속(俗)이 같다는 것. 그 자체는 공간(장소)으로 볼 때는 (6)소중(所中)이겠지요. 그렇지만 시간으로 볼 땐 (5)시중(時中)이지요. 시간의 한가운데와 공간의 한가운데가 있고, 이 둘이 마주친 곳, 그러니까 시·공 미분화 단계의 경지. 이른바 대쾅론(빅뱅론) 직전의 단계. 이를 생명체에 적용한다면 자궁 속에서 난자와 정자가 바야흐로 만나기 직전의 상태. 모든 생명체의 시발점인 것. 그러니까 기본적으로 박패관이 서 있는 자리는 진화론이 아닐 수 없지요. 일단 시작이 있고, 그것이 시간 속에서 진화한다는 것. 물론 다윈의 진화론과는 그 범주가 다른데, 이 사실을 박패관은 1000번에서 1003번씩이나 되풀이한다고 공언하고 있을 정도. 그래도 우리 중생(독자)들이 못 알아듣고 외면하고 있으니 자라투스트라처럼 얼마나 답답했으랴.

객 : 그러니까 1004번째도 또 말해야겠다. 이번엔 아주 수준을 낮추어서. 이렇게까지 낮추었습니다그려. 좀 자세히 볼까요.

"오른다고 올랐으나, 거꾸로 매달려 올랐던지, 이 시동이의 눈은, 광야밖에 아무것도 더 보지를 못하고 말았구나. 그 광야에서 그러고도, 나의 40일을 나는 아직도 다 살아내지를 못했구나." 그리고 시동은, 무슨 거인의 해골의 두 눈두멍 같은, 눈앞의 구릉을 건너다본다. 그러곤, 갑자기 건구역질을 해댄다. "구멍이라는 모든 구멍은, 질척거리는 음모(陰謀)라고 읽어야겠는도다! 더러움이라고 일러야겠노라! 악취라고 말해야 하리로다!" 더러움을 토해낸다. 그리고 잠시 잠잠해 있는가 하자, "음모란, 그것에서 하여튼 무엇이 일어나기에, 하는 소리거니와, 여래(如來)까지도 그 음모, 저 음모, 저 더러움, 저 악취에서 如來하거니!" 건구역질을 멈춘다. 잠시 잠잠해 있더니, 새로 시작이다. "그러구 보니,

여기 어디가 그 경계여서, 두 개의 길이 갈려 열려 있음도, 천한번째 새로 보인다. 늘 보아온 그대로, 그 한 길은, 나서는 대로 돌아오지 못하며, 다른 길은, 나선 대로 다시 돌아와져버리는 길, 거기 길의 '음모'가 있음인 것. 고해에 沃焦가 있다더니, 광야에 尾閭가 있었도다." 그리고 시동은 그것으로부터 눈을 거둬, 다시 광야를 내어다보며, 그것이 일순 꺼풀을 벗고 보여주었던, 그 알몸의 확대와 축소의 광경을 떠올려보았다. 시동이의 열세가 어디까지였는지는 몰라 모르되, 어디서 카레 맛도 본 적이 있다면, 그 고장 흔해빠진 전설 중에, 어떤 신의 인현(仁現의 이름은 크리슈나이다) 하나가, 어렸을 때, 유모가 그의 입속을 들여다보니, 그 안에, 한 벌의 우주가 고스란히 담겨 있었더라 했는데, (극대의 극소 속의 內接이었을 것) 그가 자라서, 그럴 까닭이 있어 한번 자기의 본모습을 보였는데, 곧바로 한 우주가 드러났다는 얘기도 들었음 직하다. 전부터도 언뜻 얼핏 그래오지 않는 것은 아니지만, 오늘은 확연하게, 시동이의 광야 또한, 그런 식으로 의인화해, 시동이께 나타내 보인 듯하다. 일체만물, 삼천대천세계를 품어들였다 되뱉아내는 그것은, 어머니라는 계집(如來胎)이었다. 이 오르페우스는, 질척거리는 음모, 이 계집의 요니의 안쪽을 다녀온 것이었댔구나. 바르도는, 업의 역류에 좇아, 모든 염태(念態)에 따라 다 다르게 체험된다고 하거니와, 시동은 오늘 그 바르도를 체험한 것이었댔구나. 두 개의 바르도가 있었다. 하나는 접어들이는 것이었으며, 하나는 들어내는 것이었다. '드는 문'과 '나는 문'은, 같은 한 문이라도, 들어가려는 자와, 나오려는 자에 의해 둘로 나뉘기모양, 바르도 또한 문이 둘인 듯해도, 하나였다고, 시동은 알아낸다. 그 문을 나서는 시간의 길이는, (인세로 열린 문만을 두고 말하면) 280일이며, 문을 들었다 나기는, 49일이 걸린다고 알려져 있으되, 드는/나는 그 일점은, 장소로는 所中이며, 시간으로는 時中이어서, 같은 '꾗'인 것. 여기서는 그래서 일어나지 않으며, 태어나지 않고, 일어나지 안했으니, 멸하지 않으며, 태어나지 안했으니 죽지 않는다,고 이른다. 만약 운동이 개입되지만 않는다면, 그것 자체는 니브리티이다. 문제는, 이 문은, 니브리티에 있는 것이 아니라, 프라브리티 가운데 있다는 것일 것. 운동이 무엇에 의해, 무슨 까닭으로 일어나느냐는 물음에, 용수보살식 대답을 하려 하면, 그때 '서근의 삼(麻)'으로 꼰 회추리질이 필요해진다. 그렇잖으면, '인연' 따위를 주억거리려 하여, 말의 삼실에 엉겨 꼼작 못하게 되기 쉽다. 프라브리티 자체가 그 운동(Vritti)이 아닌가? 바르도는 프라브리티였다. 그리고 그것은 계집의 자궁이었다. 황폐는, 프라브리티라는 흙밭〔泥田〕에, 잘못 발을 빠뜨린 백조가 아닌가? 순야타(空)를 싸안은 루파(色)를 무엇이라고 해야겠느냐? 황폐는 잠든 발키리며, 라는 말은, 번안하면, 발키리의 잠이며, 저를 태운 불새의 재이다. (이 '불새의 재'는, 「나무꾼과 鶴女」라는 童話에서, 도난 맞은 鶴衣라고 얘기되어져 있는 것인 것.) 불새는, 재새〔灰鳥〕이다. 이 재새의 역설적 난제는, 재새의 날개는 재 속에서만 얻어지는데, 날아오를 때는, 재만을 남긴다는 것, 그러니 날개를 다시 벗어놓지 않으면 안 된다는 것이다. 進化論門의 '色'의 이해는 저러한 것. '재냐 불이냐' 즉 '알과 닭' 중, 어느 쪽이 先在的인가는 문제 삼을 것은 못 된다. 판켄드리야의 '인식'이라는 것이 문제된다.

—『잡설품』, 432~434쪽

여래태, 염채, 시중, 소중, 불새(성배), 이 모두가 진화론에서의 공과 색이라는 것. 그 선후를 따질 수 없다는 것. 그런데도 진화론이라? 시간이 중간에 있지 않고 흐르기 시작해야 진화론이 성립되지 않습니까? 필시 판켄드리야에 무슨 비밀이 숨어 있겠군요. 아마도.

주 : 그렇소, 패관 박상륭이 진화론에 관심을 가지기 시작한 것은, 갈마분열에 대한 생각을 천축의 어법을 좇아 이미 『칠조어론』(제3부 역

진화론)에서도 잠시 보인 바이나, 이를 자각적으로 진화론의 중심부에 놓고 펼친 것은 『신을 죽인 자의 행로는 쓸쓸했도다』에서요. 이 소설이 나왔을 때 작가는 필자와의 좌담회 석상에서 아주 맨얼굴을 드러내어 이렇게 말하더군요.

제가 생각하기에는 인류가 이 땅에 있어온 지는 수수억만 년이 되었어요. 우리는 지금 호모 사피엔스라고 하는데 어떻게 해서 수수억만 년 동안 인류는 오늘날 우리가 이룬 것 같은 문화나 문명을 이루지 못하고 지금부터 7천 년이나 8천 년 전부터 이런 갑작스런 문화를 이루었느냐? 그때 제가 해낼 수 있는 대답은, 그것은 지질학자들이나 고고학자들이나 과학자들이 대답해야 하는데, 그분들이 아직까지 대답을 못 하고 있어요, 수수억만 년을 지구상에 있어오는 동안에 1관을 가진 존재부터 4관을 가진 존재까지…… 아마 진화의 과정상에 그렇지 싶어요. 자이나교에 의하면 1관을 가진 유정이 2관을 가지려면 몇억 년이 걸린다는 것이거든요. 그러니까 4관까지 진화를 해오기까지 수수억만 년이 걸렸을 거라는 거죠.

그런데 7, 8천 년 전에, 7, 8천 년이라고 말씀드릴 수 있는 것은 구약이 5천 년, 신약이 2천 년, 그리고 중국에는 신농씨, 복희씨 때부터를 7, 8천 년으로 잡는데, 그때 드디어 5관을 구비했을 거라는 겁니다. 즉 7, 8천 년 전에, 그때부터 극적인 역동적인 발전이 있기 시작하는데, 그 5관을 갖추기 시작하면서부터 판켄드리야(Pānkēndriya)들이 자기의 안쪽을 들여다보기 시작했을 거라는 겁니다. 왜냐하면 그 수수억만 년 동안 밖을 내다보고 달이 지고 뜨고, 해가 뜨고 지고, 천체운행을 다 살폈을 것이지만 거기에서 어떤 신비함도 발견하지 못했는데 5관을 갖추면서 자기 밖에 있는 우주와 똑같은 우주를 자기 속에서 발견했을 거란 말이오. 이 5관을 가진 유정을 자이니즘에서는 판켄드리야라고 합니다. 이 판켄드리야들이 5관을 갖추면서 자기 안쪽을 들여다보자마자 이제까지 수억 년 동안 자기 밖에 있어왔던 똑같은 우주가 자기 안쪽에 있었다는 것을 알았겠죠. 그때 신비의 경험을 한 것입니다. 이러는 동안에 신까지도 판켄드리야로의 진화과정상에 계속적으로 내재해 있었던 것입니다. 육신이 5관을 구비하면서 드디어 자기 속에 있는 초월적인 힘에 대해서 눈을 뜨고, 그것에 이름을 붙인 것이 타트다, 사트다, 도다, 또는 신이다, 여호와다, 이런 식으로 된 것입니다. 그렇다면 이 신은 죽일 수 있는 신이 아닙니다. 우리들 속에 내재해왔던 것이 우리들의 진화와 함께 우리 속에서 하나의 초월적인 힘으로 발견된 것입니다. 그것은 우리가 발견한 우리 속의 어떤 것이고 외재적인 것이 아니기 때문에 죽일 수 없는 것입니다.

—좌담 김윤식·박상륭·이문재, 「우리 소설을 지키는 프로메테우스」, 『문학동네』, 2003년 가을호, 380~381쪽

객 : 대체 자이나교는 어떤 종교인가요.

주 : 그 점에 대해 박씨는 별다른 제시가 없는데, 번거로웠던 탓이 아닐까 짐작합니다. 제가 조금 조사해본 바에 따르면 대략 이러합니다.

불교와 더불어 인도의 유력한 종교의 하나. BC 6세기경 바르다마나(Vardhamana)가 세운 무신론의 종교. 베다(Veda)의 교권을 부정하여 고행과 불살생(不殺生)을 중히 여김. 종래의 바라문교(힌두교)에 대하여 불교와 함께 개혁적인 종교. 갈마[業]에 의해 윤회에서 해탈함을 인간의 구경 목표로 삼은 이 종교는 동물 불살생, 거짓말 않기, 도적질 않기, 순결 지키기, 소유욕 제한 등 다섯 가지 계율을 지켜야 함. 극단적인 고행주의와 다원적 실재론(實在論)에서 중도주의인 불교와 선을 긋게 됨(渡辺照宏, 『佛教』, 岩波新書, 71~73쪽). 대체로 살펴본 바로는 이와 같은데요.

중요한 것은 불교가 발생지에서는 밀려나 태국, 스리랑카, 중국, 한국, 일본, 티베트 등 외지에서 성행함에 대해 자이나교는 인도 국내에서도 아직도 크게 신앙되고 있다는 점이겠지요. 어째서 그러할까.

객 : 이 물음에 대한 제일 그럴싸한 해답을 좁소리꾼 박씨가 잘 해놓고 있다! 『신을 죽인 자의 행로는 쓸쓸했도다』 내용 전체의 메시지가 바로 이 해답용이다! 자이나교의 칼로 무장한 박씨가 있지도 않은 신을 죽였다고 외치는 니체를 친다!

주 : 자이나교에 대해 잘 알지도 못하나, 박씨의 해설에 기대면, 인류라는 유정물(有情物)은 빅뱅(대쾅) 이후 한 기관(Ékendriya)에서 두 기관(Devindriya), 세 기관(Trindriya), 네 기관(Katūrindriya)으로 진화해오다가 지금부터 약 7천 년 전에 이르러서야 비로소 다섯 기관(Pānkēndriya)으로 되었다는 것. '몸→말→맘'의 과정이었겠는데, 해설을 좀더 옮겨오지요. 그렇지 않으면 이 소설을 도무지 읽어낼 재간이 없으니까.

이건, 다른 방언을 쓰는, 현자들의 지혜를 빌려 하는 얘기이외다만, 그들은 '인간'을, '판켄드리야(Pānkēndriya, 오관五官을 갖춘 유정有情)'라고 하는데, 그로부터의 진화는, 정신적으로 이뤄진다는 것입데다. 중생, 불멸, 해탈 따위. 그런 금(金)은 그런데, 다름아닌, '육체'라는 조악한 질료의 연금을 통해서만 이뤄진다는 것인데, 그래서 '육체야말로 진화를 위한 필수조건'이라는 명제가 서는 것인 것. 그렇다면 그것(몸)은, 공이 함의하는 바와 같은 '목적'은 아닌 것. '육체가 목적'이 되면, 매우 바람직하지 않게, 부정적 국면에선 '악마주의'랄 것이 머리를 쳐들 위험이 도사리고 있을 거외다. 그러함에도, '영혼은, 육체가 더욱 더욱 메마르고 처량하게 되어, 아사하기를 바라'는 것이라고, '그리하여 영혼은, 육체와 대지로부터 벗어나려고 생각하고 있노라'고, 설할 수 있으리까?

그러므로 하여, 영혼이라는 것은 나나니벌 같은 신이, 인간의 육체 속에다, 묻어놓은, 나나니알 같은 것으로 여겨, 할 수 있으면, 저 알을 뽑아내어 짓눌러 죽이려 하는 듯도 여겨집네다만, 늙은네의 믿음엔, 바로 이 '영혼'이라는 것은, 본디는 어떤 '의지'라고도 이를 것이, 에켄드리야(Ekendriya, 일관유정一官有情)로부터 시작한, 멀고도 하멀고, 고단하기도 하고단한, 진화의 과정을 겪어, 마침내 판켄드리야까지 도달한, 그 결과가 그것인 것을. 육신적 진화의 종점은 어쩌면 이 상태(판켄드리야)까지일지도 모르되, 진짜의 역동적 진화는 그러나, 여기서부터 시작이겠습지. 두렵고도 슬픈 일은, 불행하고도 비극적인 일은, 자라투스트라는, 그 새로 시작되는 진화의 역동적 도약대를 부숴뜨리려 덤벼, 판켄드리야로 하여금 카투린드리야(Katurindriya, 감각기관을 넷만 구비한 유정) 내지는, 트린드리야(Trindriya, 삼관유정三官有情)에로의 역진화(逆進化)를 '초월'처럼 설하고 있다는 그것입지.

—『신을 죽인 자의 행로는 쓸쓸했도다』, 문학동네, 2003, 59~60쪽

객 : 그러고 보니 『잡설품』은 진화론에 근거를 둔 박패관의 우주론입니다그려. 혹은 종교라고나 할까. 소설 따위란 안중에 없소. 무슨 종교의 교주 되기라고나 할까. 이렇게 대담하고 욕심 많고, 또 집요한 정신력이란 그 자체가 한 채의 말로 쌓은 절(미당)이라고나 할까. 그러고 보니, 선생은, 다름 아닌 유리마을에서 온 노승입니까, 문잘배쉐 성에서 나온 시동입니까. 그 둘 중의 하나이겠습니다그려.

주 : 그럴 리야 있겠소. 보다시피 나는 한갓 독자니까. 다만 좀 신중하지 못한 독자인 셈. 또 입이 조금 헤픈 또다른 품바꾼(비평가)일 따름. 패관 박씨가 이 사정을 아래와 같이 정확히 지적했지요.

헌데 말이시, 글 읽기나, 남의 얘기 듣기 좋아하는 이라면, 먼지 한

톨도 끼인 자리 없어 浮土라는 덴, 하품 나고 심심해서 못 산다. 걸 무슨 수로 무량겁 한하고 견뎌내겠으? 그런 자리에서 무슨 읽고 듣고 할 애깃거리가 있겠으? 도서관이라는 데에, 女仙男仙 짝 지어 앉아, 살인, 강도, 방화, 불륜의 얘기 읽으며, 시식대고 있을 성불러? '글사모' 네 방장 바슐라르옹은 몰랐겠지만, 글이며 얘기가 쌓인 자리는, 글쎄 말임세, 이 풍진 세상 말고는 없을 것임세. 이 세상 유정 하나하나가 다 얘기책인데, 서른 권 책도 넘을 분량의, 그것도 아픈 얘기, 그래서 않음다운 얘기들이라 말이시, 천국에도 도서관이 있다면, 그 도서관은 그래서 이 땅 위에 있는 그것을 이른다 해야겠을시. 읽기나, 듣기 좋아하는 이들은 그래서는, 그곳을 뒤로하고 내려와야 할 테다. 그런 仙 중의 하나가, 羑里에 내려, 文門을 연 뒤, 자네네서 이르는 聖杯, 그 친타마니를 찾아, 텍스트들의 심산유곡, 뻘밭, 타는 사막, 가시쟁이숲이며, 엉겅퀴, 돌밭 해치기를 지칠 줄도 모르고 해온 끝에, 물론 그의 안낭엔 무수한 좋은 것들이 빼곡 채워 있을 것이네만, 찾아낸 것 중의 하나가, '카인-자라투스트라'이겠네. (이 원로 기사가, 湖東의 김윤식翁이다.) '카인-자라투스트라'란, 이 김翁이, 復古, 또는 復元된 人間의 한 전형으로서, 그 비전을 제시한 인물인데, '두번째 카인-자라투스트라'라고 했었으니, '첫번째'도 있었을 것은 당연하겠지. 이 둘은 그런데, 同名同人이거나, 同名異人이라는 설도 있다. 엣따나, 詩三百 다 읊으려 말자. 一言이 폐지하면, 하나는 앞서 말한 '대지'라는 현수막을 높이 들고, 전위를 표방하며, 역설적으로 逆前衛하고, 다른 하나는, 반대로, 복고를 주창하며, 逆前衛하기로써, 역설적이게도 전위(逆逆前衛)한다는 다름이 있다. 한 번 더 되풀이하면, 이것이 언뜻 전위, 또는 새 소식처럼도 여겨지는 관건일 것인데, 하늘에 저항하여, 저 가장 오래된 늙은 대지에 돌아가 안기려 하고, 다른 하나는, 이것이 언뜻 퇴행, 케케묵은 소식처럼도 들리는 관건일 것인데, 어머니께 童貞을 겁탈당하기 전의 아담, 그 原人, 또는 本디人에 돌아가려는 데서, 同名同人, 同名異人이라는 구분이 생긴다. 이 '大地'를 '어머니'라고 이해하면, 양자는, 발로된 '요나 콤플렉스'의 표리관계로 이해되어질 터이다. 하나는 저 모태 속으로 들어가려 하고, 그 의지의 표상화가 '붉은 용'일 테다. 다른 하나는 나오려 하는데, 거기 '흠 없는 어린 양'의 모습이 보인다. 人間의 再臨이 있다! 인간의 재림의 강보는 그리고, 새로 그리고, 새로 또. '神에의 認識'이 되어 있는다. 神이 존재하는가 마는가 하는, 이분법적 고전적 의문은, 잘라내버려야 곱낄 자리를 남기지 않는 귀두를 덮은 껍질 같은 것이다. 이미 그것은 유치하다. 그것에 의해서만 요나들은, 大地라는, 그 짐승의 자궁, 그 레비아탄의 뱃속에서 탈출한다. 완성된 五官有情급 육관유정(六官有情) 그 이후의 人間이 태아난다. 티베미(Thus I Say).

—『잡설품』, 112~113쪽

객 : 과연. 순례자 박패관의 안주머니에 "무수히 좋은 것들이 빼꼭 채워 있을 것"들 중 하나를 (그러니까 겨우 하나!) 선생이 찾아낸 모양이군요. 그러니까 선생은 그런 것이나 찾아내는 '늙은 기사'입니다그려. "패관 박상륭은 카인-자라투스트라이다!"라는 것을(김윤식, 「자이나교도의 판소리 열두마당」, 『한국문학』, 2004년 봄호) 찾아낸 늙은 기사 김윤식.

"그런데, 이제 늙은 기사 김윤식은 다시 뭔가를 찾아내 보라. 바로 이 『잡설품』에서!"라고 박씨가 은근히 선생을 협박하고 있는 형국! 맞소?

주 : 반쯤은 맞소. 맞는 것은 내가 맘대로 느끼는 것이니까 사실이라 칠 수 있소. 그러나 나머지 반쯤은, 비록 돈키호테모양 창도 갑옷도 다 낡은 기사이지만 그래도 나는 아직은 기사인지라, 보물찾기와 더불어 그 보물을 받아줄 미인을 동시에 떠올리오.

객 : '6관유정' 말이겠습니다그려.

主 : 진화론의 핵심인 5관유정이 역진화하여 짐승으로 추락(4관유정)하느냐 진화하여 6관유정으로 나아가느냐.

신발과 해골 만다라

객 : 진화론의 핵심사상이 놓인 곳, 그것을 음미하기, 이것이 마지막에 남습니다그려. '(7)달라(法)'에서 '(8)해탈'까지의 거리는, 말의 세계로서는 역부족인 것. (5) (6)의 저 장광설에 비해 (7) (8)의 저 간략함을 보시라. 그런데 (7)에서는, 저 『소설법』에서 하던 포맷을 그대로 사용하고 있어 인상적입니다. 『소설법』에서는 아담과 카인의 대화인데, (7)에서는, 유리에서 온 노승(촛불중)과 문잘배쉐 성에서 온 시동의 대화이니까. 아마도 선생은 이에 대한 소설적 기법에 주목하지 않았을까. 아담과 카인의 대화 장면을 길게 인용했더군요.

主 : 한번 더 인용해보고 싶소.

아담—창조론(創造論) 대신 진화론(進化論)을 신봉하기 위한 편리함이던가? (그리고 조금, 소리내어 웃는다)

카인—(아비 따라 조금 소리내어 웃고) 소자는, '이방인'들이 일찍이 개발한, 그 진화론의 신봉자라는 것을 밝혀야겠군요. 그것도, 육신, 또는 체(體)는 적자생존(適者生存)의 자연율(自然律)에 묶여 있고, 다만 정신, 또는 용(用)만이, 진화를 가능케 한다는, 그 편에 서는 진화론자입니다. 그 생각을 정리하기 위해서 소자는, 그 원의(原意)야 어떻게 되었든, 그것들을 저의 생각 속에 끌어들여 굴절, 심지어는 왜곡을 했던 것이, '아니마→지바→불(佛)'이라는 것이었습니다. 그리고 스스로 정의하여, '아니마'는 모든 유정에 편재하는 것으로써, 아직 그것만의 별개성(別個性), 또는 개존성(個存性), 보다 확백하게 말씀드리면, 자아(自我)를 갖기 이전의 것이라고 하고, 반해, '지바'는, 그것만의 별개성, 또는 개존성, 다시 말씀드리면 자아를 갖는 것이라고, 했사옵니다. '아니마'의 경우는, 그것이 어떤 개체, 풀이라든, 지렁이나 토끼라든, 나비나 종달새 따위에 제휴해 있을 때는, 비유로 말씀드리면, 연잎 위에 뭉친 아침 이슬방울 같은 것이다가, 바람결에 그 잎이 흔들려 연못에 굴러들면, 그러니까 그 입은 몸을 벗으면, 그 당장 해체를 겪어, 그 전체 속으로 귀환해버리는 것이나 아닌가 하고, 이때의 이 '전체'란, 그 '종(種)'이나 '유(類)'의 의미이온데, 집단혼이라고 일러도 될까요. '지바'의 경우는, 그 비슷한 방울 속에, 분화되어지지 않는 어떤 씨앗 같은 게 있어, 그것이 '지바'겠습죠, 그 몸은 물론, 그 연못에 귀환한다 해도, 그것만은 수은방울 같은 것이 되어, 그 바닥에 구르고 있거나, 차라리 그 한 연못을 왼통 휩싸아버릴지도 모른다는 생각입니다. 여기 어디서, '바르도'가 열려, '갈마분열/역분열'이 시작되는 것이 아닌가 합니다. 전자는, 윤회나 환생 대신, 그 종이나 유의 '유전자(遺傳子)'를 통해 불멸 따위가 운위될 것이며, 후자는, 종이나 유를 떠난 '자아'와 더불어, 그것이 운위되어질 것입니다.

—『소설법』, 「逆增加」, 200~201쪽

편력을 겪은 최초의 탕아, 각설이꾼 박상륭 패관이 도달한 전 과정이 아비 앞에 고백되어 있지요. 이에 대한 아비의 반응을 보시라.

아담—(갑자기 일어나, 자식의 머리에 입맞춤을 하고, 되앉는다) 나이로는, 그리고 촌수로는, 내가 너보다 늙은 아비로되, 지혜로는, 애비가 자식께, 스승의 예를 갖춰야 할 듯하다.

카인—(꽤는 어리둥절해하다, 얼른 정신을 차리고, 부복하여, 아비의 발등에 두 번 세 번 이마를 조아린다) 판켄드리아를 최초로 성취한 이는, 이방인들을 제외하기로 하오변, 아버님과 어머님이셨습니다. '시혜의 열매'를 딴 순간, 바로 그 위대한 도약, 돌연변이가 이뤄진 것으로 아옵는데, …… 아버님께서는 그것을 꿈이나 아니었는가 하고,

—『소설법』, 203쪽

이 장면을 두고 감동적이 아니라면 분명 거짓말. 어째서? 탕아의 실력이나 깨침이나 논리가 썩 정연하고 제법 합리적이어서 설마 아비가 갑자기 일어나 자식의 머리에 입맞춤을 했으랴. 천만에, 아비 앞에 고백하는 아들의 몸짓이 하도 괴롭고 측은해 보였기 때문이지요.

객 : 카인이란 분명 자기 아들임을 아담이 알아차리는 장면이군요. 아들이 아비의 실력을 인정하고 그 핏줄의 운명적 위대성을 진화론 속에 포함시키는 장면이니까. 마주 대하는 육성으로 고백하는 사실만큼 확실한 것이 따로 없다는 것. 왜냐면 고백체란 혼의 과제이니까. 짐승 가죽을 벗는 방식이니까.

주 : 『잡설품』에서는 아비 대신 노승(순례자)과 시동의 대화체, 간단명료한 대화.

시동 : 아, 스, 스승, 님, (그리고 목이 멘다) 뵙고저 하였었니다!

순례자 : 허? 허으! 이거 첨 들어보는 소린데, 내가 너의 스승?이랐고시나? 그렇걸랑, 청승 떠는 대신, 스승에 대한 예로서, 만달라라도 하나 바쳐보라마!

시동 : (어리둥절해하며) 그, 그게 뭐, 뭣인지는 모르겠사오나, 분부시라면 어찌 거역하오리까?

순례자 : '네 머리통을 잘라 한가운데 두고, 네 사지로 밖을 둘러 울

을 삼는다면,' 그것이 만달라인 것,

시동 : (잠시 머뭇거리고 있다 뭘 생각하고서인지, 제 손아귀를 벗어날 만한 모난 돌을 하나 주워 들어) 소자를, 제자로 거두어주소서! (제 머리를 향해 내려치려 한다.)

순례자 : (얼른 그 손에서 돌을 빼앗아 멀리 던지며) 케흐흥, 멀쩡한 녀석 같으니라고! 어째 됐든 이렇게 말하자, 네가 바치려는, 너의 몸·말·마음은 통째로 수락되어졌다고 그렇게 말해두자!

—『잡설품』, 465~466쪽

유리계에서 온 노승인 순례자가 바로 아담이고 시동은 그 장남이지요. 아우 아벨을 죽인 살인자 카인 말이외다.

객 : 아, 그러니까 화해할까, 순례가 끝날 때입니다그려. 그 만다라 그리기 말이외다. 『소설법』에서 그 만다라가 여기에서는 아주 구체적이어서 인상적입니다. 비록 본문 아닌 각주이긴 해도. 왈.

티베트의 詩聖 밀라레파의 先祖師 나로파가, (그의 스승) 티로파의 명에 좇아, 만들어 바친 만달라가, 대략 저런 꼴이었는데, 티로파 가라사대, "〔……〕 너의 머리통을 잘라서는 한 가운데 놓아두고, 그리고 너의 팔과 다리들을 둘러, 둥글게 배치할지어다." 그 원전은 金剛乘(Vajra- yāna) 門에서 구해지는 것을, 유리에서 왔다는 이상한 순례자가 빌렸을 때는, 庶子的으로라도, 그가 어느 門에 법의 배꼽줄을 잇고 있는가를 밝히고 있는 것일 것이다. 의 이런 괴상한 발설을 통해, 아는 이들은 눈치 챌 것이지만, 동시에 괘념해둬야 할 것은, 예의 저 '羑里'는, 모든 종단으로부터 환속했거나, 파문당한 이들이 모여들어, 이뤄진 고장이라는 그 점이다. 이런 식의 第三乘(Vajrayāna), (또 혹간 第四乘)에 관해서는, 이 (씌어진 글은) 고아(와 같다는 말을 상기하기 바라지만)

가, 어떠한 대접을 받고, 어떠한 처지에 있든, 어버이가 나설 부분은 아니거나, 넘어선 것으로 안다. (咄, 小說하기의 雜스러움!)

—『잡설품』, 499~500쪽

주 : 이 만다라가 살아 있는 달마인 것. 색으로서의 '몸·말·맘'. 이를 루타로 보이면 해골이겠고, 아르타로 보이면 만다라인 것. 해탈이란 새삼 무엇이뇨. 『잡설품』은 오직 이 물음을 위해 씌어졌던 것.

문잘배쉐 성 어부왕 안포-타즈의 시동이 치부를 다쳐 죽지도 못해 그 상고에 시달리고 있는 상전을 위해 불사조를 찾아 광야를 헤매고 온갖 고난 끝에 마침내 이른 곳은, 아비의 목숨을 살리기 위해 생명수를 찾아 인간이 그것도 여인이 할 수 있는 극한적 모험 끝에 드디어 생명수를 얻게 된다는 저 호동 한 모퉁이 조선 땅의 바리공주의 성공담과는 달리, 스스로 해골 만다라 되기였다는 것. 이를 해탈 또는 출가(出家)라고 부른다는 것. 『잡설품』이 닿은 곳, 가출에서 출가에 이른 곳은 과연 만다라 그것처럼 아름다울 수밖에. 자기 몸으로 조각한 만다라이니까. 자기 머리를 잘라 두 손과 두 발 위에 조각한 이 만다라를 두고 아름답지 않다면 이것만큼 불경한 거짓말은 다시 없는 것, 자, 보시라,

身是純化樹(신시순화수)
語如蠕懶熊(어여연라웅)
時時勤攀登(시시근반등)
心開優曇華(심개우담화)

〔溫肉派(요가派, 또는 進化論派) 第七祖의 偈頌 참조. '身是菩提樹/心如明鏡臺/時時勤拂拭/勿使惹塵埃' *라웅=나무늘보.〕

시동이 실제로, 어디만큼이라도 떠났다, 구하려 했던 불새까지는 아니더라도, 그것의 붉은 깃털이라도 하나 뽑아, 품속에 넣고 돌아오던 중, 다시 거기 닿았기에, 잠시 쉬느라 그랬던지 어쨌던지, (그 일이라면, 예의 저 선돌에게라도 물어보는 수밖엔 없겠제맹?) 그 같은 자리에서 소롯해진 그를, '바람의 혀와 시간의 쉬라는 벌레'들이 가만두지 안했던 모양이어서, 습기와 살은 다 파 먹히고, 희둑스레한 뼈를 한 무더기 오소록이 남기고 있던 것이, 해 아래 드러나 있었다. 훨씬 벗어버리고, 아무런 부끄러움도 없이, 세상에 자기를 드러내 보인, 그 형상을 좇아 (패관 투의) 추측을 해보기로 하자면, 시동은, 문잘배쉐 쪽을 향해, 책상다리 좌세를 꾸며, 두 팔로 두 정강이를 껴안아 모은 뒤, 세워진 두 무릎 위에 얼굴을 받쳐 올려놓은 그대로, 앉았던 자리에서 한 발자국도 떼어놓지 안했거나, 못했었던 것 같았다. 그렇게 몇 날, 몇 주야, 몇 달, 몇 성상, 또는 몇 세기를 보냈던지, (이 또한 선돌에게나 물어보는 수밖엔 없겠지만) 굵은 사지(四肢)뼈로 밖을 구획하고, 갈비뼈 따위 잔뼈들로 안을 꾸민, 그 한가운데, 몹시 퇴색한 데다 얼룩져 있었으나, 가즈런히 놓여진 한 켤레의, 그 뽐나는 신발 위에 놓여진 희둑스레한 해골은, 어째선지, 그만한 크기의 붉은 돌로 보여, 앓음다웠다. 그가 찾아 떠났었던 그 불새의 잠든 모습이 그것이었는지, 아니면 일곱 색깔을 흩트리며 그것이 날아가버리고 난 뒤, 남은 재가 그것이었는지, 저 선돌 말고, 또 누가 그것을 알겠는가. 마는 어찌 되었든, 문잘배쉐를 향해, 두 눈두멍을 끝간 데 없이 깊이 열고 있는, 강낭콩꽃 빛깔의 저 해골을 얹은, 한 무더기의 뼈는, 예의 그 이정을 새긴, 선돌이 편 그늘을 편안스레 덮고, 무슨 비밀을 발설하고 있었으나, 해골의 입을 통해 흘러나온 언어를 이해해내기는, 한 손뼉을 쳐낸 소리의 의미를 터득하기와 다르지 안했다.

모든길은그러나시작에물려있음을!

아으, 그런즉슨, 시작하지 말지어다!

이티 마야 쉬루탐(Iti mayâ śrutam. 如是我聞)

—『잡설품』, 485~486쪽

객 : 과연 만다라 그리기가 아니라 스스로의 몸으로 조각하기이군요. "바람의 혀와 시간의 쉬라는 벌레"가 다 파먹고 난 시동의 해골 만다라. 이를 두고 해탈(출가)이라 했군요. 이 해골 조각 만다라가 휘황한 것은 그 옆에 가지런히 놓여진 한 켤레의 그 뽐나는 신발에서 온 것. 맞습니까.

주 : 좋은 질문. 할방패관 박상륭식 표현으로 하면, 그러니까 노기사 김윤식 교수의 말로 하면 나뭇잎에든 양피지에든 "그것 좀 기록해둬야겠구나, 잘 못 알아듣겠으나, 울림만은 참 좋은 말"(『소설법』, 204쪽)인 것. 뼛조각 만다라 옆에 놓인 그 뽐나는 신발.

객 : 아, 그러고 보니, 가출할 때 시동이 신었던 바로 그 신발이군요. 눈에 선하네요.

시동이는 그래도, 다음 끼니를 걱정하지 않는다는 다른 낭인들과 달리, 한번 배 불릴 빵떡과, 목 축일 물병은, 괴나리봇짐 속에 쌓아놓고 있어, 한번 형편은 그리 나쁠 듯하지 않는데, 또 보니, 헥, 저런 저런, 명절 때로만 신었던, 그 뽐나는 신발도 뽐나게스리 신었구나, 신었어, 허, 허, 허긴 뽐生뽐死라거니—.

—『잡설품』, 17쪽

그 신발이 뼛조각 만다라 한가운데 가즈런히 놓여 있습니다그려.

주 : 그게 바로 붉은 돌, 성배, 불새의 잠든 모습이 아니었을까. 그래도 뼈는 뼈인 것. 아름답지만 또 '앓음다움'일 수밖에.

객 : "잘 못 알아듣겠으나 울림만은 참 좋은 말" 강낭콩꽃 빛깔이니까.

주 : 신발이란 새삼 무엇이뇨. 신발이란 원래 세 켤레. (1)아도니스(Adonis)의 발에 신겨진 것, (2)라마(Rama)가 벗어 옥좌에 올려뒀던 것, (3)다르마보디(Dharmabodhi)의 그것. (1)은 벗으면 죽는 것, (2)는 인간세계의 '권세의 홀'에 해당되는 것. 그러나 (3)은 좀 별나다. 어째서?

> 그가 죽어, 관 속에 뉘였는데, 나중에 보니, 거기 '한 짝 신발'만 벗겨 남겨져 있고, 누가 보니 그는, 때에 서천(西天)을 향해가는데, 다른 한 짝 신발은, 머리에 이고 있었다던가, 가슴에 품고 있었다던가, 뗏목 삼아 타고 있었다던가, 아무튼 버리지 못해 갖고 맨발로 걷더라는 것이다. 그는 쾌쾌했던 이였으니, 본받아 쾌쾌하게 털어놓기로 하면 그는, 그런 방법으로, 그러니 신발을 방편 삼아 '色卽時空, 空不異色'이라는 '달마(法)'를 설하고 있었던 것이 아니었는가,
>
> —『잡설품』, 248쪽

(1) (2) (3)을 싸잡아 말해, 신발이란 짐승에서 벗어났음을 가리킴인 것. 자이나교도 박상륭식으로 하면 4관유정에서 5관유정으로, 그러니까 인간으로 자아를 갖게 된 단계의 상징물인 것.

객 : 썩 그럴 법하군요. 짐승은 맨발이니까. 짐승(4관유정)과 인간(5관유정)의 구별은 맨발이냐 신발이냐가 분기점이었을 테니까. 그중에서 (3)이 썩 그럴 법하군요. '색=공'이니까. 루타(相)와 아르타(意)가 분리되어도 합쳐져 있는 것이니까. 죽었을 땐 한짝은 벗어놓아야 하니까.

주 : (1)이나 (2)의 신발은, 신기료장수 멋대로 꿰매 신기면 되겠으나 이 벽안호승(달마)의 것은 해졌다 해서 신기료장수께 가져가 수선볼 것도 못 되는 것. 풍문에 의하면 짚세기였던 까닭. 그러나 (1) (2) (3)을 모조리 넘어선 제 (4)의 신발, 그것이 시동의 그것인 셈.

객 : (1)은 신데렐라의 유리구두, (2)는 군화일 테고, (3)은 짚세기(草鞋)이겠다. (4)는 그렇다면, 해골 만다라 한가운데 있는 '뿜生 뿜死'의 그 신발입니다그려.

주 : 좋은 울림, 박패관의 용어로 하면 6관유정으로 향한 신발!

객 : 그래봤자 아직 5관유정 단계. 그 5관유정(판켄드리야)이 6관유정 되기를 꿈꾸어본 것. 이게 인류를 미치고 환장케 하는, (도스토옙스키는 왈, 이것이 없으면 인류는 살기를 원치 않을 뿐 아니라 죽을 수도 없다는 것—『악령』) 그 유토피아가 아니겠는가. 장자가 봄날 대낮에 나비 된 꿈꾸기가 그것. 한번 이 꿈을 꾸어본 자는, 기묘한 병에 걸리는데, 현실과 꿈의 경계선이 무너져, 어디까지가 현실인지 또 꿈인지 헷갈리게 된다는 것. 이 단계에서 한 발자국 내딛기란 과연 가능한가. 이게 문제이겠는데요.

주 : 좋은 울림! 과연 6관유정에로 진화할 수 있는가. 여기에 모든 진화론자들의 미래가 달린 것. 그중 패관 박상륭의 해법은 어떠할까.

5관유정(진화론)의 본의—노엄 촘스키, 조지 오웰

객 : 문제는 진화론이겠습니다그려. 어부왕의 경우로 하면, 4관유정(카투린드리야)이 밖의 눈을 안으로 돌렸을 때 '자아'라는 것을 발견했다는 것, 이게 바로 5관유정(판켄드리야)인 아담이 아니겠는가. 틀림없는 진화론이지요. 그로 인해 지혜의 열매 따 맛보기, 그 까닭으로 에덴에서 추방당하기, 그리하여 그의 앞에 보여진 세계는 엉겅퀴와 가시덤불에 덮인 광야였을 터. 왜냐면 짐승모양 하와와 첫 교미를 했으니까. 그렇게 긴 세월에 걸쳐 4관유정에서 5관유정에로 진화해온 판에 도로 나무아미타불. 이게 역진화일 터. 그러나 아담은 자아의 흔적을 가졌

기에, 성적 불구가 되었고, 이 불치의 상고를 앓을 수밖에. 성배만이 그를 치유할 수 있다고 믿을 수밖에요. 이런 식 진화론은, 저 천축의 자이나교에서 배운 박패관의 성배전설(기독교)에 대한 해석이겠는데요. 순례자, 구도자의 온갖 순례의 모험(고행)길이란 이 범주에서 싸잡아 설명할 수 있을 법하지요. 더 속되게 말해 보물찾기인 것. 누군가에게서 보물을 찾아달라고 의뢰가 오면 한 용맹한 사내가 모험에 나선다. 가는 길에 도우미 또는 방해자가 나타나고, 여사여사한 일들이 벌어지고 마침내 목적지에 이르자 허탕(죽음)에 닿게 된다는 것. 인간이 발견해낸 모든 얘기의 원산이 바로 이것. 「입법계품入法界品」(화엄경), 『빌헬름 마이스터의 수업시대』(괴테), 『정신현상학』(헤겔)도 이 범주의 사례들.

주 : 좋은 지적. 자이나교도 박상륭의 진화론이란, 세속적인 것이 아니라 성스러운 것(종교)의 범주라는 것. 어려운 말로 하면 성과 속의 동시성. 색즉시공의 범주이지요. 그런데, 이 박패관식 진화론은 같은 진화론이긴 하나 니체의 저 자라투스트라의 초인과는 겉모양부터 매우 다르오. 진화론의 원점 확인이 원초적이자 원론적인 데서 오기 때문이오.

객 : 밀종적(密宗的)으로 이르는 바르도(Bardo, 외부에 열린 내부) 말이군요.

주 : 바로 그렇소. 속되게 말해 자궁 속에서 벌어지는 인간 탄생 장면이 그것. 박상륭식 진화론의 원초적 장면이란 박씨 특유의 것이라는 점에 주목할 것이오. 아주 대놓고, 자신만만하게 이렇게 실토할 정도.

패관은, '時中'이라는 공안(公安)에 묶여 왔었거니와, 만약에 '흐름(動)'에 時中이라는 것이 있다면, '흐름없음(空間)'에도 그런 일점이 있음은 분명하다는 믿음에서, '所中'을 상정케 되었는데, 이는 그런즉 우선은, 사안(私案)이라고 해얄 것인 듯하다. 앞서 패관은, 저 공주의 잠든 몸이 '대지'의 동화적 의인화라고 했었거니와, 보다 비의적 어휘로 내체키로 하면, 그것은 '자궁(子宮)'의 의미였다고 해둬도 될성부르다. 時中에는 시간이 없듯이 所中에는 공간이 없다고 한다면, 그것들을 상정해온 패관 자신도 매우 어리둥절해질 일이되, (한번도 논의해본 적이 없는) 논리적 귀결은 그러할 것이라는 것도 부언해둬야 할 성부르다.

—『소설법』, 59쪽

이른바 염태(念態)에서 갈마분열이 일어나고, 연기설이 끼어들지만, 이 바르도라는 공간은 "육신을 입은 자들이 내려가, 일상과 다른 제이, 또는 제삼의 삶을 우리는 '꿫'이어서 말(言語)의 바르도"라는 것. 이 공간에 5두(시간), 6두(공간)가 섞여져 원심력과 구심력이 소용돌이치는 것. 여기에는 태어남이 없으며 또한 모든 것이 태어남(무한 증가와 무한 축소)이겠고, 이를 所中/時中이라 부르는 것. 이 원점에서 후퇴하면 짐승(4관유정), 나아가면 인간(5관유정)이겠는데, 그것은 '말'이 개입할 때 비로소 성취된다는 것.

객 : 그러니까 인간의 그다움은 말에서 온다는 것이군요.

주 : 그렇소.

객 : 그렇다면 인간은 아직 6관유정(쉐쉬빈드리야)에까지는 진화되지 못했군요. 여전히 말을 사용하고 있으니까.

주 : 그렇소. 사견으로는, 박패관의 이번 『잡설품』이 유별나게 겨냥한 곳이 바로 이 점이오. 1만 년 전이든 5천 년 전이든 5관유정으로서의 인간이 탄생한 이래, 그 5관다움이란 언어사용에 지나지 않는 것. 그 언어사용의 진화과정이란 참으로 느리고 지루한 것. 앞으로 나아가는지 도무지 알 수 없지만 좌우간 조금씩 앞으로 나아가고자(진화) 하고 있다는 것. 이런 장면이란 비유로밖에 표현할 수 없는데, 자벌레의

몸운동이 그것. 루타(相)와 아르타(意)의 동시성에 관한 것. 5관유정은, 언어를 가졌는데, 그 언어는, '추상적 사고'의 눈까지는 띠어 있지를 못해, 그 다음쪽 세상의 물정에 대해서는, 매우 어두운 것. 5관유정이 기를 쓰고 악을 써서, 아등바등 발전시켜온 '언어'의 한계는 바로 거기까지인 것(『소설법』, 82쪽). 이 아등바등 악을 써서 발전시키는 모양을 『잡설품』에서 등신대로 깃발처럼 펄럭였던 것이오. 잠시 보실까요.

> 超人論도, 進化論의 한 형태라고 이해하면, 그것은 널리 설파 보급되어져야 하는, 위대한 한 복음일 테다. 거의 전능하다고 할 정도의 가능성을 내장한 '육신적 진화'의 정점은 아마도 거기까지일 것으로 추측된다. 그러나 판켄드리야를 완성하는 것에서, 판켄드리야는 머물려 하지 않는데, 그렇다면 이제부터의 진화의 길은, 이제껏 밖으로 열렸던 것의 내접, 내향, 즉 안으로 열림에 분명하다. (김진석 철학 교수가, 새로운 의미를 부여한) 포월(匍越을, 이렇게 저렇게 어떻게 굴절시켜, 我田引水식으로 해석하려 한다면)의 시작일 테다. 결과, '匍越'이 '超越'을 追越한다. 〔……〕
>
> 이것은 아이러니이지만, 동시에 초월이나 포월해야 하는 그 대상도 또한 그것이라고도 하는데, 그런즉 만약 너무 세속적인 것에 집착하려 하지만 않는다면, '초월'에 대한 '포월'의 상징은, 매우 뛰어난 것이라고 할 테다. '頓悟'가 말하자면, '초월'적 국면이라면, '漸悟'는 '포월'적 국면이랄 수 있을 것인데, 漸悟 없는 돈오, 초월은, '푸른 하늘 아래서 벼락맞기' 같은 것일 것이기 때문이다. 이래서 포월이 초월을 추월한다고 하는 것인 것.
>
> —『잡설품』, 344~345쪽

포월이란 새삼 무엇인가. 자벌레가 쉼 없이 몸을 굽혀가며 나아감,

넘어섬이 바로 그것.

객 : 문잘배쉐 성에서 시동이가 티베트 땅으로 추정되는 유리 마을에서 온 노승을 만나 그 노승을 아비라 부르는 장면이군요. 바로 라마교에서 하는 그 오체투지.

> 순례자 : 자벌레는, 오체투지(五體投地)로 기어〔匍〕, 천리만리길을 좁혔어도〔越〕, 나비가 되어 날기까지는, 제 몸 길이만큼도 움직임을 이뤄내지 못했다고 본다 해도 틀릴 성부르지 않는데, 나비를 이뤄내려, 그 자벌레가, 그 자벌레라는 껍질을 벗으려 하는 그 일정기간 동안에, 어떤 식으로든, 하나의 바르도가 거기 개입된다는 것이, 이 아비의 믿음이다. 그리하여 그 자벌레가, 나비를 성공시켰을 때, 匍越이 超越을 追越했다고 이를 테다.
>
> 시동 : 소자는 하오나, 그것의 속살은 보았으나, 그것이 나비가 되어 날았다던가, 그런 변화는 보지 못했었을 뿐이니다.
>
> —『잡설품』, 476쪽

주 : 자벌레가 기어가는 장면, 자벌레는 아마도 조만간 껍질을 벗어 나비로 승화하겠지요. 5관인간도 그러할까. 시동 왈, "그것의 속살을 보았으나, 그것이 나비가 되어 날았다던가, 그런 변화는 보지 못했었을 뿐"이지요. 장자의 호접몽도 마찬가지. 꿈꾸기는 하지만 이르지 못하는 것. 5관유정에서 6관유정으로 나아가지 못한 상태. 1만 년 전의 상태에서 여전히 헤매고 있는 형국. 그것은 나무늘보(라웅)의 발걸음. 점수의 길. (身是純化樹, 語如蠕懶熊, 時時勤攀登, 心開優曇華). 몸이 나무로 되고 말은 나무늘보와 같은 것. 때로 때로 기어올라 마음이 열려 최상의 꽃피도다(『잡설품』, 485쪽). '몸+말+맘'의 미분화, 거기 만다라가 있는 것.

객 : 잠깐. 5관유정(인간)의 언어사용부터 문화(명)가 발전했다는 것, 그러니까 짐승과는 구별되는 인간다움의 진화라 알고 있는데, 이제 보니, 별로 그렇지 않은 것 같군요. 여전히 인간은 나비가 되지 못하고 말이외다. 문득, 일본작가 미야자와 겐지(宮澤賢治, 1896~1933)의 『은하철도의 밤』에 나오는, 한 장면이 떠오릅니다그려. 은하철도에 탄 새사냥꾼이 잠시 차에서 내려 은하에까지 가서 새를 잡아오지 않겠는가. 놀란 소년이 어떻게 순식간에 시공을 가로지를 수 있는가 묻자, "인간은 마음 먹은 대로 뭐든지 될 수 있다"고 하지 않겠는가. 이게 자이나교도 박패관식으로 하면 6관유정이겠는데요. 인간이 언어를 사용한 이래 문명이 발전했다는 식의 진화론과는 한참 거리가 있네요. 언어 따위 아무리 사용해도 문명이 아무리 발전해도 기껏해야 인간이란 아직 짐승 수준에서 크게 나아가지 못했다는 것이니까.

주 : 언어에 기초를 둔 인류 문명이란 과연 진화인가. 단지 변화에 지나지 않는가. 언어란 그러니까 문명을 낳은 모체이지만, 각 문명권에 언어진화가 이루어진 것일까. 가령 농경사회의 언어는, 농사일과 관련된 것으로 진화했고, 유목민은 또 그들 방식으로 언어를 조금은 진화시켰을까? 흔히 그 민족의 문화를 알기 위해 언어를 알아야 한다는 식의 논리를 펴지만 그게 어찌 진짜 진화라 할 수 있을까. 인간의 언어사용이란 일테면 손의 뼈마디의 진화의 연장선상에서 일어난 것. 기껏해야 '석기로서의 언어'인 것. 신체상의 진화의 연장선상에 지나지 않는 것. 골격의 진화는 자연과정이겠지만 그 한계에 이른 순간, 돌연—K. 포퍼의 표현으로 하면 번개처럼(blizschlagartige erhellungen) 한순간 생성되는 것. 『열린 사회 열린 우주』, 1982, 일역판, 50쪽—발사대를 떠난 로켓 모양 광대한 언어공간에로 던져졌던 것(로로와 구란, 『몸짓과 언어』), 그렇게 보이긴 하지만, 그게 진짜 진화일까. 그러나, 여기부터가 중요합니다. 인간이 석기에서 청동기, 철기, 산업혁명 등등의 진화

의 연장선상에 있는 것처럼 보이지만 의외로 그렇지 않다는 것. 어째서? 현 인류는 발생단계에서 정지했기 때문. 그 이후의 전개란 '진화'가 아니라 단지 '변화'에 지나지 않으니까.

객 : '진화'와 '변화'의 구별이겠습니다그려. '변화'란 실로 사소한 것. 4관, 5관, 6관을 논의할 경우는 '진화'에 해당된다는 것. 그러니까 언어사용 이후의 5관유정은 시방도 진화단계에서 한 발 뛰도 못하고 있다는 것.

주 : 그렇소. 골격의 변화, 유전의 획득 등은 '자연'에 속하는 것. 인간이 어찌 해볼 수 없는 것. 도구(언어) 사용 이후의 인간이란 기껏해야 제가 뜻하는 대로 변화한 것이지요. 토도로프의 스페인의 아메리카 대륙 정복을 다룬 『타자의 기호학』(1982)에 기대면 이 도구사용을 진보(진화)라고 규정하고 있긴 하오(일역판, 247쪽). 그러나 이 도구사용이 가져온 것은 '자유' 그것일 뿐. 뭣을 해도 좋은 자유. 미치고 환장해도 되는 자유. 악당도 짐승도 될 수 있으니까. (미우라 마사시, Criticism as Melancholy, 이와나미서점, 2001, 297쪽)

객 : 그러니까 현인간은 인류가 발생할 때, '바르도'에서 5관유정으로 될 때의 그 모양 그 꼴이다? 그러니까 '자유=언어'이겠습니다그려. 축복일 수도 있지만 저주이고 공포일 수도 있다. 짐승에로 나아갈 수도 있으니까. 6관유정 되기에는 아예 싹수가 노랗다? 인류가 짐승에서 벗어난 이래 오늘까지 진화다운 진화란 없다는 것. 그 진화의 가능성을 모색한 것이 패관 박상륭의 구도적 글쓰기이다? 그러니까 비평가 미우라 마사시가 박상륭을 아주 이해하고 있는 형국이겠습니다그려.

주 : 동감이오. 바로 촘스키 말이외다. 두루 아는바 촘스키(그는 월남전 반대의 선봉장이며 전쟁이나 정치적 폭력에 대한 비판 논객으로 고명하지만, 그리고 박패관도 『잡설품』에서 아주 길게 그의 폭력론을 주체상과 더불어 소개하고 있지만, 162쪽)는, 고명한 언어학자. 그의 학설은 변형문

법(생성문법)으로 말해지오. 인간이란 종자는 선천적으로 보편문법을 완벽히 갖추고 태어난다는 것. 이 능력이 태어난 언어권에 닿아 적용되는 것은 생후 두 살 전후라는 것. 완벽하게 그가 속한 언어권의 문법체계를 획득한다는 것. 이것은 데카르트 이래 인간성 설명에 속하는 언어 본능설 그러니까 관념론이지요. (이 학설은, 말하기/듣기를 기초로 하는 소쉬르의 구조주의 언어학에 눌려 그동안 홀대를 받아온 것.) 그러나, 잘 따져보면 인류의 발전이란, 이 언어의 선험적 단계에 멈추어져 있을 뿐이 아니겠는가. 바로 여기에 촘스키와 박상륭의 연결점이 있습니다. 스페인 시민전쟁에 자원해서 뛰어든 공화주의자 조지 오웰이 전쟁 중 농촌에서 태곳적 농기구 써레를 사용하고 있는 장면에 전율한 것은, 그것이 1만 년 전 석기시대 인류가 사용하던 그 단계에 놓여 있음에서 온 것. (G. 오웰, *Homeage to Catalonia*, 펭귄 판, 78쪽)

객 : 1만 년 전의 "석기시대가 현재다!"이겠소그려. 과연 전율할 만한 체험이었군요. 5관유정에서 6관유정으로 나오기까지 온갖 악을 써도 불가능한 상태라는 박패관의 가설과 오웰이나 미우라, 그리고 촘스키는 동족이라 할 만하군요.

주 : 5관유정이 석기시대 이래, 자벌레모양 포월하고 있는 것, 그것이 인류사이다!

객 : 땅을 기면서 꿈꾸기, 나비 되는 꿈꾸기가 인류사의 참모습이다!

주 : 바르도에서, 時中, 所中, 원점에서 다시 길 떠나기, 땅을 온몸으로 기어가기. 오체투지. 포월해가기. 초월하기란 인간의 간사한 허풍. 색즉시공, 성과 속을 일시에 깨치는 돈오사상이란 과장이거나 허풍. 몸으로 기어가면서 조금씩 나아가기가 진짜인 것. 그러면서 나비 되기의 꿈꾸기. 요컨대 그것이 어부왕 설화이고, 동화이고, 장자이고, 카인이고, 선재동자이고, 헤겔이다!

'돌, 소설질하기의 성스러움!'

객 : 지금껏 우리는 '할방패관 박상륭의 좁소리의 만다라 되기'로 『잡설품』을 읽어왔습니다. 곳곳에서 작가 박상륭은, 스스로의 목소리로 "돌(咄), 소설쓰기의 잡스러움!"이라 끼어들기를 마지않았소. ('咄'이란 뜻밖의 일에 놀라 혀를 차는 것) 좁소리와 소설은 어떻게 다르며 또 같은가. 혹시 이는, 소설과 얘기의 관계항과는 다른 차원에 속하는 것인가. 이젠 이런 의문도 물리치기 어렵군요.

주 : 그 물음은 나도 누르기 어렵네요. 그렇지만 이 물음이 『잡설품』 중 제일 아름다운 장면에서 나오는 것이어서 더욱 그러합니다. 사랑(카마) 말이외다. 문잘배쉐 성을 나와 순례길에 오른 시동이가 거대한 해골의 뻥 뚫린 눈구멍 앞에 어느 쪽을 택해 나설지 몰라 절망하며 광야 앞에서 잠들었을 때, 그를 둘러싸고 걱정하며 돌보며 안타까워한 두 사람이 있었지요. 하나는 저 티베트 밀교의 고장을 닮은 유리 마을에서 온 노승(촛불중). 다른 하나는, 문잘배쉐 성에 유학 온 이웃나라 공주. 이름은 '것11'. 시동이나 '것11'은 쌍생아였을까. 카인-아벨식 Siblings rivalry였을까. 문제는, '것11'이 미모의 처녀라는 것. 대체 얼마나 멋진 여자였을까. 두말하면 군소리. 노승이 연못가에 퍼져 누워 농조질한 고름, 연꽃에 쏟을 법했으니까.(53쪽) 시동이를 몰래 사랑한 '것11'과 노승의 대화 한 장면을 잠시 보실까.

> 순례자(노승) : 늦잠 자는, 말하자면 시동이놈 깨우기 위해, 자네 늘 그러듯, 발바닥에 간지름밥을 먹이든, 코를 쥐어 숨 막든, 그래도 안 되면 뒤흔들든, 자는 놈을 억지로 일으켜 앉히든, 자네 거 별지랄 다 떨지 안했던가?
>
> (…)

것11 : (눈물을 글썽이고, 오래 침묵하고 있더니) 바룬다 새 말씀이 셨는데유. 소녀가 알고 있는 그 새 말씀 하나 드려두 되께유?

순례자 : 경청할 준비는 되어 있구먼.

—『잡설품』, 91쪽

'것11'이 시동이를 사랑하는 방법의 어떠함이 선연하지요.

객 : '것11'이라는 소녀의 형상을 한, 노승까지 홀딱 반할 정도의 이기이한 소녀의 등장이야말로 『잡설품』의 가장 아름다운 장면이다?

주 : 『잡설품』의 가장 소설다운 장면이다?

객 : 어째서?

주 : 어째서라니? 굶주린 시동에게 비둘기로 화신한 '것11'이 먹이를 적시적시에 떨어뜨려주었으니까. 누이이자 어머니이자, 애인이었으니까. 사랑 말이외다.

문잘배쉐의 하늘을, 시동이의 일용할 양식을 발톱에 꿰단, 빛에 쐬어 붉은 빛돌도 같은 그 흰 비둘기가 날아오는 것이, 보인 듯 말 듯할 때도 돼 있다. 이것이다, 이것이, 시동이도, 어부왕과 마찬가지로, 최소한도의 생명만을 부지해오게 한 그것인데, 어부왕 자신도, 시동이보다 (식물을) 더 취한나서나, 시동이 안 누는 똥을 눠가면서 살아오고 있는 것이 아닌 것은, 문잘배쉐 성민이라면 다 알고 있다. 그 식물은, '성배가 차려하사한 것'이어서, 시동이를 두고 보건대, 꼭히 수분이라거나, 염분을 따로 섭취하지 안해도, 어쨌든 목숨의 심지에다 최소한도의 기름을 주는 모양이었다. 모든 어머니들의 젖이 그렇잖으냐, 이 한 조각 빵도 그래서, 성배가 흘려내는 젖이 고체화한 것이었던 듯하다. 그 음식을 날라오는 이 비둘기가, 처음 그것을 발톱에 꿰차고 왔던 그 비둘기인지 아닌지, 시동은 모를 뿐이다. 이 '비둘기'는 그래서, 시동이의 방랑이나, 아니면 광야에서 보낸 시간의 길이를 궁금하게 하는데, 그 비둘기가 그 비둘기인가, 아니면 그 비둘기는, 이 새 비둘기의 할머니거나, 증조모거나 고조모쯤 되었을 것인가, 시동이로서는 모를 뿐이다.

—『잡설품』, 461~462쪽

객 : 본인인 시동이가 모르는 것. 이 시동이를 대변하는 자, 그가 소설가이겠는데요. 좁소리와는 다른 소설가 말이외다. 맞습니까?

주 : 내가 기다/아니다 할 처지가 못 됩니다. 박패관이 스스로 말하게 해야죠. 왜냐면 모두가 궁금해하니까.

그럼에도 여전히 갖다가 시나, 이런 문제에 마음이 묶인 이들이, 고개를 갸웃거리며, 툴툴거려지는 것을 참을 수 없어 한다면 말인데, 들어줄 말이 준비되어 있지 않은 것도 아니다. 雜說쟁이가 아니라, 이것은 小說匠들이 해야 하는 짓인데, 둬 가지 경우를 제시할 수 있을 게다. 하나는, 그 비둘기가 매일같이 발톱에 꿰차고 온 빵떡이, 그 선바위 밑에 쌓여 곰팽이에 슬리다, 재가 되어가고 있었다는 것이며, 그러고도 따라붙는 의문이 있다면, 그 의문은, 문잘배쉐의 새 길들이는 자에게 갖고 가 펴보일 것이며, 다른 하나는, '아비 모를 애를 뱄다는 시녀'('것11')가, 음식 나르는 비둘기를 어깨에 앉히고, 가다끔 한 번씩, 말 타고 그 선바위 밑에 와 시간도 잊고 시간을 보내다 갔다고, 그 좀 짜안스럽기도 할 얘기를 엮어넣을 수도 있다는 것이다. 그런다면, 첫머리로 툴툴거릴 필요도 없는 것 아니겠으? 마는, 그러려들면, 시동이의 배회나 행방이, 저절로 확연해져, 되어져오고 있는 얘기까지 바뀌게 됨에 분명한데, 문제는, 얘기꾼 당자도 사실은, 사실로 시동이가 이 광야를 떠났던지 어쨌던지, 그것을 모른다는 데 있다.

—『잡설품』, 462~463쪽

객 : 소설쟁이 몫이 알 만하군요. 비둘기가 가져온 빵덕이 재가 되어 갈 수밖에. 불새의 깃(성배)을 찾아 갖고 귀갓길에서 잠시 쉬는 동안 시동은 이미 스스로 머리를 잘라놓고 두 손발을 둥글게 벌여놓기. 해골 만다라가 되어 있었으니까요. 이 한 줄기가 소설이겠습니다그려. 다른 한 줄기는 '것11'이 시동이를 못 잊어, 그러니까 "좀 짜안스럽기도 할 얘기". 가만있자, 그러고 보니 이 웅장한 작품(달리 표현할 말이 없지 않은가) 『잡설품』은 여전히 미완품이겠습니다그려.

주 : 『소설품』이 기대된다는 것. 실상 박패관은 『소설법』을 내놓았지요. 법(法)이지 품(品, 經)이 아니었지요. 법이란 경에 대한 해설을 가리킴이니까. 모르긴 해도, 이러한 추세로 미루어보건대 박씨의 다음 대작은, 『소설품』이 아닐 수 없겠지요. 경전에 육박한 소설질. "잡설쟁이가 아니라 소설쟁이들이 해야 하는 짓" 말이외다.

객 : 선생의 그런 지적엔 '것11' 모양의 안타까움이 배어나옵니다그려. 천국, 중원은 물론 태서의 어법으로 일관된 글쓰기란 한갓 쇠귀에 경 읽기에 불과했던 것. 한때 그 선조들이 밝은 눈 밝은 귀로 듣고 보던 그 어법을 오늘의 호동 조선족 후손들이 깡그리 잃었으니까요. 초인 박패관의 실망이란 얼마나 참담했으랴. 쓸쓸히 호서 땅 밴쿠버 동굴에로 돌아갈 수밖에. 그러나 곰곰이 생각해보니, 아직 짐승 껍질을 못 벗은 호동의 생령(5관유정)들이 하도 안타까워, 다시 현장법사모양 한짐 가득 경전을 짊어지고 온갖 고난을 헤치고 고토를 밟았을 터. 품바 품바 하면서. 이번에는 『잡설품』이었것다. 경전이긴 한데, 아직 잡스러운 상태. 이 잡스러움이야말로 박패관의 애정이 스민 곳. 또 『칠조어론』 이래의 그의 장기이기도 했고요. 그런데, 이번에는 이곳 독자들의 귀가 조금은 열렸을까.

주 : 우리 모두가 자이나교식 진화론의 시선에서 보면 (혹은 촘스키의 언어본능설에 따른다면) 기껏해야 5관유정 단계 아니겠소. 6관유정의

단계에까지 나아가기는 아득한 것. 언어사용 이후의 인류사의 문명이란, 따지고 보면 '진보'가 아니라 '변화'의 일종인 것, 그 '변화' 속에 잡소리, 얘기, 그리고 소설도 들어 있는 것.

객 : 박패관이여, 호서 땅 밴쿠버 동굴에 칩거하며 이번엔 『소설법』 아닌 『소설품』을 구상하시라. 그러면 이 5관유정의 고토의 독자들도 조금은 귀가 열려질지도 모르니까. 이곳 독자란, 소설에 썩 익숙해 보이니까. 외국소설도, 번개같이 번역해서 읽고 마는 형국이니까.

주 : '소설'과 '경전'의 결합이라? 『소설품』이라? 참으로 가슴 벅찬 장면이 아닐 것인가. 전라도 장수 땅에서 낳은 연어새끼 한 마리가 태평양의 짠물을 들이켜며 자라, 그 염기(鹽基)를 조절해오기 어언 70년. 고희에 이르지 않았겠소. 공자께서 말씀하셨소이다. 일흔에는 마음에 하고자 하는 대로 좇아도 법도에 넘지 아니하였도다(七十而從心所欲, 不踰矩)라고. 어째 『소설품』쯤도 못 쓰겠는가. 하기사, 『소설품』이 아니면 또 어떠한가. 저렇게 머리통을 두 팔과 다리로 모셔 이고 있는 만다라의 아름다움이 우리 앞에 놓여 있는 마당임에랴. "돌(咄), 소설질하기의 성스러움!"

제5부

세계 속의 한국문학의 위상

레이던에 뿌리내린 한국학

— AKSE 제24차 대회 참가기

레이던, 1986년. 한국문학 세미나

AKSE(유럽한국학학회, Association for Korean Studies in Europe) 제24차 격년 대회가 지난 6월(18~21일) 네덜란드의 레이던에서 열린 바 있소. 해외 한국학 연구 모임의 전통과 깊이를 갖고 있는 AKSE는 1977년 스킬랜드(런던 대학), 이옥(파리 7대학), 부셰, 오랑주, 기유모즈(이상 프랑스과학원) 등이 창립한 것. AKSE에 내가 처음 참가한 것은 12차 대회(1988)부터요. 당시의 회장 부셰 씨의 초청인 것으로 회고되오. 이에는 설명이 조금 없을 수 없소.

1984년 6월(28~29일) 영국의 중부 헐 대학에서 '한국문학에 관한 성찰'이란 제목의 작은 심포지엄이 열린 바 있었소. 나는 「우리 소설의 분단 문제」를 발표했거니와 여기서 네덜란드에서 온 발라벤 교수와 올로프 씨를 만났소. 서울대학교에서 공부한 바 있는 발라벤 씨는 우리 무가(巫歌)를 연구하는 소장학자. 올로프 씨는 『월인석보』 연구자. 여기서 안 사실이지만, 원래 레이던 대학 동양학부는 중국학이 중심이고

▲ 한국문학 세미나(레이던 대학, 1986)

일본학이 그 뒤를 잇고 있는데, 한국학은 걸음마 단계. 바야흐로 창설 준비중. 아직 자리를 잡지 못한 형편. 한국학 대회를 레이던에서 열면 대학에서의 한국학 위상이 뚜렷해짐에 조금 보탬이 될 수 있겠다는 의견이 나왔소.

무엇보다 레이던이 갖춘 좋은 조건은 소련 및 동구권의 학자를 모을 수 있다는 것. 당시로서는 매우 고무적인 조건이 아닐 수 없었소. 귀국 후 당국(진흥원)과 상의했는바 그로부터 두 해 만인 1986년 7월(4~7일) 레이던 대학에서 '한국문학 세미나'가 큰 규모로 열렸소. 공산권 학자 초청에는 적어도 1년의 시간이 소요된 탓이었소. 두 해 동안의 공을 들인 보람이 실제로 나타났는바 유럽의 한국문학 연구의 최고 수준의 모임에 손색이 없었소. 6·25 참전 용사이자 한국 연구자이며 일본학 정교수로 정년을 맞은 프리츠 포스 교수의 기조 논문이 인상적이었소. 『하멜 표류기』를 중심으로 한국과 네덜란드의 관계를 자기의 6·25 참

전에까지 연결시켰던 것. 첫번째 발표는 스킬랜드 교수의 「이인직과 '혈의 누'」. 런던 대학 동양아프리카연구소(SOAS) 한국학 제1세대의 권위자. 지금도 나는 스킬랜드 씨의 또렷한 첫마디를 외우고 있소. "『혈의 누』는 세계문학의 수준에서 보면 결코 훌륭한 작품은 아니다. 그러나 1906~1907년의 시점에서 보면 한국문학 발전에 놀랄 만한 공헌을 했다. 그 이유의 대부분은 이인직이 당대의 정치적 논쟁 속에 열정적으로 참여함에서 왔다."

이어서 멜라노비치(바르샤바 대학 일본어 교수)의 「선우휘의 '외면'과 윤흥길의 '무제'」. 일어 번역을 통한 연구였소. 이어서 피히트(훔볼트 대학), 오가레트 최(바르샤바 대학), 부체크(프라하 찰스 대학) 등의 유창한 평양말 발표가 있었소. 평양 유학생이던 까닭. 한편 부셰 씨는 유창한 서울말을 썼소. 부셰 씨의 발표는 「'구운몽'의 숨은 뜻」이었소. 지금도 그 발표 현장이 눈에 선하오. 부셰 씨가 발표장에 걸어놓은 대형 중국지도. 육관대사의 제자 성진이 득죄하여 지상에 태어나는 장면.

> 대당국(大唐國) 회남도(淮南道) 따이오, 이 집은 양처서의 집이니 처사는 너의 부친이요 처사의 처 유 씨는 너의 모친이니……

여기에 나오는 '따'란 그러니까 '땅'이겠는데, 대체 '따'라는 지명이 어디쯤인가를 고구한 것. 국내(정병욱·이승욱 교주, 『구운몽』, 민중서관, 1972)에서는 '秀'라 고증했으나 부셰의 연구에 따르면 당시 그런 지명은 없소. 있는 것은 회남도의 수주(壽州)일 뿐. 이것이 바로 '따'라는 것. 『구운몽』의 원본이 한글판이냐 한문판이냐의 시비가 있지만, 부셰는 단연 전자였고 후자 쪽에 선 정규복 교수와의 논쟁은 지금도 계속 중이오.

오가레트 최 씨의 「조명희론」도, 피히트 씨의 「홍길동전론」도 인상적이었는데, 북한 연구자료와 남한 연구자료를 함께 구사했음이 그것. 이만하면 유럽의 한국학 연구 중 문학 분야의 최고 수준이라 하지 않을 수 없었소. 여기에서 내가 발표한 것은 「한국에 있어서의 프롤레타리아 문학의 발전 단계」였는바, 동구권 학자들을 의식한 결과였소.

이 세미나에서 나를 압도케 한 것은 단연 부셰 씨의 것. 심도 있는 고전 연구자가 AKSE의 회장이 아니겠는가. 부셰 씨가 AKSE 참가를 내게 권하지 않겠는가. 그의 초청을 받고 간 것이 AKSE 12차 대회(1988. 3. 25~29)였소.

AKSE 12차 대회와 재일교포 신기수씨

AKSE 12차 대회를 나는 잊기 어렵소. 두 가지 이유에서 그렇소. 내가 처음으로 참가한 대회라는 것. 다른 하나는 내 발표문 「한·일 문학의 관계—임화와 나카노 시게하루中野重治」에 대한 교포 영화감독 신기수(辛基秀, 1931~2002)의 비판. 나카노의 시 「비 나리는 품천역品川驛」 속엔 조선 노동자를 "일본프롤레타리아의 앞잡이요 뒷군"이라 표현한 대목이 있소. 이를 두고 민족차별이라 한 내 주장에 대해 신씨의 반론은 이러했소. 자기의 교포생활 체험상으로 보면 절대로 그렇지 않다는 것. 형제간과 진배없었는데 그러니까 한·일 간 노동자의 유대엔 민족차별이란 있어본 적이 없다는 것. 이러한 체험상(생활 감각)의 실감을 떠난 시인(지식인) 멋대로의 표현이나 문학 해석이란 당치도 않다는 것. 어안이 벙벙할 수밖에. 문제는 여기서 그치지 않았소. 자작 조선통신사 기록영화를 보여주기 위해 AKSE에 초빙된 신씨는 훗날에도 이렇게 모질게 비판했소.

각국 연구자의 발표 중 꼭 듣고 싶은 것은 서울대학 김윤식 교수의 「한·일 프롤레타리아 문학의 관계에 대한 일고찰—임화와 中野重治」였다. 네덜란드에서 中野重治의 「비 나리는 品川驛」과 임화의 「우산 받은 요코하마의 부두」 비교론을 듣는다는 것은 예기치 않았다고, 옆자리의 레닌그라드 대학 베 악티닌 씨에게 말하자 그도 미소를 짓는 것이었다.

—『아리랑 고개를 넘어서』(日文), 解放出版社, 1992, 216쪽

이 책이 나왔을 때 아사히신문은 서평에서 신씨가 서울대학의 모 교수를 실명을 들어 비판했다고 지적한 바 있었소.

당시 AKSE는 매년 열렸는데, 베를린 대회 이후 격년으로 바뀌어 오늘에 이르고 있거니와, 금년의 24회에 이르기까지 나는 빠짐없이 참가해왔소. 그 이유를 나는 지금도 잘 설명할 수 없소.

AKSE가 내게 준 매력의 하나가 북한 학자 참가라 믿은 적이 있었소. 13차 대회(1989, 런던 대학 SOAS)에 처음으로 북한 학자 여섯 명이 참가한 바 있소. 전영률(사회과학원 역사문제연구소장), 김하명(동 문학연구소장) 등이 그들(훔볼트 대학 피히트 교수가 자기의 은사 김하명을 내게 아주 자신 있게 소개시켜준 바 있었다). 그 뒤에도 바르샤바, 프라하, 베를린, 두르당, 셰필드 등의 대회에도 북한 학자의 참가가 이어졌소. 그들의 발표 주제는 한반도의 정치적 분위기의 학문적 반영으로 보여 마지않았소. 이 또한 AKSE만이 가진 매력이라 할 만하오.

이런 매력은 시대적인 것. 『임제록』의 저자 임제가 말하는 '시절 인연'에 속하는 것. 시절 인연의 시선에서 보면, 여기 참가하는 학자들의 출입 표정 및 발표의 몸짓이야말로 가장 확실한 매력이 아니었을까. 시절 인연에 따라 발표 주제도 목소리도 달라지게 마련. 신구 세대의 교체도 그러한 것. 한국적 특수성을 탐구하는 때도 있었고, 북한 사정에 관심이 놓일 때도 있었고, 근자에는 서울의 환경문제를 비롯, 개성

공단 및 개성 지역의 역사적 고찰에로 몰려가고 있는가 하면, 한국을 이해하기 위한 학문연구에서 벗어나 그냥 '보편성으로서의 한국학'을 공부하는 태도도 엿보이지 않겠는가. 그러고 보니 AKSE 대회도 한갓 인간살이 중의 하나라는 것. 인간의 유한성에 바탕을 둔 것이기에 겸허해질 수밖에 없는 성질의 것.

AKSE 24차 대회의 표정들

AKSE 24차 대회는 레이던 대학의 지척에 있는 홀리데이 인 호텔에서 열렸소. 오후 5시부터 7시까지 개막식. 한국학중앙연구원 대표 김정배씨의 기조연설 「한국학의 세계화」에 이어 두 분의 기조발표. R. 브로이터(레이던 대학) 씨의 「먼 경계 저편에서—전근대 한국사의 범주와 경계선에 대한 질문」과 V. 젤레류(프랑스 고등사회과학원) 씨의 「한국의 경계를 넘어서—한국학에 있어서의 분단의 유산이 가져온 것」. 패기에 찬 젊은 두 학자가 겨냥한 곳은 경계(접경)에 대한 것. 전자는 전근대, 곧 고려사 조선사에 있어서의 그 경계선을 문제 삼은 것인바, 놀랄 만한 박식과 해학과 수사학으로 새로운 경계선 설정 또는 그 해체를 도모한 것. 후자는 분단 이후의 한국학의 범주에 대한 것. 한국학이냐 조선학이냐 혹은 남한학이냐 북한학이냐, 이를 통합하는 제3의 한국학이 따로 있느냐의 과제. 커다란 세계지도까지 제시해놓고 열정적으로 검토하는 그녀의 목소리를 들으며 내가 느낀 것은 다음 세 가지.

AKSE 13차 대회(1989, 런던)에서의 사건이 그 하나. 처음으로 AKSE에 무려 여섯 명이나 참가한 북한 학자의 대표격인 전영률씨와 김정배 고려대 교수(고대사) 사이에서의 논쟁이 그것. 전씨의 발표 내용은 통일신라 부정론이었소. 발해가 엄존했고 신라의 통일이라 하나 추가령 이남의 통일에 지나지 않는 것, 따라서 진정한 통일은 고려 이후라는 것. 통일신라론을 주축으로 하는 남한의 역사관에서 보면 반론이 나올 수밖에. 정작 인상적이었던 것은 김씨의 반론에 대한 전씨의 답변이었소. 단지 우리 북한에서는 그렇게 생각하고 있다는 것. 그러니까 남한에서는 남한식으로 하면 되지 않겠느냐는 느낌으로 다가왔소.

다른 하나는 남한학이냐 북한학이냐의 논의가 진작부터 첨예하게 제기된 곳이 바로 일본이었다는 사실. 일본 교포사회에서 이 문제만큼 결정적인 것은 없었소. 이를 지켜보는 일본학계에서도 한국/조선 이분법을 적용할 수밖에. 이에 비해 유럽에서는 이제야 이 과제에 닿은 것인가. 아니오. 중요한 것은 AKSE에서의 이러한 경계선에 대한 문제 제기가 일본과는 달리 비정치적(학문적)이라는 점이오. 일종의 해체화에 속하는 것. 한국학이란 그러니까 한국을 이해하기 위한 학문이 아니라 그냥 학문의 한 영역일 수 있다는 것. 이러한 전망이란 참으로 소중한 것. 숨통이 트이는 느낌이라고나 할까.

셋째, 내가 시도한 한국학의 위상 하나와 관련되오. 문학을 공부하는 내게 있어 한국문학사란 무엇인가의 과제에 대한 나름대로의 정리가 그것이오. 만일 통일문학사를 겨냥한다면 그런 것이 과연 가능할까. '노오!'라고 말할 수밖에. 왜냐면 문학이란 그 시대와 사회의 산물이자 동시에 의식, 무의식을 안고 있는 것이기에 분단 이후의 남북문학은 각각 별개의 것일 수밖에. 국가 또는 민족적 체험의 공유성이 결여된 것이기에 각각 외국문학이 아니겠는가. 겨우 가능한 것은 '준통일 문학사'인 것(졸고, 「두 세기의 시선에서 본 한국현대문학사론」, 『내가 살아온 한국현대문학사』, 문학과지성사, 2009).

창립 31주년을 맞은 AKSE 24차 대회의 특징이 이러한 두 기조연설에 있었다면 이에 못지않게 특징적인 것은 또 다음 세 가지.

첫째, AKSE를 IIAS(International Institute for Asian Studies)의 하위

◀ 제24차 AKSE 포스터

개념 또는 동격의 위상으로 위치시킨 점. 물론 IIAS는 네덜란드에 본부를 둔 기관으로 스스로를 동양학의 중심부로 상정한 조직체. 『통파오 通報』지의 긴 전통과 권위를 가진 레이던 대학이고 보면 이러한 자부심을 가질 만한 것. IIAS의 기관지 『The Newsletter』(신문 형태로 된 대형 정보, 논문집, 총 28면, 1993년 첫 발간)의 50호(2009년 봄호)는 유럽에서 현재 벌어지고 있는 아시아에 대한 정보—특집, 서평, 모임, 전시회 등이 빠짐없이 들어 있소. 누가 보아도 아시아학의 거울이라 아니할 수 없소. 이 IIAS의 한국학 담당이 AKSE 현 회장이자 레이던 대학 교수인 발라벤 씨요(그는 내게 이 『The Newsletter』를 10여 년간 보내주었다).

한국학이란, 그러니까 아시아학의 일환이 아니겠는가. 그것은 동아시아(한·중·일)에 매달려 아등바등하는 경우와는 단연 구별되는 것. 그렇다고 아주 희망적이라 하기엔 물론 미흡한 것. 서양/동양 이분법의 범주, 그러니까 오리엔탈리즘의 덫에서 자유로울 수는 없지 않겠는가. 이 덫을 극복해가는 가능성으로서 'SAMSUNG' 로고와 더불어 'IIAS'가 있다고 보면 어떠할까.

둘째, 겉으로 내세운 24차 대회의 상징물이 성종릉(서울 강남구 삼성동의 선릉) 무인석의 뒷모습이라는 것. 도시의 고층건물 속에 섬처럼 놓여 있어 왕릉을 지키는 무인석과 석마는 오늘의 서울을 표상하는 것. 최첨단 전자도시와 동시에 무당이 건재한 서울. 이 역시 발라벤 교수의 안목이 아니었을까.

셋째, 발표 논문집을 CD로 대체한 점. 종이에서의 해방이지만 조금 아쉬운 것은 발표장 개별 좌석에 아직은 PC가 장치되어 있지 않다는 점(그 때문에 각 발표자는 자기 논문을 따로 복사해서 배포해야 했다).

자, 이만하면 AKSE 24차 대회의 겉모양이 어느 수준에서 드러나지 않았을까. 그렇다면 3분과로 나눠져 3일간에 발표된 백여 편(참가인원 총 186명)의 개별 논문은 어떠했을까.

발표 논문의 몇 가지 인상

패널 및 개별 논문의 어떠함을 내가 감히 언급할 처지는 아니오. 다만 이렇게 말해볼 수는 있소. 23차 대회(두르당, 2007)에 비해 그 규모나 발표 건수는 늘어났지만, 중심점이 없다는 것. 그만큼 각기 다양성과 개별성을 드러냈다고. 23차 대회에서의 학문적 중심부는 단연 '개성공단'이었던 것으로 회고되오. 「왕궁과 관료의 관계상에서 본 개성에 세워진 절」(Vermeesch), 「1920년대 개성의 유산과 관광에 대하여」(Delissen), 「개성에 있어서의 고고학적 발굴의 역사와 박물관 및 일제시대의 수집물」(Chabanol) 등의 논문들은 개성공단의 현실적 과제를 학문적 수준에서 조응시킨 것. 논자들은 모두 현지 방문자들이었소.

2009년에 있어 한반도의 학문적 중심점은 무엇인가. 아마도 주변성 또는 그 확산이라 할 수 없을까. 중심부 없음이란 그 자체가 보다 개별적 독립성을 가진, 라이프니치 식으로 말해 '모나드'적 사유라 할 수 없을까. 이런 전제이기에 다음 세 가지를 조금 말해보아도 되지 않을까 싶소.

첫날(19일) 발표에서 인상적인 것은 '제임스 게일(James Scarth Gale—캐나다 한국선교사, 1863~1937)'. 북미주 최대의 한국학과를 가진 캐나다의 브리티시 컬럼비아 대학의 정력적인 로스 킹 교수가 주도한 이 패널에는 「제임스 게일의 번역들」(Ross King), 「제임스 게일의 조선시대 두 가지 소설 번역」(Leif Olsen), 「제임스 게일과 그의 번역인 '기문정화奇聞情話'」(Si Nae Park).

두루 아는바, 게일 목사는 『구운몽*The Cloud Dream of Nine*』 번역으로 알려진 인물. 한국 고전문학을 대표하는 작품은 무엇일까. 한 편만 들라면 주저 없이 『구운몽』을 내세우오. 적층문학(積層文學) 범주인 『춘향전』은 텍스트 미비(유동성)로 연구에는 한계가 있지만, 『구운몽』은 사정이 크게 다르오. 이본이 거의 없고, 시작 중간 끝이 분명하며, 완결된 미학으로 논할 수 있기 때문. 더구나 무대가 대당국(大唐國)이 아니겠는가. 중국 본토를 무대로 한 『구운몽』이기에 그때나 지금이나 단연 세계성을 띤 것(체코어 번역엔 등장인물의 이름을 중국어 발음으로 적었다). 이를 최초로 세계 속에 완역해 보였다는 것은 단연 게일 박사의 공적인 셈.

캐나다 국회도서관에 보관된 스물한 개의 상자 속의 자료를 일일이 검토한 로스 킹의 설명에서 인상적인 것은 게일의 아들을 만난 대목. 한국 고전 번역에서 게일이 원전을 대화체로 바꾸어 번역한 점에 관해 묻자, 아들 왈 부친은 늘 가족 앞에서도 한국 고전을 대화체로 소개하곤 했다는 것. 이 자료들이 장차 공개된다면 게일 목사의 업적이 크게 드러나지 않을까 싶었소. 그것은 다음 사실과도 무관하지 않아 보여 즐겁기까지 했소. 선교가 목적이냐 한국 고전 소개가 목적이냐가 그것. 어느 쪽이나 즐겁기는 마찬가지. 훌륭한 선교와 훌륭한 고전 번역은 따로따로 갈 수도 있겠지만, 함께 갈 때 더욱 빛날 수도 있으니까.

두번째 인상적인 패널은 '19~20세기 초의 조선과 서양의 상호인식—조선인과 서양인이 쓴 조선 및 서양 관련 서술을 중심으로'. 여기에는 「변영만의 문학관과 서양문학 이해의 특징」(신익천), 「'서유견문'의 서양 인식과 근대 국민국가 기획」(이현대), 「은유적 접촉 넘어서기—19세기 영국 여행문학에서의 조선」(Grace Koh), 「19세기 말 미국인의 조선 관련 서술에 나타난 조선에 대한 인식」(조융희) 등이 함께 묶여 있었소.

이러한 외국인 접촉을 그린 기록물 연구는 일찍부터 여러 차례 시도된 것. 따라서 참신미는 없소. 그러나 오리엔탈리즘의 물결도 넘어선 오늘의 시점에서 이런 기록 검토의 의의는 무엇일까. 더구나 이들 연구팀의 지속성(셰필드, 두르당에 이어진 것)은 그 나름의 의미가 없지 않겠지요. 정밀화가 그것. 세부 검토와 그것의 개별적 해석 문제의 깊이가 요망되기 때문.

가령 「19세기 미국인의 조선 관련 서술에 나타난 조선에 대한 인식」은 윌리엄 E. 그리피스의 『은자의 나라 한국*Corea, the Hermit Nation*』(1882)을 검토한 것. 조융희씨는 이 논문에서 이 미국인의 저술(제8판)의 개신교적 윤리 감각이 어떻게 작동했는가를 심도 있게 지적해 보였소. 식민지로 편입되어가는 조선을 동정하면서도 일본의 역할에 기대를 건 그리피스의 윤리감각이란 대체 무엇인가. 그리피스 왈, 일제에 저항해도 안 되고 인내만 해도 안 된다는 것, 방법은 교육뿐이라는 것. 휴게 시간에 나는 발표자 조씨와 다음과 같은 안타까운 대화를 나누

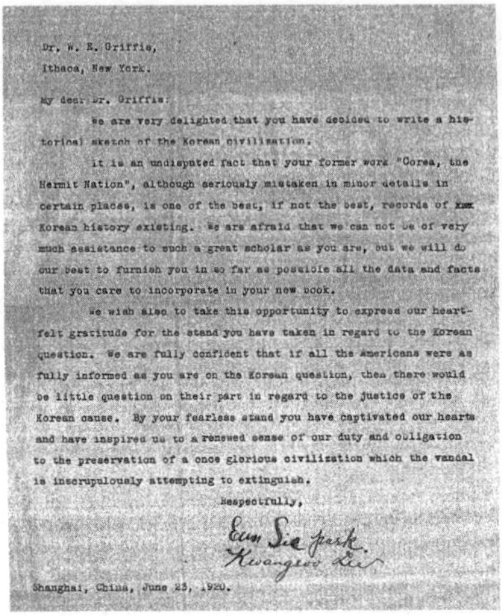

Dr. W. E. Griffis,
Ithaca, New York.

My dear Dr. Griffis:

We are very delighted that you have decided to write a historical sketch of the Korean civilization.

It is an undisputed fact that your former work "Corea, the Hermit Nation", although seriously mistaken in minor details in certain places, is one of the best, if not the best, records of ~~xxx~~ Korean history existing. We are afraid that we can not be of very much assistance to such a great scholar as you are, but we will do our best to furnish you in so far as possible all the data and facts that you care to incorporate in your new book.

We wish also to take this opportunity to express our heartfelt gratitude for the stand you have taken in regard to the Korean question. We are fully confident that if all the Americans were as fully informed as you are on the Korean question, then there would be little question on their part in regard to the justice of the Korean cause. By your fearless stand you have captivated our hearts and have inspired us to a renewed sense of our duty and obligation to the preservation of a once glorious civilization which the vandal is inscrupulously attempting to extinguish.

Respectfully,

Shanghai, China, June 23, 1920.

◀ 박은식·이광수가 그리피스에게 보낸 영문 편지

었소. 그리피스의 저술에 고무된 상해임시정부 요인들의 안타까움이 그것.

한국에 대한 새 책을 쓴다는 소문에 접한 임정의 사료편찬위원(각료급)인 박은식, 이광수의 연명으로 그리피스에 보낸 서신이 그것. "친애하는 그리피스 박사. 그대가 한국문화의 역사적 소묘에 대해 새로운 책을 쓰기로 했음을 우리는 매우 기쁘게 생각합니다"라고 시작되는 편지는 발신지가 1920년 6월 23일 상하이, 중국으로 되어 있소. "그대의 전작 『은자의 나라 한국』은 몇몇 세부적인 부분에 심각한 오류가 있음에도 불구하고 현존하는 한국사 기록들의, 최고는 아닐지라도, 최고의 것 중 하나임은 의심의 여지가 없습니다. 그대와 같은 위대한 학자에게 우리가 많은 도움을 드리지 못할까 저어합니다만 우리는 그대가 쓰고자 하는 새 책 속에 도움이 될, 가능한 모든 자료 및 사실들을 최선을 다해 제공하고자 합니다."(졸역, 럿거스 대학 소장 자료에 의거. 이 자료의 전문 및 소개는 『문학사상』, 2008년 11월호 참조)

셋째, '조선시대 호적 대장과 족보를 통해 본 사회사의 재조명'. 이 패널에는 「족보를 통해 본 한국 성관姓貫 집단의 형성과정」(미야지마 히로시), 「조선 후기 입양의 확산과 계층별 수용 양상」(권내현), 「18~19세기 감영 소재지의 인구 구성과 향리층의 존재 양상」(권기중), 「조선 후기 도시 지역의 성관 변동」(김경란), 「조선 후기 의성 김씨 천전파의 통혼권」(한상우) 등이 묶여 있소. 토론자는 이 방면의 고명한 도이츨러(Martina Deuchler) 씨. 아카데믹한 한국학의 큰 영역이 외국 학자에 의해 이루어졌음도 사실이라 할 수 없을까. 미국의 마틴 교수를 비롯, 도이츨러 교수도 이 범주. 이번엔 일본인 미야지마 씨가 앞에 서 있는 형국.

루쉰과 이광수 마주 보기

잠깐, 그대의 발표는 덮어둘 것인가. 이런 목소리도 들리는 것 같아 조금은 쑥스럽지만 잠시 소개해볼까요. 아니, 그 전에 이정심(레이던 대학 박사과정 수료)씨의 「'세조대왕'—불경 옮겨 쓰기와 참된 식민지 소설 쓰기Sejo Taewang—Transcribing Sutras and Telling the true Colonial Story」를 언급하고 싶소. 셰필드(2005), 두르당(2007) 대회에서도 계속 발표해온 이씨에게 내가 관심을 둔 이유는 자명하오.

매우 희귀하게도 문학, 그것도 근대문학 전공자라는 점이 그 하나. 기껏해야 근대문학을 컬추럴 스터디 범주에서, 그것도 아주 질 낮은 대중적 흥미 수준에서 잠시 논급하기(가령, 페미니즘이라든가 식민지 경성의 풍경 또는 표기법 변천 수준에서 다루기 따위)로 일관하는 연구 풍토에서 근대문학을 근대적 수준에서 다루고자 덤비는 일이란 국내에서도 힘겨운 일. 그런데 외국에서 이런 시도를 한다는 것은 어쩌면 시대착오적이라고나 할까.

다른 하나는, 이 점이 소중한데 질적 수준과 논점의 확립이 겸비되었다는 점. 이번 논문이 특히 그러해 보였소. 이광수의 『세조대왕』(1940)을 정밀히 분석한 이씨의 논점인즉, 이 소설에서 말해지고 있는 것은 불교 경전에 비추어본 식민지적 현실이라는 것. 조금 아쉬운 것은 불교 경전 자체에 대한 비판의 결여라고나 할까. 이씨의 이전에 발표된 『원효대사』 분석에 이어진 이번 논문 역시 친일문학에 대한 재해석의 범주에 드는 것.

공교롭게도 내 논문 역시 이광수에 관한 것이었소. 남과 자기를 함께 속이기 위해 제목을 이렇게 달았소. 「언어횡단적 실천과 현실환원적 실천—루쉰과 이광수Translingual Practice and Nonliterary Practice —Lu Xun and Lee Kwangsoo」. 대체 '언어횡단적 실천'이란 무엇인가. 이것은 리디아 리우(劉禾)의 저술 『Translingual Practice—Litera-ture, *National Culture and Translated Modernity, China*, 1900~ 1937』(Stanford Univ. Press, 1995 ; 민정기 옮김, 소명출판, 2005)에서 따온 것. 이 책의 참신함은 어디에서 왔을까.

루쉰의 「아Q정전」(1921)을 두고 그동안 많은 연구자들의 관심은 루쉰이 중국의 현실을 아Q라는 인물을 통해 그려냈다는 점에 있었소. 곧, 반영론(리얼리즘) 범주라고나 할까. 물론 이런 연구 태도가 틀렸다거나 시효가 지났다거나 할 수는 없소. 문학이란 특히 소설은 많은 경우 현실 반영과 무관하지 않으니까요. 그러나 리우 씨는 이를 시인하면서도 다른 시각을 모색했소. 루쉰이 「아Q정전」에서 실천하고자 한 것은 따로 있었고, 이것이 반영론보다 훨씬 중요하다고. 그것은 화자 '나'의 창출이라는 것.

루쉰의 이야기가 아Q라는 인물을 창출해낸 것이 아니라 그 주인공을 분석하고 비평할 수 있는 능력을 가진 화자 '나'를 만들어냈다는 것. 이러한 '나'의 투입은 중국인의 성격을 세계 속에 드러낸 선교사 스미

▲ 제24차 대회에서 발표하는 필자

스(『중국의 국민성』의 저자)의 전체화 이론을 의미심장하게 대체한다는 것. 중국의 문학적 근대성의 맥락에서 저 선교사의 담론을 철저히 다시 쓴 것이 「아Q정전」의 의의라는 것. 아Q와 같은 무지한 패배자로 대표되는 하층계급과 대비되는 중국의 문학적 엘리트의 몫을 재규정하기야말로 루쉰의 글쓰기의 핵을 이루었다는 것. 그렇게 함으로써 루쉰은 자기 역사의 주체이자 추동자로 부상되기를 염원했다는 것. 그것은 손님 언어(guest language)인 '나'의 도입으로 하여 그것이 주인 언어(host language)로 되는 과정의 현상이라는 것. 루쉰은 그러니까 「아Q정전」을 통해 '언어횡단적 실천'에 나아갔다는 것.

그렇다면 같은 일본 유학생 이광수의 경우는 어떠했을까. 『무정』(1917)과 「아Q정전」은 어떤 이동점이 지적될 수 있을까. 이런 물음은 제기될 수는 있지만 별 성과를 얻기 어렵지요. 서로 배경과 조건이 다른 만큼 당연한 결과이겠지요. 그렇기는 하나 서양문명 앞에 노출된 중국과는 달리 식민지 조선의 처지에서 어느 순간 이광수 쪽에서 "나는 阿Q다!"라는 외침이 나왔다면 어떠할까. "나는 阿Q다!"라고 이광수가 발언한 것은 1944년이었소(김소운, 『삼오당잡필』, 진문사, 1954, 113쪽). 또한 이를 몸소 실천해 보이기도 했소(서재에 일장기 걸어놓기, 정오 대중 환시 속에서 묵도하기, 또 온갖 친일적 글쓰기 등).

이런 일들은 문학 속에서의 것이 아니라 문학에서 벗어나 현실 쪽으로 뛰쳐나온 현상이라 할 수 없을까. 루쉰의 '언어횡단적 실천'에 족히 맞선 '현실환원적(비문학적) 실천'이라 하면 어떠할까. 잠깐, 그래서 어쩌겠다는 것인가. 이렇게 내게 대들지 마시오. 나도 어째야 좋을지 잘 모르니까. 다만 이렇게 말할 수는 있소. 루쉰의 아픔을 기리지만, 이광수의 아픔도 기린다고.

태극기는 우리나라 깃발입니다

지금까지 나와 AKSE에 있어 레이던이란 무엇인가에 대해 염치도 없이 말해왔소. 이번엔 말을 조금 바꾸고 또 아껴야 할 차례. 우리에 있어 레이던이란 무엇인가가 그것.

두 가지로 정리될 법하오. 하나는 레이던 국립민족학박물관. 레이던역에서 도보 6분 거리에 있는 이 박물관에는 기산과 석천의 풍속도 수십 점이 보관되어 있소. 북경 주재 네덜란드 공사의 통역 및 서기인 라인이 수집, 1889년에 기증한 것. 석천의 〈권주가〉, 기산의 〈관광대무유지형冠狂大舞遊之形〉 등이 그것(1986년 발라벤 교수의 안내로 이 그림들을 배견할 수 있었다).

그러나 뭐니 해도 우리에겐 이준 열사가 아닐 수 없소. 발표를 마치자마자 헤이그(기차로 15분 거리)로 달려갈 수밖에요. 슈파길 건너 바겐 거리 124에 있는 이준 열사 기념관의 정식 명칭은 이준 평화기념관(Yi Jun Peace Museum). 관장의 지적에 따른다면 '평화'에 주목해야

▶ 프랑스 정치만화(1890년).

된다는 것. 정작 이준 열사 일행이 참가 거부를 당한 회의의 명칭은 '제2차 헤이그 평화회의, 1907(The Second Hague Peace Conference, 1907)'. 여기에 만국평화회의(Universal Peace Congress)라는 말이 생략되어 있는바 그만큼 국제적 명성이 확립되어 있기 때문. 그러나 참으로 아이로니컬하게도 '평화'야말로 약육강식의 대명사였던 것. 위와 같은 풍사만화가 이를 제일 잘 표상했지 않았을까.

이 그림(위 사진자료)은 AKSE 대회를 의식한 듯 IIAS 기관지 2009년 봄호에 실린 마크(Ethan Mark, 레이던 대학)의 장문의 논문 「종속과 제국」에 사용된 것.

NHK 촬영팀이 이곳을 내방했을 때(2009. 4), 무기를 사용한 안중근과 맨주먹의 이준을 동시에 조명하기를 권고했다는 관장의 지적이 새삼 머리를 스쳤소. 우리 정부가 이준 열사 유해를 수유리로 모셔온 것은 1963년이고 헤이그의 공동묘지에는 잘 단장한 허묘가 있어 참배객

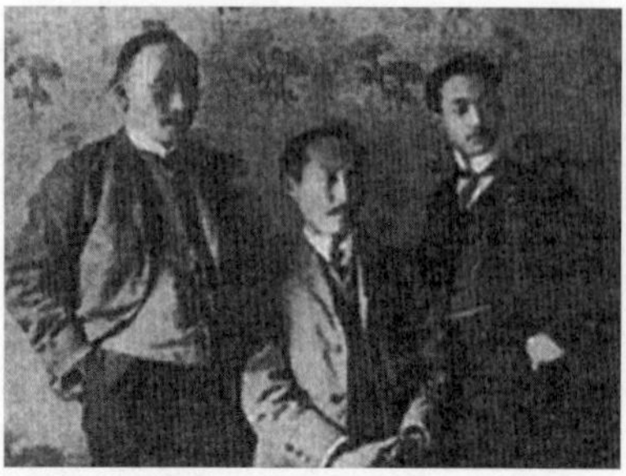

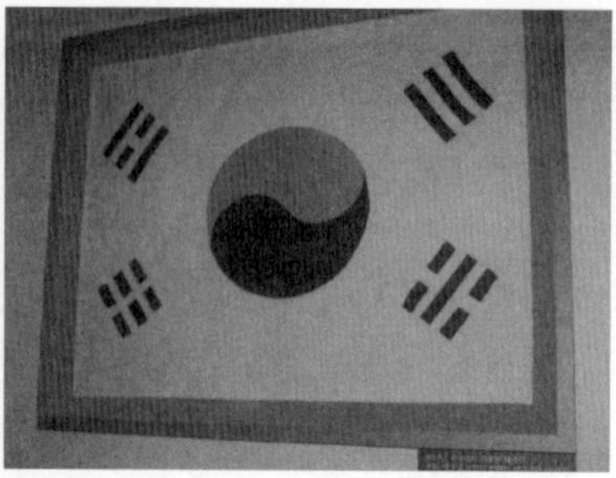

▲ 만국평화회의에 참가한 이준·이상설·이위종(왼쪽).
▲ 이준 열사 일행이 사용했던 태극기(오른쪽).

을 맞이하고 있소. 또한 이준 열사 순국 백 주년 행사(2007. 7. 14)가 학술 심포지엄과 더불어 다채롭게 펼쳐지기도 했소.

이준 평화기념관은 3층 건물(내가 1986년 방문했을 때 이곳은 당구장이었다). 2층과 3층을 사용하고 있었는데, 2층에 이 열사의 흉상(백문기 작품)이 계시고 그 위에 당시의 태극기가 걸려 있었소(당시의 태극기의 궤가 조금 다른데 미주의 이승만 박사가 사용한 것도 중경 임시정부에서 사용한 것도 조금씩 달랐소). 관장의 허락을 받아 이 태극기를 카메라에 담았소. 태극기는 우리나라 깃발이니까.

나의 살던 고향은……

지금껏 나와 AKSE에 있어 레이던이란 무엇인가와 우리에 있어 레이던이란 무엇인가를 나름대로 말해왔소. 이번엔 나만의 네덜란드란 무엇인가를 말해도 되지 않을까 싶소.

내가 미국 중서부 소재의 아이오와 대학 소속 국제 글쓰기 워크숍(International Writing Program)에 한 학기 동안 참가한 것은 1978년

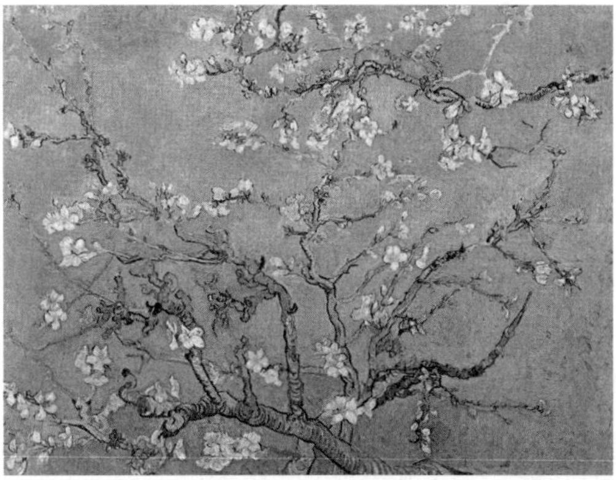

▶ 〈꽃피는 아몬드 가지〉, 빈센트 반 고흐, 1890.

도였소. 귀국길에 이수성, 홍승오 교수의 권유로 그들이 교환교수로 머물고 있는 파리에 들른 것이 1979년 1월이었소. 한파를 무릅쓰고 이수성 교수와 함께 네덜란드 관광국 직원이 안내하는 유람길에 올랐소. 풍차도 보았고 안네 프랑크의 집에도 갔고 렘브란트의 〈야경〉도 보았소. 물론 반 고흐의 박물관도. 그때의 감격은 한 편의 책을 쓸 만큼 강렬했소(졸저, 『문학과 미술 사이—현장에서 본 예술세계』, 일지사, 1979).

다시 암스테르담을 찾은 것은 1986년 한국문학 세미나(레이던 대학) 때였소. 그때도 꼭 같이 안네의 집, 렘브란트 박물관, 반 고흐 박물관을 찾았소. 놀랍게도 나는 이에 대해 한 줄도 쓰지 않았소. 어째서? 쓸 수 없었으니까. 열정이 거의 소멸한 증거.

그로부터 23년의 세월이 속절없이 흐른 시방의 내 열정은 어떠할까. 맨 먼저 안네의 집에 가보았소. 긴 줄을 섰고 이윽고 들어섰고 그 어둡고 좁은 통로를 심봉사 더듬듯 가까스로 톺았소. 한국어판은 전숙희 역. 그러나 매점에서 파는 것은 문학사상사의 호화판 『안네의 일기』(1995)였소. 안내서에는 한국어판도 있었는데 "슬픈 사연이 있는 박물관"이라 적혀 있었소.

다음 발걸음은 반 고흐 박물관. 하이데거가 논의한 〈구두〉는 보이지

◀ 〈탕아의 귀가〉, 렘브란트, 1668~69.

않았으나, 〈까마귀가 있는 보리밭〉(1890)도, 내가 좋아하는 〈핑크빛 복숭아나무〉도, 소품인 〈들장미〉도 그대로 있었소. 가까이 가보면 물감이 그대로 엉겨 있는 것. 멀리서 보면 그럴 수 없이 투명한 빛깔이 아니었던가. 또하나 보고 싶었던 것은 〈꽃 피는 아몬드 가지〉(1890). 아름의 벽공을 배경으로 하늘 가득 굵은 두 가지가 어울려 있는 하얀 꽃들. 아우 테오의 첫아기의 탄생을 기념한 작품. 그 앞에 서자 문득 내 가슴 뜨거워짐은 웬 까닭이었을까. 다음과 같은 고흐의 방대한 편지의 마지막 장면(제652) 탓이 아니면 어디서 그 열정의 근원을 짚어 낼 수 있으리오.

우리들은 자기들의 그림만을 말할 뿐이다. 그러기에 아우여, 언제나 이것을 네게 말했고, 최선을 다해 끊임없이 탐구한 생각하는 방식을 진지하게 한 번 더 전하고 싶다. 되풀이 말하지만 너는 단지 코로의 그림을 파는 장사꾼과는 전혀 다르다. 나를 통해 몇 장의 그림 제작을 함께 했기에 설사 파산하더라도 안심하길 바란다. (…) 그렇다. 자기의 일을 위해 나는 목숨을 던졌고 이성(理性)을 반쯤 잃어버렸다. 그렇다. 그럼에도 내가 아는 한 너는 장사꾼답지 않았다. 너는 내 동지다. 나는 그렇게 여기고 있고 사회에서 실제로 (그렇게) 활동했다. 그런데 대체 어째야 좋은가.

—石谷伊之 옮김, 『고흐의 편지 하』, 이와나미 문고, 1970, 283쪽

고흐 박물관을 내려오며 내 다리가 휘청거렸음은 육체적 피로에서 온 것만은 아니었소. 도무지 아무도 자기가 하는 일에 자신이 없다는 이 편지 때문도 아니었소. 요컨대 뭔가 잘 설명할 수 없는 그런 피로감이었소. 그렇다고 렘브란트 박물관행을 포기한 것은 이 피로감 탓은 아니었소. 아르미타주 박물관(상트페테르부르크 소재)의 어마어마한 렘브란트 컬렉션, 더구나 그 속의 장대한 〈탕아의 귀가〉를 내가 그만 보아버렸기 때문이오. 더이상 무엇을 보랴.

KML 865의 삼등칸에 쭈그리고 앉아 귀국하면서 나는 또 이 〈탕아의 귀가〉에 어지러웠소. 기내에서 주는 포도주 몇 잔이 이에 가세했소. 꿈인 듯 환청인 듯 들려오는 목소리. "아가야, 이제 알겠느냐. 네가 살던 고향은 꽃 피는 산골이란다. 복사꽃도 아기 진달래도 만발한 꽃동네란다. 이제는 그 속에서 놀아보거라. 아는 척도 잘난 척도 하지 말고, 아랫도리도 내놓고서 걸어도 보거라"라고.

문학동네 평론집
다국적 시대의 우리 소설 읽기

초판 인쇄 | 2010년 12월 15일
초판 발행 | 2010년 12월 22일

지은이 김윤식
펴낸이 강병선
책임편집 임혜지 | 편집 이연실 오동규 | 디자인 엄혜리 김민하
마케팅 방미연 우영희 정유선 나해진 | 온라인 마케팅 이상혁 한민아 정진아
제작 안정숙 서동관 정구현 김애진 | 제작처 (주)상지사P&B

펴낸곳 (주)문학동네
출판등록 1993년 10월 22일 제406-2003-000045호
주소 413-756 경기도 파주시 교하읍 문발리 파주출판도시 513-8
전자우편 editor@munhak.com | 대표전화 031) 955-8888 | 팩스 031) 955-8855
문의전화 031) 955-8889(마케팅) 031) 955-2672(편집)
문학동네카페 http://cafe.naver.com/mhdn

ISBN 978-89-546-1364-4 03810

* 이 도서의 국립중앙도서관 출판시도서목록(CIP)은 e-CIP 홈페이지(http://www.nl.go.kr/ecip)에서 이용하실 수 있습니다.(CIP제어번호: CIP2010004508)

www.munhak.com